新潮文庫

東電ＯＬ殺人事件

佐野眞一著

東電ＯＬ殺人事件　目次

第三部　法廷の闇

第四部　黒いヒロイン

扉写真　第一部、第三部、第四部／南慎二　第二部／東豊久

東電ＯＬ殺人事件

プロローグ

「東電ＯＬ殺人事件」が起きたとき、世間は「発情」といってもいいほどの過剰な反応を示した。昼は美人エリートＯＬ、夜は売春婦。マスコミは彼女が殺人事件の被害者であることをそっちのけに、昼と夜の二つの顔の落差に照準をあてたストーリーづくりに狂奔していった。

報道は過熱し、ついには彼女がベッドの上で撮った全裸写真を掲載する週刊誌まで現われた。

なぜ世間はこの事件にこうも心をざわつかせたのか。なぜわれわれは彼女の素姓がこうも気になるのだろう。

集中豪雨的なプライバシー報道に、より強く「発情」したのは、実は送り手側のメディアより、受け手側のわれわれだったのではなかったか。

男女雇用機会均等法が導入された一九八〇年代、企業の中に大量に入りこんできた高学歴の女性総合職たちは、それまで男社会に安住していた会社人間にとって、明らかに

「異物」だった。東電ＯＬ殺人事件への異常な関心は、いわばその反動だったともいえる。そんな一見気が利《き》いた風な賢《さか》しらな解釈をした文化人もいた。

われわれはこの事件が残した澱《おり》のようなもやもやをいまだ抱いたまま、殺された彼女のとった行動を猟奇と困惑のまなざしで眺めている。

この事件にふれたとき、われわれはなぜこうも大量のアドレナリンを身内から分泌《ぶんぴつ》しなければならなかったのだろう。

コンビニエンスストアで百円玉を千円札に、千円札を一万円札に「逆両替」し、井《い》の頭《がしら》線の終電で菓子パンを食い散らかし、円山町の暗がりで立ち小便をする。マスコミに報じられた彼女の行動の一端を知ったとき、私の頭にまっさきに浮かんだのは、坂口安吾《あんご》がまだ焼跡が生々しく残る戦後まもない昭和二十一（一九四六）年四月に発表して大きなセンセーションをまき起こした『堕落論』のなかの一節だった。

〈……戦争は終った。特攻隊の勇士はすでに闇屋《やみや》となり、未亡人はすでに新たな面影によって胸をふくらませているではないか。人間は変りはしない。ただ人間へ戻ってきたのだ。人間は堕落する。義士も聖女も堕落する。それを防ぐことはできないし、防ぐことによって人を救うことはできない。人間は生き、人間は堕《お》ちる。そのこと以外の中に人間を救う便利な近道はない〉

安吾は『続堕落論』のなかではこうもいっている。

〈……天皇制だの、武士道だの、耐乏の精神だの、五十銭を三十銭にねぎる美徳だの、かかる諸々《もろもろ》のニセの着物をはぎとり、裸となり、ともかく人間となって出発し直す必要がある。さもなければ、我々は再び昔日《せきじつ》の欺瞞《ぎまん》の国へ逆戻りするばかりではないか。先《ま》ず裸となり、とらわれたるタブーをすて、己れの真実の声をもとめよ。未亡人は恋愛し地獄へ堕ちよ。復員軍人は闇屋となれ。堕落自体は悪いことにきまっているが、モトデをかけずにホンモノをつかみだすことはできない。表面の綺麗《きれい》ごとで真実の代償を求めることは無理であり、血を賭《か》け、肉を賭け、真実の悲鳴を賭けねばならぬ。堕落すべき時には、まっとうに、まっさかさまに堕ちねばならぬ。道義頽廃《たいはい》、混乱せよ。血を流し、毒にまみれよ。先ず地獄の門をくぐって天国へよじ登らねばならない。手と足の二十本の爪《つめ》を血ににじませ、はぎ落して、じりじりと天国へ近づく以外に道があろうか〉

彼女は、安吾のいう、人間が生きるということは結局堕落の道だけなのだということを、文字通り身をもってわれわれに示した。彼女は、小賢しさと怯懦《きょうだ》と偽善にあふれ、堕落すらできない現代の世にあって、堕落することのすごみをわれわれにみせつけた。われわれは彼女が潔《いさぎよ》く堕落する姿に、副腎皮質《ふくじんひしつ》を強く刺激されたのだ。

最初に断わっておくが、私には、彼女のプライバシーを暴《あば》く気持ちは毛頭ない。それは、過熱する一方のプライバシー報道にたまりかねた彼女の母親が、マスコミ各社に送った訴えに心を動かされたからではない。

〈私は、この度、渋谷殺人事件で被害者となりました渡辺泰子の母親でございます。

このたびの事件では、皆様をお騒がせいたしておりまして、誠に申し訳なく存じます。私にとりましても、ただただ驚きであり、悲しみを表す言葉もございません。

犯人を憎み、恨むのは勿論《もちろん》ですが、その上、このところの新聞、週刊紙《ママ》、テレビ等の報道は、私の知らない娘の姿が伝えられており、中には心震えるような報道もございます。私は目を閉じ、耳を塞《ふさ》ぎたい思いでございます。

悲しみと、怒りと、恥かしさは言葉に尽くせるものでなく、ただただ消え入りたい気持ちでございます。娘はどうやら人様にお話出来ないようなことをしておりましたようで社会の皆様には恥かしくこの点、申し訳なく心からお詫《わ》び申しあげたいと存じます。

たゞ、それでも娘はあくまでも事件の被害者でございます。殺人者の手によって命を落してしまった事によって、社会的には十分すぎるくらい十分に制裁を受け、償いというにはあまりにも大きな償いをいたしております。

その上に、どうしてこゝまでプライバシーに及ぶことを白日の下にさらさなければいけないのでしょうか。

何とぞ亡《な》き娘のプライバシーをそっとしておいて下さい。もう、これ以上の辱《はずかし》めをしないで下さい。

　そして娘を安らかに成仏《じょうぶつ》させてやって下さい〉

　実の娘を惨殺《ざんさつ》され、その上これでもかとばかりにプライバシーを暴きたてられた母親の気持ちが惻々《そくそく》と伝わってくる文面である。

　しかし、この訴えに呼応するようにマスコミ各社にあてられたいわゆる「人権派」弁護士たちの公開質問状や、一連のマスコミ報道は売らんかなのためであり、死者の凌辱《りょうじょく》以外の何物でもないとする右翼団体の抗議文には、死者を悼《いた》むという気持ち以上に、世のいわゆる良識派に迎合する偽善の匂《にお》いが強く立ちこめている。

　それ以上に問題なのは、左右両陣営からのこうした抗議活動によって、マスコミ各社がまるで貝が殻を閉ざしたように一斉に沈黙をきめこんでしまったことである。右翼、左翼が相乗りしたこの構図はなにやら、戦時中の大政翼賛会の言論封殺の動きを連想させて、背筋に冷たいものが走る。

　繰り返すが、私の本意は彼女のプライバシーを暴くことではない。あえていうならば、この事件の真相にできるだけ近づくことによって、亡き彼女の無念を晴らし、その魂を鎮《しず》めることができれば、というのが私のいつわらざる気持ちである。

　興味本位の報道は論外として、いわゆる「人権派」の人びとの申し入れによって、事件そのものが闇から闇に葬《ほうむ》り去られてしまうことは、言論にいささかなりとも携わる者にとって、とても座視できない事態である。それればかりか、彼女の霊をも凌辱することになるだろう。

遺族にとっては思い出すのもおぞましいことだろうが、私が以上のような考えをしたためた手紙をあえて彼女の母親あてに送り、ぜひ取材に応じていただきたいと申し入れたのも、マスコミの及び腰によって、事件が風化、いや忘却化させられてしまうことを恐れたからである。

もしこのままの状態が続くならば、母親の訴え通り、彼女の魂は永遠に浮かばれないことになるだろう。

だが、事件から三年たった平成十二（二〇〇〇）年三月にいたっても、母親からの連絡はない。遺族の証言という決定的なファクターを欠いたままこれを書いていることを最初に正直に告白しておく。

彼女はなぜ堕落の道を選んだのか。彼女をそう仕向けたものは何だったのか。私は彼女と何らかの形で接触した人びとにできるだけ多く会い、三十九歳の若さで命を落とさなければならなかった彼女の心象に映った風景を忠実に再現してみたいと思った。

結論めいたことを先にいってしまえば、取材をすればするほど謎《なぞ》は深まり、彼女の行動の不可解さがますばかりだった。というより、事件としてはしごく単純なこの出来事の周辺には、これまでマスコミがまったく見落としてきたおびただしい事実があふれていた。私は、行く先々で、現代社会の深淵《しんえん》を突然のぞきこまされるような思いにかられ、それがまた私をさらなる事実発掘の衝動にかりたてた。

それらの事実は、いずれも伝奇小説、もっといえば怪談じみた暗合にみちており、肌に粟《あわ》が生じたことも一度や二度ではなかった。

最初の不思議な暗合は、彼女が殺害された渋谷区円山町それ自体にひそんでいた。

第一部　堕落への道

迷宮のような円山町の路地

第一章　迷宮

地理的遠近法

渋谷駅から道玄坂をまっすぐ登り、ほぼ登り切ったところで右に曲がる。そこが円山町の入口である。この町一帯には約六十軒のラブホテルが林立しており、学生とおぼしき若いカップルが、手をつないで白昼堂々ラブホテルのなかに消えてゆく。

都内有数のこのラブホテル街は、渋谷ホテル旅館組合という団体によって統括されている。その組合員の一人によれば、円山町のラブホテルの回転率は平日で三回転、土、日で五、六回転、平均すると一日、四、五回転だという。円山町のラブホテルの部屋数は一軒あたり約二十室といわれるから、この街のラブホテルを利用するカップルは、一日平均五千組、人数にすると一万人にものぼる。

携帯電話相手に気がふれたようにひとり際限なくしゃべりつづけるルーズソックスの女子高生たちで芋を洗うような渋谷センター街が「援助交際」のメッカだとすれば、若いカップルが発散するフェロモンでむせ返った円山のラブホテル街は、「廉恥心《れんちしん》」の三文字がみごとなほど欠如した街である。ここには、アジア人売春婦が跋扈《ばっこ》する新宿の大久保通りのような暗さはまったくない。

迷路のように入り組んだそのラブホテル街を抜けたところに、井の頭線《いがしら》の神泉駅《しんせん》があ る。踏切を越え五メートルほど行った右側の木造モルタルの古ぼけたアパートが、彼女が殺害された現場である。

このアパートの一階の一室で彼女は何者かによって絞殺《こうさつ》された。遺体となって発見されたのは、杉並区永福《えいふく》の自宅を出たきり行方不明となった日から数えて十一日後の平成九（一九九七）年三月十九日のことだった。

殺害現場となった部屋の前には、誰が供えたのか、伊藤園《いとうえん》の缶入り茶とキャビンマイルド一本が置かれていた。

その現場を過ぎてまっすぐ進むと、淫風《いんぷう》漂う街並みとはうってかわった宏壮《こうそう》な住宅街につきあたる。都内でも屈指の高級住宅街といわれる松濤《しょうとう》は円山のラブホテル街とまさに隣接しており、そのあまりの落差の激しさに一瞬軽い目まいを覚える。

都知事公館や松濤美術館が落ち着いたたたずまいをみせるその街の一画に、かつて鍋《なべ》島《しま》藩の庭園の一部だったところをそっくりそのまま利用した鍋島松濤公園という小さな公園がある。新緑の若葉にかこまれ、大きな水車がゆったりと回るその公園で、シベリアンハスキーやアラスカンマラミュートなどの高級犬を連れて散歩する人たちをみかけた。

その浮世ばなれした光景を眺めていると、そこからわずか三百メートルと離れていないところで起きた惨殺《ざんさつ》事件が、いまさらながら悪夢のように思われた。

円山町と国道二四六号線をはさんで隣接する南平台《なんぺいだい》は、松濤と並ぶ高級住宅街として知られる。円山は二つの高級住宅街にはさまれた谷間の街である。この街の芸者の子として生まれた演歌歌手の三善英史《みよしえいじ》も「円山・花町・母の町」で、こう歌っている。

〽母になれても　妻にはなれず
　小さな僕を　抱きしめて
　明日におびえる　細い腕
　円山　花町　母さんの
　涙がしみた　日陰町　（傍点・引用者）

そもそもその地名が示しているように、渋谷という街それ自体が起伏にとんだ地勢をなしている。道玄坂を上り下りしただけで、靴の裏にはっきりと標高差が感じられるほどである。三島由紀夫《ゆきお》も渋谷をスケッチした短い文章のなかでいっているように、地下鉄もここでは人びとの頭上から発車する。

渋谷で育った作家の一人に大岡昇平がいる。大岡が日本人には珍しい精緻《せいち》な地理感覚の持主だったことも、彼が幼少期を過ごした渋谷という街の地理的環境と、おそらく無縁ではない。

円山町はその渋谷のなかでもとりわけ起伏にとんだ街である。街のあちこちに大谷石《おおやいし》でつくった古ぼけた石段があり、その石段を上るか下りるかするだけで、街の風景ががらりとかわってみえてくる。遠くにあると思ったものが存外近くにあり、近くにみえていたものが予想外に遠回りしなければたどりつけない。その不思議な体験は、大岡が代表作『レイテ戦記』のなかで効果的に使った地理的遠近法の手法をまざまざと思い出させてくれた。

実際、この街の路地は複雑に折れまがり、建物の右側に通じると思った道が、実は左側に通じていたり、表通りと思っていたものがいつの間にか裏通りにつながっていたりする。この街を歩いていると、まるでエッシャーのだまし絵のなかにまぎれこんだような錯覚に陥る。この街ほど迷宮＝ラビリンスという言葉がぴったりくる街はほかにない。

昼の顔と夜の顔

こうした地形の複雑さに加えて、古い歴史的地層がこの街のあちこちに顔をのぞかせている。それが迷宮の街という印象をさらに深めさせている。

　この街のラブホテルはどこも若いカップルをあてこんでレーザーカラオケつきの部屋を用意している。そんな最新風俗の装《よそお》いをこらしたラブホテルの隣に、「サックあり⧄」の看板でも店頭にぶら下げたら似合いそうな古びた薬局が並んでいる。ＳＭの道具や媚《び》薬《やく》などを並べたアダルトショップのすぐそばには花柳界の元締めの検番があり、その二階にある百畳敷きの大広間では、毎日のように日本舞踊や三味線の稽古《けいこ》がつけられている。

　この街には情緒纏綿《てんめん》たる戦前の花街の名残りと、あっけらかんとラブホテルに出入りする現代若者風俗とが何の違和感もなく同居している。

　渋谷から出た井の頭線はそのままトンネルに入り、神泉駅で地上に姿を現わす。神泉駅を発車した電車は、そしてまた地中へと消えてゆく。

　円山町はトンネルとトンネルの間にわずかに顔をのぞかせた都会のなかの隠れ里を思わせる小さな街区である。かりそめの空間ともいうべきその不思議な地理感覚が、円山町をなお一層、地上から浮遊した亜空間じみた色合いに染めあげている。この街に蝟集《いしゅう》する人びとはおそらく、他の街よりずっと自由奔放にふるまえる自分を発見して内心驚くはずである。

「東電ＯＬ殺人事件」は、渋谷という大繁華街のアジール（避難所）ともいうべき場所で起きた。彼女はなぜ、まるで通勤でもするかのように約五年間にもわたって連日円山町を徘徊《はいかい》したのだろうか。彼女は一体、この街のどこにひきよせられていったのだろうか。出没先はなぜ大久保や池袋ではいけなかったのだろうか。

杉並区永福の自宅を出た彼女は、最寄りの西永福駅から井の頭線に乗り、渋谷でおりる。渋谷で地下鉄銀座線に乗り換え、勤務先の東京電力本社がある新橋に向かう。これが彼女の判でおしたような通勤スタイルだった。

帰りはこれと逆のコースをたどる。ただ一つ違うのは、銀座線の渋谷駅でおりた彼女が井の頭線のホームには向かわず、そのまま渋谷の雑踏のなかに消えてゆくことである。彼女はまず道玄坂の入口にある１０９の女子トイレに入り、夜の化粧を施す。このトイレには中央のぐるりに、銭湯にでもあるような大きな鏡がいくつもはりめぐらされており、「夜の顔」に変身できたかどうかを確認するには格好の場所だった。

１０９を出た彼女は道玄坂のなだらかな坂を上り、道玄坂上交番を過ぎたところで右に曲がる。彼女は円山町のラブホテル街を抜け、狭い路地の奥にある道玄坂地蔵という小さなお堂の前に立つ。ここに佇《たたず》み、道行く男たちに声をかけるのが彼女の約五年間かわらぬ日課だった。雨の日は傘をさしレインコートをはおって、まるでそれが本当の自分の仕事ででもあるかのように、毎日、彼女はそのお堂の前に立ちつづけた。

「仕事」を終え、神泉駅に向かうのはいつも夜中の十二時過ぎだった。神泉駅十二時三十四分発の井の頭線下り終電車に乗る。それも、彼女のいつもとかわらぬ夜の行動パターンだった。

いくら遅くなっても終電車に乗り、母と妹の待つ杉並区永福の自宅に戻る。その律儀《りちぎ》にすぎる行動は、とめどなく堕落しながらもプロの売春婦にはついになりきれなかった彼女の、ぎりぎりまで追いつめられてなお残る最後の倫理だったのかもしれない。

奥飛驒《おくひだ》を追われた一族

円山町の一画にある仕出し屋兼日本料理店の「萬安」は、大正九（一九二〇）年創業の老舗《しにせ》である。その二代目の女主人の天野とみによれば、戦前の円山町は昼間から三味《しゃみ》の音が流れる粋《いき》な街で、料亭や待合の数は三百軒を超え、芸者衆も三百人は下らなかったという。

「新内流しや声色屋がいつもこの街を流していました。料亭の門の前に立って芸を披露すると、なかから投げ銭がほうられる。そんな情緒あふれる花街でした。ただし差別はきびしく、円山町生まれの子供というだけで区立の学校にも入れてくれない時代でした。風紀が乱れるというのがその理由で、子供たちは円山町に遊びにいってはいけないと、親や先生からきつくいわれたものでした」

戦前は東急グループを創業した五島慶太、戦後は政治家の大平正芳《まさよし》らが足繁《あししげ》く出入りしたその円山町が一大変貌《へんぼう》をとげるのは、戦後の復興も一段落ついた昭和三十年代初頭のことだった。

昭和二十七（一九五二）年に円山町で旅館業をはじめた有賀千晴は、渋谷ホテル旅館組合相談役の肩書きをもつ円山町旅館街の生き字引き的存在である。その有賀によれば、円山町が花街から旅館街にかわる流れの先鞭《せんべん》をつけたのは、のちに岐阜《ぎふ》グループと呼ばれることになる人びとだったという。

「富山県境に近い岐阜の奥飛驒に御母衣《みぼろ》ダムという大規模ダムがあります。そのダム工事にともなって水没した村の人々が大挙してこの街にやってきた。最初にやってきたのは、ダム建設賛成派の一人で、莫大《ばくだい》な補償金をもらって村を捨てた杉下茂一という人でした。

杉下さんは侠気《おとこぎ》のある立派な人物でした。経営が傾きかけていた料亭などからこの辺り一帯の土地を買い占め、自分を頼って東京に出てきた同じ水没村の連中に、その土地を儲《もう》け抜きで売ってやった。

杉下さんが始めた『竜水』という連れ込み旅館を皮切りに、こうして岐阜グループの人々がこの街に次々と旅館、ホテルを建設していった。上京して旅館をつくった岐阜グループの人たちの結束は、日本にいる韓国の人たちより強い。春秋会という組織をつくり、年中集まりをもっている。この辺り一帯のホテルに白川など、川のつく名前が多いのは、水没した村のことをいつまでも忘れないでいようという岐阜グループの人たちの気持ちの現われなんです」

なぜ杉下茂一は円山で旅館業を始めたのか。茂一の息子で大田区蒲田《かまた》でビジネスホテルを経営する杉下保によれば、そもそも杉下一族が東京に出てきたのは、保の兄、すなわち茂一にとっては息子の一義を頼ってのことだったという。

「一義は当時、川崎の日本鋼管に勤めており、その後、大田区の仲六郷で簡易旅館を始めた。私たち一族は、だから、仲六郷で最初の草鞋《わらじ》を脱いだんです。一義は早くに亡《な》くなり、仲六郷の旅館を親父《おやじ》が引き継ぎ、次いで旅館が少しずつ建ち始めた渋谷の円山町に進出した。うちはダム建設には中立の立場でしたが、どっちみちダムで水没するなら早く出た方がよいと考え、東京に移ってきたんです。円山町でホテルをやっている岐阜の連中は、みんなうちの親戚《しんせき》ばかりです」

有賀と杉下がこもごも語る話に耳を傾けている間、私の身内にずっと軽い衝撃が走っていた。それは御母衣ダム→電力→東京電力、御母衣ダム→水没→円山ラブホテル街という二つの連想が交差したからだけではなかった。

「客」として彼女と二年間つきあった五十代の男によれば、彼女は東京電力につとめていることを異常なほど誇りに思っており、電力こそ日本経済を支える最大不可欠の原動力だと熱っぽく語るのが常だったという。ちなみに慶応大学経済学部を優秀な成績で卒業した彼女は、東洋経済新報社が主宰する民間経済学者・高橋亀吉《かめきち》賞の応募でも佳作に入選したことがある。「東電美人ＯＬ」は女流エコノミストとして知る人ぞ知る存在だった。

ホテルに入り、レギュラー缶二本、ロング缶一本のビールを飲みながら、四十分間、経済論議をするのが彼女のいつもの習わしだった。あるとき彼女の「客」だった五十代の男が、東京電力は大企業の電力料金をひそかに割引きしているのではないか、大企業はその浮いた分の資金を政治献金に回しているのではないか、と冗談めかしていったことがあった。すると彼女は、ふだんめったにみせない感情をむきだしにして「東京電力はそのような不正は断じてしておりません」と、怒りながらきっぱりいいきった。

彼女が自分と同じ東京電力につとめ、重役一歩手前の副部長まで昇進しながら、五十代の若さで死亡した父親を激しく慕っていたことはよく知られている。事実、彼女がとる客は例外なく自分より年上で、甘えられるタイプばかりだった。

彼女にファザーコンプレックスの種を植えつけたといわれるその父は戦後まもない昭和二十四（一九四九）年に、東大の第二工学部を卒業している。その卒業生名簿をみて驚かされた。同級生には、山本卓眞《たくま》（富士通名誉会長）、三田勝茂（日立製作所顧問）、森園正彦《まさひこ》（ソニー相談役技術最高顧問）など、わが国の電気業界を代表する錚々《そうそう》たる顔ぶれがそろっている。

敗戦から四年後に東大第二工学部を卒業した彼らは、電気立国、電子立国を目指して、文字通り日本の高度経済成長の屋台骨を支えた。そして彼らに比べれば影の薄い存在でしかなかった彼女の父親も、彼らに電力を送りつづけるという形で、日本の高度経済成長を裏側で支えてきた。

そうした日本の電力業界のなかにあって戦後最大の仕事の一つが、最大出力二十一万五千キロワットという、当時とすれば途方もないエネルギーを創出する御母衣ダムの建設だった。

彼女の父親は御母衣ダムの建設には直接的には関わらなかった。だが、御母衣に代表される巨大ダムの建設が、わが国の電力業界を日本経済のリード・オフ・マンの立場に押しあげ、同時に家電メーカーをはじめとするわが国の電気業界に空前の活況をもたらす原動力になったことは間違いない。

そうした父をもった娘が、御母衣ダムと地下茎でつながった円山のラブホテル街に夜ごと出没し、そしてある夜、凶暴な力で絞殺《こうさつ》された。

彼女が円山町に通ったのは、単に帰宅途中にある街だったからだけではなく、彼女を吸引する強い磁力のようなものが、この街にあったからではないか。そして彼女は、湖底に沈んだ奥飛騨の村のように、この街の底に水没していった。

第二章　幻聴

電力は国家なり

新幹線で名古屋まで出て、高山本線の特急に乗り換える。名古屋を午前九時四十分に出発したワイドビューひだ3号が高山駅に着いたのは正午一分前だった。

高山から御母衣《みぼろ》ダムが横たわる岐阜《ぎふ》県大野郡の荘川村《しょうかわむら》と白川村に行くには、一日三本しか出ていないバスかタクシーに頼るしかない。ＪＲとバスとの接続は悪く、私はタクシーで御母衣ダムに向うことにした。

昼すぎに高山駅前を出発した私は、途中、荘川村の役場に立ちより、車が御母衣ダムの堰堤《えんてい》を望む峠に到着した頃には時刻は午後三時をかなり回っていた。

御母衣ダムの堰堤の景観は、それまでの私のダム観を一変させるものだった。ふつうコンクリートの厚い壁でつくられる堰堤が、ここではすべてゴツゴツした砕石で築き固められている。その荒涼たる風景は、「電力は国家なり」の大号令のもと、荘川村、白川村あわせて約三百五十戸の住人を強制的に立ち退《の》かせた猛々《たけだけ》しいまでの国家意志を、そのまま投影しているかのようだった。

御母衣ダムの堰堤は高さ百三十一メートル、長さ四百五メートル、総体積は東京の新丸ビルのおよそ三十五倍に相当する八百万立方メートルというとてつもなく巨大なものである。強い風にあおられながら、その堰堤を私と一緒に眺めていたタクシー運転手が、堰堤の先に広がる村を指さし、「もしこのダムが決壊したら、あの村はもちろん、この川の下流の村は一つ残らず水没するでしょう」といった。

戦前は「満州の政商」といわれた鮎川義介《あいかわよしすけ》の片腕として働き、戦後、電源開発の初代総裁となった高碕達之助《たかさきたつのすけ》によってつくられたこのロックフィル式巨大ダム工事について、『荘川村史』はこう述べている。

〈ダム建設に要した労務者数延六百万人、アメリカの技術陣を招きその最新式建設機械を導入して建設せられたもので、その建設予算は当初（昭和二十七年）百六十七億円余であったが、ダム方式変更と物価上昇に伴って二十八年には二百七十四億円となり、三十五年完成までには四百億円の巨額となった。これは当時日本一といわれた佐久間ダムの三百六十億円を上廻るものであった。着工以来昭和三十五年完成まで五ケ年間の災害においても、その発生件数五十七件死者六十八人を出している〉

また水没した村についてはこう書かれている。

〈過去数百年の間平和で静かなたたずまいをつづけてきた山郷の一角に、戦後次第におしよせてきた近代化の波が、昭和二十七年の秋御母衣ダム建設という一大怒濤《どとう》となって、村を一瞬にして変貌《へんぼう》させたことは未曾有《みぞう》の出来事であった。そのため本村の凡《およ》そ三分の一にあたる岩瀬《いわぜ》・赤谷《あかだに》・中野・海上《かいじょう》の全部落と牛丸・尾上郷の一部が湖底に沈み、長年住みなれたふるさとから人影が消えていった〉

水没地区に予定された村では、建設賛成派と反対派が鋭く対立し、根深い村民感情のもつれから、建設賛成派の子供たちの通学を反対派の子供たちが阻止するという「村八分問題」まで起きた。

しかし、ダム建設は結局予定通り実行され、村々は、そこに長年住みついた人びとの声をかき消すように湖底深く沈んでいった。

荘川村が昭和四十（一九六五）年に調査した「水没住民の移住先及び職業」という記録がある。これをみると、美濃《みの》市、関市、岐阜市、高山市、名古屋市など近隣都市に移住していった人びとが大半を占めている。一方、移転先の職業は、名古屋市に移住していった三十二世帯の職業を例にとると、旅館業、アパート、喫茶店経営などのサービス業が圧倒的に多いことがわかる。

林業と農業以外手を染めたことのない村人たちが都会に出てやれることといえば、特段の技術習得の必要もなく、人があまりやりたがらない、それら簡易サービス業くらいのものだった。

　東京に移住してきた人びとの職業をみると、その割合はさらに高く、ほとんど全員が旅館、ホテル業についている。水没した村の親睦《しんぼく》組織「ふるさと友の会」の会員名簿に載っている東京移住組十七世帯のうち、円山のラブホテル街を興《おこ》した杉下茂一の一族を中心に、円山町一帯で三軒、大田区蒲田《かまた》一帯で六軒、四谷《よつや》・新宿一帯で六軒、実に合計十五軒が旅館業を営んでいる。

水底《みなそこ》の声

　水没する前の村の暮らしむきがどんなものだったか知るため、私は御母衣ダムの堰堤を望む峠を離れ、世界遺産に指定された白川村の合掌造り集落に向かった。百十軒あまりの合掌造りの家が固まったその集落のなかの一軒に入ったとき、私はまた不思議なものに出あった。

　かつて十三人の大家族が住み、いまは観光用に開放されているその大きな家のうすぐらい居間には、一枚のカラー写真が飾られていた。そこには、白川村の村長をつとめたこともあるこの家の当主と並んで、元総理大臣の大平正芳《まさよし》の姿が写っていた。家人にたずねると、この地域に強い影響力をもつ隣県富山選出の代議士綿貫民輔《わたぬきたみすけ》に連れられて上京した折、首相官邸で撮影したものだという。

前にふれたが、大平は一時期、円山町の花街に足繁《あししげ》く通った。ＳＫＤ出身のさる大きな料亭の女将《おかみ》が大平の愛人だったということは、今でも円山町の老妓《ろうぎ》衆の間で公然と語りつがれている。しかし私が驚いたのはそのことではない。

「東電美人ＯＬ」が殺害された現場には、彼女がふだんから使っていた手帳とアドレス帳が残されていた。二つの手帳には彼女が客としてとっていた男性の名前と連絡先の電話番号が書かれており、これが捜査のカギをにぎる最重要証拠となっている。

警視庁詰めの新聞記者によれば、彼女のもっていたアドレス帳には大平正芳の三男で、現在、大正製薬副社長の大平明の名前と携帯電話の番号も書かれていたという。大平明は大正製薬入りする前東電に在籍し、彼女の上司だった時期もある。二年間、彼女の「客」だった五十代の男も、彼女自身の口から大平明の名前を何度か聞いたことがある。

「大平明は東電で自分と同じ部署にいたことがあるといってました。彼女は大平明の名前を日を変えて三度、僕に言ったんです。慶応の先輩で東電の上司だったとね。話はそれだけだったんですが、話の本筋とはまったく関係ない人物のことが突然もちだされたので、却《かえ》って印象深く覚えているんです」

大平正芳が足繁く通い、愛人までつくった円山町に、彼女が夜ごと立ち、客の一人に、自分の上司でもあった大平の息子の名前をさりげなく告げる。

白川村の合掌造りの家に飾られた大平元首相の写真は、もちろん、偶然撮影されたものにすぎない。だが御母衣ダムと円山町を結ぶ地下茎のようなネットワークは、大平親子という人的ファクターをはさみこむことによって、さらに根深い闇《やみ》を広げていくよう
な気がしてならなかった。

翌日、私はタクシーを飛ばして、もう一度御母衣ダムの堰堤を望む峠に向かった。巨大な岩石を幾重にも重ねて空高く積みあげたロックフィル式の堰堤は、折から降りだした雨に煙って、前日にもまして荒涼たる風景をさらけだしていた。

この世のものとは思われぬ一種凄絶《せいぜつ》なその光景を眺めながら、飛驒《ひだ》高山の夜の街の流しからデビューした盲目の演歌歌手、竜鉄也《りゅうてつや》が歌った「奥飛驒慕情」の歌詞が、不意に私の口をついてでた。

〽風の噂《うわさ》に　一人来て
湯の香恋しい　奥飛驒路
水の流れも　そのままに
君はいでゆの　ネオン花
ああ奥飛驒に　雨がふる

諏訪湖《すわこ》の約五・五倍、三億三千万立方メートルという厖大《ぼうだい》な水量をたたえた御母衣ダ

ムの青い湖面は、雨にぼおっと煙っていた。

そのとき私の頭に、雨の夜、傘をさしレインコートをはおって、円山町の小さな地蔵堂の前にたたずむ彼女の姿が、三善英史《みよしえいじ》の歌う「雨」とともに、映画のカットバックのように突然浮かんだ。

〽雨にぬれながら　たたずむ人がいる
傘の花が咲く　土曜の昼さがり
約束した時間だけが　体をすりぬける
道行く人は誰一人も　見向きもしない
恋はいつの日も　捧《ささ》げるものだから
じっと耐えるのが　つとめと信じてる

雨はいよいよ激しくダムの湖面を打っていた。私はその湖底に水没した村人たちの声を聞きたいと思った。湖面には雨が作る無数の波紋が現れては消えたが、湖はしんと静まり返ったままだった。しかし私は、湖底に沈んだ村人たちの声がかすかな幻聴となって聞こえてくるような気がした。そして、その声にまじって、彼女が円山町の古ぼけたアパートの一室であげた断末魔の叫びが水底から伝わってくるのを、たしかに聞いたと思った。

第三章　富士

第一発見者

行きとは反対に奥飛騨《おくひだ》からバスで約三時間かけ日本海側の高岡に出た私は、富山空港から羽田に飛び、その夜、また円山町の殺害現場を訪ねた。殺害現場を訪ねるのはこれで五度目だった。

三月十九日の遺体発見から数えて約二カ月が経過していた。この段階での捜査は依然膠着《こうちゃく》状態のままだった。とはいえ目ぼしい手がかりがこの段階までまったくなかったわけではなかった。

最初に疑われたのは、彼女が遺体で発見されたアパートの空室の鍵《かぎ》を大家からまかされて管理し、第一発見者ともなったネパール料理店の雇われ店長だった。そのネパール料理店は、殺害現場と国道二四六号線をはさんで三百メートルと離れていない渋谷区桜丘町の雑居ビルの一階にある。私は殺害現場を離れ、その店に向かった。

突然訪ねていったにもかかわらず、店長はさして驚いた風もなく、事件前後のことを淡々としゃべり始めた。

「あのアパートは喜寿荘といって、持ち主はこの店を経営している社長と知りあいなんです。喜寿荘のあの部屋も、そういう縁から、私が斡旋《あっせん》というより、仲介をしていたんです。あの部屋には、私が仲介をしたネパール人が平成八（一九九六）年の十月くらいまで住んでいましたが、その後はずっと空室になっていた。

時々見回っていましたが、ある晩、窓が開いていてなかがみえたんです。ネパール人の女が寝ているんだなと思っただけで、別に不審には思わなかったですね。だけど女の子ひとりだから危ないと思って、鍵はロックしておきました。ええ、そのとき扉は開いていたんです。

翌日見にいったらまだ寝ているのでさすがに不審に思い、部屋に入ると死んでいたんです。一一〇番通報をしたのも僕だし、現場検証にも立ち会いました。

喜寿荘の隣の建物も喜寿荘と同じ持ち主で、その部屋に住んでいたネパール人二人が、入管難民法違反の別件容疑で逮捕されました。彼らはあの部屋に自由に出入りできると警察はにらんでいたようですが、彼らはシロですよ。犯人は別にいます。あの部屋には彼女が、自分で入っているんです」

ネパール料理店の店長の証言からわかるのは、本件とは別に、ネパールコネクションともいうべき法の網の目をかいくぐったつながりが、この街の一画に張りめぐらされていることである。別件逮捕された二人を含む五人のネパール人が住んでいた喜寿荘の隣の粕谷ビル四〇一号室を訪ねると、扉にはネパール料理店を経営する法人会社の標札がかかっていた。

喜寿荘とこれに隣接する粕谷ビルの所有者は世田谷区等々力《とどろき》に住んでいる。しかし、いつ行っても広壮な邸宅は留守で本人に会うことは最後までできなかった。また、法人登記上ネパール料理店を経営する人物が住む埼玉県新座市のマンションには、なぜかまったくの別人が住んでいた。警察がこの段階で重視していたのは、これらネパールコネクションだった。このほか複数の東電関係者も捜査線上にのぼった。しかし、私の目的は警察まがいに「犯人」を探すことではない。あくまで彼女を堕落に赴かせた心の謎《なぞ》と闇《やみ》に迫ることである。

オルゴール

円山町のあるラブホテルの支配人は、ひょんなことから彼女と知りあうことになった。

「彼女とはじめて会ったのは、事件の三年半前のお盆の頃だったなあ、私が道玄坂付近でタクシーを降りたとき足を挫《くじ》いてしまってね。この近くを足をひきずりながら歩いていると、『もし、どうしたんですか？』って声をかけてきた女がいた。それが彼女だった。彼女は『お困りですね』っていいながら、肩を貸して事務所まで送ってくれたんだ。言葉遣いが丁寧なので、これはプロじゃないなとすぐに思ったよ。

でも服装は素人《しろうと》ばなれしていた。紫色の服着てさ。髪は腰まであるほど長く伸ばしていた。もっともあとでカツラということがわかったんだけどね。オレはてっきりオウムの女だと思ったよ。オウムの女が資金に困って円山町で立ちんぼ商売始めたんじゃないかってね。

最初は身なりのいい紳士タイプの客ばかり連れてきたけど、最後の方は、みるからに薄ぎたない労務者タイプでも何でも連れこんでいた。料金も最初はこの辺りの相場の二万五千円から三万円とっていたようだが、最後は三千円でもいいって感じだったね。

犯行現場のあの部屋には自分で誘ったんだよ。空室ということを知っていたんだ。旅館代ももったいないってね。まァ、金銭欲が彼女を狂わしたんだろうな。でも一円、十円にもこだわるそういうところが、主婦的感覚というのか、プロじゃないんだよ。

一度、近くのホテルでトラブルを起こして彼女が裸で外へ飛びだしてきたことがあった。すると彼女、何したと思う？　しばらくして会社のワープロで『申し訳ありませんでした』というお詫《わ》びの文書を打って、近くのホテルに配ったんだ。そういう点は素直で律義《りちぎ》だったよ。

それにしても彼女はえらいよ。雨の日も風の日も毎晩この街に立つんだからな。宮沢賢治だよ。それに、どんなことがあっても必ず終電で帰る気力を残しているんだからね。稼いだらすぐにパッパと使うプロには絶対真似《まね》のできないことだよ」

彼女の律義さは、二年間「客」としてつきあった五十代の男が貸してくれたクリスマスカードやバースデイカードからも伝わってきた。自分の姓をわざわざ旧字で書き、文章もきちんとした楷書《かいしょ》で書かれていた。それはまるで一昔前の女学生のような生真面目《きまじめ》さだった。そのカードを開けると、投函《とうかん》されてからもう四年以上たっているというのに、小型のオルゴールを内蔵したカードから、「ジングルベル」や「ハッピーバースデイ・トゥ・ユー」の軽《かろ》やかなメロディーが流れてきた。

いま私の手元に、その「客」がカードと一緒に貸してくれた彼女のあられもない姿を写した数葉のカラー写真がある。しかし、「客」自身がベッド上で撮影したその猟奇的な写真よりは、カードから聞こえてくる軽やかなメロディーの方が、崩壊しようとする自分を必死でくいとめようとする彼女の哀切な内面が、ずっと切実に伝わってくるように思えた。

彼女は自分の方から「客」に電話をかけるとき、必ずコレクトコールでかけてきた。「客」がその理由を聞くと彼女は、「不在の場合、留守番電話になるので十円損する」と、顔色一つかえずに答えた。

ホテルで彼女が飲む三本の缶ビールはたいていの場合、彼女が道玄坂近くの酒屋で買ってきた。彼女はその領収書を必ず「客」に渡して、その分の金をきっちり請求した。ビールといえば、自宅近くにある井《い》の頭《がしら》線西永福《にしえいふく》駅前の酒屋で、こんな話も聞いた。

「ときどき朝やってきては、ビニール袋に入れたビールの中ビンの空きビン四、五本を金に換えるんだ。五円、十円とたまると、それをうちで百円玉に逆両替する。うちでビールを買っていったことなどないから、あの空きビンはどこかで拾ってきたものかもしれない。とにかく変わった女性でしたよ」

その一方で、彼女にはこんな一面もあった。

彼女は「電気新聞」などの業界紙の切り抜きを、東京電力のネームの入った大型の紙袋に入れ、「客」の自宅に定期的に送ってきた。「客」がフリーでコンピュータ業界の広報関係の仕事をやっていることを知ったためだった。新聞の切り抜きを何十枚となく彼女から送られてきた「客」によれば、広報関係の仕事に少しでも役に立てばという親切心から出た行動ではなかったかという。

「彼女とは二年間つきあいましたが、その間、宝石が欲しい、毛皮が欲しいというおねだりの類《たぐい》は一切ありませんでした。逆に、気をきかせてのことなのかセンター街にあった『村さ来』の領収書を何枚かまとめて一本にしたものを月に一度、もってきてくれました。自営業だから節税対策が大変でしょうねっていってね。金額は二万四千円くらいで、偶然なのか、僕が彼女に払う一回分の料金とほとんど同じでした。あれだけ金銭に細かかった彼女が、ひとりで『村さ来』に入り、自分で金を払っていたとはとても思えませんが、彼女は彼女なりに工夫して何とか領収書を集めていたんだと思います」

彼女は「客」とホテルに入ると必ず三本の缶ビールを流しこんだ。その際、一本は決まってアルコール度数の高いビールを選んだ。いかにも経済学部の出身者らしいその計量感覚は、彼女を堕落の道につき落とすためのイニシエーションの最後のひと押しだったのかもしれない。

彼女の周辺を取材しているうち、大学時代の拒食症にはじまる彼女の性格欠損には、両親の夫婦仲の悪さが決定的な影響を与えているという噂《うわさ》を何カ所かで耳にした。また、彼女の父の死によって家計の負担が長女である彼女に一気にかかり、そのことが彼女のその後の人生に過重な負荷をかけ、結果として彼女に転落の道を選ばせることになったのではないか、という話も聞いた。

私は彼女の精神形成に重要な影響を与えた父親の人間像をさらに深く知りたいと思い、富士山を間近に望む山梨県下の小さな街にある父親の生家を訪ねた。その街は、『堕落論』を書いた坂口安吾《あんご》とも深い親交のあった太宰治《だざいおさむ》の「富士には月見草がよく似合ふ」という文学碑の建つ御坂《みさか》峠にもごく近かった。

私はその街の父親の実家近くでも彼女が殺害された現場の風景に酷似した風景に遭遇した。不思議な暗合は、彼女の未生の地にも影を落としていた。

鉄路と墓碑銘

渋谷区円山町で殺害された東電エリートＯＬの父親の生家を探して山梨県下のある小さな街を訪ねたとき、私は奇妙な感慨にとらわれつづけていた。

それは、大月から富士吉田に向かう富士急行の電車のなかから、すでにはじまっていた。その電車は、彼女が杉並区永福町の家を出て毎日通勤に使っていた井の頭線と同じ京王電鉄の車輛《しゃりょう》が使われていた。

偶然の一致というにはあまりにも出来すぎたその奇妙な暗合にも驚かされたが、各駅ごとに表示された標高××メートルという表記をみたとき、これはもしかすると偶然の一致ではないかもしれない、と思うようになった。その表示には、彼女が殺害された渋谷区円山町の現場と、彼女が強く慕っていた父親の故郷とを結ぶ、ある共通項がかくされているように感じられた。

円山町は前にもふれたように、きわめて起伏にとんだ街である。富士の裾野《すその》を登山電車のようにゆるやかに登るその電車にゆられながら、私は殺害された彼女がハイヒールの靴の底に感じたであろう円山町の高低差を感じていた。

父親の生家は意外に簡単にわかった。とある駅を降り、小さな疏水《そすい》ぞいの細い道を行ったところに、その家はあった。

このあたり一帯は、甲州織といわれる織物の特産地として知られている。近所の人の話では、父親の実家も昔は機屋《はたや》で女工も二、三人使っていたという。その名残りか、その家は宏壮《こうそう》とまではいかないが、かなり大きく、庭もそれなりに広かった。

私が父親の故郷を訪ねようと思ったのは、そこに行けば、昭和五十二（一九七七）年七月、東京電力に在職中のまま五十代の若さで死亡した彼の墓と対面できると思ったからである。その墓にはおそらく、父親を生涯思慕し、三十九歳の若さで非業《ひごう》の死を遂げた彼女の遺骨も納められているだろう。

私はこれを書くにあたって、何よりもまず、彼女の遺霊に心ばかりのものを手向《たむ》けたかった。

父親の実家の墓は、家の脇《わき》の細い路地を少し行き、富士急行の踏切をまたいですぐのところにあった。墓所につづく路地には満開の八重桜が咲いていた。

富士急行の上り勾配《こうばい》のレールのすぐ脇にある墓地には、雑草が生い茂り、どこもかしこも草いきれがムッとたちこめていた。法要だろうか、小さな寺の本堂の方から、かすかな読経《どきよう》の声が流れてくるのが聞こえた。

渡辺という姓を頼りに、いくつかの墓をみて回っていると、富士急行のレールに一番近いところに、渡辺という名が刻まれた三基の墓石があるのがみえた。二基は古く、墓碑銘も読みとれないほど苔《こけ》むしていた。最も新しい墓石が、父親の墓に違いないと思い、墓碑銘を読んだが、そこに父親の名はなかった。

「故陸軍伍長《ごちょう》　渡辺種雄之《の》墓　義雲院種月照雄居士《こじ》　昭和二十年一月十七日於西部ニューギニヤソロン戦歿《せんぼつ》」

墓碑銘にはそうあった。

父親の名はその墓の横に刻まれていた。

「昭和二十六年一月十七日　渡辺達雄建立《こんりゅう》」

墓参の跡のないその墓の前でしばしたたずんでいると、踏切を越え、こちらへやってくる老婆《ろうば》の姿がみえた。

「達雄の墓をさがしているというのは、あなた様ですか。どちら様かは知りませんが、まことにありがたいことです。この墓は達雄の兄の墓で、達雄がわざわざこしらえに帰ってくれたものです」

聞くと、老婆は達雄の姉だという。私が近所で渡辺家の墓所はどこにあるかをたずねまわっていたのを聞き、一言挨拶《あいさつ》したく墓地にきたとのことだった。

「達雄の墓ですか？　私も弟不孝な姉です。葬式には行きましたが、墓がどこにあるか私も知らんのです。ですから一度もお参りにも行っていません。本当に不孝者の姉です。

けれど、達雄も二人の娘を立派に残してくれました。あの子たちにもずっと会っておりませんけど、元気にやってるんでしょ？」

私は言葉につまった。私を近親の者と間違えた八十歳近いこの老婆はまだ、実の姪《めい》が非業の死を遂げたことを知らないままでいる。

「上の娘は子供の頃、達雄がよく家に遊びにつれてきましたよ。もうずいぶん大人になったんでしょうね」

私は不得要領な返事しかできぬまま、墓に手を合わせ、そこを足早に立ち去った。

ふり返ると、老婆は曲がった腰をかがめて墓の掃除をしていた。そのときふいに、既《デジ》視感《ヤヴュ》に襲われた。

レールのすぐそばの墓は、彼女が殺害された現場の地理的状況と酷似していた。彼女が殺害された円山町の喜寿荘という古ぼけたアパートからわずか五メートルほど行ったところに、井の頭線の踏切がある。富士急行の踏切を渡ってすぐ近くにある実家の墓と、井の頭線の踏切を渡って五メートルと離れていない殺害現場の地理的関係は、そこを通る車輛が同型ということを含めて、驚くほど似ていた。

墓地にはタンポポの綿毛が粉雪のように舞っていた。彼女も少女時代、父親に連れられて富士の雄姿を間近にのぞむこの墓地に何度かきたはずである。あるいは彼女は、少女時代にみた風景とよく似た風景を無意識のうちに求めて、円山町の古ぼけたアパートに入りこんだのかもしれない。そして彼女は、そこで惨殺《ざんさつ》された。

　彼女を円山町に吸いよせる地下茎のような暗合は、父の故郷の墓所の風景にまで隠されていた。私は乱舞するタンポポの綿毛のなかで、笑い声をあげ、父親と無邪気に遊ぶ少女の幻を一瞬見たと思った。

第四章 証拠

目撃証言

事件発覚から丁度二カ月目の五月二十日午後、警視庁は殺害現場隣のビルに住む当時三十歳のネパール人を逮捕した。このネパール人はゴビンダ・プラサド・マイナリといい、事件発覚から四日後の三月二十三日、出入国管理及び難民認定法（入管難民法）違反（不法残留）の容疑で、逮捕、起訴されていた。

この日、ゴビンダは先の容疑で懲役一年、執行猶予《ゆうよ》三年の判決を受けたばかりだったが、即日、容疑を強盗殺人に切りかえられ、再逮捕された。

再逮捕の決め手は、殺害があったとされる三月八日深夜、ゴビンダとみられる外国人が彼女と一緒にアパートにはいるところを見たという目撃証言があり、室内に残っていたコンドームの精液が、ゴビンダのものと一致したことなどとされた。しかしゴビンダは一貫して殺人の容疑を否認している。

ゴビンダは二十日間の勾留《こうりゅう》期限のきれる六月十日、強盗殺人容疑で起訴された。

〈公訴事実　被告人は、平成九年三月八日深夜ころ、東京都渋谷区円山町一六番八号喜寿荘一〇一号室において、渡邉泰子（当時三十九年）を殺害して金員を強取しようと決意し、殺意をもって、同女の頸部《けいぶ》を圧迫し、よって、そのころ、同所において、同女を窒息死させて殺害した上、同女所有の現金約四万円を強取したものである。

罪名　強盗殺人〉

しかし、この逮捕、起訴は、状況証拠の積みあげのみによって強行された面が否《いな》めず、関係者の間では、公判維持できるかどうかも怪しいといわれていた。

入管難民法違反の判決が出た日に再逮捕となったのは、もしそのままゴビンダを放置すれば、強制国外退去となり、強盗殺人容疑で再逮捕するのがきわめて困難になるとの判断があったためだろう。これが警視庁詰め記者たちをはじめとする関係者の大方の見方だった。

私はゴビンダの弁護士に連絡をとり、匿名《とくめい》を条件に話を聞いた。

「奪った金を家賃にあてたといいますが、それはおかしい。だって彼には三月五日に給料が出ているんですよ。二十万円ね。だから金を奪って家賃にあてたとは考えられない。それから、本当に彼が殺しているなら殺害してから遺体が発見されるまで十一日間も隣に住んでいるわけがないじゃないですか」

彼女の遺体が発見された喜寿荘と、ゴビンダが住んでいた粕谷ビルとは、弁護士のいう通り、まさに隣接しあっている。ゴビンダが仲間のネパール人四人と共同で住んでいた粕谷ビルを何度かたずねたが、そのビルと喜寿荘の間は、十センチほどのすき間もなかった。

遺体が放置されていた部屋が一〇一号室、ゴビンダが仲間と暮らしていた部屋が隣のビルの四〇一号室と、建物と階は違っているとはいうものの、その空間はあまりにも隣接しており、殺害した犯人が十日以上ものんびりと暮らす環境とは到底思えなかった。

「それ以上に重要なのはアリバイです。彼は勤め先の千葉市幕張のインド料理店を、夜の十時を少し回った頃に出ています。これはタイムカードにも残っているので、警察でも確認しています。そうすると、粕谷ビルの部屋に戻れるのは十二時近い。

ところが、警察では殺害された当日の三月八日の午後十一時二十五分頃、彼に似た男と彼女が一緒に喜寿荘の部屋に入っていったという目撃証言があるという。彼は絶対にその時間には渋谷には帰ってこられません。疑いがあるなら、実際に試してみて下さい」

私は弁護士と別れ、その足で幕張にとんだ。いうまでもなく、ゴビンダの事件当日の足どりを自分の足で確認するためだった。

時刻表

ゴビンダがつとめていたインド料理のチェーン店は、東京と千葉県の蘇我《そが》を結ぶ京葉線の海浜幕張駅から歩いて五分ほどのところにあった。このあたり一帯はすべて埋立地で、強い潮風が容赦なく吹きつけるその広大な土地には、幕張メッセと呼ばれる国際コンベンションセンターを中心にして、超近代的なビル群がいくつも建ち並んでいる。

ゴビンダが入管難民法違反の容疑で逮捕されるまでつとめていたインド料理店も、ＳＦ映画「ブレードランナー」にでもでてきそうな、外壁すべてがガラス張りでできた近未来的ビルの一画にあった。

その店の店長代理によれば、ゴビンダはこの店に平成六（一九九四）年十二月からつとめはじめた。その間、無断欠勤は一度もなく、勤務態度も生真面目《きまじめ》の一言に尽きたという。

「殺害が行われたとされる三月八日の翌日も、ふだん通り昼頃出勤し、夜十時まで働いていました。勤務態度もふだんと変わったところはまったくありませんでした。不法残留の容疑で警察に逮捕されるまで、その後もずっとふだん通り出勤していたんです。

給料ですか？　毎月五日に、銀行に振り込みます。金額は二十万円ほどでした。だから、彼女を殺して奪った金を家賃にあてたという話は、とても信じられませんね」

店長代理によれば、問題の三月八日、ゴビンダはいつもの通り、夜十時の閉店と同時に着がえを済ませ、京葉線の海浜幕張駅に向かったという。

ゴビンダの通勤ルートはこの段階では明らかではなかった。しかし、海浜幕張駅から東京駅に向かい、そこで山手線に乗りかえて渋谷で降り、そこから円山町まで歩くというのがごく常識的なコースだと考えられた。

これ以外にも、京葉線を途中で降りて地下鉄に乗り換えるというルートもないではない。しかし、ゴビンダの弁護士も彼が働いていたインド料理店の店長代理もそうだと認めているように、一回の乗り換えですむＪＲルートをとったと考えるのが最も自然である。彼がこの日に限って、他のルートをとったとは、まず考えられない。

私も東京駅乗り換えのルートに沿い、時間を計りながら円山町の現場まで向かってみた。彼女が殺害された三月八日と同じ土曜日に、海浜幕張駅を夜の十時台に発車して、東京方面に向かう電車は六本ある。

十時七分、十二分、二十二分、三十七分、五十二分、五十九分の六本である。

京葉線の運行時間は平成九年三月二十二日に一部改正されたので、念のため、改正以前の時刻表もみてみた。それによると、朝と夕刻の通勤時間帯に何本かの電車が増発されただけで、夜の十時台の運行には一本の変化もなかった。

夜の十時台に東京方面に向かう六本の電車のうち、十二分と五十九分に発車する二本の電車は、隣駅の新習志野《しんならしの》どまりで接続電車もないため、これは自《おの》ずから除外される。するとと残りは、十時七分、二十二分、三十七分、五十二分の四本ということになる。ゴビンダがつとめるインド料理店と海浜幕張駅は急いで行っても五分はかかる。ゴビンダは十時の閉店後、跡かたづけをし、ウェイターの制服を私服に着がえてから駅に向かったので、十時七分発車の東京行きに乗りこむのは、まず無理である。

次に東京駅まで向かう電車は、十時二十二分発である。ゴビンダは、おそらくこの電車に乗って東京駅に向かった。

私も同じ電車に乗ってみた。東京湾岸に沿って走る京葉線は、さながらＳＦ世界をつっ走る列車のようである。幕張メッセのインテリジェントビル群の明りが車窓から消えると、突然、左手の窓の外側に、巨大な芋虫が頭をもたげたような人工スキー場の黒々とした姿がみえてくる。

そこから何本かの河をこえてさらに進むと、浦安の巨大マンション群の明りがみえ、やがて、東京ディズニーランドのイルミネーションが思わぬ近さでとびこんでくる。

いまや日本一の集客力を誇るこの一大遊戯施設は、閉園時間近くなると、映画「メリー・ポピンズ」の挿入歌の「チム・チム・チェリー」の軽やかではあるが、どこか淋《さび》し気なメロディーが、どこからともなく流れてくる。

〽チム　チミニー　チム　チミニー
チム　チム　チェリー
わたしは　煙突そうじ屋さん
チム　チミニー　チム　チミニー
チム　チム　チェリー
町一番の　かほう者
みなさん　聞いてくださいね

（著作権表示は奥付に表記）

私も東京湾の潮風に乗ってかすかに流れてくるこのメロディーを、京葉線が東京ディズニーランド前の舞浜駅にとまるたび、何度か耳にしたことがある。

無罪を訴えながら、公判の日を異国の檻《おり》のなかで怯《おび》えながら待つゴビンダの心中を思うとき、その悲し気なメロディーは、彼がいま置かれた境遇にいかにもふさわしいもののように感じられた。

しかし、午後十時の閉園時間が過ぎたいま、そのメロディーは聞こえず、園外に終夜飾られた巨大なイルミネーションが、東京と千葉の境界線の暗い闇《やみ》のなかに、明滅しながら浮かびあがっているだけだった。

ネパールとは遠く離れた異国の地で、故郷に家を建てるのだけを楽しみにせっせと仕送りをつづけ、つとめ先のインド料理店の上司に、「もう二百万円送金した。もうすぐ家が建つ」とうれしそうに語っていたというゴビンダも、あの夜、車窓にひろがるこのイルミネーションをぼんやりと眺めていたはずである。

薄暗闇

電車はまもなく大きな暗い河をこえ、やがて東京駅までつづく長いトンネルに突入する。午後十時二十二分に海浜幕張駅を出発した電車が、東京駅の地下ホームにすべりこんだのは午後十時五十八分だった。

京葉線が発着する地下ホームは、東京駅のなかでも最深部の地下四階に設けられている。私は山手線外回りのホームに向かうため、何本かの長いエスカレーターに乗り、これまた長い何本かの動く歩道に乗った。

急ぎ足できたつもりだったが、山手線のホームに到着して時計をみると、午後十一時七分少し過ぎだった。京葉線のホームからここまで九分かかった勘定である。ゴビンダは小太りの男というから、これよりもう少し余計にかかったかもしれない。山手線外回りのホームにあがると、十一時八分発の電車がすぐにすべり込んできた。

ゴビンダもおそらく、この山手線電車に乗りこんで渋谷に向かったものと思われる。

三月八日、午後十一時二十五分、ゴビンダとおぼしきネパール人と彼女がそろって喜寿荘の一室に入るのを見かけた、というのがこの段階で警察サイドが明かしていた目撃証言の内容である。

私は渋谷に向かう山手線の車内で、腕時計に何度も目をやった。電車が品川駅に到着したとき時計は十一時二十分丁度だった。大崎を過ぎ、五反田のホームに電車がすべり込んだとき、時計の針はすでに十一時二十五分を指していた。

もし目撃証言の時間が正確ならば、ゴビンダは五反田から空中を飛び、円山町の現場に現われて、彼女をアパートの一室に誘いこんだことになる。

結局、山手線の電車が渋谷駅に到着したのは、十一時三十五分少し前だった。そこから道玄坂を登り、喜寿荘の前まで歩いてみたが、現場に到着したのは、午前零時十分前だった。

ゴビンダの弁護士によれば、午後十一時二十五分という目撃証言を、警察はその後、午後十一時二十五分以降と訂正したという。

仮に百歩譲って、午後十一時二十五分以降にゴビンダとおぼしき人物と彼女が、現場のアパートに入っていったのを誰かが目撃したとしよう。それにしても疑問は残る。そんな遅い時間に、しかもことさら暗いアパートの物陰にいた男女の識別が果たして本当に出来るものだろうか。

現場付近の明りといえば、トンネルとトンネルの間にはさまれた井《い》の頭《がしら》線の神泉《しんせん》駅から洩《も》れてくるかすかな明りと、喜寿荘斜め前のマクドナルドの明りぐらいのものである。そのマクドナルドも夜十時に閉店するので、この時間帯、喜寿荘の前はほとんど薄暗闇に閉ざされる。

さらに不審な点がある。喜寿荘の一〇一号室は事件前年の平成八（一九九六）年十月頃から空室となっており、それ以降、浮浪者が住みつかぬよう、部屋の電気も水道も切られている。

そんな真っ暗な部屋のなかで、果たしてセックスするかという点も疑問である。それ以上に、部屋から洩れる明りもなく、まわりからの明りもほとんどない状況で、目撃者は何を根拠にして、ネパール人が彼女と一緒に部屋に入るのをみたというのだろう。

私は街灯の明りと、喜寿荘二階の踊り場の明りが辛うじて一〇一号室の前をぼんやりと照らす現場に立ちながら、ゴビンダの弁護士が言った言葉をあらためて思い返していた。

「これは冤罪《えんざい》ですよ。消去法で彼が犯人とされただけです。警察は目撃情報と、彼が部屋の鍵《かぎ》を管理人から借りていたことだけを殺人の根拠にしている。これでは公判維持ギリギリです。

ＤＮＡの鑑定にしても、一致したものとみられるとしかいっていない。今の段階では、警察は客観的証拠を何ひとつ示していないんです。彼は一貫して犯行を否認していますすし、警察から彼女の写真をみせられても、一度もみたことがないといっています」

部屋から発見されたコンドームのなかの精液が、仮に、ゴビンダのDNAと一致したとしよう。しかし、それだけではゴビンダと彼女の間に性行為があったことが類推できるだけで、殺人の直接的証拠には当然なりえない。

鍵《かぎ》のない部屋

私はゴビンダに一〇一号室の部屋の鍵を貸し、彼女の遺体の第一発見者ともなった渋谷のネパール料理店の雇われ店長にもう一度会い、あらためて現場の詳しい状況を聞いた。

「あの部屋には事件が起きる半年前の平成八年十月までネパール人が住んでいました。水が下の居酒屋に洩れてトラブルになり、それで出ていった。それ以後、空室となっていましたが、埃《ほこり》がたまり、クモの巣が張っているような有様だったんです。彼女はそこに靴を脱いであがっている。それも、爪先《つまさき》を土間の入口のほうにきちんと向けて、そろえてあった」

土足であがってもおかしくないような汚い部屋に、靴の爪先をきちんとそろえてあがる。そんなところにも、彼女の律儀《りちぎ》さが現れていると思った。

雇われ店長によれば、ゴビンダはネパール料理店の常連客で、喜寿荘一〇一号室の鍵を貸したのは、平成九年一月末頃だったという。

「喜寿荘の部屋を借りたいというので、私がわざわざ出向くこともないと思い、店で鍵を渡しました。ところが結局借りないということになり、ボクのところに鍵を返しにきた。彼はそのとき、喜寿荘の隣の粕谷ビル四〇一号室で、ネパール人の仲間四人と寝起きしてました。鍵を返しにきたとき、彼は粕谷ビルの家賃も一緒にもってきました」

ちなみに粕谷ビル四〇一号室の家賃は五万円で、このときゴビンダは前月滞納した分も含めて二カ月分、十万円をもってきたという。ただし五人の共同生活なので、彼の一カ月の家賃負担額は一万円だった。

「ゴビンダは鍵と家賃をもってきたのは、事件前の三月六日といっているようですが、ボクの記憶でも三月六日だったように思います」

警察は、ゴビンダが鍵と家賃を、ネパール料理店の雇われ店長のところへもってきたのは、事件後の三月十日頃とみて、それを一つの根拠にして彼を逮捕した。しかし、鍵を実際に返したのは、同居人のリラだった。それに、部屋の鍵は実は決定的な証拠にはならない。というのは、一〇一号室の鍵はいつの頃からかは明らかではないが、かなりの間、あきっぱなしとなっていた公算が大だからである。

事実、ネパール料理店の雇われ店長が最初に彼女の姿をみかけたときも、部屋の鍵は開いていたという。

「三月十八日の夕方、喜寿荘を見回ると一〇一号室の通路側の窓があいていた。なかをみると、人が寝ている。その時はネパール人の女が寝ているくらいにしか思いませんでした。ドアの鍵はあいていたのでボクが閉めました。翌日、また見に行くとまだ寝ているのでさすがに不審に思い、鍵をあけてなかに入り、そこではじめて遺体ということに気がついたんです」

もう一つ重要な点は、通路側の腰高窓があいていたということである。殺害の行なわれた当日、部屋の鍵が、仮に閉まっていたとしても、入ろうと思えば窓から入ることもできた。

「ゴビンダは遺体が発見される前日の三月十八日まで、隣のビルで寝起きしていたんです。もし本当に殺害していれば、そんなところで寝起きできないはずです。

翌日、遺体が発見され、まわりに警察官がたくさんつめかけたため、身を隠しましたが、それもオーバーステイがバレるのを恐れてのことなんです。

ネパール人の友人を通じて、本当にやっていなければ出てこいと、彼に伝えたのは私です。警察もはじめは話を聞くだけで逮捕はしないといっていたんですよ。それで彼がうちの店に現れた。そこを警察が、そのまま逮捕してしまったんです」

捜査当局はこれだけの材料で、本当に公判維持できると思っているのだろうか。警視庁詰めのベテラン記者によれば、捜査当局のある幹部は、「隠し玉がある。ゴビンダは絶対有罪に持ちこめる」と、公判維持に自信をもっているという。

「入管難民法違反の判決が出た日をわざわざ選んで再逮捕したのも、警察が追いこまれているというイメージを、弁護人側に与え、彼らを油断させたかったからだともいってました。

けれど捜査当局がいう『隠し玉』が何かはいまの段階ではまったくわかりません。おそらく冒頭陳述まで明かさないでしょう。容疑者のＤＮＡはコンドームのなかからだけではなく、被害者の衣類もしくは体にも付着していたようです。しかし、これも殺人を立件するキメ手にはならない。結局、最大の問題は時間なんです」

もしＤＮＡが容疑者のものであることが立証できたとしても、それがいつのものか明らかにされない限り、殺人を立件する決定的な証拠とはなりえない。

彼女はアパートに入る直前、近所のコンビニでオデンを買ったといわれる。そのコンビニに行き店長にたずねると、事件発覚直後、捜査員がやってきて、彼女が映っていると思われる防犯カメラのビデオと、彼女が買ったと思われるオデンのレシートを押収《おうしゅう》していったという。

仮に一〇一号室の室内に、容疑者のＤＮＡが残るコンドームと、被害者の買ったオデンのカップが捨てられていたとする。それと一緒に捨てられたコンドームも、ほぼ同じ時間帯に使われた可能性が高い。捜査当局はおそらく、こうした推論を積み重ねて容疑者逮捕にふみきったのだろう。

しかしここで不思議なのは、現場に残された彼女の着衣に乱れがなく、争った形跡もみられなかったことである。この点に関しては、第一発見者であり、現場検証にも立ちあったネパール料理店の雇われ店長も明言している。

警視庁詰めのベテラン記者によれば、着衣の乱れはなかったが、現場に残された彼女のバッグの把手《とって》はちぎれていたという。

「捜査当局はこれを根拠に、行為が終わったあと金銭トラブルになり、バッグの奪いあいになって把手がちぎれた、とみています」

捜査当局のこの見立てがもし当たっているとするならば、却《かえ》って疑問がわく。彼女はこと金銭に関しては恐ろしくシビアな女性だった。その彼女が金銭トラブルに巻きこまれたとすれば、必ず大騒ぎとなるはずである。近隣に響くような悲鳴をあげたかもしれない。

ところが不思議なことに、近隣の住人のなかで、彼女の叫び声を聞いた者は誰ひとりいなかった。

喜寿荘の二階に住む二組の老夫婦とも、悲鳴や物音はまったく聞かなかったといい、殺害現場となった一〇一号室の真下にある居酒屋「まん福亭」の店長も、同じことを繰り返した。

その居酒屋は半地下形式の不思議なつくりの小さな店である。ひとりでこの店をきりもりするちょっとわけあり気な店長は、私の質問に、またか、とでもいいたげなうんざりした表情を浮かべ、「ここは元アングラ劇団の稽古場《けいこば》として使われていたんだ。そんな関係から、防音に関しては完璧《かんぺき》だったんだ」といった。

それにしても、この店の真上で人が殺されているのに、店長も客も気がつかないとは、一体どういうことだろう。酔客が飲んで騒ぐ店と床板一枚へだてただけのところで惨劇が行われ、それをたてこんだ客の誰ひとり知らない。知らないどころか、酒盛りとオダと怪気炎がつづくすぐ階上には、十日以上放置された遺体があった。つくづく円山町は魔界だと思った。

安酒のにおいと酔客の喧騒《けんそう》がムッとくる店内の天井にふと目をやると、いろは四十八文字を細かく書きつらねた和紙状のクロスが貼《は》られていた。それは、耳なし芳一《ほういち》が悪霊《あくりょう》をよけるため、自らの体に施した経文のようだった。じっと見ていると、その経文の後ろから彼女の呪詛《じゅそ》と無念が血のようににじみだしてくるように思われ、私は思わず煤《すす》けた天井から目をそらした。

第五章　否定

卒塔婆《そとば》小町

この事件のもう一つの謎《なぞ》は、巣鴨《すがも》に落ちていた彼女の定期入れである。その定期入れは黒い革製で、表には「fortner」という文字が型押しされていた。彼女の定期入れが発見されたのは、三月十二日の午前十時頃だった。この時点で彼女はすでに殺害され、変わりはてた姿が円山町の古ぼけたアパートの一室に放置されたままだった。遺体が発見され、殺人事件と認定されたのはそれから一週間後のことであり、拾得時点では警察もこの定期入れに何の関心ももたなかった。

定期入れが落ちていたのは、都内で唯一《ゆいいつ》残る都電荒川線の新庚申塚《しんこうしんづか》駅近くの民家の庭先だった。このあたり一帯は古くから寺町として知られている。駅を降りるとすぐに「お岩通り」という街路がある。これは「四谷《よつや》怪談」で有名なお岩さんを祀《まつ》ってある寺が近くにあるためだが、現代の怪談ともいうべき事件を取材している私にとって、何やら因縁めいたとりあわせだった。

定期入れが落ちていた民家はすぐにわかった。付近には時代を三十年ばかり巻き戻したような木造のアパートが建ちならび、ゴミゴミとした街区のいたるところに公明党と共産党のポスターが貼《は》られていた。そのたたずまいは、低所得者むけの下宿街のロケセットのようだった。

その民家も学生下宿を営んでおり、周囲は二メートル近くある高い塀で囲まれていた。定期入れはその塀ごしに落とされた。第一発見者はその家の主婦で、洗濯物の干し場を兼ねた狭い庭先の植木に水をやろうとして、黒い定期入れを見つけた。

「まったく災難だよ。何も悪いことしていないのに、警察はくる、新聞記者はくる。誰が落としていったんだか知らないけど、隣に落としゃよかったんだ。そうすりゃ、永遠に見つかんなかったよ」

その家と細い路地をはさんでプラスチックの成型工場がある。その工場も同じくらいの高さの塀に囲まれているが、塀と工場の間は五センチほどのすき間もない。たしかに主婦のいう通り、反対側に捨てれば、定期入れは永遠に発見されることはなかっただろう。

彼女の定期入れが殺害現場から持ち去られたことはほぼ断定していいだろう。しかし、一体誰が持ち去り、何の目的で、円山町と山手線をはさんで正反対のところにある巣鴨の民家に捨てたのか。この点になると、何ひとつわからない。

逮捕されたゴビンダも、円山町の部屋と幕張のインド料理店の間をまっすぐ通勤していただけで、巣鴨と彼を結ぶ線は見つかっていない。

ただ一ついえることは、この定期入れには何らかのサインがこめられていた可能性が高いということである。そうでなければ、反対側の工場と塀の間に落として定期入れを永遠に闇《やみ》に葬《ほうむ》り去らなかった理由がわからなくなる。

あるいは捜査当局が新聞記者に洩《も》らした「隠し玉」とは、この定期入れのことを指しているのかも知れないと思った。仮にこの定期入れにゴビンダ、もしくはゴビンダにつながる人物の指紋が付着しているとすれば、決定的な殺人の証拠となる。

むろんこれは逆も考えられる。巣鴨で拾得された定期入れに何らかの方法でゴビンダの指紋をあとから付着させれば、ゴビンダを殺人犯に仕立てることは容易になる。

深まる一方の謎をかかえながら、私はこの街とゴビンダを結ぶ線はないかと、虱《しらみ》つぶしに歩いた。その結果、東京外国語大に近いせいもあって、付近にはアジア人がかなり多く住んでいること、ただしネパール人はほとんどみかけないこと、この付近はすべて元墓地で、そのため格安の老朽アパートがいまも多く残っていることなどがわかった。

だが、ゴビンダと巣鴨を結ぶ線はついに見つからなかった。

かわりに奇妙な出来事にぶつかった。定期入れの捨てられた民家のすぐそばの木造アパートの聞きこみに歩いているときだった。寒々とした打ちっぱなしのコンクリートの通路をはさんで、左右に独房のような部屋が並んだそのアパートは、風呂《ふろ》もなく、便所も共同といういまどき珍しいうらぶれた建物だった。

ほとんど留守だったが、一軒だけ反応があった。戸をノックすると、なかからしゃがれた声がするのが聞こえた。戸があけられたとたん、何ともいえない腐臭が通路にまで流れてきた。部屋のなかはこれ以上ないほど乱雑に散らかり、台所の残飯は腐っているようだった。

顔を出した老婆《ろうば》は醤油《しょうゆ》で煮しめたように汚れたランニング姿だった。ランニングの下からみえる乳房は無残なほど垂れ下っていた。

その老婆がいうには、六月はじめ頃、警察がやってきてチラシのようなものを置いていったという。部屋にあがり一緒にさがすと、思わぬものが出てきた。

「こんな女性を見かけていませんか　三月八日（土）夜は、こんな姿でした」と訴えかけたチラシだった。そこには東電エリートＯＬの後姿がイラストで描かれていた。

このチラシをみたとき、私は警察の捜査は相当難航しているな、この街で発見された定期入れからもゴビンダの指紋は検出されていないな、と直感した。

私がこの木造アパートを訪ねたのは、ゴビンダが強盗殺人罪で起訴される五日前のことである。その前日の夜には、円山町の喜寿荘の二階に住む耳の遠い老夫婦に聞きこみをする二人連れの刑事の姿をみかけた。

起訴直前という切迫した状況にありながら、ほとんど実効のあがりそうにない捜査をつづけていること自体、捜査の手づまりを示していた。もし決定的な証拠を捜査当局がつかんでいるとすれば、三カ月前に殺された彼女のチラシをもって、巣鴨のアパートの聞きこみをするなどという迂遠《うえん》で方向違いの捜査などするはずはなかった。そのアパートを辞去するとき、ふと私の頭にある妄想が浮かんだ。

現代の貧民窟《くつ》を連想させる巣鴨の木造アパートに住んで四十年というこの老婆は、死んでもしばらくはおそらく誰にも発見されないだろう。彼女はひょっとすると、雨の日も風の日も円山町で立ちんぼをつづけた東電エリートOLのなれの果ての姿なのかもしれない。

私はその老婆の姿に、かつて男たちから小町と呼ばれて騒がれた美女が、今は老いさらばえ公園のモク拾いで余生をすごす三島由紀夫《ゆきお》の「卒塔婆小町」の物語を重ねあわせていた。そして、円山町の真っ暗なアパートの一室で何者かに殺され、十日以上も遺体を放置されなければならなかった東電エリートOLの無残と孤独を、あらためて思った。

シークレットワーク

同様の思いは、東電時代、彼女と同じ職場に勤務していた大平明に会ったときにも感じた。元総理の大平正芳《まさよし》の三男の大平明は現在、大正製薬の副社長となっているが、慶応の経済学部を卒業した昭和四十四（一九六九）年に東電入りし、一時期、彼女の勤務する企画部経済調査課（現・企画部経済調査室）で、上司として一緒に机を並べた。

捜査当局が押収《おうしゅう》した彼女の手帳のなかには、「客」と、それ以外の人物をあわせ、大平ほか十五名の名前と電話番号が書かれていたといわれている。私が大平に会ったのも、その点について本人から直接確認をとるためだった。大正製薬の一室で会った大平はソフトな物腰ながら、この点に関しては真っ向から否定した。

「彼女の手帳には、私の名前も携帯電話の電話番号も載っておりません。私が噂《うわさ》になっていることを心配した私の友人が、捜査当局に連絡をとって問題の手帳を人を介してみてもらった。その結果、私の名前も電話番号もなかったと連絡がありました。ですから間違いありません。もちろんこの件で警察の事情聴取を受けたこともありません」

その後の取材で、警察が押収した泰子の九七年度の手帳にはアドレス帳も含めて、大平明の名前は載っていなかったことが判明した。しかし警察が押収した泰子の手帳は九七年度のもの一冊ではないので、これだけをもって泰子の手帳に大平明の名前がなかったとは言い切れない。

それよりも私が気にかかったのは、大平が自分の名前が彼女の手帳に載っていなかった点を主張するのに急なあまり、かつて同じ職場で部下として働いた彼女を悼《いた》む気持ちがほとんど感じられなかったことである。

私は大平に、その手帳を直接あなたがみたのかとたずねた。すると大平は、それは捜査資料だから直接にはみていない、しかしそれをみた人から、出ていないという連絡が私の友人に入ってきたのだから、私の名が出ていないのは間違いない、と何度も繰り返し、まだ疑問があるなら、捜査当局に行って問題の手帳をみせてもらって確認したらどうですか、といった。

むろん捜査当局が彼女の手帳をみせるはずもないことは誰でもわかることである。だが念のため、捜査本部の置かれた渋谷署の広報担当の副署長に事情を話すと、案の定、

「そんなことできるわけないことは、あなた方が一番よく知っているでしょ。一切ノーコメントだね」と、一笑に付した。

彼女の手帳には、もう一人東電の常務の名前も出ていたといわれている。その常務にも東電の社内で会った。常務は予想通り、彼女とは一面識もありません、まったく知りません、思いあたるフシはゼロです、天地神明に誓って知りません、の一点張りだった。しかし私は、唇をふるわせながら早口で否定する口調に、却《かえ》って何かを知っている印象を受けた。

事件発覚から間もなく、彼女は七千万円あまりの株券をもっていたという噂が流れたことがあった。この噂はしばらくして立ち消えとなったが、そのときもっぱらいわれた

のは、こんな推測まじりの話だった。

その株券は実は東電の政治資金の一部で、シークレットワークを担当する彼女がこれに手をつけて穴をあけてしまった。それを政治担当の役員からせめられ、律義《りちぎ》な彼女はその穴をうめるため、毎日、円山町に立ったのではないか……。

彼女がつとめていた東電の経済調査室は、国会答弁用や審議会用の資料を用意するなど、永田町や霞《かすみ》が関《せき》ときわめて結びつきの強い部署である。

またこんな噂が立ったこともあった。

池袋の場末にＳというさる暴力団の息のかかったといわれるＳＭクラブがある。そこに彼女のあられもない写真が流れた。持ってきたのはあるネパール人で、そのネパール人とＳＭクラブは元々麻薬のコネクションで結びついていた。彼女の写真を手にいれたさる暴力団は、これを金にかえようと思い、東電をおどした。しかし金にはならず、彼女は結局、彼らのトラブルの巻きぞえをくって殺された……。

その噂の元になった池袋のＳＭクラブに行ってみた。池袋に行ったのは、彼女が一時期、足をひきずりながら池袋の街角に立っていたとの情報を耳にしていたためでもあった。もし彼女が池袋で本当に立っていたとすれば、定期入れの見つかった巣鴨とも近く、事件との関係を示す線もうっすらながら出てくる。

だが、結論からいえば、これらはすべて噂の域を出るものではなかった。池袋の夜の世界については何でも知っていると豪語するSMクラブの支配人にたずねたが、彼女の写真についてはもちろん、ネパール人のことも暴力団や麻薬についても、一切何も知らなかった。

これらの噂を念のため、東電側にもぶつけてみた。だが予想した通り、全面否定された。

しかし、こうした噂がいつまで経《た》ってもアブクのように浮上しては消え、東電関係者の名前が色々と取り沙汰《ざた》されるのは、それだけこの事件の謎が深いことの証《あかし》だともいえる。それ以上に謎なのは、彼女がなぜ円山町のラブホテル街に、夜な夜な立たなければならなかったのか、ということである。彼女の内面には、事件以上の迷宮が、いまだ何も解明されぬまま、深く暗く澱《よど》んでいる。

第六章　遺骨

高学歴一家

杉並区永福《えいふく》の自宅を出た女性は、西永福駅から渋谷行の井《い》の頭《がしら》線に乗った。常識的に考えれば、そのまま渋谷まで行き、そこで山手線に乗りかえて職場のある田町に向かうはずだった。

ところが彼女は、二つ目の明大前で降り、京王線に乗りかえた。彼女は、新宿行きの京王線を一台見送り、都営新宿線にそのまま接続する本八幡《もとやわた》行きの電車に乗りこんだ。その電車で、神保町《じんぼうちょう》まで出た彼女は、今度は都営三田線に乗りかえて、終点の三田で下車し、そこから職場へと向かった。

私はこの事件を取材するにあたって、東電エリートＯＬの母親にあて、思い出すのもおぞましいことでしょうが、亡《な》き娘さんの無念を晴らし、娘さんの魂を鎮《しず》めるためにも、ぜひ取材に応じていただきたい、という旨《むね》をしたためた手紙を送っていた。予想されたことではあったが、母親からの返事はとうとうこなかった。

私は、母親から話が聞けないならば、東電ＯＬの妹から一言でも話を聞けないかと思い直し、直接彼女にあたろうと考えた。スタッフの一人が彼女に話しかけるチャンスをうかがって尾行めいたことをしたのは、そのためだった。とうとう話しかけることはできなかったが、スタッフから聞いた彼女の行動に、私はあらためて遺族の深い悲しみを知った。

西永福から井の頭線でまっすぐ渋谷に向かえば、いやでも神泉《しんせん》の駅を通る。トンネルとトンネルの間の踏切の向こうにみえるあのいまわしい殺害現場が、どうしても目にとびこんでくる。彼女がわざわざ、一旦《いったん》、都心に出るという遠まわりまでして通勤しているのは、姉の最期《さいご》の姿をできるだけ思い出したくなかったからに違いない。

それにしても東電エリートＯＬはなぜ、円山町に立つようになったのか。

大正十四（一九二五）年生まれの父の達雄は、山梨県下の名門旧制中学から、これまた名門の東京高校に入学し東大に進んだ。昭和四（一九二九）年生まれの母親はある有名国立大学の名誉教授を父にもち、三人の男兄弟はすべて国立大出身でうち二人は医師という名門一家に育った。本人も日本女子大を卒業している。

達雄と彼女が知りあったのは、達雄の東京高校、東大を通じての同級生を介してのことだった。その同級生の妹が彼女だった。

当時、東大の第二工学部は千葉市にあり、達雄は千葉市内に下宿していた。彼女も千葉の出身だった。二人の結婚には、そんな地縁もからんでいた。

結婚後、二人は品川区小山《こやま》に最初の居を構え、昭和三十二（一九五七）年、長女の泰子が生まれた。その後、一家は世田谷区松原に移った。

かつて一家が住んでいた松原の近所の住人は、泰子のことをかすかに覚えていた。

「渡辺さんというお宅はたしかにありました。あの事件のあったお宅なんですか。ちっとも知りませんでした。そうですか。

泰子さんは当時小学生でね。ランドセルをしょって歩いているところを、よくみかけました。かわいい子でしたよ。

奥さんはしっかりした人でした。いい家の人という感じでした。ご主人はあまり見かけませんでした。品のいいお婆《ばあ》さんが、時々訪ねてきていました。いい家庭だなっていつも思ってました。みなさん品がいいんです。教養のある家庭という感じでしたね」

一家が杉並区永福の現住所に移ってきたのは、昭和四十五（一九七〇）年のことだった。昭和三十八（一九六三）年には次女も生まれた。

親の学歴といい、家の履歴といい、渡辺家は、非の打ちどころのない中流一家の典型だった。

仕事に関しても、サラリーマンの理想像を絵に描いたようだった。

達雄は東電時代、一貫して送電畑を歩き、昭和三十六（一九六一）年に北東京電力所地中線課長の要職に就いた。この時代、二十七万ボルトという当時とすれば画期的な地中送電系統の都内導入というビッグプロジェクトの責任者に抜擢《ばってき》され、早くから東電の幹部候補生と目されていた。達雄はいうなれば、日本の「高度経済成長」を電力の面から支えた人物だった。達雄の中学時代の同級生は、東電の地中線課長時代、同窓会に現われた達雄がこう豪語していたことをおぼえている。

「百億、二百億の下請け工事は、俺のハンコ一つで決まるんだ」

達雄が東電内でエリートコースをつっ走っていたことは確かだった。しかし人間的には、周囲にあまり強い印象を与えた方ではなかった。東京高校や東大の同級生、東電時代の同僚たちの誰に聞いても、成績はきわめて優秀だったが田舎くさかった、酒はふつうに嗜《たしな》む程度だった。地味な反面、社交ダンスが好きで、いつも缶ピースか葉巻きかマドロスパイプをふかしていた、といった「よくある話」がでてくるくらいのものだった。達雄はエリートという以外、周囲にほとんど印象らしい印象を残していない。

ただ、ゴルフを練習するとき、五本のクラブを用意し、それをとっかえひっかえすれば、皆がいやがる素振りもあきない、とよくいっていたという話に、ビールを三本、しかも一本は必ずアルコール度数の高いビールを流しこんでから「夜の仕事」をしたという彼女の悲しい原則主義と律儀《りちぎ》さが重なってみえた。

達雄は東電の独身者たちが催すスキー旅行や海水浴には必ず彼女を連れて現われた。達雄の旧制中学時代の同級生で、達雄に引っ張られて東電に入った元部下は小学生時代の泰子に偶然会ったことがある。

「銚子《ちょうし》にハゼ釣りに行った帰り、向こうの家族とバッタリ会いましてね。電車の中でハゼの開き方を教えてあげました。当時、達雄さんは会社でも、しょっちゅう『ヤスコ、ヤスコ』って娘さんのことばっかり言っていましたね。ひとりっ子だとばかり思ってました」

また東電時代の別の部下は、彼女が慶応の女子高を受験したとき、志願票をもらうため並んだと、達雄がいかにもうれしそうに語っているのを聞いたことがある。

「上の娘をやっちゃん、やっちゃんといって目にいれても痛くないほど可愛《かわい》がっていました」

一方、母親も、下の娘が名門中学に入るとき知人に頼んでわざわざ一家の住民票を、自宅のある永福から隣の久我山に移すほど教育熱心な女性だった。下の娘はその後、東京女子大に進んだ。

おっとりとした品のいい人、というのが母親を知る人々の共通の評価である。達雄の元部下によれば、達雄は妻を非常に尊敬しており、キミもいいところから奥さんをもらった方がいいね、とよくいっていたという。

一家のことを知るある女性は次のようにいう。

「上のお嬢さんはお父さん似、下のお嬢さんはお母さん似です。上のお嬢さんのことでは、お母さんも随分心配していました。以前拒食症で入院したと聞いたことがあります。下の娘とは普通に話ができるんですが、上の娘は口もきいてくれない、ともらしていたこともありました。朝早く出て、夜は遅い。家では寝るだけだといってました」

エリート幹部候補生の父は重役を目の前にしながら、五十代の若さで死ななければならなかった。その父を尊敬してやまなかった彼女は、東電に入社したとき「亡き父の名を汚《けが》さぬよう頑張ります」といったという。しかしその思いも果たせず、末代まで残る汚名をあびたまま、三十九歳の若さで絶命しなければならなかった。

そして杉並区永福の家には、まるで遺伝子の運命とでもいうように、母と、母そっくりといわれる下の娘だけが残った。

葬儀の光景

私がこの取材中、耳にした話のなかで、とりわけ印象に残るエピソードがある。

彼女は東電の洗い場で、よく茶碗《ちゃわん》を割った。能力に比して役職が軽い、という思いが、彼女にそんな反抗的態度をとらせたという。彼女が昭和六十三（一九八八）年からある研究機関に出向させられたのも、上司から使いづらいと敬遠されたからだといわれる。

しかし、職場から浮いていたといわれる彼女の内面を思うとき、私には他で聞いた別の証言の方がずっと説得力をもっているように思われた。

彼女は茶碗を洗うとき、洗い桶《おけ》に水を張ってその中に茶碗を入れ、洗い桶ごとゆすって洗っていた。だからなかから時々茶碗がとびだして割れた。

達雄が生きている頃、永福の家を時々訪問したことがある部下の話では、夫人から手料理をふるまわれたことは一度もなかったという。洗いものすらロクにできなかった彼女の子供同然のふるまいは、あるいはお嬢さま育ちの母親の強い影響を受けた結果だったのかもしれない。達雄が胆管ガンで聖マリアンナ医大病院に入院しているとき、何人かの部下が見舞いに行った。病室には達雄ひとりが横たわっているだけで、付添いの夫人の姿をみた者は、誰もいなかった。

断わっておくが、私はここで彼女の母親を責めているわけではない。そのときたまたま病室にいなかっただけかもしれないし、若い頃、人もうらやむほど仲のよかった夫婦が、更年期を過ぎ、次第に疎遠《そえん》な関係になるというのはちっとも珍しい話ではない。

達雄の旧制中学時代の同級生によれば、達雄が亡くなる頃、達雄の実家と妻の間は、急に折合が悪くなったという。この話を聞いた時、達雄の墓が故郷になかった理由がわかったような気がした。

達雄が死んだのは、彼女が大学二年の時である。精神世界が最も過敏な頃に、敬慕してやまなかった父と父の実家の面倒を母親が疎《おろそ》かにしていると思ったとき、彼女が必要以上に傷つけられたと感じたであろうことは、想像に難くない。

彼女は父が死んだとき号泣し、父にかわってこの家を支えていかなければ、といったという。あるいは彼女は無意識のうちに、母が父を蔑《ないがし》ろにしたと思いこみ、母親に対する憎悪《ぞうお》をふくらませていったのかもしれない。

だが、仮にそうだったとしても、そうした屈折した感情と、円山町に立つこととの間には、まだ千里ほどの径庭がある。

父親を失った彼女にはこの家を支えるのはもう私しかいないとの気負った思いがあったに違いない。しかし、学生時代はいざ知らず、社会人になってからの経済状態を考えれば彼女に背伸びする必要はまったくなかった。事件当時、彼女の年収は一千万円近くあったといわれる。東京女子大を卒業した妹もすでに大手電器メーカーに勤めており、二人の収入だけで家計を支えるには十分なはずだった。

杉並区永福の家は借地ではあるが、その地代にしても、年間約五十万円、月にすれば四万円少しで、母娘《おやこ》三人の女家族にも決して無理な金額ではない。にもかかわらず彼女は円山町に立った。彼女の心中は、事件の謎《なぞ》よりもさらに迷宮である。

ゴビンダの起訴まであと五日と迫った六月五日の夜、私はもう一度だけ円山町の現場に行った。一〇一号室の部屋の前には誰が置いたのか、新しい花束が供えられ、そのなかに「エレジー・フォー・ヤスコ」という楽譜がはさみこまれていた。その楽譜のコピーをとって家に持ち帰り、息子にピアノで弾かせてみた。

息子はおどけたそぶりで「悲しい曲ですね」といった。私は息子の弾く詠嘆調のメロディーを聞きながら、彼女の遺体が発見されて数日後に行われた葬儀の場面を思い出していた。彼女の遺体は東京・品川区の桐《きり》ヶ谷《や》斎場で荼毘《だび》に付された。このとき取材に行ったスタッフによれば、斎場はものものしい警戒ぶりで、斎場の職員やあたりを固めた東電の社員とおぼしき人間にいくら尋ねても、ここで彼女の葬儀は行なわれていません、という返事を繰り返すばかりだったという。このとき実は、彼女の遺体は誰にも目につかない斎場の一番奥まった窯《かま》でひっそりと焼かれていた。

テレビには、桐ヶ谷斎場から戻って永福の自宅に入る家族の映像が映しだされた。妹とおぼしき女性がひたすらうつむいて抱く骨壺《こつつぼ》の入った白木の箱をみたとき、私は強い衝撃を受けた。ふつう白絹で包まれるその箱は、安っぽいネッカチーフのようなもので包まれていた。

私はそれをみたとき、彼女のいいしれぬほどの孤独と、残された遺族がこれから先背負っていかなければならない不幸の重さを感じないわけにはいかなかった。

「客」として、彼女と二年間つきあった五十代の男によれば、彼女は男性とのセックスは本当はあまり好きではなく、「日曜の朝、自宅のベッドのなかでオナニーするのが一番好きなんです」と、よくいっていたという。

円山町界隈《かいわい》をとりしきるヤクザの組長にあい、この街に棲息《せいそく》する売春婦の実態について聞いたとき、組長は面白いことをいった。

「東電ＯＬが殺される一週間ほど前、ウチの若いモンが彼女に注意したらしいんだ。おねえさん、ここらで素人《しろうと》が商売するのは危険だよ、ってね。もし彼女があのときウチの若いモンの言うことを聞いて、こちらのネットワークに入ってりゃ、あたら若い命を落とすことはなかったのになあ」

しかし彼女は、組長のいう「ヤクザ安全保障機構」には入らず、堕落への道をまっしぐらにつき進んだ。

彼女の不幸は、しかし、堕落への道にわが身を愚直なまでに落としこんだことそれ自体にあるわけではない。彼女の不幸は、援助交際の女子高生でにぎわう渋谷センター街をはじめとする世間の方が、とっくに、しかも軽々と堕落していることに、おそらく気づいていなかったことである。

事件から二カ月あまり、私は、彼女の遺骨が納められた、もしくはこれから納められるであろう墓だけをさがしてきたような気がする。

おそらく彼女の遺骨は、思慕してやまなかった父親の墓に納められているに違いない。

だが、その父親の墓は、八王子の方にあるらしいということがわかっただけで、まだ墓所の所在地もつかめないままだった。

それは、私がまだ彼女の霊前になにも手向《たむ》けていないのと同じことだった。私にとって彼女の内面は、闇《やみ》の迷宮のままである。

第二部　ネパール横断

カトマンズ市内の雑踏

第一章　山嶺《さんれい》

暗い機中

ロイヤル・ネパール航空のボーイング757がデリー空港を飛び立ったのは、日本時間の午後十一時近かった。約二百人乗りの機内はほぼ満席で、胡粉《ごふん》に赤や黄色の染料を混ぜたティカという印を額につけたネパール人が約半分、トレッキング姿のヨーロッパ人が残りの半分を占め、日本人の乗客は私ひとりだった。暗い機内には空腹をむりやり刺激するような香辛料のにおいがかすかに漂っている。

この季節、カトマンズに向かう飛行機が満席なのは、一つには、ティハールと呼ばれる収穫祭と、ネパール暦の新年が目前に迫っているためである。光の祭りともいわれるティハールでは、魔王の厄災から身を護《まも》るため、男たちは姉妹からティカをさずけられる。これは女性のもつ強い守護力を、男たちに賦与《ふよ》するというネパールに昔から伝わる伝承にもとづいている。

家の窓や戸口には花輪や電飾、灯明が飾られ、ティハールの一日目はカラス、二日目は犬、三日目は女神の象徴である牝牛《めうし》に御馳走《ごちそう》を食べさせ、花輪を飾って礼拝するという。ネパールはいわば、盆と正月がまもなく一緒にやってくる一年で一番華やかな季節を迎えようとしていた。

西洋暦では十月の終わりから十一月のはじめに相当するこの時期、ネパールは一年で最もいい季節を迎える。六月からはじまった雨季は九月なかばに終わり、空気は急速に乾燥しはじめる。ヒマラヤ連峰のエベレスト、アンナプルナ、ダウラギリ、カンチェンジュンガなどの白く雪をいただいた峰々が、空気を斬《き》り裂くようにしてその偉容をみせはじめるのも、乾季がはじまるこの季節からである。

アルプスの山々の風景に食い足りなさを感じた山好きのドイツ人、オーストリア人、スイス人たちが、この季節、本物のたおやかな峰々の景観を求めてトレッキングにやってくるのもそのためである。

私はまるで仕組まれたようにいい季節にネパールに向かっているものだと考えながら、そろそろ時計を現地時間になおさなければと思った。

私が成田空港からＡＮＡでインドのデリーに向け飛び立ったのは、十月二十七日の午前十時過ぎだった。七時間後の午後五時過ぎにトランジットのためバンコクに到着したとき、大半の日本人客はそこで降りた。デリーに向かう機中にはバンコクから乗りこんだインド人の乗客が目立ってふえていた。バンコクからデリーまでは、約五時間だった。デリー空港の薄暗い待合室で一時間ほど待たされ、やっとロイヤル・ネパール航空に乗りこんだとき、私は長旅の疲れから思わず睡魔に襲われた。成田を出てデリーに到着するまで、もう十二時間以上かかっていた。

しかし私が重い疲労感をおぼえたのは、一日の半分以上狭い座席にしばりつけられていたせいばかりではなかった。バンコクからデリーに向かう機中、インド人の乗客たちは他人の迷惑をまったく顧みないふるまいをしつづけた。勝手に席を離れて通路に立ち、同じインド人とみたら誰彼なく大声でしゃべりかけ、スチュワーデスを間断なく呼びつけては、次々と酒を注文する。

その傍若無人のふるまいにはANAのスチュワーデスも顔をしかめたほどだった。トイレの帰りにたずねてみると、「バンコク―デリー便はいつもこうなんです。だからクルーもこの便には本当は乗りたくないんです」という正直な答が返ってきた。

唾《つば》を飛ばさんばかりにしゃべりまくり、静かな機内を場末の安酒場のようにしてしまった彼らのたしなみのなさが、私の疲労を倍加させていた。

ネパールと東京の時差は三時間十五分である。私は短いまどろみから目をさまし、ちょうど午前零時を指していた腕時計の針を、ネパール時間の八時四十五分まで戻した。

窓の外は漆黒の闇《やみ》だった。機内はバンコク―デリー間とはうってかわって静かだった。

この日三度目の油っこい機内食にいささかうんざり気味にハシをつけながら、私はネパールに向かう直前、ある海外旅行通から聞いた話を思い出していた。

「インドはよくも悪くも激しい国だ。あそこに行った者は、インドを好きになるか、嫌いになるか二つに一つしかない。ところがネパールは国も人もおっとりしていて、古きよき日本のようだ。一度行った者は必ずハマって帰ってくる」

機内をあらためて見渡すと、ティカをつけたネパール人たちが、おとなしい子羊のような顔をして静かに座っている。恐らく彼らのうちの何人かはインドに出稼ぎに出て、ティハールとネパール暦の正月が重なるこの時期をねらって、家族の待つ故郷にかかえきれないほどの土産をもって帰省するのだろう。

そんなことをぼんやり考えているうち、ふいに私の胸に強い怒りと悲しみの感情がわいてきた。

微笑《ほほえ》む被告人

この日から約二週間前の平成九（一九九七）年十月十四日、東電ＯＬ殺人事件の被告人、ゴビンダ・プラサド・マイナリに対する初公判が、東京地裁五〇六号法廷で開かれた。

事件への関心の高さを示すように、地裁前には、開廷二時間前の午前八時過ぎから二百名を超す人びとが二十四枚の傍聴券を求めて集まった。

私は事件発生から初公判が開かれるまでの間、被告人のゴビンダになんとか接見しようと努力を重ねてきた。だが、証拠湮滅《いんめつ》のおそれがあるという不可解な理由で、接見は禁止とされ、小菅《こすげ》の東京拘置所に収監中のゴビンダに会うことはとうとう叶《かな》わなかった。

したがって私がゴビンダの姿をみたのは、この日がはじめてだった。身長は百七十センチを少しこえているだろうか、中肉中背で顔は浅黒く、きわめて健康そうだった。

手錠姿に腰縄をうたれ、二人の衛士にはさまれるようにして法廷に現われたゴビンダは、手錠を外されているとき傍聴席の方に顔をめぐらせ、誰に向かってというわけでなくニッコリと笑った。その目はひどく人なつこく、冒頭陳述書の罪状にある強盗殺人者のものとはとても思えなかった。

約二時間の公判中、ゴビンダは何度も傍聴席に向かって微笑みかけ、そのうち何回かは最前列に座っていた私に向けられた。そのときの柔和な目が、カトマンズに向かって帰省中のネパール人たちのおとなしそうな目に重なった。

グリーンのジャージにブルーのソフトデニム姿のゴビンダは、裁判長に促されて青いサンダルで被告人席に進み、穏やかな態度をくずさぬまま、

「私はいかなる女性も殺したこともなければ金を取ったこともありません」

と、起訴事実を全面的に否認した。

この日の公判は、日本語のほとんどできないゴビンダのために同時通訳が用意された。ネパール語で無罪を主張するゴビンダの口調には、余裕すら感じられた。

私がネパールに向かったのは、そのときの表情を、一刻も早くネパールに住むゴビンダの家族に直接伝えたいと思ったからだった。

ゴビンダの家族とはかなり以前から連絡をとりあっていた。家族との連絡を通じて、この事件は冤罪《えんざい》の可能性がきわめて高い、とネパールの国会でとりあげられたことも知ったし、入管難民法違反（不法残留）の容疑で強制国外退去させられたゴビンダの同居人たちが、ゴビンダのアリバイを証明する決定的な証拠を握っていることもわかっていた。また、彼らが警察で殴る蹴《け》るの暴行を受け、不本意ながら虚偽の証言をさせられていることもつかんでいた。

私のネパール行きの目的は、事件当時の状況を最もよく知る彼らに会って、ゴビンダの無罪を立証することにあった。だが心情的には、まずゴビンダの家族に会い、ゴビンダが元気であることを伝えたかった。

殺害現場に隣接した渋谷区円山町の粕谷ビル四〇一号室で、事件前年の平成八（一九九六）年九月までゴビンダと一緒に暮らしていた姉のウルミラは、国際電話を通じてたどたどしい日本語で訴えてきた。

「あんな事件がなかったら、ゴビンダはティハールとお正月がつづいてやってくる十月末にネパールに帰ってくる予定でした。その頃には、カトマンズ市内に建てている家もできあがり、そこに、田舎にいる年老いた両親やゴビンダの奥さんと二人の娘を呼び寄せ、一緒に暮らすことになっていました。それなのにこんなことになってしまって……。あなた方の力で、無罪のゴビンダを一刻も早くネパールに帰してください」

電話の向うから嗚咽《おえつ》の声がもれた。

ロイヤル・ネパール航空のボーイング757は、インドとネパール国境に連なる山嶺を越えるため、ずっと上昇をつづけていた。

横に細長いネパールの地形を南北に輪切りにすると、その断面図は、三つの山嶺からできていることがわかる。最初の山嶺はインドとネパールの国境にあり、次の山嶺との窪地《くぼち》にあたる部分に首都のカトマンズがある。そして最後の山嶺が、世界の屋根といわれるヒマラヤ山系である。

そしてその三つの地理的区分は、そのまま、インドの影響を濃厚に受けたインドアーリア系のヒンズー文化圏、ヒンズー文化とチベット文化が混在した多民族文化圏、そしてアジアモンゴロイド系のチベット文化圏と、きれいに対応している。

この日三回目の機内食をなんとか食べ終えた私は、上昇をつづける暗い機中で明りをつけ、十月十四日の午前十時から行なわれたゴビンダ裁判の冒頭陳述書を読みはじめた。

第二章　公判

ゴビンダの履歴

冒頭陳述書は、次の五つの要件から構成されている。

①被告人及び被害者の身上経歴等
②本件に至る被告人の生活状況等
③犯行に至る経緯
④犯行状況
⑤犯行後の状況

①は被告人ゴビンダと被害者渡辺泰子の身上経歴にわかれており、ゴビンダについてはこう述べられている。

ゴビンダ・プラサド・マイナリ（三十歳）はネパール王国イラム市の出身で、実家は農業を営んでいる。四人兄弟の次男として出生し、昭和六十二（一九八七）年、二十歳のとき結婚した妻との間に六歳と四歳の娘がいる。妻子はゴビンダの両親とイラム市で同居している。

来日したのは平成六（一九九四）年二月である。これより二年前に来日した姉ウルミラを頼ってのことだった。在留資格は九十日の短期滞在で、在留期間は平成六年の五月二十九日までだった。

入国後、渋谷区内のレストラン「カンティプール」、港区内のインド料理店「ゴングール」で働き、平成六年十二月からは、千葉市のＪＲ海浜幕張駅近くのインド料理店「幕張マハラジャ」の店員として働いていた。

この間ゴビンダは、在留期間の更新、変更を受けず、この不法残留によって、平成九（一九九七）年五月二十日、懲役一年、執行猶予《ゆうよ》三年の判決を受けた。

一方、被害者渡辺泰子の身上経歴については次のように書かれている。

渡辺泰子は東京電力に勤務していた達雄の長女として、昭和三十二（一九五七）年六月七日に生まれた。一家は泰子が中学一年のときに杉並区永福《えいふく》に転居した。地元の中学校を経て慶応女子高から慶応大経済学部に進んだ泰子は、昭和五十五（一九八〇）年三月、同校を卒業後、父と同じ東京電力に入社した。ちなみに父は泰子が東電に入社する三年前の大学在学中に、五十代の若さでガン死している。

同社では企画部調査課に所属し、一時、別会社に出向していたこともあったが、平成五（一九九三）年七月には、企画部経済調査室副長に昇進した。

同室は、電力事業に対する経済の影響を研究する部署であり、泰子はそのなかで、国の財政や税制及びその運用等が電気事業に与える影響をテーマにした研究を行い、月一、二本の報告書を作成していた。そのレポートは高い評価を得ていた。泰子は上司や同僚と飲酒することもなく、社内での私的な交際もほとんどなかった。

二十八歳の頃、拒食症に陥り入院したことがあったが、その後の平成元（一九八九）年頃、クラブホステスのアルバイトを始め、数年前から渋谷界隈《かいわい》で売春をするようになった。

冒頭陳述書に書かれたゴビンダの身上経歴にしろ、泰子の身上経歴にしろ、ほとんど私が知っていることばかりで、とりたてて目新しいものは何もなかった。ただ、ゴビンダに妻子がいることを知って、あらためて彼に対する哀切の情がわいた。と同時に、故郷に妻と二人の幼な子を残して日本に出稼ぎにきたゴビンダが、たった四万円の金を強奪するため殺人を犯したとは到底考えられないと、あらためて思った。

マイホーム建設計画

冒頭陳述書で次にあげられているのは、事件に至るゴビンダの生活状況である。これは、ゴビンダが居住していた粕谷ビル四〇一号室と、殺害現場となった喜寿荘一〇一号室の居住状況の説明からはじまっている。

ゴビンダは来日後、姉のウルミラの居住地の西品川のマンションに、ウルミラ、後に彼女の夫となるバハラット・マハトらとともに暮らしていたが、同マンションから退去を求められ、平成八（一九九六）年九月から、ウルミラが借りた粕谷ビル四〇一号室に居住するようになった。

その後、ウルミラはネパールに帰国したため、事件当時の四〇一号室の同居人は、ナレンドラ、リラ、マダン、ラメシュのネパール人四人だった。

この部屋の所有者は、事件現場の喜寿荘一〇一号室の所有者と同じ尾崎利雄で、その管理は息子の尾崎周矢にまかされていた。尾崎は渋谷区桜丘町のネパール料理店「カンティプール」の事実上の経営者でもあり、粕谷ビル、喜寿荘とも、その家賃は「カンティプール」店長の丸井健が居住者から受領して、尾崎に入金していた。

一方、殺害現場となった喜寿荘一〇一号室には、平成八（一九九六）年十月まで、数名のネパール人が居住していたが、その後は空室となり、十一月にはガス、十二月には電気をとめられた。

この部屋の鍵《かぎ》は一個で、丸井が保管していた。ゴビンダは、姉のウルミラがいったん帰国したものの、平成九（一九九七）年二月頃に再び来日すると聞いていたため、ウルミラが再来日した際、彼女を現在の住居である粕谷ビル四〇一号室に住まわせるため、ナレンドラら四人の同居人に、ちょうど空室になっていた喜寿荘一〇一号室に移ってもらおうと考えた。

　ゴビンダは平成九（一九九七）年一月二十一日頃、喜寿荘の鍵を管理していた丸井に事情を話して鍵を借り受け、同居人たちにその室内を見せた。しかし、四人の同居人は高い家賃を理由に転居に難色を示したため、丸井に家賃値下げの交渉をしたが、うまくいかず、また姉ウルミラの来日も彼女の妊娠が判明して延期となったため、転居の話はそのまま立ち消えとなった。だがゴビンダは、喜寿荘一〇一号室の鍵を丸井に返さず、そのまま保管していた。

　この間丸井は、所有者の尾崎から今後ネパール人には部屋を貸さない方針だと聞かされ、三月一日、ゴビンダの留守番電話に、喜寿荘一〇一号室の鍵の返還と二月に支払いのなかった粕谷ビル四〇一号室の家賃支払いを求める伝言を残した。

　ゴビンダはこれにこたえて、次に店が休みになる三月十日に二カ月分の家賃と喜寿荘一〇一号室の鍵を持っていくと丸井に電話で伝えた。

　この間のゴビンダの経済状態はどうだったか。冒頭陳述書では以下の通りである。

　ゴビンダの「幕張マハラジャ」の勤務は月曜日を除く毎日の正午から十時までで、時給は八百五十円だった。このほかに毎月一万八千九百九十円の交通費が支給されていた。

　これは、ゴビンダが以前に住んでいた西品川のマンションの最寄り駅のJR大崎駅から海浜幕張駅までの通勤定期代に相当するもので、毎月五日に合計二十万円前後の給料が銀行振込みによって支払われていた。

　ゴビンダは兄や姉が住むカトマンズ市内に家を建て両親や妻子を呼び寄せようと考え、カトマンズ市郊外の新興住宅地の土地を姉から百万円で購入した上、平成八（一九九六）年夏過ぎ頃から、兄に依頼して、ここに三階建ての家を建築する工事を始めた。予算は日本円に換算して約二百万円だった。ゴビンダはこの資金を毎月送金業者や帰国する同国人に託して兄に送った。

　平成九（一九九七）年二月、建築中の家の壁ができあがり、屋根を葺《ふ》く工事費用の支払いを迫られたゴビンダは、二月五日に「幕張マハラジャ」から振込みを受けた給料十九万五百八十九円と、同居人ナレンドラから借りた十万円等をあわせた約三十万円を、送金業者に託して兄に送った。

　このためゴビンダはたちまち生活費や家賃の支払いに窮し、同僚や同居人から小口の借金を重ねて生活していたが、二月は家賃を支払えず、家賃の支払先の丸井には二カ月分の支払いを迫られ、三月十日にこれを支払うと約束するに至った。

　ゴビンダは三月五日に「幕張マハラジャ」から二十一万六千九百二十五円の給料を支給された。そのうち二十一万円をすぐに引き出し、同僚や同居人から借り受けた合計十五万円の金を返済した。

同じ頃、ゴビンダは同居人らから、家賃の立て替え分として合計約五万円の金を受けとったが、その所持金は三月十日に支払う約束の家賃十万円には満たなかった。このためゴビンダは同居人二人に合計十万円の借金を求めたものの、これも拒絶された。

その上、兄に対し、来たる三月末には建築資金を更に送金する約束をしており、この資金の調達の目処《めど》もない状況に追いこまれていた。

曖昧《あいまい》な殺害時刻

飛行機はインド、ネパール国境の山嶺《さんれい》を越えたのか、急に機首を下方に下げた。だが、ネパール盆地に広がる首都カトマンズの明りはまだ見えず、窓の外は依然真っ暗だった。翼の先端の航空灯だけが赤い光を点滅させ、乗客のほとんどが眠りこんだ暗い機内で、私は冒頭陳述書の先を読んだ。

被告人と被害者との関係という項にはこう書かれている。

〈被告人は、平成八年十二月ころ、当時の同居人ドルガから、「日本人のやせた女性とセックスをしてきた」と聞いていたところ、同月中旬深夜、帰宅する際に渡辺と出会い、同女を自室に連れ帰り、同室にいたリラ及びドルガと共に順次同女と性交した。

また、被告人は、翌九年一月ころ、リラ及びナレンドラと一緒に歩いていた際、渋谷区円山町の路上で渡辺とすれ違った際、ナレンドラに対して、渡辺と交渉を持った

旨述《むね》べたこともあった〉

ゴビンダと泰子は殺害事件があった約三カ月前、性交渉、しかも乱交に近い性交渉があったと冒頭陳述は述べている。私はこの事実を証言したドルガ、リラ、ナレンドラの三人と会い、本当にその事実はあったのか、さらに、どういう状況でこの供述が行なわれたのかを詳細に聞くつもりだった。

冒頭陳述はいよいよ核心部分にはいっていく。犯行に至る経緯と題されたその項は、まず泰子のその日の行動を、次のように記している。

〈渡辺は、平成九年三月八日（土曜日）夜、かねてからの交際相手と渋谷駅前で落ち合い、渋谷区円山町のホテルに入り、同人から四万円を受領して、道玄坂上で渋谷駅に向かう同人と別れて神泉《しんせん》駅方向に向かった〉

ゴビンダが住む粕谷ビル四〇一号室も、殺害現場となった喜寿荘一〇一号室も、京王井《い》の頭《がしら》線神泉駅からわずか五メートルほどのところにある。泰子が神泉駅に向かったのは、西永福駅から徒歩約五分のところにある永福三丁目の自宅に帰るためだった。

泰子は円山町で客をとったあと、必ず帰宅する奇妙な律儀《りちぎ》さをもっていた。

冒頭陳述はつづいて、ゴビンダのこの日の行動についてふれている。

〈被告人は、平成九年三月八日、午後九時五十七分ころ、勤務先の「幕張マハラジャ」を出て、同日午後十時七分海浜幕張駅発の電車に乗って帰宅の途についた。

被告人は、同日午後十一時二十分ころ渋谷駅に着き、粕谷ビルに向かった。同駅から粕谷ビルまでは、徒歩約十二分の距離である〉

この部分については若干の補足説明がいる。「幕張マハラジャ」の閉店時間は午後十時である。にもかかわらず検察側が、ゴビンダが店を出たのは午後九時五十七分頃としているのは、それなりのわけがある。検察側は初公判でこの点にふれ、「幕張マハラジャ」のタイムレコーダーは二分四十秒進んでいた、と主張した。つまりタイムレコーダーの針が閉店時間の午後十時を指していても、実際の時間はそれより二分四十秒早く、九時五十七分頃に退店でき、十時七分発の電車に乗ることも可能だという理屈である。

しかし初公判後、「幕張マハラジャ」に出向いて再度確認したところ、たとえ九時五十七分に退店したとしても、それから十分後の電車に乗ることは相当にむつかしいということがわかった。

というのは、従業員たちは店を閉めたあと、まず、厨房《ちゅうぼう》のうしろにある従業員専用のエレベーターで店のある三階から地下一階まで下り、そこにある更衣室で制服から私服に着がえ、そのあと退店するシステムとなっているからである。

この作業に仮に三分かかったとすると、それだけで実際の退店時間は午後十時を回ってしまう。「幕張マハラジャ」から海浜幕張駅まではどんなに急いでも五分以上はかかる。十時七分発の電車に乗るためには、猛ダッシュで走りこまない限りとても無理だろう。

息せききって駅に走りこむ怪しいネパール人がいたという目撃証言でもあれば別だが、この段階ではそうした証言はなく、ゴビンダはやはり次の十時二十二分発東京行きの電車に乗ったと考えるのが妥当だと思われた。

〈(渋谷)駅から粕谷ビルまでは、徒歩約十二分の距離である〉という陳述にもかなり無理がある。私は渋谷駅と粕谷ビルの間を、あえて殺害のあった土曜日を選んで何度も歩いてみたが、土曜の夜の渋谷駅周辺はとりわけごったがえしており、人波を縫って粕谷ビルの前にたどりつくまでにはどうやっても十五分少しかかった。

つまり検察側の主張するゴビンダの当日の行動は、泰子が神泉駅から京王井の頭線に乗る前に、どうしてもゴビンダと「遭遇」させたいがための辻褄《つじつま》合わせとしか思えない。

それ以上に見過せないのは、検察側が三月八日の殺害時刻を、三月八日深夜ごろというだけで、はっきりした時間を特定できなかったことである。この点を弁護側からつっこまれた検察側は、殺害時刻は公判の過程で明らかにする、としてどうにか急場を切り抜けた。

犯行の状況はどうだったのか。陳述内容は証拠能力と合理的説明をまったく欠き、ますます曖昧模糊《あいまいもこ》となっていく。

粕谷ビル付近で泰子と出会ったゴビンダは、彼女と性交しようとした。しかし、自室の粕谷ビル四〇一号室には、未成年者のラメシュ（当時十九歳）がいたのでこれを避け、たまたま喜寿荘一〇一号室の鍵を所持していたことから、その部屋に泰子を連れこみ、性交に及んだ。

泰子は、客と入ったラブホテル「クリスタル」から持ち帰ったコンドームを使用し、使い終わったコンドームを自分の手で同室内のトイレに捨てて処理した。

〈被告人は、前記のとおり、金銭に窮していたことから、同女の所持金を奪おうと決意し、性行為を終えて帰宅のため着衣を整え、コートを着用して身支度を終えた同女が所持していた黒革製のショルダーバッグを引っ張って奪おうとしたが、同女の抵抗にあい、同女の顔面等を殴打《おうだ》した上、さらに、殺意をもって同女の頸部《けいぶ》を圧迫して同女を殺害した。この間に、同女のショルダーバッグの把手《とって》がちぎれた。

被告人は、右ショルダーバッグ内の財布から小銭四百七十三円以外の現金すべてを奪い取り、同女の死体を放置し、同室に施錠《せじょう》しないまま、粕谷ビル四〇一号室の自室に逃げ戻った〉

私は犯行の核心に迫るこの部分を何度も読んだが、そこから、なんのリアリティーも説得力も感じられなかった。だいたい、死体を放置したまま、その現場から一メートルと離れていない隣接ビルで一夜を明かし、その後十日間以上も同じ部屋で寝起きする人間など考えられるだろうか。

最後は犯行後の状況である。これも冷静に読むと、疑念ばかりがわいてくる。

ゴビンダは泰子を殺害した翌日の三月九日、通常どおり「幕張マハラジャ」に出勤し、店が休みの翌十日には、自室で知人らとビールを飲んだあと渋谷駅近くのサウナに行った。その後の午後七時頃、ゴビンダは渋谷区桜丘町のネパール料理店「カンティプール」に行き、店長の丸井に、二カ月分の家賃十万円を支払い、同時に喜寿荘一〇一号室の鍵を「もう使わないから」といって返した。

入管難民法違反

泰子の死体が発見されたのは、殺害から十一日後の三月十九日である。第一発見者は、この部屋の管理をまかされていた「カンティプール」店長の丸井だった。

丸井はその前日の三月十八日、粕谷ビル二階にある「カンティプール」事務所に立ち寄った際、喜寿荘一〇一号室の玄関ドアの施錠を確認しようと、玄関横の鍵のかかっていない腰高窓から部屋のなかをみた。

部屋は通路に面したところに台所があり、その奥にカーペットを敷いた六畳の和室がある。玄関と和室の間には台所と便所がある。

奥の六畳間に寝ている人間の上半身がみえた。丸井が玄関ドアに手をかけると、鍵はかかっておらず、玄関のたたきには女性用の靴がきちんとそろえておかれていた。

丸井は寝ているのはネパール人の女性だと思い、ネパール語で声をかけた。だが、返事がないので熟睡していると思い、玄関の鍵をかけただけで立ち去った。鍵をかけたのは不用心を心配したためと、内側からは鍵を使用せずとも開閉できることを知っていたためだった。

翌日、丸井はその女性がまだいるかどうかが気になって、喜寿荘一〇一号室に行って通路に面した腰高窓からなかをのぞくと、前日と同じ姿勢で寝ている姿がみえた。丸井は文句をいおうと玄関の鍵をあけて部屋のなかに入り、そこで泰子の遺体を発見した。

丸井が泰子の遺体を発見した同じ三月十九日、粕谷ビル四〇一号室に帰宅途中のゴビンダは、殺害現場近くを聞きこみ捜査中の警察官から、住所、勤務先などについてたずねられた。

このためゴビンダはいったん自室に戻ったものの、翌二十日の午前一時頃、自室を出て、同居人の一人が勤務する渋谷区内のカフェバーに行き、他の同居人たちをその店に呼びよせた。ゴビンダは同居人たちに、

「警察が大ぜい来て知らない女性の写真を見せられた。警察はまた来るといっていたので帰ると捕まるかもしれない」

といって、不法残留が発覚することを恐れて逃走をもちかけた。

もしこの冒頭陳述の内容通りならば、ゴビンダも同居人たちも不法残留で逮捕されることは恐れていたものの、この時点では、殺人事件の容疑者に擬せられていることなど露ほど感じていなかったことになる。検察側はゴビンダをどうしても犯人に仕立てようとしながら、この部分で、自らの論理を破綻《はたん》させている。

ゴビンダが殺人事件そのものを知らなかったという状況証拠はいくつもある。たとえば、「幕張マハラジャ」の店長代理は、私の取材に対し、殺害が行なわれた三月八日の翌日も、泰子の遺体が発見されたことがテレビのニュースで報じられた三月十九日も、ゴビンダの勤務態度はふだんとまったくかわらなかったと証言している。

結局、ゴビンダは不法残留で逮捕されることを覚悟して、三月二十二日、「カンティプール」に自ら出向き、警察の事情聴取を受けたことから不法残留の事実が発覚し、翌二十三日、入管難民法違反の容疑で逮捕された。そしてその有罪判決がいいわたされた五月二十日の午後、ゴビンダは、最高刑では死刑もありうる強盗殺人容疑で再逮捕された。

以上が冒頭陳述のあらましである。要するに、金に困ったゴビンダが、以前関係したこともある泰子に目をつけ、たまたま鍵《かぎ》を持っていた空部屋に連れこみ、性交渉後に所持金を奪おうと争い、抵抗されて殺害に及んだ、というのが検察側が描いたストーリーである。

冒頭陳述を通読してわかるのは、ゴビンダが当時、いかに金に困っていたかをこれでもかといわんばかりに強調し、金のためなら平気で女性を殺す冷血なネパール人像を懸命につくりあげようとしていることである。

初公判後、ネパールに国際電話をかけ、返ってきた姉ウルミラの言葉を思い出す。

「田舎の実家は、一日歩いても歩ききれないくらいの土地をもっています。カトマンズ市内に建てている家の建設資金を兄から返済するよう催促されていたことも犯行の動機にあげられているようですが、兄がお金を催促したことは一度もありません。

それに、幼いときからずっと一緒に育った私だからいえることですが、ゴビンダが誰かとケンカしたところなど一度もみたことがありません。ゴビンダは本当に親思い、兄弟思いのやさしい子なんです」

冒頭陳述の最後近く、まったく唐突に、家賃と喜寿荘一〇一号室の鍵を丸井に渡したのは、犯行前の三月六日だったことにしてくれと、ゴビンダが同居人のネパール人に口裏合わせを頼んだという短い件《くだ》りがでてくる。この件りは前後の文章の脈絡とまったく整合性を欠き、却《かえ》って、とってつけた印象しか残さない。

それにこの点に関しても、ネパールに強制退去させられたゴビンダの同居人たちから、口裏合わせの事実はなく、むしろその事実は警察がデッチあげたものだという決定的な証言を、私はすでに得ていた。

さらに丸井の証言でも明らかなように、喜寿荘一〇一号室の腰高窓はあいており、部屋に侵入しようと思えば誰でも侵入できた。その意味でも鍵は決定的な証拠とはなりえない。

第三章　検証

演技する女検事

時計をみると、ネパール時間で夜の十時近かった。日本時間でいえば、午前一時すぎである。成田を発《た》ったのが前日の午前十時だったから、トランジットの時間を含めれば、もう十五時間も機中にいることになる。

さすがに鉛の鎧《よろい》でも着せられたような重苦しい疲れを感じながら、私はもう一度、十月十四日の初公判の場面を思い浮かべた。

主任検察官は五十代とおぼしき女性だった。こげ茶色のパンツスーツにショートカット姿の女検事の前には、資料が堆《うずたか》く積みあげられていた。

女検事はそれをかかえ、被告人席のゴビンダのところにツカツカと歩み寄っていった。明らかに傍聴席を意識したその仕草は、暗い舞台でスポットライトを浴びひとり芝居を熱演する年増《としま》の新劇女優を連想させた。

「いいですか。これは被害者の渡辺泰子さんの遺体検案書です。よく見て下さい」

冷んやりするような声音だった。資料が分厚くみえたのは、一ページごとに泰子の遺体のカラー写真が貼付《ちょうふ》されているためだった。

一ページめくるごとに、女検事はゴビンダの顔をねめまわすようにのぞきこんだ。ゴビンダを完全に真犯人と決めこんだその目は、私には獲物を狙《ねら》うときの蛇の目のようにみえた。

ゴビンダの表情は傍聴席からは後向きだったため、よくわからなかったが、ゴビンダの背中に動揺の影はみられず、被告人席から元の席に戻ったときも、微笑《ほほえ》みは依然、たやさないままだった。

そんなやりとりを眺めながら、私はうんざりした気持ちになった。

女検事が、残酷な遺体の写真を見せて被告人の心の動揺をひきだそうとしているとすれば、江戸時代の「お白洲《しらす》」そのものではないか。これは法律用語だけがむなしく飛びから法廷というゲームの場だからこそ成立するやりとりであって、広い娑婆《しゃば》でもし同じことが演じられれば、とんだお笑い草の茶番劇にしかならないと思った。

女検事は被害者の渡辺泰子について「平成元年頃からクラブホステスのアルバイトを始め、数年前から渋谷界隈《かいわい》で売春をするようになった」と冒頭陳述で堂々と被害者のプライバシーをあばきながら、その同じ口の下から平然といいはなった。

「ここで渡辺泰子さんのお母さんの言葉を紹介したいと思います。娘はたいへんに真面目《まじめ》で、休日も会社の仕事をもちかえってつづけるような娘でした。無断外泊することなどこれまで一度もありませんでした。どうか被告を極刑に処して下さい」

母親のそんなきれいごとの台詞《せりふ》こそ、泰子をして円山町の街角に立たせた最深部の内的衝動ではなかったのか。母親の訴えをここぞというときにもちだした女検事のパフォーマンス戦術は、したたかというよりは田舎芝居じみて詐術《さじゅつ》的にすら感じられた。

この日の法廷を終始支配したのは、泰子＝慶応大出身の真面目を絵に描いたようなエリートＯＬ、ゴビンダ＝金のためなら何でもする極悪非道のネパール人、といういかにも大衆に迎合した陳腐きわまる図式だった。

この図式は、世にいうところの人権派の理屈とも通じる。彼らはプライバシーの保護を錦《にしき》の御旗《みはた》にして、被害者も加害者も匿名《とくめい》のＡ、Ｂとする。しかし匿名のＡが、匿名のＢを殺害することなど絶対にあり得ない。

彼らは被害者も加害者も匿名化することで、犯罪にまつわるすぐれて人間的な部分を、すべてそぎ落としてしまう。私には、それこそ人間存在そのものを冒瀆《ぼうとく》する「犯罪」のようにみえる。

この事件は、東電のエリート女性総合職という匿名化された女性と、日本に不法滞在したネパール人という記号化された外国人が、ある意志の力によって恣意《しい》的にからめさせられ陥《おと》しこめられた事件だと思った。

私がいま、こうしてネパールに向かっているのも、ゴビンダの冤罪《えんざい》を立証するためというよりは、一歩進めていえば、その匿名性と記号性から、この事件そのものを解き放ってやらなければ、泰子もゴビンダも本質的に救済されないと考えたからだった。

それにしても、初公判は本当にお粗末きわまるものだった。公判前、検察側はこれはという「隠し玉」をぶつけてくるのではないかと、もっぱら囁《ささや》かれていた。

だが、マスコミが警察のリークをもとに一時さかんに書き立てたコンドーム内に残ったゴビンダの精液のＤＮＡ云々《うんぬん》は、初公判では一言もでなかった。

むろん、このコンドーム問題が公判の場に出たとしても、泰子とゴビンダの間に性交の事実があったことが示唆《しさ》されるだけであってそれが犯行の直接的証拠とはなりえない。

それに遺体の処分とは違い、コンドームは簡単に処分することが可能であり、ゴビンダの犯行であるなら当然事件発覚前に処分しているはずである。性交後のコンドームをわざわざ殺害現場に放置することは、逆にゴビンダが犯人でないことを証明することにつながる可能性すらある。

遠ざかる真実

もう一つ「隠し玉」として出してくるのではないかといわれていた目撃証言について

も、とうとう出ずじまいだった。この目撃証言がいかに重大な決め手となったかは、当時の新聞に明らかである。

ゴビンダが強盗殺人の容疑で逮捕されたとき、朝日新聞はこの事件を次のように伝えている（平成九年五月二十一日付朝刊）。

〈東京・渋谷のアパートで今年三月、杉並区永福《えいふく》三丁目、東京電力社員渡辺泰子さん（三九）が首を絞められて殺されているのが見つかった事件で、警視庁渋谷署の捜査本部は二十日午後、現場アパート隣のマンションに住んでいたネパール国籍の元飲食店従業員ゴビンダ・プラサド・マイナリ容疑者（三〇）を強盗殺人の疑いで逮捕した。

マイナリ容疑者は事件直後に入管難民法違反容疑で逮捕、起訴され、東京地裁で二十日、懲役一年執行猶予《ゆうよ》三年の有罪判決を受けた。マイナリ容疑者は、容疑を否認しているという。

調べでは、マイナリ容疑者は三月八日午後十一時半ごろから九日未明にかけ、渋谷区円山町のアパート「喜寿荘」一〇一号室で、渡辺さんの首を手で絞めて殺害したうえ、財布から数万円を奪った疑い。

捜査本部は、マイナリ容疑者が渡辺さんから現金を奪う目的でアパートに誘い込んだとみている。マイナリ容疑者と渡辺さんとみられる二人がアパートに入るのを通行人が目撃していたことや、一〇一号室の遺留物がマイナリ容疑者のものとみられることなどから、捜査本部はマイナリ容疑者の犯行と判断した〉（傍点・引用者）
毎日新聞（平成九年五月二十一日付朝刊）でもこの目撃証言の部分は、
〈事件当日の夜、通行人がマイナリ容疑者に似た外国人と渡辺さんが現場のアパートに入るのを目撃〉（同）
と、相当に曖昧《あいまい》な記述となっている。
第一回の公判後、現場付近を泰子とゴビンダとみられる二人が歩いていたとされる夜の十一時半過ぎの時刻を見はからって、もう一度現場に行ってみた。
現場付近は、薄墨を流したように暗かった。付近の明りといえば、前にも確認したようにトンネルに覆《おお》われた神泉《しんせん》駅から洩《も》れてくるほのかな明りと、マクドナルドの明り、それに喜寿荘前の道路をはさんで設置された自動販売機のぼんやりした明りくらいのものだった。このうち最も明るいマクドナルドの照明が夜十時に消えることもすでに確認ずみだった。
そんなかすかな明りだけで、ネパール人のゴビンダと泰子の顔を、しかと識別できるとはとても思えなかった。
私は暗い機内の後方に顔をめぐらせ、ネパール人乗客たちの顔をながめた。現場よりかなり照明の明るい機内でも、いまみたネパール人の顔を特定できる自信はなかった。

いま紹介した朝日新聞の記事の末尾には、泰子の定期券の問題も短くふれられている。

〈渡辺さんは三月八日午後十時半ごろ、渋谷区円山町で知人と別れてから行方が分からなくなり、十九日夕、一〇一号室を見回りにきた管理人に発見され、殺害されていたことが分かった。十二日には豊島《としま》区内の民家の庭で、渡辺さんの定期券が見つかっていた〉

私は実は検察の最大の「隠し玉」は、巣鴨《すがも》で発見された泰子のこの定期券だと思っていた。もし、この定期券にゴビンダの指紋が付着していたとすれば、ほとんど決定的な殺害の証拠となる。

しかし、これについても検察側は、泰子の定期券にゴビンダの指紋が付いていたという事実はおろか、定期券の存在そのものについても一切ふれずじまいだった。

公判後、弁護士の一人は匿名を条件に、この問題について次のように語った。

「巣鴨で発見された定期入れですが、これは証拠にはなっていません。したがって検察も出してきていない。もし出してきたら検察は却《かえ》って不利になりますよ。指紋も検出されていないような定期入れが、まったく被告人と無関係の土地で発見されているわけですからね。

今後、新証拠として被告人の指紋が発見されたといってくることも常識的には考えられません。発見されていたらとっくに出してきているはずです。今頃になって指紋が発見されたなどといったら、疑われるだけでしょう。手続きそのものを怪しまれる。余計な疑惑を招くだけです」

初公判をみる限り、DNA鑑定も目撃証言もなく、ゴビンダを犯人とする直接的証拠は何ひとつ提示されなかったといってよい。

検察側がしきりに強調する喜寿荘一〇一号室の鍵《かぎ》の問題にしても、丸井への返却時期には重大な疑念があるし、だいいち、複数の合鍵が存在するかもしれないという問題を、検察側は一体どうやってクリアするのだろうか。

喜寿荘一〇一号室の鍵はこの数年間とりかえられておらず、ネパール人を含む外国人が複数で居住していたことがわかっている。彼らの勤務時間は不規則なため、この数年間の居住者は全員一〇一号室の合鍵をもっていたとも考えられる。

とすると、ゴビンダが犯人と怪しまれているのは、当時、金に困っていたというこれまたあらためて検証しなければならない一点だけに絞られてしまう。

いま初公判を冷静にふり返ってみると、ありとあらゆる状況証拠を総ざらえして、その外堀をうめるだけで精一杯だったという印象しか残らない。本当に解明されなければならない真実という本丸の天守閣は、遠く蜃気楼《しんきろう》の彼方《かなた》へ幻影のように去っていってしまったという感がどうしても否《いな》めなかった。

第四章　夜気

迎えにきた男

そんなことをぼんやり考えていると、突然、機内にガタンという強い衝撃波が走った。その衝撃波を合図にして、飛行機はみるみる急降下していった。窓の外をみると、カトマンズの灯がみえた。それはまるで暗い海に群生して浮かぶ夜光虫のようだった。

ああそうか、カトマンズはいま、光の祭りといわれるティハールを間近に控えているんだな。そう気がついたとき、飛行機は着陸態勢に入っていた。

レンガ造りの家々から洩《も》れるキラキラした明りが刻々と輝きをます。私はこれほど美しい都市の夜景を上空からみたことはなかった。一つ一つの明りが夜気ににじむように輝いている。

それが、すべて白熱灯の光によるものだということは、地上におりてはじめてわかった。カトマンズの家々の照明には青白く無機質な蛍光灯は一本も使われていない。すべてがあたたかい熱を帯びた白熱灯の明りだった。

私はそのあたたかそうな光の海を眺めながら、このイルミネーションの下に、ゴビンダが年老いた両親と妻子を呼び寄せるために建築していた家もあるのかと、ついつい感傷的な気分になった。

カトマンズ空港に着陸したのは、ネパール時間の午後十時半過ぎだった。日本時間ではもう午前二時に近かった。

タラップから直接飛行場におり立つと、強い香辛料の香りがした。ひんやりとした夜気を伝わって漂うそのにおいに、私はあらためてヒマラヤ山麓《さんろく》の都市に来たことを実感した。

入国手続きに少し手間どったため、空港の外に出たのは十一時近かった。空港のまわりにはタクシーの運転手が群がり、客を引こうと大声をあげている。

空港にはゴビンダの姉のウルミラが迎えにきてくれているはずだった。空港の待合室の明りはほの暗く、空港の外もとっぷりと暮れていた。そんな薄闇《うすやみ》のなかで、初対面の相手を探すとは難儀なことになったな、と思いあぐねながらひとりひとりの顔を遠くからのぞきこんでいると、突然、

「ミスター・サノ、ミスター・サノ」

という大声が、闇に溶けこんだ黒い群衆のなかから聞こえた。

声のする方にふり向いて近づくと、鼻の下にヒゲをたくわえ、頭のきれいに禿《は》げあがった長身の男が、ローマ字で「ＳＡＮＯ」と書かれたプラカードを両手で体の前につき出し、まだ大声で、

「ミスター・サノ、ミスター・サノ」

と叫んでいるのがみえた。

それがゴビンダの兄だった。そういえば初公判で見たゴビンダと、どこか似た面影があった。

そばにもう一人体の大きい若い男がいた。男はいかにも人なつこそうな表情で私に近づき、「ババラット・マハトです」と名乗って、握手を求めてきた。

どこかで聞いた名前だな、と考えているうち、冒頭陳述書のなかに出てくるウルミラの夫だということに気がついた。

マハトはたどたどしい日本語で、

「ウルミラは残念ながら今日はこられません。彼女は二カ月前に男の子を生んだばかりなので、かわりにお兄さんと私がきました」

といった。

そうか、ゴビンダは小菅《こすげ》の東京拘置所に収監され、最悪では死刑の可能性もある自分の境遇におびえながら、叔父さんになったのか。子供の頃からずっと一緒に暮らしてき

た一つ違いの姉に赤ちゃんが生まれたことをゴビンダは知っているのだろうか。そして幼い甥《おい》っ子は、成長したとき、この事件に何を思い、日本をどう考えるだろうか。私はまた暗鬱《あんうつ》な気分になった。

生涯最悪の旅

それから約二十分後、われわれ三人はイルミネーションの飾りつけに忙しいカトマンズ市街を抜け、予約していたホテルに入った。客の一人もいないバーに入り、あらためて二人に挨拶《あいさつ》をしていると、ひとりの日本人がその席に入ってきた。聞くと、マハトから聞いて通訳としてやってきたという。彼はトレッキングのガイド歴二十年というベテランのネパール通で、マハトとも旧知の仲だという。

この日から一週間、私はマハトと終日行動をともにすることになった。マハトは好人物というだけではなく、すべてに気の回る利発で信頼に足る男だった。

ゴビンダの兄やマハトの話では、強制退去させられたゴビンダのかつての同居人たちは、この事件についての真相を知っている限り洗いざらいぶちまけたい、といっているという。

「ぜひ彼らに会ってやって下さい。そしてゴビンダの無実の罪を晴らし、一刻も早くネパールに帰して下さい」

ゴビンダの兄は流暢《りゅうちょう》な英語でそういい、大きな目に涙をいっぱいためながら、両手でつつみこむようにして私の手を強く握りしめた。

私はテーブルの上にネパールの地図を広げ、これから一週間の行動予定について二人と話しあった。

ゴビンダの無実を証言をしてくれるという同居人の一人はカトマンズ市内に住んでいるが、あとの三人はみな地方だった。

そのうちの二人は、ネパール第二の都市ポカラからさらに車で三時間いったダウラギリ山麓のベニという街にいる。カトマンズとポカラは百五十キロ近くも離れている上、途中が相当の悪路なので、車で十時間以上かかるという。

しかし、そのうちの一人は、三月八日の殺害当日におけるゴビンダのアリバイを握る貴重な証人だった。たとえ這《は》ってでも会いに行かねばならなかった。

最後の一人は、ゴビンダの故郷のイラムに近い街に住んでいる。彼にはイラムにあるゴビンダの実家をたずねる途中に会おうと思った。だが、カトマンズからイラムまでは優に三百キロはある。どんなに車を飛ばしても丸々一昼夜かかるという。

飛行機でのルートも考えてみたが、ネパールでは珍しくない出発時間の遅れや、中継地からの交通の便の悪さを考えると、結局、所要時間はカトマンズから車で向かうのとあまり大差がないことがわかった。

これはおそらく私の「生涯最悪の旅」になるな。しかしそう思いながら、私はかつて経験したことのない活力が疲れきった身内からふつふつと湧《わ》いてくるのを、不思議な気持ちで感じとっていた。

第五章　帰郷

カトマンズ急行

４ＷＤのトヨタランドクルーザーが、カトマンズ市内のホテル前を出発したのは、午前五時過ぎだった。途中、野宿することも考え、車には大量のミネラルウォーターと、前日、カトマンズ市内のスポーツショップで買い求めたシュラフを積んでいた。日の出まではまだ一時間以上あり、ホテル前は夜の帳《とばり》に閉ざされたままだった。

私はこれから、東電ＯＬ殺人事件の被告人、ゴビンダ・プラサド・マイナリの実家があるネパール最東端のイラム市に向かおうとしていた。カトマンズからイラムまでは約三百キロある。日本でいえば、東京から仙台に行くほどの距離だった。

日本的感覚からいけば十分その日のうちに着ける距離だったが、高速道路などというものは一本もなく、まだ舗装されていない道路の多いネパールでは、その日のうちに着けるかどうかぎりぎりの時間帯だった。

ネパールの道路事情が悪いことは、カトマンズに到着したその日からもう経験ずみだった。空港からホテルまでの道は悪路つづきで、わずか二十分ほど車に乗っただけで、尻《しり》が痛くなった。

それ以上に不安なのは標高差だった。目的地のイラムは標高千三百メートルのところにある。地図をみると、後半の行程は登り坂一方だった。

山道にいくら強いランドクルーザーとはいえ、目の前の車は明らかに十年以上も前の古い型式である。相当に走りこんでいるためだろう、タイヤはすりへり、ほとんど溝のみえない状態だった。日本ならとっくに廃車になっているこの車で、本当にその日のうちにイラムに着くことができるだろうか。私は走り出した車のなかで、後に積んだ原色の寝袋に思わず目をやった。

私とゴビンダの義兄のマハトを乗せた車は、まだ夜もあけきらないカトマンズ市街を抜け、まず、マハトの自宅に向かった。

ネパールには排ガス規制がない。このためカトマンズ市街は一日中、スモッグにおおわれる。市街にはインド製のトラック、バス、そして昭和三十年代はじめに売り出されて爆発的人気を呼び、日本のモータリゼーション社会の口火を切ることになったダイハツ・ミゼットそっくりの軽三輪が、排ガスをまき散らし放題にして走り回っている。道行く人々のなかにマスクをしている者が多いのは、そのためだった。

耳をつんざくようなけたたましい車の警笛と、目や喉《のど》はおろか、肺まで痛くなりそうな排ガスは、アジア特有の喧騒《けんそう》にわきかえるカトマンズの街を、一層気違いじみた狂騒感につつんでいる。

東の空が菫《すみれ》色に染まりはじめたばかりの早暁《そうぎょう》のカトマンズ市内には、さすがにクラクションの音はなかった。だが、滞留したスモッグは、ヒマラヤ山麓《さんろく》に広がる標高千三百メートルの広大なカトマンズ盆地全体に、灰色の澱《おり》のように淀《よど》み、その盆地の中心にあるカトマンズ市内から、ヒマラヤの山脈《やまなみ》を望むことはまったくできなかった。

新築したばかりのマハトの自宅前には、三人の女性が待っていた。マハトの妻で、ゴビンダより一つ年上の姉のウルミラ、ゴビンダの異母姉という四十代の女性、そして二十代なかばの女性の三人だった。二十代の女性は、ゴビンダの実家があるイラムの出身で、ティハールと呼ばれる収穫祭と、ネパール暦の新年が重なったこの時期をねらって、マハト夫妻と一緒に里帰りするつもりだという。

同行者はもう一人いた。ウルミラの腕のなかには、二カ月前に生まれたばかりの赤ん坊が幸福そうな寝息をたてていた。この乳呑《ちの》み児《ご》をかかえ三百キロの難路を、本当に無事走破できるだろうか。私はまた不安な気持ちになった。

「郷里のお父さん、お母さんは、まだこの子を一度も見ていません。お仕事の邪魔になるかもしれないことはわかっていますが、こんな機会はめったにありません。ご迷惑でしょうが、どうか一緒に連れていってください」

私の目をのぞきこむようにして真剣に訴えるウルミラの顔をみると、とてもその申し出を断わるわけにはいかなかった。

運転手を含めたわれわれ七人は、まず西に向かった。ネパール最東端のイラムと正反対の方向に車を走らせたのは、ネパールの特殊な道路事情のためだった。地図をみると、カトマンズの市街を抜けしばらく行くと、南に向かう道がある。七十キロほどあるその道を抜ければ、イラムに向かってまっすぐ東に向かう幹線道路に出られることはわかっていた。

しかしガイド役のマハトによれば、南に向かって山の中を走るその道はネパールでも最大の難所で、転落事故が跡をたたないという。帰省するマハト一家の長のような役割を与えられた私としてみれば、避けられる危険はできるだけ避けなければならなかった。

早く行きたいことは山々だったが、それよりもまずマハト一家を、孫の顔をみたいと心待ちにしている郷里の両親の許《もと》へ無事送りとどけねばならない。私はマハトの意見を尊重し、大きく西に迂回《うかい》しなければならない遠まわりの道を行くことに、あまり躊躇《ちゅうちょ》することなく賛同した。

まだ朝の六時前だったが、カトマンズのはずれにある市場には、人波があふれていた。人の影がまだ薄闇《うすやみ》のなかに溶けこんで確《しか》とは姿のみえない市場周辺では、子供たちが市場から出るゴミをしきりに漁《あさ》っていた。私はあらためて、世界最貧国の一つに数えられるネパールの貧しさを思った。

そこから十分ほど行ったバスターミナルも、雑踏の渦だった。このターミナルからは、ネパールの各地方に向けて長距離バスが出発する。人々の身なりは一様に貧しかったが、それを別にすれば、盆や正月に繰り返される日本の帰省ラッシュの光景とまったくかわりがなかった。

バスはいずれも満員で、なかには屋根の上に乗客をのせたバスもある。

車はやがてカトマンズ市街を抜け、峠に向かう山道に入った。道路は舗装されていたが、道幅は狭く、車がどうにかかすれ違えるほどである。われわれは地方に向かう長距離バスを何台も追い抜いた。バスの後には、「プリーズ、ホーン」と英語で書かれている。クラクションを鳴らすと、前を行くバスはスピードをゆるめて少し左側に寄り、後続の車が追い抜けるぎりぎりの道幅をあけてくれる。

峠の頂きから、スモッグに煙ったカトマンズの市街がみえた。ここから眺めると、カトマンズの市街をおおうスモッグは、低くたれこめた分厚い雲のようだった。

その雲の彼方《かなた》に、一瞬、標高六千九百九十三メートルのマチャプチャレの頂きがみえた。三角形の峰は純白の雪を頂いていた。だが、それは本当の束《つか》の間《ま》で、峠をこえると、その峰はもうまったくみえなくなった。イラムまでの長い道のりのなかで、私がヒマラヤ山系の峰をみたのは、それ一回きりだった。

トヨタランドクルーザーの走行は快調だった。この調子でいってくれれば、夜半過ぎにはゴビンダの実家になんとかたどり着けるかもしれない。私が隣で運転しているタパというチベット系の青年に、

「ナイス、ドライビング。ユー、アー、ベストドライバー」

と話しかけると、彼はアジアモンゴロイド系民族特有の平べったい顔いっぱいに、いかにも人なつこい微笑《ほほえ》みを浮かべた。

カトマンズ盆地を過ぎると、車はなだらかなタライ平原にはいった。

タライ平原を走る道の両脇《りょうわき》には、マッ、モミ、西洋グリの並木が切れ目なくつづいている。その美しい街道を走って午前七時前、われわれ一行はベニガートという小さな町に着いた。

日本の街道沿いは、どこにいっても街と街との間に切れ目というものがなく、パチンコ屋、中古車センターなどがだらしなく続いているが、ネパールでは街と街の間に截然《せつぜん》たる切れ目がある。周囲に一軒の民家もみあたらない街道を一時間ほど走ると、街が突然現われ、そこを過ぎるとまた無人の野を走る一本だけの道となる。

音楽でいえば時おりうたれる休止符のような心地よいその繰り返しに、かつて日本の東海道五十三次もきっとこんなものだったのだろう、という想像がわいた。

街の規模に大小はあったが、道路まではみだした露店が軒をつらねている風景はどこもかわらなかった。色とりどりの野菜や果物、豆類をならべて商うその風景は、街というよりバザールという表現の方がぴったりときた。

われわれはその小さなバザールで車をとめ、一軒の食堂に入った。クズ紅茶をミルクにいれて煮だしただけのティと、小麦粉をこねて焼いたナンと玉子焼きがセットになった朝食を注文し、それができるまでの間を見はからって、バザールをうろついてみた。朝食の料金は二十ネパール・ルピーだった。日本円でいえば四十円である。

雨露をしのげるだけのバラック建ての店という店には、土でこねた竈《かまど》がしつらえられ、真っ赤な火が熾《お》きている。井戸のまわりで、スカートをたくしあげた裸足《はだし》の少女が、近くの川でとれたという鯉《こい》を洗っていた。ここでかいがいしく働いているのは、みな子供たちである。

美しく燃えさかる竈の火を眺めながら、私は、日本でも高度成長前までは路上で働く子供たちの姿がどこでもみられたものだという感慨にしばしふけった。

それが少子高齢化社会の到来で、路上で遊ぶ子供の姿さえめっきりみかけなくなった。経済大国という虚名に胡坐《あぐら》をかき、外国人労働者を３Ｋの職場でこき使うだけこき使ってきた日本は、間違いなく衰亡にむかうだろう。たくましく働くネパールの子供たちをみて、そんな思いが脳裏をよぎった。

戸惑う王室

軽い朝食をすませたわれわれは、再びイラムへの道を急いだ。まもなくムグリンというバザールがみえてきた。ここはネパール第二の都市のポカラに向かう道と、ネパール南部の交通の要衝のナラヤンガートという大バザールに向かう道との分岐点にあたっている。

われわれを乗せた4WDは、ムグリンを左折し、一路南へと向かった。次の目的地のナラヤンガートを左折すれば、あとはひたすらイラムに向かって東に走る一本の道を行くだけである。

ナラヤンガートに向かってスピードをあげるランドクルーザーのラジオから、突然、聞きおぼえのある歌が聞こえてきた。ディズニー映画「メリー・ポピンズ」の挿入歌の「チム・チム・チェリー」だった。

私がなぜこの歌に聞きおぼえがあるかといえば、前にもふれたように、ゴビンダのアリバイを証明するために何度も乗ったJR京葉線で、その曲をいくたびか耳にしていたためだった。

海浜幕張駅を発車した京葉線はしばらく海沿いを走り、やがて、東京ディズニーランドに接続する舞浜駅に到着する。その駅に閉園時間近くなると流れてくる曲が、「チム・チム・チェリー」の哀歓のあるメロディーだった。

その曲が、いまゴビンダの故郷に向かう車中に静かに流れている。私はその不思議な暗合に驚きながら、前日の出来事を思い出していた。

ネパールに到着した翌日、私は伝手《つて》をたどってネパール王室の関係者に接触した。

東電ＯＬ殺人事件は、現地ネパールの新聞にも大きく報じられていた。カトマンズで発行されている英字新聞（九月二日付）は、何人かの国会議員がこの問題をネパール国会でとりあげ、ネパール政府はこの問題を調査し、議会に報告すべきである旨《むね》要求した、と報じている。

一九九〇（平成二）年、ネパールでは広汎《こうはん》な民主化運動により新憲法が制定され、それまでネパールの全権を握っていた国王は政治の表舞台から退くことを表明した。しかし、ネパール王室が今でも隠然たる権力を掌握していることにはかわりがなく、国内外の動きにも大きな影響力を与えている。国会でゴビンダ問題がとりあげられた以上、ネパール王室がこの問題に関心をもっていないはずがなかった。

私が王宮の一室で、ネパール国王の第一秘書官に面会したのもそのためだった。第一秘書官は、日本でいえば宮内庁《くないちょう》長官に相当する要職である。

最初からゴビンダの問題に入るのは刺激的すぎるので、ネパールの王室についての一般的な質問から始めたらいいでしょう、という仲介者のアドバイスに従って、私は最初、どうでもいい質問を二つほどした。そして約束の時間が切れる頃をみはからって、こんな質問を第一秘書官にぶつけた。

――ところで、日本ではいまお国のゴビンダという人が、日本人ＯＬを殺害したとの容疑で逮捕、起訴されています。最悪のケースでは死刑もあり得ます。ところが調べれば調べるほど、この事件は冤罪《えんざい》の可能性が高い。この事件と裁判についてネパール王室はどう考えているのか、率直な意見を聞かせてください。

収穫祭と正月が重なるネパールで一番華やかで多忙な季節に、わざわざ時間を割いて会ってくれた第一秘書官は、それまでのにこやかな表情を少しひきしめ、

「貴国の公正な司法制度を信じています」

とだけいった。

王宮を辞去したあと、私はアムネスティ・インターナショナルのネパール支部を訪ねた。現地で発行されているネパール語の新聞には、ゴビンダ問題に対する同支部の活動が、かなり詳しく報じられている。「全国会議員に対してアムネスティが手紙」という見出しをかかげた九月三日付のネパール語新聞は、次のように報じている。

〈日本在住のネパール人労働者、ゴビンダ・プラサド・マイナリが日本の警察の違法な取り扱いによって逮捕され、最近発生した日本女性の殺人事件の容疑者とされて死刑もありうるということから、それを知らせる目的でアムネスティ・インターナショ

ナル・ネパールはネパールの全国会議員に対して手紙を送った。

ゴビンダ・プラサド・マイナリを日本の警察は、最初は入管難民法違反の容疑で一九九七年三月二十三日に逮捕し東京・渋谷の警察署に送ったが、その後、拘置所において日本女性の殺人事件の取り調べが行なわれた。彼はその容疑を一貫して否定している。アムネスティ・インターナショナルは、マイナリの容疑を再検討し、彼に再度、ヒヤリングの機会が与えられるべきであると強く訴えている〉

また「日本大使館に声明文を提出」という見出しをかかげた九月二日付のネパール語新聞は、十の人権団体が、ゴビンダに対して日本の警察が加えた暴力に抗議する声明文を提出したと伝えている。

〈強盗、殺人、入管難民法違反の容疑で逮捕されたマイナリに対し公正な取り調べが行われるよう要請する。もし彼に死刑判決が下されるようなことがあれば、日本の裁判に対して疑問符が打たれるであろう。

死刑制度は国連の定めた憲章にも違反しており、日本の死刑制度は人権に対する最大の侵害であり非人道的な刑罰でもある〉

この声明文の原文も手に入れた。そこにはこう書かれてあった。

〈本年三月に逮捕されたゴビンダ・プラサド・マイナリに対し、日本の警察は過酷な拷問《ごうもん》を加え、長時間にわたり継続して取り調べを実施し、さらに弁護士らとの面会をさせなかった件に関し、私達人権に関わる団体は深い憂慮を表明するものであります。

彼らに対して日本の警察が行った違法な行為に、また、この事件に関わる他の重要な証人らに対しても殴る蹴《け》るなどして強制的に犯罪の供述をするよう脅迫したという報告について、事実関係をすみやかに自由かつ公正に調査されるよう要請するものであります。

一般的に移民労働者は警察の監察の対象となる傾向がみられます。それに倣《なら》ってゴビンダ・プラサド・マイナリも不法外国人労働者であるがために今回の事件の被告とされた可能性を疑います〉

この声明文はネパールの日本大使館宛《あ》てに送られ、関連送付先として、日本のネパール大使館、ネパール外務省、国連人権委員会など全世界七カ所にも送付された。

カトマンズ市内のうす暗いアパートの一室にあるアムネスティ・インターナショナル・ネパール支部の事務局を訪ねた私は、いくつかの質問をしたあと、あなたがたの運動の主旨はよくわかった、それよりも大切なことはあなたがたがこれからどう具体的な行動をするかではないか、とメンバーたちに問いかけた。

しかし、彼らは、

「ネパールに死刑制度はありません。死刑のない国の国民としては死刑制度に反対しなければなりません。署名活動や募金活動ですか？　今のところ考えていません」

といういうだけで、ゴビンダ救出策については何ひとつ現実的な方策をもっていないようだった。

善意の罪

私が募金活動について聞いたのは、ゴビンダがいま、経済的にひどく困窮していると姉のウルミラから聞かされていたためだった。

ゴビンダの裁判は五人の弁護士たちによってつづけられている。彼らは無報酬で弁護活動を行なっている。国選弁護人に認定されれば彼らに法定の弁護費用が支払われるが、国は弁護人の数が多いことを理由に彼らを国選弁護人に認定しなかった。その弁護士たちも東京拘置所内のゴビンダの経済生活を心配していた。食事は官費で支給されるので心配ないが、身のまわりのこまごまとした品は自分で買わなければならない。

私は重ねて、ゴビンダと一緒に暮らしていたネパール人たちはゴビンダの無実を証明する重要な手がかりをもっていると聞いている、彼らは入管難民法違反の容疑で、全員、ネパールに強制送還されている、あなたがたはネパールにいるのだから、地の利を生かして彼らから供述をとり、それを現在、公判が開かれている日本の裁判所に送る考えはないのか、とたずねた。そんな質問にも、

「それはアムネスティの仕事の範囲ではありません」

という、木で鼻をくくったような答しか返ってこなかった。

私は心のなかで、やれやれとつぶやいた。彼らの活動がもとで、ネパール国内の新聞にゴビンダ事件の記事が報じられ、イラムに住む年老いた両親が心を痛める結果となったというのに、ゴビンダの家族に会う予定もまったくないという。

私は善意がもたらす罪というものを感じないわけにはいかなかった。

同様のことは、人権、人権といいたてるだけで、人権回復の具体的なアクションを何ひとつ起こそうとしない人権派といわれるわが国の困った人びとのグループにもあてはまる。人権と一言叫ぶだけで、本当に人権が回復し、死刑になるかもしれない恐怖からたちまち解放されるなら、何も私も好き好んでネパールくんだりまで出かけてくることもなかっただろう。

私が帰国したあと、ある雑誌がこの問題の取材でネパールを訪れ、アムネスティ・ネパール支部も取材していった。彼らは渡辺泰子の名前を人権上の配慮からかWと匿名《とくめい》にし、泰子の顔写真におためごかしの目隠しをいれた。そのくせ、確認もとれない街の噂《うわさ》を元にしただけで、ゴビンダ兄弟がかつて泥棒を働いたことがあるらしいと、実名で報じた。ゴビンダ冤罪の可能性は限りなく高いとしながら、もしゴビンダが真犯人だった場合の留保をつけるために書いたとしか思えないその腰の引けた報道姿勢に、私は吐き気がした。

アムネスティ・ネパール支部が、あくまで人権尊重を掲げるなら、ゴビンダ一家の人権と名誉を傷つけたこの記事に断固抗議すべきであろう。

そのあと私はホテルに戻り、翌日のイラム行きの行動スケジュールを練った。その場には、前夜おそくカトマンズ空港に出迎えにきてくれたゴビンダの兄も同席した。ここで私が彼の実名をあげず、あえてゴビンダの兄としか書かないのには理由がある。

彼は、大手航空会社と特約したある旅行代理店につとめており、英語、ドイツ語とも に堪能《たんのう》なため、トレッキングに訪れるヨーロッパ人観光客の対応に欠かせぬ人物となっている。それまでフリーのガイドだった彼にとって、定期収入の保証された現在の職場は、妻子を養うためにも、絶対に手ばなせない仕事だった。

「日本の事件は、こちらでも大きく報じられています。もし、私がゴビンダの兄だということが勤め先にわかれば、たぶんクビになるでしょう。もちろん私は弟の無実を信じていますが、そんなことは会社では聞きいれてくれないでしょう。これだけはお願いです。私の実名だけは、絶対に書かないでください」

彼はそういって、大きな目いっぱいに涙をためた。

彼は、事情聴取のため、七月にネパールにやってきた二人の警視庁捜査官に対しても、弟の無実を縷々《るる》訴えた。

私は彼に対し、ぜひ聞いておきたいことがあった。

ゴビンダ裁判の初公判で、検察側はゴビンダの犯行の主要な動機として、当時、ゴビンダが金に困っていたことをあげた。検察側はとりわけ、カトマンズ市内に建築中の家の工事代金を督促されていたことを強調している。冒頭陳述にはその部分がこう書かれている。

〈被告人は、兄や姉が住むカトマンズ市に家を建てて両親や妻子を呼び寄せようと考え、カトマンズ市郊外の新興住宅地の土地を姉から百万円で購入した上、平成八年夏過ぎころから、兄に依頼して、ここに三階建て住宅を建築する工事を始めた。予算は日本円に換算して約二百万円で、被告人はこの資金を毎月送金業者や帰国する同国人に託して兄に送っていた〉

ネパールに着いた翌日の昼過ぎ、私は、義兄のマハトの案内で、冒頭陳述に書かれた建築中の家を訪ねた。そこはカトマンズ空港に近く、赤い日干しレンガ造りの家は、八割方完成したまま放置されていた。

乱雑に積まれた日干しレンガの山をよけながら、その家のなかに入ってみた。三階建ての家は広く、ゴビンダと妻、二人の子供、それに故郷のイラムから呼び寄せる予定だった両親あわせて六人の家族が暮らすには十分すぎるように思われた。物干し場を兼ねた屋上にあがると、カトマンズ空港を目指しインド方面から着陸態勢に入ったジェット機がみえた。もしゴビンダがあの事件にまきこまれていなかったら、離発着する飛行機を指さしながら、「お父さんは、あの飛行機で日本に働きにいってこの家を建てたんだよ」と、子供たちに語っていたかもしれない。そんな夢想が、ふとわいた。

冒頭陳述は、当時、金銭に逼迫《ひっぱく》していたゴビンダの状況を強調しながら、こうつづけている。

〈被告人は、兄に対し、来《きた》る三月末には建築資金を更に送金する約束をしており、この資金の調達の目処《めど》もない状況に追い込まれていた〉

私はゴビンダの兄に対し、検察側はあなたがゴビンダに対し建築資金を督促していたことが犯行の一つの動機となった、と述べています、本当にあなたはゴビンダに金を催促したんですか、とたずねた。

彼は、金を督促したことなどない、とはっきりとは答えてくれなかった。自分の弟に対する態度が、結果として、弟を不利な立場に追い込んでしまった。彼の曖昧《あいまい》な答には、肉親にしかわからない無念さがにじんでいるような気がした。

事故発生

そのとき、トヨタランドクルーザーが急にスピードをゆるめてとまった。私はたちまち現実にひきもどされた。前方をみると、トラックやバスの長い車列が連なっている。車をおり、調べに行くと、前方約五十メートルほどのところで死亡事故が起きていた。

道路にはまだ白い布をかけただけの死体が放置されていた。

地方に向かう長距離バスの屋根の上にいた乗客が、誰かに突き落とされ、後から走ってきた車に轢《ひ》かれたという。

現場では、群衆が思い思いの円陣を張り、いつ果てるともない議論を繰り返していた。マハトの話では、被害者を屋根の上から突き落とした犯人を早く検束しろ、といっているという。

私は、議論好きなネパール人の国民性にうんざりするとともに、事故が起きるとすぐ現場にロープを張り、後続の車をスピーディーに通らせる日本の交通事故への合理的すぎる対応のあり方は、ひょっとすると大きな間違いをおかしているのではないか、と思った。少なくともそこには死者を悼《いた》む気持ちが生じる余地はない。

車に戻り後をふり返ると、後続の車が長蛇の列をなしていた。中国人観光客を乗せた観光バスからは、ハデな格好をした若い中国人の男女グループがおりてきて、さっそくトランプ博打《ばくち》をやりはじめた。

道路のまんなかに車座に座った中国人男女の横を、仙人の様な白髭《しろひげ》をたくわえ、長い錫杖《しゃくじょう》を手にしたネパール人の行者が通り過ぎて行く。われわれと同じく、早朝の五時にカトマンズを出発し、徒歩でここまでやってきたという。

時計をみると午前十時過ぎだった。私は文明の利器というものに一切頼ろうとしない人には結局かなわないな、と思いながら、事故現場周辺にたむろする人びとの顔をあらためて眺めた。そこには、インドアーリア系、アジアモンゴロイド系の人びとが多様に入り混じり、まるで人種の坩堝《るつぼ》をみるようだった。

前日、私は宿泊先のホテルで、偶然、旧知の日本人と顔をあわせていた。彼はある大新聞社のニューデリー支局長で、正月用紙面の特別企画取材のためカトマンズにやってきたとのことだった。

インド、ネパールの民族問題に詳しい彼の話は、ネパールの国情を知る上でたいへん参考になった。とりわけ私は彼のこんな話に強く興味をひかれた。

「ネパールを支配しているのは結局、こすっからいほど利にさといインド人だ。現在、ネパールの国会で共産党が第一党となっているのも、選挙民が彼らのイデオロギーを支持したからではない。共産党は、ネパール人の間にわだかまっているインド人への反発を巧みに利用して第一党にのしあがっただけだ」

私は彼の話を聞いて、バンコクからデリーに向かうＡＮＡの機中で、傍若無人にふるまうインド人を冷ややかな目で眺めていたネパール人乗客たちの顔を、あらためて思いだした。

「この国の経済を完全に牛耳っているインド人は、ネパールを属国くらいにしか思っていない。その支配構造はカースト制度そのもので、インド人は明らかにネパール人を差別している。ところが、そのインド人に対して日本人は、平気で彼らを叱《しか》りつけることができる。そんな日本人観光客の姿をネパール人たちはふだんからよくみている。ネパール人が日本に出稼ぎに行くのは、経済的な理由も大きいが、日本人を民族として尊敬しているから出稼ぎに行く、という心理的な側面の方が、それよりもむしろ大きいかもしれない」

かつて日本がロシアを打ち破ったとき、ロシアの圧政に苦しめられていたトルコなどの中東諸国で、バルチック艦隊を撃破した連合艦隊司令長官の東郷平八郎元帥《げんすい》の肖像画入りの煙草《たばこ》やビールが売り出され、日本万歳の声が巷《ちまた》にあふれたというのは有名な話である。なるほど、それと似たような構図が、現在のネパールと日本の間にあったのか。「日本の公正な司法制度を信じている」といったネパール王室高官の言葉も、彼の話で、よく理解できた。さらにいえば、ネパールがＯＤＡ（政府開発援助）資金を日本から最も多く仰いでいる国だということも、こうした心理を促進する大きな要素となっているように思われた。

事故現場の跡かたづけが終わり、ようやく車が走り出したのは、午後の一時過ぎだった。事故が起きたのは午前八時頃だったから、われわれは五時間以上も足留めをくったことになる。目的地のイラムまでは、まだ二百キロ以上ある。私はこの時点で、この日のうちにイラムに到着することをあきらめた。

しかし、行きつけるところまでは行こう。私は、かつて虎《とら》や豹《ひょう》などの猛獣が生息していたという大森林が両側に広がる道をひたすら運転するタパに、とにかく急げ、と命じた。

ウルミラの涙

大バザールのナラヤンガートに到着したのは、午後の二時半過ぎだった。私たち一行はそこでおそい昼食をとり、クッションを買った。マハトの話では、これからは悪路がずっとつづくという。十ルピー、日本円にして二十円の薄焼き煎餅《せんべい》のようなクッションではとても悪路の衝撃は防げないだろうことはわかっていたが、ないよりはましだった。

昼食のために入った食堂は、入っただけで伝染病がうつりそうな店だった。便所には、大便が脱糞《だっぷん》したままの状態でうずたかく盛りあがっていた。ところが、出てきた料理は、みなじっくりと手がかけられ、思わず目のさめるようなうまさだった。それでいて料金は、ベジタブルスープ、チキンカレーほか四品で、百二十五ルピー（二百五十円）と、これまた目のさめるような安さだった。

うす暗い調理場をのぞくと、洟水《はなみず》をたらした爺《じい》さんが、細い腕に精一杯の力をこめてナンを練っていた。高級料理店はいざ知らず、日本の大衆食堂で、これだけ料理に手をかける店があるだろうか。私は日本の高速道路のサービスエリアのレストランで出す、高いだけで何ひとつ気持ちのこもっていない食事のまずさを思い出し、日本はネパールに比べて本当に豊かだといえるのだろうかと、しばし考えこんだ。

料金のことが出たついでにここでネパール人の給与のことをいっておけば、三千ルピーから五千ルピー、日本円にして六千円から一万円というのが、平均的な月給の相場である。海浜幕張駅近くのインド料理店につとめていたゴビンダの月収は約二十万円だったから、故国ネパールの平均給与に比べ、二十倍から三十倍あったことになる。

故郷にいる両親と妻子を呼びよせるため、カトマンズ市内に家を建てるという明確な目的をもっていたゴビンダにとって、日本は願ってもない稼ぎ場だった。

参考までに日本の一人あたりGNP（国民総生産）とネパールのそれを一九九四（平成六）年の数字で比較してみると、日本の三万四千六百三十ドルに対し、ネパールの一人あたりGNPは、日本の百七十三分の一、額にしてわずか二百ドルにすぎない。

遅い昼食をとったナラヤンガートを三時過ぎに出発したわれわれは、イラムを目指して一路東へと向かった。四時過ぎに、ヘタウダという小さなバザールで給油しただけで、あとはただひたすら走りに走った。マハトの言った通り、道は悪路の連続だった。

砂利というよりゴツゴツとした砕石を敷いただけの道に、悪路に強いさすがの４ＷＤもしばしばハンドルをとられ、助手席に座っていた私の体は何度も大きく左右にふられた。ナラヤンガートで買ったクッションは、やはり気休めにすぎなかった。尻《しり》は痛さを通りこしまるで麻酔を注射されたように、感覚自体が完全に麻痺《まひ》していた。

時々、後部座席から赤ん坊の泣き声が聞こえた。そのたびにウルミラが、着ている物をはだけて乳をふくませた。どこまでつづくかもわからない悪路を、乳《ち》呑《の》み児《ご》をかかえてこれ以上走るのはとても無理だと、そのつど思った。それに、外には早くも夜の帳《とばり》がおりる気配がしのびよっていた。

われわれの行手の右側に広がる大森林はインドとの国境までつながり、夜には、その大森林にひそむインド人の山賊が出没する恐れもあった。つい最近も機関銃で武装したインドの盗賊団が、同じ道を走って地方に行く長距離バスを襲い、乗客全員の身ぐるみをはいでいったばかりだという。

それでも先を急ぎたい私の気持ちを察してでもいるのだろうか、車が激しく揺れるたびに大きな泣き声をあげる赤ん坊は、ウルミラが乳をふくませると、ききわけよく、すぐに泣きやんだ。私ははじめウルミラの無理を聞いて赤ん坊を連れてきたことを後悔したが、今は逆に、赤ん坊の泣き声に救われるような気持ちだった。

もし、マハトと運転手のタパ、それに私の男三人でこの長旅を決行していたら、きっと途中で頓挫《とんざ》したに違いない。三人の女性の話し声と時おり聞こえる赤ん坊の泣き声が、私の気持ちをなごませ、前へ前へと奮い立たせていた。

この旅は、明らかに私の取材同行を口実にしたマハト夫妻の帰郷のための便乗行だった。私は最初、一家を同行させることにあまり乗り気でなかった。車で行くことをしきりにすすめるマハトに対し、なんとか飛行機を利用する方法はないのかと、私が最後まで渋ったのも、一つには、マハト夫妻の帰郷に利用されているだけではないかという気持ちが、どうしても拭《ぬぐ》えなかったためだった。

　しかし、今はこれでよかったと思った。飛行機を利用した場合、カトマンズからネパール東南部のビラトナガルという街まで飛び、そこから車でイラムまで走ることになる。だがマハトの話では、ビラトナガルでは、チャーターできる車がみつからない、みつかってもインド製のタクシーくらいで、そんな老朽車でイラムまでの峻険《しゅんけん》な山道を登るのはとても無理だという。

　マハトの言葉が正しかったことは、翌日、ビラトナガルの町を走るインド製タクシーの老朽ぶりをみてはっきりとわかった。ウルミラは、「こんなに大勢でついてきてしまって本当に申しわけありません」と何度も謝ったが、今となっては感謝しなければならないのは私の方だった。

「郷里の両親にこの子を早くみせたい気持ちはありますが、本当をいえば両親に会うのがこわいんです。あの事件がこちらの新聞で報じられてから、両親は毎日泣き暮らしています。私にも、お前がゴビンダを東京に連れていかなければ、こんなことにはならなかった、と毎日のように手紙を書いてきます」

ウルミラはそういって、暗い車内で大粒の涙を流した。車の揺れは相かわらず激しかったが、赤ん坊はウルミラの腕のなかで安らかそうに眠っていた。

インドのように黒い夜

ウルミラが日本にきたのは平成四（一九九二）年のことである。彼女の話では、日本にこないかと誘ったのは、渡辺泰子の遺体が発見された渋谷区円山町の喜寿荘と、これに隣接し、事件当時、ゴビンダが四人のネパール人たちと一緒に住んでいた粕谷ビルの両建物を所有する尾崎利雄の息子の尾崎周矢という人物だったという。

尾崎周矢は、父親が実質上のオーナーで、泰子の遺体の第一発見者となった丸井健が店長をつとめる渋谷区桜丘町のネパール料理店「カンティプール」の経営もまかされていた。

ウルミラによれば、このとき尾崎は友人と一緒にネパールに観光にきており、そこでガイド役をつとめたゴビンダの兄と知りあった。その縁で、当時、カトマンズ一の高級ホテルの「ヤク・アンド・イエティ」のルームサービス係をしていた自分とも知りあい、彼から日本行きをすすめられたという。

ゴビンダの兄とウルミラは尾崎を頼って来日し、最初、尾崎の所有する西品川のマンションで暮らした。ゴビンダの兄はまもなく帰国したが、ウルミラはそのまま日本に残り、渋谷区内のインド料理店などで働いた。

ゴビンダが姉のウルミラを頼って日本にやってきたのは、それから二年後の平成六（一九九四）年二月のことである。この年はロイヤル・ネパール航空が関西国際空港に向けて直行便を就航させた年である。ネパールから日本への出稼ぎ労働者はこれを機に、増大の一途を辿《たど》っていった。

最初ゴビンダはウルミラと一緒に、尾崎の所有する西品川のマンションで暮らしていたが、平成八（一九九六）年九月から、ウルミラが借りた同じ尾崎所有の建物、粕谷ビル四〇一号室でともに暮らすようになった。ウルミラはそれから間もなくネパールに帰国した。

ウルミラが再来日したのは、ゴビンダが強盗殺人容疑で逮捕、起訴された直後の平成九（一九九七）年六月はじめのことだった。当時、ウルミラは妊娠八カ月の身重の体だった。

「逮捕されたゴビンダに面会を何度も申し込みましたが、結局、許可はおりませんでした。仕方なく、ゴビンダに手紙を書き、それを弁護士さんに渡して、私はネパールに帰りました。あとから弁護士さんから連絡があり、『私はあなたの無実を信じています。神様もあなたのことを必ず見守っていますから、気を落とさずに頑張ってください』という私の手紙を読んで、ゴビンダは大声をあげて泣いたそうです」

そういってウルミラは、また少し涙ぐんだ。夜はもうとっぷりと暮れていた。もうその日のうちにイラムに着くことは到底不可能だった。

私はガイド役のマハトに、今日はどこか適当なところで泊まろう、と提案し、その前になにか夕食が食べられそうなところを探してくれ、といった。そうは指図したものの、内心はおだやかではなかった。

予定では、ゴビンダの故郷のイラムに向かう手前のビルタモドという小さな街に行き、そこで、事件当時、ゴビンダと一緒に暮らしていたナレンドラという人物に会う予定だった。入管難民法違反の容疑で強制送還されたナレンドラは、ゴビンダの冤罪《えんざい》を立証する最初の証人となってくれるはずだった。だが、この段階ではまだナレンドラとは連絡がとれておらず、今日は一泊しようと私が決意した地点からまだ五時間以上も走らなければならないその街に、本当にナレンドラが住んでいるかどうかさえわからなかった。

夜の八時過ぎ、われわれはラーハンという町で、遅い夕食をとった。このあたりはインドとの国境に一番近く、住民のほとんどはインド人だった。

街角にたむろしたインド人たちが、殺気にみちたギラギラとした目でわれわれ一行を監視するように見つめている。われわれは簡易ホテルを兼ねた一軒の食堂に入ったが、そこもインド人の経営だった。

食事が終わり、われわれ一行は、いままでわれわれの様子をじっとうかがっていたインド人の肌のように黒い闇夜《やみよ》を、ヘッドライトの明かりで切り裂くようにして、東へと急いだ。

時計の針はすでに十一時を指していた。カトマンズを出たのが早朝の五時だったから、もう十八時間も車に乗りつづけだった。さすがに限界だった。イタハリという町に着いたとき、私はマハトに強い口調でホテルを探すよう命じた。

マハトが探してきたホテルは、ホテルという看板はかかっているものの、木賃宿とも呼べないような代物《しろもの》だった。うす暗い非常階段をあがって二階に行くと、独房のような部屋が五つ連なっていた。なかに入ると、打ちっぱなしのコンクリートの床に、鉄のベッドが一つ置いてあるだけだった。ベッドの上には、真っ黒に汚れた蚊帳《かや》がかかっていた。

われわれ七人はまるで帰省中の大家族のようにして、そのホテルに泊まった。すぐ停電になり、部屋は真っ暗になった。部屋の灯《あかり》は、従業員がもってきた蠟燭《ろうそく》の火だけだった。虱《しらみ》の出そうなベッドに直接寝るのはさすがにためらわれた。私は前日、カトマンズで買ったシュラフを車から運び、それにくるまってベッドの上に体を横たえた。少しでも眠らなければと思ったが、外から聞こえる不気味ならなり声が気になって、私はその晩ほとんどまんじりともしなかった。宿代は七人で千六百ルピー（三千二百円）だった。

　翌朝、下におり、下水溝をかねた溝《どぶ》に目をやると、人間の顔ほどもある巨大な蝦蟇《がまがえる》が、油まじりの泥を背中にべったりかぶったまま、じっと私の方をにらみ、思わぬ敏捷《びんしょう》さで真っ黒な溝のなかに跳ねこんでいった。

第六章　落涙

最初の証言者

イタハリを出発したのは前日と同じ早朝の五時だった。日の出まではまだかなり間があり、外は真っ暗だった。

地図でみると、イタハリの東には何本もの川がある。だが、前夜ほとんど一睡もできなかった私は、車に乗り込んだとたん激しい睡魔に襲われ、川を渡ったことにまったく気づかなかった。

しかし、眠れたのはほんの束《つか》の間《ま》だった。私は激しい衝撃ですぐに目をさました。すさまじい悪路だった。それは道というよりは、大小の石をぶちまけた水のない沢のようだった。そんな悪路が見渡すかぎりつづく。昨日の悪路はこれに比べれば、まだかわいいものだった。

私は体が一つ一つ分解されそうな激しい揺れに耐えながら、ビルタモドという次の街に住んでいるはずの最初の証人がいることだけをひたすら願った。

悪路の旅は二時間もつづいただろうか、午前八時すぎ、われわれは最初の目的地のビルタモドにやっとたどりついた。

マハトとウルミラは車をおり、最初の証人となってくれるはずのナレンドラを探しにいった。まもなく彼らは手ぶらで帰ってきた。

「いなかったのか」

思わず大声でそうたずねると、二人は、

「いや、近所の友達のところにいっているみたいです」といった。

いまきた道を少し戻り、私は、ナレンドラのいそうな家を探してくるといって出ていった二人を車に乗ったまま待った。十分ほどの間だったが、私にはそれが一時間にも感じられた。

やがて二人は、ひとりの青年を連れて車に戻ってきた。それがナレンドラだった。

こうして私は、カトマンズを出発してから二十七時間後に、事件当時、粕谷ビル四〇一号室でゴビンダと一緒に暮らした最初の証人に、やっと出会うことができた。

ナレンドラはいま風邪をひいて寝ていたところだといった。たしかに発熱のためか、顔は赤く、目は充血していた。彼に車のなかに入ってもらい、マハトとウルミラを通訳がわりにして、インタビューを行なった。

公正を期すため、インタビュー内容はテープにとり、マハトとウルミラの日本語訳が正しいかを含め、日本に帰ってから、あらためてネパール語の専門家にそのテープを翻訳してもらった。

私が彼に最初に尋ねたかったのは、冒頭陳述でこう書かれた部分に関してだった。

〈被告人は、翌九年一月ころ、リラ及びナレンドラと一緒に歩いていた際、渋谷区円山町の路上で渡辺とすれ違った際、ナレンドラに対して、渡辺と交渉を持った旨《むね》述べたこともあった〉

――冒頭陳述にはこう書かれています。こういう事実は本当にありましたか。そしてあなたは渡辺泰子という女性を知っていますか。

「渋谷の『カンティプール』でゴビンダさんと一緒に御飯を食べて、円山町に帰ってきたとき、道に一人女の人が立っていました。だけどそれが渡辺泰子という女性かどうかわかりません。ゴビンダさんから、その女性と性交渉をもったという話を聞いたこともありません。

警察でもそのことは何度も聞かれました。私が知らないといっているのに、警察は女性の写真をみせ、この女性を知ってるといって、いって、としつこくいいました。そしたら国に帰してあげる、ともいいました」

――取り調べ中に、警察は大声をあげるとか、あなたを殴るとかしましたか。

「一回だけありました。机をバーンと叩《たた》いて、いいから早くいって、いって、といいました」

――何時間ぐらいやられましたか。

「十時間、十一時間、ずっと一日中」

――それは渋谷警察署のなかでですか。

「そうです」

――警察官の名前はおぼえていますか。

「名前はわからない。顔が長く背が高い人でした。年は四十七、八歳でした」

――もう一度確認します。あなたは本当に渡辺泰子という女性を知りませんね。

「まったく知りません」

――質問をかえます。あなたは本当にゴビンダさんが渡辺泰子という女性を殺して金を奪ったと思いますか。

「まったく思いません。警察がゴビンダさんがやった、やったといっていることは知っていますが、ゴビンダさんが金をとるために女性を殺したとはとても思えません。粕谷ビルの部屋には、いつも二十万、三十万の金が置いてありましたから、もし金をとるなら、いつでもとれます。ゴビンダさんは絶対に女性を殺していません」

――日本の警察に対していいたいことをおっしゃってください。

「コート（法廷）に行くとき、警察は私たちのやったことを絶対にコートではいわないで、そしたらお金いくらでもあげる、日本にまた来ることもできるようにしてあげる、だからコートでは絶対にいわないで、といいました。私、日本も日本人も大好きです。でも警察だけは違います」

彼がコートといっているのは、入管難民法違反容疑で起訴され出廷した法廷のことを指している。

――ほかに何かおっしゃりたいことはありませんか。

「イミグレーション（出入国管理局）にいれられたとき、イラン人がいっぱいいました。どうしてあなたたちはつかまったの、と聞くので、渡辺さんという知らない女性の事件でつかまったの、というと、イランの人たちは、『ああ彼女ね。彼女すごく悪いよ。あの女性はたぶんイラン人が殺したね』といってました」

私はこの話を聞いたとき、渡辺泰子の遺体の第一発見者となったネパール料理店「カンティプール」店長の丸井健がいった言葉を思いだした。

「事件当時、神泉《しんせん》駅では駅の改築工事をやっていたんです。高い櫓《やぐら》を組んでね。そこでイラン人たちがたくさん働いていた。あの事件が起きたとき、これはイラン人の犯行ではないかと、直感的に思いました。イラン人たちは高い櫓の上から道行く女性をよくからかっていましたし、あの足場からは喜寿荘に出入りする人たちもよくみえますからね」

ナレンドラは最後に、警察の暴行に関しては、やはり粕谷ビル四〇一号室の同居人で、いまはカトマンズ市内にいるリラさんがよく知っている、リラさんから直接、警察から供応を受けたという話も聞いている、詳しい話はリラさんに会って直接聞かれたらいいと思います、といった。

私は念のため、ナレンドラに、いま話した要旨をネパール語で書いてもらい、そこに彼の署名をもらいたい、といった。ナレンドラは私の要求を快諾してくれた。いま私の手元には、ナレンドラのサインが入ったそのメモ書きが残っている。

最初のハードルをこえた安堵《あんど》感《かん》と、ネパールにきてから連日、二時間程度の睡眠しかとれなかった疲労感から、ナレンドラと別れ、再び走りだした４ＷＤのなかで、私はむさぼるように眠った。

女子大生はイラムにきたか

どれほどたったろうか、目をさまして窓の外をみると、夢のような風景が広がっていた。沿道にはきれいに植栽された西洋グリの並木がどこまでもつづく。道もこれまでとはうってかわって完璧《かんぺき》に舗装されていた。私は思わず、美しい風景画の世界にそのまま入っていくような錯覚におそわれた。

道はなだらかな登りに入り、あたりにはにわかに高山の気配がしのびはじめた。九十九《つづら》坂になった山道を登るにつれ、樹木の丈が低くなっていくのがはっきりとわかった。もう十月の終わりだというのに、山道にはうるさいほどのセミの声が雨季のスコールのようにふっている。

ところどころに白い幟《のぼり》をたてた民家がみえた。どこかで見た風景だなと思ううち、平家の落人《おちゅうど》部落とも、日本最後の秘境ともいわれる徳島県の祖谷《いや》山の風景によく似ていることに気がついた。

個人的なことをいえば、私の妻は祖谷の出身なので、祖谷の山村には何度も足を運んでおり、その風景にはなじみがあった。山頂まで段々畑が連なる「耕して天に至る」祖谷の風景は、インドとの国境に近いネパール最東端の山村の風景と、同じ雛型《ひながた》から生まれたようにそっくりだった。

「お茶畑がきれいでしょう。すぐ向こうは紅茶の名産地で有名なダージリンです」

マハトがそういって、東の方を指さした。私はマハトの説明に、日本人のルーツはそこにあるのではないかともいわれるインドのシッキム地方のことを思いだした。日本祖語が生まれたという学説もあるシッキムは、ダージリンのすぐ隣だった。

山道を登りきったところに小さな村があった。村はティハールでにぎわっていた。髪に花飾りをつけた小さな女の子たちが大声をあげてはしゃぎまわっている。露店には、ミカン、毛糸、紅茶、ウコンなどこの地方でとれるありとあらゆる物産が山積みとなっている。一個二ルピー（四円）の青いミカンを買って手にとると、それだけでミカンの樹液が手についた。輝くばかりの光沢は、まるで緑の宝石のようだった。

外はあいにくの雨だった。日本の番傘によく似た傘をさした男が、馬に乗ってやってくる。空恐ろしくなるほどの美女がぬかるみの道を裸足《はだし》で歩いている。

私は黒沢明の映画の一シーンをみるような思いにかられ、同時に、ネパールに着いた翌日、寝袋などの旅装を整えるために買物にいったカトマンズ市内のバザールの雑踏を思い出した。

額にティカをつけた男女であふれかえったバザールは、まさに人種の一大展示場だった。ティカは路上をうろつく犬の額にまで施され、バザールはウォーンという地鳴りのような喧噪《けんそう》につつまれていた。アジア的としかいいようのないその喧噪のなかに身を置いていると、日本人が混血の果てに生まれた雑種民族だということがよくわかった。すれ違う男も女も、みな日本のどこかで見た顔だった。

われわれはその小さな村で少し早目の昼食をとったあと、再びイラムに車を向けた。山はいよいよ険しくなり、谷はますます深くなった。マハトの話では、数年前、この付近でバスの転落事故があり、乗客全員が死亡したという。

やがて小さな川にでた。その川をみたとたん、ウルミラの顔が突然輝いた。

「この川はマイホラ川といいます。子供の頃、ゴビンダと一緒によく遊んだ川です」

その川べりで少し休憩し、茶屋のような小屋にたむろしている近所の人びとに、たずねてみた。

「もうだいぶ昔のことですが、日本人の女性がこの村をたずねてきたことはありませんか。名前は渡辺泰子といいます」

私がそんな質問をしたのにはわけがある。事件が起き、捜査線上にネパール人の名前があがりはじめた頃、女性週刊誌を中心に、泰子とネパールとの関係を印象づける記事が、頻繁に出はじめた。

泰子は慶応大学三年のときネパールに留学した。泰子はネパールの田舎に、貧しい子供たちを救うための孤児院をつくろうとしていた。泰子が売春で稼いでいたのは、その孤児院づくりのためだった……。

こうした報道に加えて、ゴビンダが逮捕されてからは、泰子が行ったのはゴビンダの故郷のイラムだった、という情報も一部に流れた。

しかし、その段階では泰子がネパールに行ったという証拠は何ひとつみつかっていなかった。私は、ネパールのイミグレーションに知りあいがいるというゴビンダの兄に頼んで、イミグレーションカードを調べてもらったが、そちらからも結局、泰子がネパールに入国したという報告は届かなかった。

こうしたことからみても、女性週刊誌を中心とした泰子のネパール行きの情報は、警察のリーク情報に誘導された虚報という疑いが濃厚だと思われた。

泰子のネパール行き、とりわけイラム行きという情報は、実際にカトマンズからイラムまでの長旅をしてきた私の実感からいっても、ほとんどありえない。泰子には元々イラムに住むネパール人の知りあいがいた、というなら話は別だが、これほど辺鄙《へんぴ》な村に、しかも今から二十年も前に、わざわざたずねてきた日本人女性がいるとは、到底考えられなかった。

川のほとりの小屋にたむろしていた村人たちは、私の質問に、案の定、そんな女性がこの村に来たという話は聞いたことがない、と異口同音に答えた。

送られてきたセーター

橋を渡ると、すぐに菜種畑が広がっていた。黄色の絨緞《じゅうたん》を野原一面に広げたようなその風景は、息をのむような美しさだった。そのときウルミラが、涙声で私に話しかけてきた。

「この菜種畑も家の土地です。家には一日ではとても歩ききれないほどの土地があります。だからお父さんは、ゴビンダは何も日本に働きにいって、無理して家を建てることはなかった、田舎の土地を売れば家の一軒ぐらいすぐに建ててやれた、といまでもいうんです。その話を聞くと、私の方がつらくなって……」

菜種畑をまわりこんだ小高い山の上に、小さな民家がみえた。それがゴビンダの実家だった。いよいよやってきたか。私は思わず胸のなかでつぶやいた。時計をみると、ちょうど正午だった。前夜おそく、イタハリの木賃宿に泊まった時間をいれると、カトマンズを出発して三十一時間かかった計算だった。

ゴビンダの実家は遠くからは小さくみえたが、近づくとなかなか立派な造りだということがわかった。家のまわりには牛小屋や鶏小屋もあり、裕福そうな暮らし向きがうかがえた。

南向きの斜面に建てられた家には、まぶしいほどの光があたっていた。その強い日差しをあびた庭先で、六歳と四歳になるゴビンダの娘たちが無邪気に遊んでいた。

二人は、胸に船のデザインがある緑色のおそろいのセーターを着ていた。ゴビンダが日本から送ってきたものだという。そのデザインに、海を知らないネパールの娘たちに、せめて潮の香りのする船だけでもみせてやりたいというゴビンダの親心が感じられた。

私は実家で暮らすゴビンダの肉親たちに、十月十四日の初公判でみたゴビンダの元気な姿だけを伝えたかった。

その報告をすませてから、私はゴビンダの部屋をみせてもらった。壁には両親の写真と、「健康は何ものにも勝る財産」という英語で書かれた標語がかかっていた。部屋の調度は、ゴビンダが日本に行く前と何ひとつかえていないという。

「ゴビンダがいつでも帰れるようにしているんです。私はもう年よりです。いつ死んでもおかしくありません。だから、私が死ぬ前に、あの子にせめて一目だけでも会いたいんです」

深い皺《しわ》が浅黒い顔にきざまれたゴビンダの母親は、そういって、びっくりするほど大粒の涙を頬にしたたらせた。年齢をたずねると、まだ六十代だった。憔悴《しょうすい》しきった顔は九十歳の老婆《ろうば》のようだった。

そのとき、ハッとするような知的な美人が私にお茶をいれてくれた。それが十年前に結婚したゴビンダの妻だった。

私は彼女に、ゴビンダさんはどんな夫ですか、とたずねた。彼女は感情をあまり顔に表わさず、「やさしい夫です。あれも日本から送ってきてくれました」といって、目の前にかかっている洗濯物を指さした。そこには、仕立てのよさそうなブラウスとワンピースが涼しい風にゆられて光っていた。

地獄で仏

もう少し長居したかったが、時間が許さなかった。明日は、ネパール第二の都市のポカラから車で三時間以上かかるバグルンという町で、二人の証人に会わなければならない。そのためにはどうしても、今日じゅうにカトマンズに帰りついておかなければならなかった。

ゴビンダの父親は、実家から少し離れた山の上にあるイラムバザールという街に、お祭りの用事で出かけて不在だった。父親にも会ってぜひ話を聞きたかったが、そこに行くには車で二、三十分かかるという。いまはその時間さえ惜しかった。

ここまでずっと一緒だったゴビンダの異母姉も、実母の実家があるイラムバザールにどうしても行きたい様子だった。彼女は当然そこに行くものとひとり決めして、すでに4WDに乗りこんでいた。つい最近、内臓をこわして開腹手術をしたばかりという彼女は、行きの車中でもひどく大儀そうだった。そんな彼女を山の上の街まで連れていってあげたいのは山々だったが、一刻の猶予《ゆうよ》もならない状況が、その気持ちをふりきらせた。

「申しわけありませんが、ここでお別れです。いま一番大切なことは、ゴビンダさんの無実を証明する証言をできるだけ多く集め、それを現在、裁判が進行中の日本で発表することだと思います。どうかご理解ください」

そういうと、彼女は車をおり、「こちらこそ勝手をいって却《かえ》って申しわけありませんでした」といって素直に詫《わ》びた。

私はゴビンダの母親と妻、それにウルミラに、「どこまでお力になれるかわかりませんが、ジャーナリストとしてできる限りのことはします。絶対に気を落とさないでください」と挨拶《あいさつ》し、秋の陽光をいっぱいに浴びたその家を離れた。

行きは七人の大世帯だったが、帰りは運転手のタパとガイド役のマハト、そして私の三人だった。女子供のいなくなった安心感から、私はタパに全速力で飛ばせ、と命じた。行きと違って、食事も休憩もとるつもりはなかった。

まず昨日泊まったイタハリまで戻り、そこから南下してビラトナガルの空港まで向かう。それがこれからの行動予定だった。ビラトナガルからカトマンズに向かう飛行機の切符の手配はまだできていなかった。切符の手配は、前日泊まったイタハリの木賃宿の主人に途中で電話をかけ、なんとか頼みこもうと思っていた。

下り坂のせいもあって、トヨタランドクルーザーは飛ばしに飛ばした。途中の道路には、牛やヤク、家鴨《あひる》の群れが、時おり飛びだしてきたが、タパは百キロ近い猛スピードをほとんどおとさず、横断する動物たちの群れを巧みにかわした。前方の風景がたちまち後へ去っていく感覚は、Ｆ１レースのシミュレーションゲーム機のなかにいるようだった。

いくつものバザールが現れては消える。タパは悪路にさしかかっても、たいしてスピードをゆるめなかった。私は前後左右に激しく揺られながら、主君の大事を早駕籠《はやかご》で知らせる赤穂《あこう》藩士のような気持ちになっていた。

車は一回だけスピードをおとした。ヤクの群れが道を横切ったとき、突然、マハトが大声をあげた。

「あっ、子供を生んでいる！」

みると、母親とおぼしきヤクの尻《しり》に、鮮血にまみれた胎盤がぶらさがっていた。そばにはいま生まれたばかりのヤクの子供が、自分の足だけで必死に立とうとしている。

私は涙がでるくらい感動をおぼえた。

母親は尻からまだ羊水をたらしたまま、子供の懸命な姿をじっと見守っている。そのときふと、私の脳裏に渡辺泰子の顔が浮かんだ。母親ヤクの柔和な目は、どこか泰子の写真の目に似ていた。

なぜそのとき泰子の顔が浮かんだのか。子供を生んだばかりの幸せそうなヤクの目が、一度も子供を生まないまま、三十九歳で何者かに首を絞められて死んでいった泰子の不《ふ》憫《びん》さを浮きたたせたせいなのか。いまになってもその理由はわからない。

イタハリに着いたのは午後四時だった。ゴビンダの実家を出たのは一時だったから、三時間という猛スピードだった。行きは、途中、ナレンドラに会ったことや休憩したこともあって、七時間かかっていた。

ビラトナガル空港からカトマンズ行きの飛行機の最終便が出発するのは、五時四十分だった。途中イタハリの木賃宿にいれた電話で、どうやら切符はとれそうだということはわかったが、実際に切符を手にいれるまではまだ安心できなかった。

切符の手配に少し手間どったため、イタハリを離れられたのは、もう四時半に近かった。出発時刻まであと一時間しかない。私はタパに大声で、エンジンが焼ききれるまでスピードをあげろ、といった。

タパは「イエス、サー」といって、人も牛も轢《ひ》き殺しかねないスピードで車を飛ばした。道ゆく人びとは一斉に体をよけ、唸《うな》りをあげて走り去る４ＷＤを、目を丸くしてみている。ビラトナガルは数年前の地震でかなりの死傷者を出した街である。沿道の民家には倒壊の跡がまだ生々しく残っていた。

カトマンズ行きの最終便が出発する三十分前の五時十分、われわれはビラトナガル空港に到着した。

夕闇《ゆうやみ》の小さな滑走路に駐機した飛行機の機体には「ブッダ・エア」と書かれていた。

私はやっとジョークをいえる余裕をとり戻し、マハトにいった。

「マハト、日本にこんな諺《ことわざ》があるのを知ってるか。『地獄で仏』っていうんだ」

ウルミラと一緒に何年か日本ですごしたことがあるマハトは、意味がわかったのかどうか、大声でアハハハ、と笑った。

四十人乗りの小型機は満席だった。私はなんとか機中で眠ろうとしたが、エンジン音がうるさくとうとう眠れなかった。美人のスチュワーデスがお盆の上に飴《あめ》と一緒に脱脂綿を載せて運んできた理由がわかったのは、誘導灯だけが点滅する真っ暗なカトマンズ空港に向け小型機が着陸態勢にはいったときだった。

タラップをおりながらそれをいうと、マハトはさっきのお返しをしてきた。

「僕も耳栓とは気がつかなかった。そういうの日本語で『あとの祭り』っていうんでしょ」

そんな冗談が出るほどわれわれの気分は昂揚《こうよう》していた。しかし、これでネパールの旅が終わったわけではなかった。

第七章　供述

ポカラ行きのプロペラ機

翌朝の十時半、私とマハトは昨日と同じカトマンズ空港に行った。この日、私はカトマンズから観光地として知られる湖の町のポカラに飛び、そこから車でバグルンという町に行く予定だった。

バグルンには粕谷ビル四〇一号室の同居人だったドルガが、バグルンからさらに一時間ほど行ったベニには、やはり同居人だったラメシュが住んでいた。日本からの国際電話で、ラメシュが、泰子が殺害された三月八日当日のゴビンダのアリバイを証明する決定的な情報をもっているらしいことを、私はすでにつかんでいた。

この日も前日と同様、飛行機に関しては予約なしの飛びこみだった。うす暗い空港ロビーでしばらく待つと、運よく、十一時三十分発のポカラ行きネパールエアのキャンセル待ち切符がちょうど二枚手に入った。

三十人乗りのプロペラ機は定刻通り離陸した。たちまちカトマンズの市街は小さくなり、やがて白い雪渓を幾重にも頂いたヒマラヤの雄大な山嶺《さんれい》がみえてきた。アンナプルナ、ダウラギリ、マナスルなどの山々が、天を切り裂くようにして峻厳《しゅんげん》な姿をみせはじめる。私がネパールにきて、これほどの近さでヒマラヤ山系の峰々を一望したのはこれがはじめてだった。

プロペラ機は高山特有の乱気流に巻き込まれるのか、急降下を繰り返しながら揺れに揺れた。飛行機の窓から手にとるように見えるヒマラヤの雄大な光景はまさしく絶景だったが、その景色をのんびり楽しむ余裕はなかった。私はもうこれでおしまいかと、何度も目をつぶった。

ポカラ空港には十二時過ぎに着いた。証人の一人のラメシュが住むダウラギリ山麓《さんろく》のベニまでは、どんなに車で飛ばしても三時間以上かかる。だが、マハトは手回しよく、前日彼に電話して、もう少しポカラに近いバグルンまで出てきてもらえるよう頼んでいた。それでもポカラから車で二時間かかる距離だった。

空港で待機しているタクシーに、ポカラからバグルンまでの往復で二千ルピーでどうかと交渉し、それが成立したので、われわれはそのタクシーに乗りこんだ。

牛やヤクがのんびりと歩く山道には、何カ所か検問所があった。その一つで、われわれの車はストップをかけられた。一昨日のイラム行きで死亡事故の現場に行き合わせ、五時間も足どめをくったことがすぐに思いだされた。もう余計な時間をくうのは御免だった。それに、バグルンで二人に会うのは午後二時の約束だった。こんなところでつまらないことにひっかかっている暇はまったくなかった。

検問を突破できたのはマハトの機知だった。彼はいろいろと難癖をつける警官に、

「私の義理の兄は国会議員だ。なんだったらここから電話して、この問題を兄に聞いてもらおうか」とやんわりいった。

マハトの言葉は効果甚大《じんだい》だった。

タクシーは再び走りだし、やがてグランドキャニオンを思わせる荒涼たる風景がみえてきた。天空から巨大な鉈《なた》をふりおろしてつくられたような絶壁からは、長大な滝が落ちていた。私はその息をのむような風景に、ネパールが世界一の山岳国家だということをあらためて思い知らされた。

バグルンは思っていたよりずっと大きな街だった。路地という路地には、色とりどりの野菜や果物を並べた露店のバザールが雑多に連なり、そのはるか彼方《かなた》に雄壮なダウラギリの山塊がみえた。

二人はその路地にある一軒のジーンズショップの前で待っていた。年嵩《としかさ》のドルガはこの町の住人だったが、十九歳の学生のラメシュはバグルンから数十キロ行ったベニで暮らしており、この日は私に会うため、ベニからわざわざ長距離バスに乗ってバグルンま

でやってきた。

私は二人が待っていたジーンズショップの二階の部屋を借り、二人の話を聞いた。二人の日本語はかなり達者だった。しかし、ときおりネパール語もまじるので、最初の証言者のナレンドラのときと同様、インタビュー内容をテープにとり、それをあとからネパール語の専門家に訳してもらった。

私はまず年嵩のドルガに質問した。

――私は日本からきたジャーナリストです。日本では、あなたたちと渋谷区円山町の粕谷ビル四〇一号室で一緒に暮らしていたゴビンダさんの裁判が始まっています。渡辺泰子さんという女性を殺して金を奪った。それが、彼が起訴された理由です。日本の法律では、最悪の場合、死刑になるかもしれない強盗殺人という罪名です。

ところが、いろいろ調べてみると、次々と不思議なことがでてくる。ゴビンダさんが渡辺泰子という女性を殺したとはどうしても思えなくなってくるんです。私は彼は無罪だと思います。それを立証するためにネパールにきました。

この前、第一回の公判がありました。ここにもってきたのは検察側の冒頭陳述の要旨です。これは検察側、つまりゴビンダさんを犯罪者と見ている側の文章です。だから正しいかどうかはわかりません。そこにこう書かれています。

被告人ゴビンダは、昨年の十二月頃、当時一緒に住んでいたドルガから、「日本人のやせた女性とセックスしてきた」と聞いた。ここは論理的に飛躍しているところなんですが、検察側は、あなたがやせた女性とセックスしてきたとゴビンダに話したことが、彼が渡辺泰子という女性に関心をもつきっかけになったといおうとしている。やせた女性イコール渡辺泰子ではありませんからね。

検察の文章では、あなたからその話を聞いたゴビンダは、昨年十二月中旬の深夜、帰宅する際に泰子と出会い、彼女を自室に連れこんでセックスをした、と書かれている。あなたは本当に、ゴビンダにそんな話をしましたか。

「私はそんなことをいっていません」

——いっていない。失礼を承知の上の質問ですが、すごく大事なのでお聞きします。たとえゴビンダさんにそんな話をしなかったとしても、ドルガさんは、そういうやせた日本人女性とセックスしたことがありませんか。

「ありません」

——さきほど私は、去年の十二月中旬頃、ゴビンダが粕谷ビル四〇一号室に渡辺泰子を連れこみ、彼女とセックスをした、と検察側が述べているといいましたが、正確には、同室者のリラ、ドルガと順次性交したと書いてある。つまり、あなたも泰子とセックスしたことになっている。これは本当ですか。

「それはウソです」

——渡辺泰子という女性に会ったことがありますか。

「会ったことはありません」

私は、検察側の冒頭陳述で泰子とセックスをしたと書かれているドルガに、日本から持ってきた彼女の写真をみせた。

——この女性です。これが渡辺泰子さんです。あなたは本当にこの女性を知りませんか。

「みたことありません」

ドルガは、日本の警察は私と同じように泰子の写真を何度もみせ、知っているだろう、知っているだろう、と何度も聞いたという。

——毎日、同じことを聞くわけですね。取り調べは一日何時間ぐらいでしたか。

「一日じゅう、朝までです」

——朝まで？

「寝るのは二時間か三時間ぐらいでした」

——絶対に知っているはずだというんですね。

「そうです。警官はチェンジして、同じことを何度も繰り返しました」

時間があまりなかったので、私はラメシュの方に質問の矛先をかえた。

被告人のアリバイ

――私がネパールにきた最大の目的は、実はあなたに会うためでした。これは非常に重要なことなので、よく考えてから答えてください。渡辺泰子さんは三月八日の深夜、何者かによって殺害されたわけです。それだけは間違いのない事実です。

ところが、彼女が殺された三月八日の深夜、ラメシュさんが、ゴビンダさんのいる粕谷ビル四〇一号室に電話をしたところ、ゴビンダさんはその部屋にいた。そういうふうに私は聞いているんです。これは本当ですか。

「もう一回いってください」

――三月八日、事件があった日ですね。その日の夜の十二時前後、つまり真夜中ですね。その時間帯に、あなたが電話をした。

「どこに？」

――粕谷ビル四〇一号室にです。するとゴビンダさんが電話に出た。それであなたはすぐに四〇一号室に行って、ゴビンダさんと一晩じゅういろいろな話をした。

「朝までね」

――朝までね。それは本当でしょうか。

「本当です」

――本当ですか。ここはきわめて重要なんです。それによって、ゴビンダさんは渡辺泰子という女性を殺していないということが裏づけられるんです。一晩じゅう粕谷ビル四〇一号室にいれば、喜寿荘一〇一号室で渡辺泰子とセックスした上、彼女を殺害することは絶対に不可能だからです。

「そうです。殺すことはできません」

――重要なところなので、詳しくお聞きします。あなたは何時頃、粕谷ビル四〇一号室に電話をして、何時頃、その部屋に行きましたか。

「電話をしたのは夜の十二時ぐらい。一回目は誰もでなかった」

――誰もでなかった。

「でも、またすぐにかけると、ゴビンダさんが出た」

――ところであなたはなぜ自分の住んでいる部屋に電話をしたんですか。

「叔父さんに連絡をとるためです」

当時、粕谷ビル四〇一号室には、ゴビンダのほか、最初の証言者となってくれたナレンドラ、いま私の目の前にいるラメシュ、その叔父のマダン、そして明日会う予定になっているリラの四人が住んでいた。ラメシュの前に話を聞いたドルガは平成八（一九九六）年末までは同じ部屋で暮らしていたが、平成九年一月強制退去させられ、彼らより一足早くネパールに帰国していた。

——電話はどこからかけたんですか。

「渋谷のハチ公前です。携帯電話からしました」

——部屋に行ったのは何時頃でしたか。

「ハチ公前で少し休んでから行ったので、午前一時になる少し前でした」

——そのとき部屋にゴビンダさんはいましたか。

「いました」

——いつもとかわった様子はありませんでしたか。

「ありません。いつもと同じでした」

——そのとき部屋で話をしたのはラメシュさんとゴビンダさんの二人だけでしたか。

「ええ、二人だけです」

——どんな話をしましたか。

「仕事の話とか、あといろいろの話をしました。テレビもみました」

——テレビ？　どんな番組をみたかおぼえていませんか。

「番組はおぼえていません」

——それで何時ぐらいまで話をしたんですか。朝までですか。

「二時間ぐらいです」

——そうすると午前三時頃までですね。その後、一緒に寝たわけですね。

「ええ、そうです」

そこで私は質問を一応打ち切り、用意してきた書類をラメシュに示した。前述したように、私は日本からの国際電話や、ラメシュに会うまでの現地ネパール取材などを通じて、ラメシュがゴビンダのアリバイを証明する貴重な証人となるだろうことを、ほぼ確実につかんでいた。私はラメシュに会う前に東京と連絡をとり、ラメシュが話すであろう証言内容をあらかじめ想定した英文の「宣誓供述書」をつくるよう指示していた。ラメシュの給料日が、犯行のあった翌日の三月九日ということもつかんでいた。

私の手元には、この日の朝、東京からカトマンズのホテルにファックスで送られてきたばかりのその「宣誓供述書」があった。用意した「宣誓供述書」が、はたしてどれほどの法的効力をもつものかはわからなかったが、ラメシュの証言の信憑性《しんぴょうせい》を高める上で役立つことだけは確かだった。

私はそれをラメシュに渡していった。

——ここには、いまあなたがおっしゃった内容の要旨が英文で書かれています。英語はお読みになれますね。これをよく読んで、間違いがなければ、下に署名をしてください。

ラメシュはそれをじっくりと読み、読み終えるとニッコリと笑っていった。

「ここに書かれていることはまったく間違いありません」

ラメシュが署名してくれた「宣誓供述書」の日本語訳は次の通りである。

〈宣誓供述書

一九九七年三月八日深夜に、私（ラメシュ・タパ）は、渋谷区円山町のゴビンダ・マイナリ氏が名義人となっている部屋に戻り、そこでゴビンダ氏と一緒に過ごしました。

私はそこでゴビンダ・マイナリ氏と、日本でのわれわれの生活の様々のことを話していたのです。翌九日の昼頃まで私はそこにいたのですが、ゴビンダ氏はその間、部屋を一歩も出ていません。

私はゴビンダ氏と一緒に部屋にいた日時を明瞭《めいりょう》に記憶しています。というのも、翌日の九日が給料日にあたっており、その日（九日）の昼頃に金を引き出しているからです。

私は、彼が三月八日の深夜にかけての殺人事件に関与し得たとは思えません。

一九九七年十月三十一日　ラメシュ・タパ〉

帰りの時間は迫っていたが、ラメシュにはもう少し聞いておきたいことがあった。

口止めされた証人

――これほど明瞭なアリバイがあるにもかかわらず、裁判ではそのことが一言もでてきていません。なぜだと思いますか。

「私は警察にちゃんといいました」

――いった？　すると警察は、裁判では絶対にそれをいうな、といったわけですか。

「ええ、そうです。警察はそれをいうな、といいました」

――あなたが、ネパールに強制送還させられたのは、あなたを裁判に出したくなかったからだと思われますか。つまりあなたが裁判に出ると、今いった事実をしゃべりますね。そうするとゴビンダさんは泰子さんを殺したことにならなくなるでしょう。

「はい」

――だから日本の警察は、ラメシュさんを早く日本から出ていけというふうにしたんだと思いますか。

「はい」

――もう少し質問させてください。警察は取り調べ中に、あなたを殴ったりしましたか。

「警察は、『早くしゃべれ、そうすればすぐに帰れる』といいました」

――渋谷署ですね。

「ええ、そうです」

――警察はあなたの髪の毛をつかんだりしましたか。

「それはあります」

――足で蹴《け》られたことはありますか。

「それもあります」

――警察官の名前はおぼえていますか。

「知っています。イグチです」

ラメシュは「イグチ」といったように私には聞こえたが、「ヒグチ」と発音したようにも思えた。私はしつこくたずねた。

――井口？　樋口《ひぐち》？

「名字はイグチです」

――井口、樋口どっちですか？

「イグチ」

――井口ですね。名前の方は？

「名前はわからない」

――他に何かおぼえていることはありませんか。

「顔は白い。髪はちょっと薄い……」

――何歳ぐらいですか。

「歯がちょっと虫歯でした。それを取って別の……」

――わかりました。入れ歯ですね。年はいくつぐらいでしたか？

「年は三十五ぐらいでした」

――ところで、ラメシュさん。私もゴビンダさんが殺人を犯しているとはとても思えないんですが、ラメシュさんはどうですか？

「思えないです。本当に絶対に思えない」

――そうだとすれば、誰が犯人だと思いますか。

「私はネパールの人じゃないと思います」

――一緒に住んでいたナレンドラさんは、犯人はイラン人じゃないかといってました。その話は聞いたことがありますか。

「私が思うのは日本のヤクザです。犯人はヤクザだと思う」

――質問をかえます。あなたは渡辺泰子さんという女性をみたことがありますか。

「見たことありません。警察でも、写真をみせられ、『この女を知っているだろ、知っているだろ』とさんざん聞かれました。警察は『おまえは絶対にこの女を知っている』と何度もいいました」

――ところで、ゴビンダさんは当時、お金に困っていましたか。

「困っていました。いつもなかった。ネパールにお金送っているから、お金がない」

――生活ができないほどでしたか。

「生活は大丈夫」

──最後に、ラメシュさんはゴビンダさんと同じ部屋で暮らしていましたね。ふだんはどんなことをしゃべっていたんですか。

「家族の話や仕事の話です」

──子供のことも話していましたか。

「子供の話はよくしていました」

──二人の女の子のことですね、写真はもっていましたか。

「持っていました。奥さんの写真も持っていました」

時計をみると三時に近かった。明日はカトマンズ市内でもう一人の同居人だったリラに会わなければならず、絶対にこの日のうちにカトマンズに帰りついておかなければならなかった。切符の予約はできていなかったが、ポカラからカトマンズ行きの最終便が四時半に出ることはわかっていた。できることならその便に乗ってカトマンズに帰りついておきたかった。

「本当にありがとうございました。ラメシュさんのお話はたいへんに貴重なものでした。日本に帰ったら必ず雑誌に発表します。それがゴビンダさんの冤罪《えんざい》を証明する決め手になることを、私は信じています。日本の警察のことを考えるといやでしょうが、機会があったらまた日本にきてください。今度は私があなたたちを歓迎する番です」

私は二人と握手し、バグルンの町を離れた。カトマンズ行きの最終便に間にあうかどうかギリギリの時間だった。私は待たせてあったタクシー運転手に、とにかく急いでくれ、といった。

タクシーは途中、道に飛び出してきた家鴨《あひる》を轢《ひ》き殺すほどスピードをあげたが、ポカラ空港に到着したとき、時計の針はやはり四時半を少し回っていた。

念のためカウンターに行ったが、そこにはもう誰もいず、うす暗い空港ロビーはガランとしていた。係員に聞くと、カトマンズ行きの最終便は、たった五分前に出発したばかりだといった。

ポカラからカトマンズまでは約百五十キロある。途中の山中には相当の悪路があり、どんなに車を急がせても五時間はかかる計算だった。私はイラム行きの難行を思い出し、心が萎《な》えそうになったが、いや、行きだけでも飛行機に乗れた幸運をむしろ感謝しなければならないと、思い直すことにした。

それにポカラではまだやらなければならないことがあった。私とマハトは小さな空港を離れ、大きな湖の畔《ほとり》にある「カンティプール」というホテルに向かった。

暗い森の怪談

ゴビンダが居住していた渋谷区円山町の粕谷ビルと、泰子の遺体が発見された喜寿荘のオーナーの尾崎利雄の息子の周矢が実質的な経営者となっている渋谷区内のネパールレストランと偶然同じ名前のポカラのホテルに私が向かったのは、日本での取材で、こんな情報をつかんでいたからである。

事件当時、喜寿荘の鍵《かぎ》を管理していたのは、渋谷区桜丘町のネパールレストラン「カンティプール」の店長で、泰子の遺体の第一発見者ともなった丸井健だが、それ以前の管理人は「カンティプール」元店長のプレム・シュレスタという男だった。彼は事件の起きる前年、店とトラブルを起こし、ネパール料理店の「カンティプール」をやめた。

トラブルの原因は金銭問題だった。店の売り上げ二百万円を入金しなかったことが、店をクビになった理由だったという。彼がその後、二百万円の金を店に返済したかどうかはわからない。彼は「カンティプール」にくる前、六本木の方の水商売で働いていたこともある。

彼は喜寿荘の元管理人だったのだから、事件について何か重要なことを知っているかもしれない。いまはネパールに帰り、兄の経営するポカラの「カンティプール」というホテルに身を寄せ、釣り三昧《ざんまい》の生活を送っているという。

私はこの情報にひどく興味をもった。ホテル「カンティプール」に行き、マネージャーにたずねると、プレム・シュレスタは不在とのことだった。経営者の兄もいまは留守にしているという。

マネージャーの話では、プレム・シュレスタは現在、東京にいるが、連絡先はわからないという。私はマネージャーに東京の私の連絡先を教え、もし彼の東京の居所がわかったら連絡をくれといい残し、ひとまずそのホテルを出た。

白く雪を頂いたダウラギリがすぐ目の前にみえるポカラ市内のレストランで夕食をとった私とマハトは、午後六時に、カトマンズに向けタクシーで出発した。晩秋の日の入りは早く、タクシーがポカラ市内を抜けた頃には、外はもう真っ暗だった。

道には照明灯はまったくなく、車のヘッドライトと、ときおり遠くにみえてくる人家の薄明かりだけが頼りだった。道の両側には、不気味に静まり返った暗い森が延々とつづいている。

漆黒の闇《やみ》は地の果てまでもつづいているように思われた。このまま走っていると、そのまま黄泉《よみ》の国に連れ込まれてしまうのではないか。そんな錯覚に、私はしばしば襲われた。誰かと話していないと、不安と恐怖で身がすくみそうだった。

私は運転手に、日本のタクシー運転手は、みな怪談話が好きだが、ネパールのタクシーにも怪談話はあるのか、とたずねると、マハトが横から口をはさんできた。

「これはお話ではなく私の友人からきいた実話です」

といってしゃべりはじめたのは、こんな話だった。

あるとき彼の友人が暗い夜道をオートバイで走っていると、ヘッドライトの光のなかに、白い着物をきた女が手の平をひらひらさせ、おいで、おいでをしている姿がぼおっと浮かんできた。近づくと、ふるえがくるほどの美女だった。男はオートバイをおり、夜の森のなかでその女と寝た。

ことが済み、男が女の尻《しり》に手を回すと、そこには肉がなく、冷たい骨だけが手にふれた。男は心臓がとまるほど驚き、その場から一目散に逃げだした。とにかく誰か人に会いたい一心で、男はオートバイを飛ばした。しばらく行くと、前方にチラチラする明かりがみえてきた。警官の詰所だと思い、男がホッと一安心してそこに飛びこむと、さっきの女が詰所の椅子《いす》に座って妖艶《ようえん》に笑っていた。男はそれから間もなく、オートバイ事故で死んだ。

私はまるで上田秋成の物語のようなその話に、思わず鳥肌が立った。しばらくして、これはゴビンダと泰子の事件の暗喩《あんゆ》にもなっているのではないか、と気づいたとき、私は頭から冷水をかけられたような寒気がして、本当に体が少しふるえた。

検察側の冒頭陳述では、昨年の十二月の中旬頃、ゴビンダは泰子と粕谷ビルの近くで出会い、自室で性交したことになっている。その泰子がそれから三カ月後、粕谷ビルに隣接するアパートの一室で遺体となって発見された。

マハトの話した怪談で一番恐ろしいのは、情交した女が、「先まわり」して男を待っていたというところである。ゴビンダもまた泰子に「先まわり」されて、殺人の罪を着せられようとしているとはいえないだろうか。

どこまでも広がる前方の闇のなかに、一瞬、泰子の亡霊が浮かんだような気がした。そんな幻想をみるほど冷えきった私の心を、少し温かくしてくれたのは、時おり道ばたから聞こえてくる子どもたちのはしゃぎ声だった。この日はネパール暦で、日本でいう大晦日《おおみそか》にあたっていた。

子どもたちが集団を組んで家々を回り、大声をあげて喜捨をめぐんでもらっている。カトマンズまでの暗い道中、そんな光景を何度も目にした。これは日本の鳥追いの風習と同じだな。私はヘッドライトの明りのなかに、暗い夜道を行列して歩く子どもたちの姿がみえるたび、そう思った。

今ではまったくみられなくなってしまったが、日本の田舎では、旧暦の正月十四日の晩、若者たちが棒や竹の先を割ったささらなどを道に打ちつけながら家々を回る風習が残っていた。これは田畑に被害を与える鳥獣を追い払う行事からきたもので、鳥追いと呼ばれる。そんな懐《なつ》かしい風習が、日本から遠く離れたネパールで見られるというのも、なにかの因縁かと思った。

子どもたちは私が乗ったタクシーのまわりにもワラワラとやってきた。彼らは通せんぼするようにして車をとりかこみ、しつこく喜捨をせがんだ。いくらかの金をやらないと通してくれそうもないので、私は子供らにとりかこまれるたび、五ルピー（十円）程度の金を、窓から渡した。

外はこわいほどの星空だった。天体にそれだけ近い高地だから、こんなに大きく星がみえるのか。まさかそんな非科学的なことはないだろうと、頭ではわかっていても、降るように瞬《またた》く星空を仰いでいると、本当にそうかもしれないと思えてきた。

真っ暗な山中から、遠く輝くカトマンズの明りがみえてきたのは、ポカラを出発して、かれこれ五時間近くたった頃だった。悪路にゆられるだけゆられ、マハトも私も、もう口をきく元気すらなかった。

運転手が居眠りするせいなのか、タクシーは時おり、とまりかけるほどスピードを落とした。外は真の闇夜なのではっきりとはわからなかったが、道の片側は切りたった断《だん》崖《がい》になっているはずだった。もし少しでも車輪をふみはずせば、谷底に転落することは必至だった。私は時々、運転手の顔にライターを近づけ、それに点火しては、彼の目を醒《さ》まさせた。

タクシーが暗い山道をどうにかおりきり、カトマンズ市街に入ったのは、夜の十一時すぎだった。

私はホテルに着くなり、ベッドに倒れこみ、この日の決定的な証言を思い返す暇もなく、そのまま泥のように眠った。

第八章　暴行

警察病院診察券

翌朝目をさますと、九時だった。考えてみれば、ネパールにきて八時間以上の睡眠をとったのは、この日がはじめてで、そして最後だった。私はこの日のうちに、日本に帰らなければならなかった。

この日の昼すぎ、私とマハトは最後の証人のリラと会うことになっていた。しかし、約束をきちんととりつけていたわけでもなく、リラの住むカトマンズ市内の家の場所もはっきりとはわからなかった。

ネパール暦でこの日は、日本でいう元日にあたっていた。町の喧噪《けんそう》はふだんにもまし、車の警笛と排ガスはいまや最高潮だった。私とマハトはタクシーに乗り、どこもかしこもスモッグで灰色にかすむカトマンズの街を、めまぐるしく走りまわった。リラが住む家については、深夜、一回だけそこをたずねたことがあるというマハトの記憶だけが頼りだった。

ホテルを出てから約一時間もたっただろうか、やっとリラの住む家がみつかった。そこはカトマンズ空港に近く、付近にはゴミ捨て場と化した湿地があった。下層階級に属する人びとが住む地区だということは、付近にバラック建ての家並みが連なっていることでもよくわかった。表にとびだした近所の人々が、私とマハトのことを、不審そうにじっとみている。

赤い日干しレンガでつくられたリラの家は、ゴビンダの家と同様、建築途中でほっぽらかしにされたままだった。マハトの話では、日本での事件に関与して強制送還されていなければ、とっくに完成していただろうという。

リラは近所に出かけて留守だったが、五分もしないうちに戻ってきた。私がここにきた理由を簡単に説明すると、リラは先に立って、建築中の家に入り、一階の一室に私を招きいれた。部屋の隅には建築資材の日干しレンガがむき出しのまま積まれていた。

リラの日本語はなかなか流暢《りゅうちょう》だった。

——あまり時間がないので、さっそくおたずねします。今からお聞きするのは非常に重要なポイントなんですが、リラさんは三月六日、ゴビンダさんから喜寿荘一〇一号室、つまり渡辺泰子の遺体が発見された部屋ですが、その部屋の鍵《かぎ》と、粕谷ビルの家賃二カ月分の十万円を預かり、それを「カンティプール」店長の丸井に渡していますね。

「そうです」

――大切なところなので、もう一度聞きます。鍵と十万円を渡したのは三月六日なんですね。これは事実なんですね。

「はい、それは事実です。三月六日の午後一時頃、丸井さんに渡しました」

――わかりました。ところがこの前行なわれた裁判では、三月六日に鍵を返したというのはウソだ、三月六日に返したことにしてくれとゴビンダに頼まれたというのが本当だ、検察側はそう主張しました。検察側は鍵と十万円は、三月十日、ゴビンダ自身が丸井に返している、と主張しているんです。つまり犯行のあった三月八日以後に鍵を返したといっている。

　もし、リラさんのいう通り、三月六日に鍵を返していれば、ゴビンダは三月八日の夜、喜寿荘一〇一号室に入れなかったことになる。泰子殺害の真犯人ではないことの重要な決め手になります。

　私がつかんだ情報はこうです。ゴビンダが丸井から借りて預っていた喜寿荘一〇一号室の鍵は本当は事件前の三月六日に返したのに、裁判で、事件後の三月十日に返したことになっているのは、リラさんが警察で、三月六日じゃないだろう、三月十日だろう、十日だろうと、繰り返し強要されたからだ。この情報は本当ですか。

「本当です。警察は何度も、六日じゃない、十日だろ、十日だろ、といいました」

——その際、警察はリラさんの髪の毛をひっぱったり、殴ったり、いろいろと脅迫めいたことをしましたか。

「はい、やられました」

——そのときの警察官の名前はおぼえていますか。渋谷署の井口、もしくは樋口《ひぐち》ですか。

「イグチじゃないですね」

——なんという名前でしたか。

「おぼえていません。私を調べた警官は二人でした」

——どんな男ですか。たとえば背が高いとか。

「一人はあまり高くない、ちょっと太っている感じ。一人は眼鏡をかけてました」

——どちらか一人でも名前をおぼえていませんか。

「名前はおぼえていません」

——どういう暴力をうけたんですか。なるべく具体的に答えてください。たとえば胸を殴られたとか、足で蹴《け》られたとか。

「頭を壁にこうやって押しつけ……」

リラはそういって立ちあがり、自分の頭を実際に部屋の壁に押しつけた。

「それからこうやって首を……」

リラは次に、自分の腕を首にまきつける格好をした。

「それからお腹《なか》も殴られました」

――手で殴られたんですか。

「そう」

――それは相当に痛かったですか。

「はい、痛かったです」

――要するに、ふざけ半分でやったのではなく、相手は本気で力を出したんですね。殴られるとウーンと唸《うな》ってしまうぐらい。

「そうです。痛くて痛くて。私はその日、飯田橋の警察病院に連れていかれて、そこで薬をもらいました」

――警察病院に行ったという証拠は何かありませんか。たとえば診察券とか。

「診察券はあります」

リラはポケットから財布をとりだし、そのなかから一枚のカードを抜いて、それを私に渡した。中央にブルーの線が入ったプラスチック製のカードには、こんな文字が刻まれていた。

〈東京警察病院診察券
登録番号　0240892―7　内科

リラ・バハトルラヤ
昭和48年8月19日生　男〉

アメとムチ

——殴られたあとのコブとかあざはありませんか。

「それはありません。警察はお腹を殴りましたから」

——なるほど、外からはみえない部分をねらったわけですね。病院はどのくらい行きましたか。

「一カ月くらいです。週に一回くらいの割合で薬をもらいにいきました」

——お医者さんはどう診察しましたか。たとえば打撲傷とか。

「忘れました。ただお腹がわるいといってました」

——カルテが残っているはずです。東京に戻ったら調べてみます。ところで、私がつかんでいる情報では、警察はリラさんに暴行を加える一方、ずいぶん供応もしたと聞いています。供応、つまりお酒やおいしいものを食べさせるということです。この点はどうですか。

「上野のレストランに連れていかれて、食事をおごってもらいました」

——渋谷署管内じゃないんですか。

「上野のＪＲの駅があるでしょう。その駅に一番近い赤いビルのイタリアンレストランです」

——でもあなたが入管難民法違反容疑でつかまったのは渋谷署でしょう。なんで上野なんですか。

「連れていったのは渋谷署の警官です」

——上野以外ではどこへ連れて行かれましたか。

「赤羽に行きました。赤羽のカラオケです。そこでもずいぶん飲まされました」

——それはあなたを取り調べた人ですね。

「そうです」

——つまり、あなたに暴力をふるった人ですね。

「そうです」

——先日あったナレンドラさんの話では、警察はあなたに就職の斡旋《あっせん》をしたとも聞いています。給料も以前の職場に比べて二倍くらいもらったと、彼はいっていました。その話は本当ですか。

「本当です。警察は私に仕事を紹介してくれました。円山町のアパートにはもう住まない方がいい、といって他のところに連れていったんです。そのとき給料を三十万か三十五万ぐらいもらいました」

――警察が紹介したわけですね。

「そうです」

――それはどういう仕事ですか。

「焼肉屋です」

――店の名は？

「銀座の『十里』という店です」

――最後の仕事は？

「金融の仕事です」

――会社名はおぼえていますか。

「神田のサラ金会社です。名前は……」

――思いだせませんか。

「たしかトップリースでした」

――トップリースですね。これも東京に戻ったら調べます。その会社につとめたという証拠になるものは何かありませんか。

リラは書類をもちだし、そのなかから一枚の紙きれをとりだした。給料の明細書だった。いま私の手元には、そのときリラからもらった給与明細の写しがある。

そこには、平成九年五月分、リラ殿とあり、給料の欄には、基本給二十五万円、所定時間外賃金五万円、合計三十万円と書かれていた。欄外には「藤室」という名前が手書きで記されていた。「藤室」というのはトップリースの社長だという。

——あなたはそこの会社でどんな仕事をしていたんですか。

「お客さんがくると、免許証とか身分を証明するものをみせろ、というのが私の仕事でした」

——給料は合計で三十万円となっていますが、以前の給料はいくらでしたか。

「二十五万円です」

——所定時間外賃金とありますが、残業はあったんですか。

「ありません。仕事は午前中だけで、昼からは渋谷署の取り調べを受けていました」

——警察はあなたが不法就労者だということを承知の上で、つまりビザがとっくにきれているのを承知の上で、就職を斡旋したんですね。

「はい、そうです」

——そのときあなたはどこに住んでいたんですか。

「警察に、もうネパール人の友達に会っちゃいけないといわれて、湯島のマンションに住んでいました」

——そのマンションも警察の紹介ですか。

「そうです」

トリプルセックス

――もう一つ聞いておきたいことがあります。検察側の冒頭陳述に、こう書かれている箇所があります。そこにはあなたの名前も登場しています。

〈被告人は、平成八年十二月ころ、当時の同居人ドルガから、「日本人のやせた女性とセックスをしてきた」と聞いていたところ、同月中旬深夜、帰宅する際に渡辺と出会い、同女を自室に連れ帰り、同室にいたリラ及びドルガと共に順次同女と性交した〉

昨日、ドルガさんに会い、この点についてたずねてみましたが、彼は渡辺泰子という女性も知らなければ、日本人のやせた女性とセックスをしたこともない、と全面的に否定しました。

この点について正直に答えてください。

「はい、性交しました」

――それはドルガ、あなた、そしてゴビンダの三人で性交したということですか。

「はい、そうです」

――その女性はゴビンダさんが連れてきたわけですか。

「そうです」

――もう少し詳しく話してください。そのときの女性は、彼女ですか。

そういって私は、日本から持ってきた渡辺泰子の顔写真をみせた。リラはその写真をじっとみていたが、なかなか判断がつかないようだった。

「よくわかりません」

――その女性は背が高かったですか。

「背はちょっと高かったです。でもそんなに高いというほどでもありません」

――その女性をみるのは、その日がはじめてでしたか。

「はい、はじめてみました」

――警察の取り調べ中に、渡辺泰子の写真を何度もみせられたと思うんです。

「ええ、これがその女かといって、二、三枚ぐらいみせられました」

――セックスしたのはその女性ではなかったんですか。

「わかりません。私たちからみれば、日本人は誰も同じような顔にみえます。それに夜でしたから、顔ははっきりおぼえていないんです」

――部屋に日本人の女性を連れこんでセックスしたのはそれ一回だけでしたか。

「ええ、そうです」

――お金は払ったんですか。

「私は五千円払いました」

――女性がきたのは何時頃で、何時頃帰りましたか。

「夜中の十一時半から十二時の間でした。帰ったのは十二時半少し前でした。女性は電車がなくなるので、これで帰りますといってました」

――どんな服装をしていましたか。

「長いスカートをはいていました」

――十二月といえば寒い頃ですね、コートは着ていましたか。

「コートは着ていました」

――ネパール語はしゃべりましたか。

「なにもしゃべりませんでした」

――自分の名前はこうだとか、そういうこともなかった？

「なかったです」

――冒頭陳述にはこうも書かれています。

ゴビンダは平成九年一月頃、リラ及びナレンドラと一緒に歩いていた際、円山町の路上で渡辺とすれ違い、ナレンドラに対し、渡辺と交渉をもったことがある、と話した。

あなたはそれを聞いていましたか。

「はい、ただセックスしたという話じゃなく、ゴビンダさんは、あの女は安くセックスをやらせてくれる、というふうにいってました」

——そのときすれ違った女性というのは、冒頭陳述では渡辺泰子となっていますが、泰子であるかどうかは別にして、あなたたち三人が去年の十二月に部屋でセックスをした女性でしたか。つまり、すれ違った女性は、あなたたち三人とセックスした女性と同じでしたか？

「はい、そうです」

——そのとき、つまりすれ違ったときですが、ゴビンダさんとその女性は相当親しい様子でしたか。ああ、あの二人はいつもどこかで会っているんだなということが、リラさんが聞いていてわかりましたか。

「いえ、それはないです」

——わかりました。つまり去年の十二月に背の少し高い、コートを着た日本の女性と三人でセックスをしたと。それ一回きりですね。

「そうです。一回きりです」

——失礼ですが、セックスしたときのことをもう少し詳しく話してください。誰が一番はじめに、その女性とセックスしたんですか。

「ゴビンダさんです」

——二番目は？

「私です」

――すると最後に、ドルガさんがセックスしたわけですね。

「たぶん、そうです。というのは、セックスをしたのは部屋のなかで、私は他の人がセックスしているとき台所にいましたから、実際に他の人がセックスしているのは見ていません。ただ、ドルガさんが部屋をでてきて、もうこんなことはよそう、といったので、ああドルガさんもセックスをしたんだな、ということがわかったんです」

――なるほど、同居人のなかで一番年長者のドルガさんが、たしなめたというわけですね。するとあなたは、ゴビンダさんとその女性がセックスした現場も、実際には見ていなかったことになりますね。

「ええ、見てはいないです」

「**五千円ちょうだい**」

私はここまで聞いて、ゴビンダ、ドルガ、リラの三人が平成八年十二月にセックスをした女性が、服装などに関するリラの証言で、渡辺泰子であることをほぼ確信した。そして、前日あったドルガにこの点についてたずねたとき、その話を全否定しながらも、その顔に微妙なニュアンスが浮かんだ理由もわかったような気がした。彼は一番の年長者でありながら、同室のゴビンダとリラがセックスすることを制止できなかった自分を、恐らく深く恥じたのだろう。ドルガが日本人の女性とは一度もセックスしたことがないと虚偽の証言をしたのは、たぶん、それによって不利になるかもしれないゴビンダをかばう配慮もあったのかもしれない。

　私はリラに重ねてたずねた。

　――その女性の髪型をおぼえていますか。髪の毛は長かったですか。

「髪の毛はちょっと長かったです」

　――会話は全然なかったんですか。

「私が部屋に入ったとき、女性は『五千円ちょうだい』っていいました」

　――五千円ちょうだい、彼女がいったのはそれだけですか。

「それだけです」

　――その女性はスレンダーでしたか。

「ええ、やせていました」

　――変な話ですが、そのときあなたはコンドームを使いましたか。

「はい」

　――そのコンドームはあなたが出しましたか、それともその女性が出しましたか。

「その女性が出しました」

　――そうすると、たぶんゴビンダさんもその女性とセックスしたのでしょうが、彼もコンドームをつけたんでしょうね。

「たぶん、つけたと思います」

――終わったあと、あなたはコンドームをどう処分しましたか。

「部屋の中の小さなゴミ箱のなかに、その女性が捨てました」

――重ねて恐縮ですが、それは縛って捨てましたか。

「それはわかりません」

――捨てたのはゴミ箱ですね。トイレに流したとかではありませんね。粕谷ビル四〇一号室のトイレは水洗ですね。

「そうです。そのトイレに流したということはありません」

――大事なことなので、もう少しだけ聞かせてください。その女性は夜の十一時半頃にきて、十二時半前に、電車がなくなるから、といって帰っていったわけですね。とすると三人とのセックスに一時間たらずしかかかっていなかったことになる。ずいぶん早いですね。女性の反応はどうだったんですか。

「反応というのは？」

――たとえば声をあげたとか……。

「そういうことはなかったです。やせっぽちですから、全然気持ちよくありませんでした。本当はやりたくなかったんです」

――わかりました。ぶしつけな質問ばかりで本当に失礼しました。おかげで、貴重な証言を日本に持ち帰ることができます。リラさんの証言は、全部雑誌に発表します。あなたの証言が、ゴビンダさんの無実を証明する重要な決め手になることを、私は確信しています。本当にありがとうございました。

私はリラに別れを告げ、マハトと二人、待たせてあったタクシーに乗りこんだ。タクシーがホテルに着くまでの間、私の脳裏にはさまざまな思いが去来した。

ゴビンダは去年の十二月、ほぼ確実に渡辺泰子とみられる女性とセックスをした。ゴビンダの無実を信じている私にとって、リラの証言に衝撃を受けなかったといえば、それはウソになる。

しかし、ゴビンダの清廉《せいれん》潔白を信じたい気持が、所詮《しょせん》、人間性善説に立った幻想にすぎないことも、私にはわかっていた。そしてそうした気持ちが、人間を白か黒かだけで判断する検察側の論理と同じだということも、私にはわかっていた。

人間は黒か白かで判断できるほど生やさしいものではない。だからこそ人間はおもしろいのだ。

私は胸のなかでそうつぶやき、同時に、平成六（一九九四）年二月に来日し、円山町の殺人事件にまきこまれるまでのゴビンダの三年間の境遇を思った。彼はその間、ネパール料理店やインド料理店の店員として、お仕着せの服を着せられて働き通した。給料のほとんどはネパールに送金され、年老いた両親とかわいい妻子を呼びよせるためのマイホーム建築資金にあてられた。

ゴビンダが事件当時つとめていたＪＲ海浜幕張駅近くのインド料理店の店長代理によれば、ゴビンダの勤務態度は真面目《まじめ》一本ヤリで、酒も飲まず、女性との噂《うわさ》が立ったことも一度もなかったという。

家をつくることだけを生きがいにして異郷の地で働いてきたゴビンダが、ふと人肌が恋しくなることがあったとしても不思議ではない。そのとき魔がさしたように彼の前に現われたのが、クラブなど風俗生活を遍歴した果てに、円山町に立ち、客を直引《じかび》きするほど転落した東電ＯＬの渡辺泰子だった。

私は安い金でセックスのできる泰子と、一度の情交をしたゴビンダを、責める気持ちにはなれなかった。正直にいえば、泰子とセックスしたゴビンダに急に親近感さえ感じ、むしろ心が安堵《あんど》しないでもなかった。

それにしても、と思う。警察がゴビンダを最悪では死刑もありうる強盗殺人の真犯人とみて逮捕したのは、泰子とたった一度セックスをしたということが、たぶん最大の心証となっている。彼はおそらく、いま小菅《こすげ》の東京拘置所のなかで死刑の恐怖におびえながら、たった一度の泰子とのセックスを深く深く後悔しているに違いない。

とめどもなく堕落することでしか自分の生を確認できなかった泰子は、堕落に赴くそのすさまじいまでのエネルギーで、ネパールの農村からやってきた純朴な青年まで奈落《ならく》の底にひきずりこんでしまったような気がしてならない。

いや、ゴビンダが虚妄の繁栄にわく日本に出稼ぎにきたというそのこと自体が、そもそも間違いだった。彼はカトマンズに家を建てるなどという野心をもつべきでなかった。イラムの田舎で両親と妻子に囲まれ、飼っている牛とともにのどかな生活を送るべきだった。

冒頭陳述によれば、ゴビンダらネパール人五人が住む粕谷ビル四〇一号室の家賃は、月五万円だったが、ゴビンダは同室のネパール人から一人三万二千円、四人あわせて十二万八千円の家賃を徴収し、実際の家賃との差額を副収入としていたという。

私はそんなゴビンダのあさましい姿に、純朴なネパールの青年がいやな日本人に知らず知らず馴致《じゅんち》される堕落の過程をみるような気がした。家を建てるためだけに働きにきたゴビンダは、たまゆらの繁栄の裏側でぽっかりと口をあけた日本的堕落の構造に、いつしか滑りこんでいったとはいえないだろうか。

ネパールでは、買春行為をすればすぐに罰せられるばかりか、結婚前の女性とセックスしただけで処罰される。そんな厳しい倫理にしばられたネパールからやってきた青年が、安い金でできるというそれだけの理由で、円山町の街角に立って客を引く泰子とたった一度のセックスをした。日本の繁栄を嘲笑《ちょうしょう》するように堕落への道をひた走った泰子に、日本人になりたかったゴビンダが道づれにされたのは、いびつな国際化社会がもたらしたきわめて不幸な出会いだともいえた。そして、それはある意味で、そうなるべくしてなった二人の堕落の末路を暗喩《あんゆ》する出来事だといえなくもなかった。

赤レンガの家

ホテルのロビーは、相かわらずヒマラヤ山麓《さんろく》のトレッキングツアーにきたヨーロッパ人観光客でいっぱいだった。リュックサックをしょった一団をみながら、私は、ネパールに到着してからまだ一度も観光らしいことをしていない自分に、そのときはじめて気がついた。

ロイヤル・ネパール航空の関空行き直行便が出発するまで、まだかなりの時間があった。

だが、その時間を利用してカトマンズ市内を観光する気分には、なぜかなれなかった。それに私には、まだやらなければならない仕事が残っていた。

私は部屋に戻って東京に電話をいれ、ネパールで得た情報を東京のスタッフに伝えるとともに、いくつかの指示を出した。

「カンティプール」の元店長で、現在、東京にいるというプレム・シュレスタの居所を探すこと、神田の周辺にトップリースというサラ金会社があるかどうか確認すること、飯田橋の警察病院にいって渋谷署で暴行を受けたというリラのカルテをみせてもらえるよう手配すること、渋谷署への正式の取材申し込みを準備しておくこと……。

私はそれから、今回の取材で世話になった何人かの協力者に電話をいれ、感謝のメッセージを伝えた。

その仕事が終わり、私は少し仮眠をとった。目をさますと、もう夜の九時すぎだった。関西空港行きの直行便が出発するのは、深夜の十二時だったが、私は少し余裕をみて、そろそろホテルを出ることにした。

カウンターで精算をすましていると、マハトがやってきた。約束していたわけではなかったが、空港まで見送りたいという。私は思わず涙がこぼれそうになった。

マハトは、イラム行きの三十一時間という難行の長旅にもつきあい、ポカラからバグルン、そしてポカラからカトマンズまでの深夜の危険な旅にも、文句ひとついわずつきあってくれた。一週間という短い日程だったにもかかわらず、四人の証人に会うという所期の目的が達成できたのも、人柄がよく、なにごとにも頭のよく回るマハトがそばにいてくれたおかげだった。

家という家の軒先に正月用の美しいイルミネーションが飾りつけられたカトマンズ市街を抜け、私は十時少し前に、カトマンズ空港に着いた。マハトはイミグレーションのところまで私を見送り、

「またネパールにきてください。ネパールのことは忘れないでください」

といって、私の手をきつく握りしめた。

マハトの目に光るものがみえた。ネパールで会ったゴビンダの肉親のなかで、マハトだけは一度も涙をみせなかったが、やはり彼はずっとこらえていたのか。私は涙をみられるのがいやさに、そのまま後をふり返らずに手をあげて、マハトに最後の別れを告げた。

上海《シャンハイ》経由の関空行き直行便が飛び立つと、カトマンズ市街の明りが、たちまち眼下に広がった。まるで宝石を夜空一面にまきちらしたような美しさだった。

一瞬、その夜景のなかに、建築途中で放置されたゴビンダの赤レンガの家がみえたような気がした。その家にイラムでみた実家の風景が重なった。もし、あの事件がなかったら、ゴビンダ一家六人は、赤レンガ造りの瀟洒《しょうしゃ》な家で、今頃、幸福な毎日を送っていたに違いない。

ネパールから持ち帰った宿題を、東京で絶対に解決しなければならない。暗い機中で私はそう自分に強くいいきかせていた。だが、そんな奮起の気持ちとは裏腹に、私の目に映るカトマンズの夜景は、雨に煙ったように次第にぼやけていった。

第九章　調書

ホテトル嬢さやか

ネパールから戻って約二週間後の平成九（一九九七）年十一月十八日、東電ＯＬ強盗殺人事件の第二回公判が東京地裁五〇六号法廷で開かれた。

屈強そうな衛士二人にはさまれて法廷に現われた被告人のゴビンダは、初公判のときと同じく、グリーンのジャージにブルーのソフトデニム、青いサンダルという服装だった。ゴビンダの顔は初公判のときより少しやつれたようだった。だが、キュートな表情は相変わらずで、傍聴席の最前列に座った私の方に、ニッコリ微笑《ほほえ》んでみせた。

私は心のなかで、ネパールにいる家族は元気だったよ、みんな君の無実を信じているよ、とつぶやき、被告人席のゴビンダに微笑みを返した。ゴビンダは証拠湮滅《いんめつ》のおそれあり、という不可解な理由でその段階でも全面接見禁止となっていた。外からの情報を一切遮断され、異国の暗い獄中にいるゴビンダは、まるで私がネパールに行ってきたことを知っているかのように、また私と目をあわせて微笑んだ。

　この日、検察側の証人として出廷したのは、三月八日の深夜、何者かによって絞殺《こうさつ》され、それから十一日後の三月十九日午後、渋谷区円山町のアパート、喜寿荘一〇一号室で遺体となって発見された渡辺泰子が、事件当時働いていた五反田のホテトルのマネージャーと、殺害当日の三月八日、泰子が立ち寄った渋谷区円山町のコンビニエンスストア、セブン－イレブンのアルバイト女子大生の二人だった。

　渡辺泰子が勤務先の東電から帰宅の途上、乗り換え駅の渋谷でおり、円山町のラブホテル街に立って直引《じかび》きの売春をしていたことはこれまでの取材でわかっていた。それ以前には、ホテトルなどの風俗営業で働いていたこともあるという噂《うわさ》があることも知っていた。しかし、殺害当日までホテトル嬢として働いていたことが明らかになったのは、この公判がはじめてだった。

　粗い格子《こうし》縞《じま》をあしらったうすいグリーンの背広で証人席に立ったホテトルのマネージャーは、メタルフレームのメガネをかけ、一見営業マンふうだった。

　彼の証言で私が興味をひかれた事柄を列記すると、以下のようになる。
・泰子が五反田にあるそのホテトルにつとめはじめたのは平成八（一九九六）年の六月か七月で、店では「さやか」と呼ばれていた。
・「さやか」の勤務日は土・日・祭日に限られており、殺害のあった三月八日も土曜日だったので昼の十二時三十分頃に出勤し、五時三十分頃まで客からの電話を待った。しかし客はつかず、「さやか」は五時三十分過ぎに、すすけた感じのブルーのツーピースの上にベージュっぽいコートをはおって退店した。持ち物は黒っぽいショルダーバッグのほか、ビニール袋を一つか二つもっていた。ビニール袋の中身はわからない。

・「さやか」は退店後三十分ほどしてから、渋谷駅の公衆電話から必ず連絡してきた。退店後、客から電話があったかどうかを確かめるためで、いちいち電話をかけてくるのは、もし客がついたら渋谷から五反田まで戻ってくるつもりだと思っていた。だが、三月八日に限っては、その電話がなかった。

・「さやか」は仕事熱心というか積極的な娘で、「どんなお客さんでも回してね」といつもいっていた。

・渋谷駅からの電話ではきまって、「明日もよろしくね」といっていた。翌九日は出勤日の日曜なので電話がないのはおかしいと思い、明日きたら叱《しか》ろうと思っていた。ところが翌日、無断で休んだ。無断欠勤はそれがはじめてだった。

三月八日の午後五時半過ぎ、五反田のホテトルを退店した「さやか」こと渡辺泰子が、かねてから交際中の客と渋谷駅前で落ちあい、円山町のラブホテル「クリスタル」に入って四万円で売春したことは、初公判の証拠開示ですでに明らかになっていた。

五反田のホテトルマネージャーの証言と、この事実をつなぎあわせてみると、泰子はこの日、昼間はホテトル事務所で客を待ち、夜は夜で、事件より少し前、直接声をかけて知りあったと思われる客と売春行為をしたことになる。

私はあらためて泰子の律儀《りちぎ》さと奇矯さがいりまじった奇っ怪としかいいようのないふるまいに言葉を失う思いだった。

もしこの日、泰子がその客と別れてから、何者かと出会い絞殺されることがなかったなら、彼女は次の日曜日、律儀に五反田のホテトルに出勤して客を待ち、翌々日の月曜日には、いつも通り東電に出勤し、帰路、円山町に立って客引きしたことは疑いをいれない。

次に証人席に立った円山町セブン－イレブンのアルバイト女子大生の証言は、五反田のホテトルを退店し、客と一緒に円山町のラブホテルに向かった三月八日当日の泰子の行動を裏づけている。

この店は渋谷駅前の渋谷１０９を右折して東急本店方面に向かい、東急本店側に渡らずに左折して円山町方面に向かう道の左側にある。この店から五十メートルほど行って左折すると、泰子がこの世で最後に入った「クリスタル」をはじめ、円山町のラブホテル街がみえてくる。

紫色のセーター、黒いスカートで証人席に立ったセブン－イレブンのアルバイト女子大生は、冒頭、次のような証言をした。

「私が円山町のセブン－イレブンでアルバイトをしたのは九六年七月下旬から九七年の七月までの一年間です。バイトは毎日ではなく、金・土・日の週三日でした。時間は夕方の五時から夜の十一時までです」

彼女の答弁は実にハキハキしていた。女検事が、いかにも芝居じみたそぶりで立ちあがり、ツカツカと証人席に歩み寄って泰子の写真をみせ、「この女性、みたことあるわよね」と、まるで台詞《せりふ》回しのような口ぶりでいったときにも、ムダなことは一切いわず、ただ一言「ハイ」と答えただけだった。

「その女性のことはよく憶《おぼ》えています。というのは、よくオデンを買っていたからです。それも普通の買い方ではなかったので、よく憶えているんです。一つのカップに一つの具をいれて、汁をどぶどぶいれていくんです。カップはいつも五つくらい使っていました。

話しかけたこともあります。『汁は濃いですか薄いですか』とたずねると、彼女は、『ううん、おいしいわよ』と答えました。オデンを買うのは六時から八時の間で、その時間、店で働いている人は、みんな彼女のことを知ってました。

三月八日に買ったオデンの具は憶えていませんが、いつも買っていくものは、シラタキやコンニャクなど、油っこくないものでした。その日、連れがあったかどうかは憶えていません」

女検事がしつこくオデンの具まで尋ねたのは、司法解剖の結果、泰子の胃のなかから検出された内容物と、オデンの具が合致するかどうかを検証するためだということは明らかだった。

オデン汁は知っていた

私はそんなやりとりを聞きながら、また泰子の奇矯さに思いをめぐらせていた。この段階では、遺体発見現場となった喜寿荘一〇一号室の実況検分書はまだ開示されていなかった。だが、もしそこにセブン－イレブンで買った汁だけ入ったオデンのカップが残っていたとすれば、泰子殺害の犯人はオデンの汁だけが知っていたことになる。

私はさらに想像をめぐらせた。

この日、予定ではもう一人の証人が尋問されることになっていた。三月八日、泰子が最後の売春をして別れた客の男である。時間切れのため、その男の証人尋問はなかったが、証人席に立つことだけは立った。みるからに風采《ふうさい》のあがらない初老の男だった。

初公判の証拠開示で、その男と泰子が三月八日の午後七時十三分に円山町のラブホテル「クリスタル」に入り、午後十時十六分にチェックアウトしていることが、ホテルに備えつけられた防犯カメラのビデオに入っている時刻で明らかとなっている。

泰子は「クリスタル」を出たあと、渋谷駅方面に向かう男を道玄坂上まで見送り、それから今きた道を戻って神泉《しんせん》駅に向かった。その途中、何者かに出会わなければ、泰子は神泉駅からそのまま井《い》の頭線《かしらせん》に乗り、自宅のある西永福《にしえいふく》駅まで向かったことは間違いない。

私のめぐらせた想像はこうである。

仮に遺体発見現場にオデンカップが残っていたとすれば、泰子は初老の客と入った「クリスタル」でオデンの具だけ食べ、汁だけ入ったオデンカップを、恐らくはビニール袋にいれてラブホテルを出たことになる。泰子が殺害される数時間前、オデンを食べたことは司法解剖で明らかになっている。

汁だけ入ったオデンカップをもってラブホテルを出た泰子が、客を見送ったあと、もし事件に巻きこまれなかったなら、泰子はその汁をどうするつもりだったのだろう。井の頭線の最終電車のなかで、セブン－イレブンの女店員に「ううん、おいしいわよ」とほめたその汁を、うまそうに飲み干したのだろうか。

彼女の奇矯なふるまいは、これまでの取材でいくつも浮かびあがっていた。円山町のある飲食店の店員は、立ちんぼした彼女が缶ビールにさきいかを食べながら、道行く男に声をかけているのを見た、といった。自宅近くの酒屋の店主は、道端に落ちているようなうすよごれたビール瓶をもってきて換金を要求し、十円を百円玉に、百円を千円札に「逆両替」する彼女のことを、まるで奇妙な生き物についてでも語るようにしゃべった。

しかし、あの人工調味料だけで味つけしたようなセブン‐イレブンのオデンの汁を、終電車のなかでうまそうに飲み干す泰子の姿には、そうしたエピソードをはるかに超える何かがあった。その姿には、孤独や寂寥《せきりょう》などといった手垢《てあか》のついた言葉をいきなり無化する、あるものすごさがあった。

傍聴席でセブン‐イレブンのアルバイト女子大生と女検事のやりとりを聞きながら、私はいまさらながら泰子という女性にどうしようもなく魅《ひ》かれていく自分を感じていた。

セブン‐イレブンのアルバイト女子大生に対する尋問が検察側から弁護側に移ったとき、法廷の空気が一変した。私にはそれが、冥界《めいかい》から発する泰子の妖気《ようき》が消え、舞台が悲劇から喜劇に暗転する瞬間のように思えた。

事実、それが法廷の茶番劇の始まりだった。弁護側の反対尋問はもっぱら、彼女に対する警察の事情聴取について集中した。

――警察の調書をとられたのは五月二十日ですか。

「ハイ」

――それはどこで行なわれましたか。

「セブン‐イレブンの向かいの喫茶店です」

コンビニ女店員の調書は、初公判の証拠開示の段階で、渋谷署内でとられたことになっていた。弁護側はその矛盾をつき、さらに追いうちをかけた。

――その警察官の名前は？

「憶えていません」

――渋谷署のヒグチマサルといったのではありませんか。

「憶えていません」

弁護側から渋谷署のヒグチマサルという名前が出たとき、私はネパールでゴビンダのアリバイに関する決定的な証言をしてくれたかつての同居人、ラメシュ・タパの言葉を思い出した。彼は、渋谷署で暴行を受けた警官の名前を憶えていないか、という私の質問に、「知っています。イグチです」と答えた。それは私の耳には「ヒグチ」とも聞こえた。ここで弁護側が出してきたヒグチマサルという渋谷署員は、ラメシュが暴行を受けた「イグチ」もしくは「ヒグチ」なる男と、おそらく同一人物だと思われた。

――調書は、その喫茶店でつくったんですか。

「いいえ、最初からできていたものに、署名、捺印《なついん》させられました」

傍聴席に軽い失笑とどよめきが走った。女検事は精一杯平静を装《よそお》っているようだったが、やはり動揺の色は隠せなかった。

弁護側はすかさず二の矢をはなった。

――はじめから調書はできあがっていたんですね。

「ハイ」

——そのとき警察官は何かいいましたか。

「犯人が見つかったので急いでいる、といいました」

彼女が渋谷署のヒグチマサルから事情聴取を受けた平成九年五月二十日は、ゴビンダが強盗殺人容疑で再逮捕された日である。事件の大きさに驚いたゴビンダは泰子の遺体が発見されて三日後の三月二十二日、不法残留で逮捕されることを覚悟して事情聴取を受け、翌二十三日、入管難民法違反の容疑で逮捕された。そしてその有罪判決がいい渡された五月二十日の午後、最高刑では死刑もありうる強盗殺人容疑で再逮捕された。

——その調書を警察官はあなたの前で読んだんですか。

「ハイ、警察と読みあわせをしました」

——事実と違っているところはありませんでしたか。

「多少あったのでいいました」

——警察官は訂正していましたか。

「ボールペンで訂正していました」

最後に弁護士は、その訂正箇所について、渡辺泰子の「辺」が旧字の「邉」に訂正されているほか、助詞の「の」が脱字になっているのを訂正してあるくらいで、出来あいの調書の大意に変わりがないことを主張して、この日の法廷は閉廷となった。

私はやれやれと思った。警察がはじめからゴビンダを真犯人と断定して、この事件を組みたてようとしていることはもう明らかだった。それにしても警察は、なぜこうも性急に事を進めようとしたのだろうか。なぜそれほどまでに事件解決を焦《あせ》る必要があったのだろうか。

被告人席ではゴビンダが相変わらずキュートな笑顔で微笑《ほほえ》んでいた。私は、当事者のゴビンダをまったく埒外《らちがい》に置いて進められる裁判制度というものの不条理性をあらためて感じた。と同時に、この事件の裏に広がる闇《やみ》の深さを思わないわけにはいかなかった。そしてその闇の深さは、何者かによって殺害された東電ＯＬ渡辺泰子の内面の闇につながっているはずだった。

泰子の内面の闇に光をあてることができなければ、この事件は解決しない。東京地裁を出るとき、その思いは私のなかで確信にかわった。

第十章　幻影

就職斡旋《あっせん》

次の公判までかなり間があった。私はその間を利用して、ネパールから持ち帰った宿題を一歩でも解決に近づけようと思った。

最初に訪ねたのは飯田橋にある東京警察病院だった。ここは、泰子の遺体発見現場となった喜寿荘一〇一号室に隣接する粕谷ビル四〇一号室で被告人ゴビンダと一緒に暮らしていたリラが渋谷署で暴行を受け、その傷の治療のために通った病院である。

私がネパールで入手したリラの診察券の写しをもって警察病院を訪ね、通りかかった看護婦に、この患者さんの主治医に会いたい、と伝えると、看護婦は一瞬怪訝《けげん》そうな顔をし、窓口に案内してくれた。

窓口の対応は好意的だった。私があらためて取材の目的を話すと、担当者は正式の取材申込書を提出してもらえれば、その患者さんの主治医に一応話を通します、と約束してくれた。

書類を送ってから数日後、私は担当者に電話をいれた。

「たいへん申し訳ないんですが、主治医は気むずかしい人で、とりわけマスコミとの接触をいやがっています。今回はそういうことでひとつご勘弁願えませんでしょうか」

私は最初から警察病院の対応はそんなものだろうと思っていたので、さして落胆もしなかった。窓口担当者の話で、リラのカルテが現に警察病院内にあり、主治医がいたことがわかっただけでも、むしろ収穫だと思った。もう一つの収穫は、リラのカルテの住所欄に、「渋谷署内」と書かれていることがわかったことだった。今の段階では、それだけの情報で十分だった。

その夜、私はリラが警察の仲介でつとめたと証言した銀座の「十里」という焼肉店を訪ねた。リラはネパールで、警察の仲介でトップリースというサラ金会社につとめる前、その焼肉店にやはり警察の仲介で短期間だが、働いたことがあると証言していた。昭和通りに近いビルのなかにあるその店を訪ねて、私は二つの奇妙な事実に驚かされた。

一つはそのビルの持主でもあり、当該の焼肉店の経営者でもある会社が、トルコ風呂《ぶろ》のはしりをつくった東京温泉だということがわかったことである。もう一つは、そのビルの地下に東電不動産管理という東京電力の子会社が入っていたことである。

「トルコ風呂」という名前の命名者でもある東京温泉の創業者について、私は以前から強い関心をもっていた。昭和二十六（一九五二）年、銀座・松坂屋裏にマッサージ嬢を配した一大ヘルスセンターの東京温泉を開業した許斐《このみ》氏利が、戦時中、「許斐機関」と呼ばれる特務機関を率いて、アヘン工作などに深く関わっていたことは知る人ぞ知る話である。

その許斐一族が経営する焼肉店で不法滞在のネパール人が警察の仲介で働き、しかも、そのビル内には殺された泰子がつとめていた東電の子会社が入っている。頭ではまったくの偶然のいたずらなのだろうということはわかっていても、この事件の謎《なぞ》と泰子の内面の闇《やみ》の深さが脳裏から離れない私にとっては、偶然だけでは片づけられない何かがあるというもの狂おしい妄想を抱かざるを得なかった。

少なくとも、東京温泉が古くから風俗営業の看板をかけている以上、警察とのつながりは相当に深いはずだった。

不法就労と思われるインド人やネパール人が数多く働く「十里」で、店長や東京温泉の担当者にリラのことを尋ねてみたが、取材は一切拒否された。その頑《かたく》なな態度は却《かえ》って、リラが警察の仲介でこの店で働いていたことを証明しているように私には思われた。

ネパールから帰国して約二カ月後の平成十（一九九八）年一月中旬、私はあまりにもきつい勤務条件のため「十里」をやめたリラが、やはり警察の仲介で就労したと証言した神田のトップリースというサラ金会社を探して歩いた。

すでに私は電話帳にトップリースの名が記載されていないことも、電話番号調べの一〇四に問いあわせても該当する会社がないことも確認していた。念のため、千代田区内の法人が登記されている大手町の法務局を訪ね、トップリースの名で法人登記簿の閲覧請求をしてみたが、該当する会社は類似商号を含めてまったく見あたらなかった。

こうなればもう足を棒にして神田周辺のサラ金を一軒一軒あたるしかなかった。神田駅を中心にして約半径五百メートルの地域をシラミつぶしに歩いてみたが、トップリースというサラ金会社は容易にみつからなかった。リラの証言では、トップリースは神田駅から歩いて五分とかからないところにあったという。あるいは警察が私の動きを事前にキャッチして、トップリースを閉店させてしまったのか。

そうあきらめかかったとき、リラがいった、「トップリースの近くには確か小さな郵便局があった」という言葉がふいに私の頭によみがえった。

もう一度地図を広げ、郵便局を確認すると、神田駅周辺には大小五つの郵便局があることがわかった。リラがいったのは、そのうち駅に最も近く、最も小さな郵便局に違いない。そうあたりをつけ、神田駅からお茶の水方面にのびた高架をくぐると、小さな郵便局があった。それを左手にみて、さらに高架に沿って少し歩いていくと、路上に置かれたトップリースという小さな看板がみえた。神田周辺を歩きはじめてから、もう三時間はたっていた。

謎のサラ金

建物は建設現場にでもありそうな簡易なつくりで、トップリースはそのプレハブづくりの建物の二階にあった。六畳ほどの狭い部屋には、受付の女性と、この店の責任者とおぼしき男の二人がいるだけだった。

室内には、サラ金事務所なら当然あるはずの利用者の身元照会用のコンピュータの端末機もなく、男女が座る二脚の椅子《いす》と机があるだけだった。

私はここにきた目的を受付の女性に告げたが、日なた水のような顔をした女性はなにもわからない様子で、不得要領な生返事を繰り返すばかりだった。仕方なく後の机に座っている男に声をかけると、すごみのある口調でこう答えた。

「リラっていうネパール人を知らねえかっていうのか？　オレがここにきたのはつい最近なんで、見たことはねえな。ただ、ネパール人がここで働いていたってことは聞いているよ。社長は『藤室』っていうのかってか？　そうだが、ここにはいねえよ。連絡もとれねえ。『藤室』は元警察官じゃねえかってか？　違うよ。とにかく正式の取材申し込みをしてくれねえんじゃ、何も答えられねえな。さあ、早く引きとってくんねえか」

部屋の壁には都知事が認可した貸金業の免許証が貼《は》られていた。事業者の名前は、リラがネパールでくれたトップリースの給与明細の欄外に書かれた社長の「藤室」とは別の人物だった。私はその免許証の登録番号を控え、トップリースをあとにした。

翌日、私は都庁にその登録番号を照会するとともに、スタッフをもう一度トップリースに差し向けた。スタッフをサラ金の利用者としてトップリースに差し向けたのは、前日の訪問で顔がわれている私では借金を申し込んでも絶対に断わられるだろうと思ったことに加え、もしスタッフの借金がうまくいけば、その契約書類などから、トップリースの実態がもう少し詳しくわかってくるのではないかと考えたからだった。

トップリースの事業者の連絡先は、都庁への照会で簡単にわかった。教えられた電話番号にさっそく連絡をいれると、事業者は不在で、留守をあずかっているという女性も、その男にはまったく連絡がとれないという返事だった。

リラは警察の紹介でトップリースに就職したとはっきり証言したが、警察が紹介したというにもかかわらず、取材すればするほど、トップリースという会社のいかがわしさばかりが浮かびあがってきた。

この日、トップリースに借金にいったスタッフの印象も、私とまったく同様だった。次にあげるのは、スタッフがメモしてきたトップリースでのやりとりである。

スタッフ（以下Sと略）「あのー、お金借りたいんですが……」

男「なんだい。どうしてうちに来たの」

S「新聞の三行広告で見て……」

男「なんて新聞みたの」
Ｓ「名前は憶《おぼ》えてないんですが……」
男「本当に見たの。見たんだったらなんていう新聞か、いってくれよ」
Ｓ「それが……、会社にあったスポーツ紙かキヨスクで買った夕刊紙だったと思うんだけど」
男「ウソつくなよ！　ウチは新聞に広告出してないよ。誰に聞いてきたんだよ」
Ｓ「えッ、変だな。たしかにおたくの広告を新聞でみたんだけど」
男「神田には、いっぱいサラ金会社があるだろ。なんで、よりによってウチに来たのさ、誰か紹介があったのかい」
Ｓ「いや、紹介はないけど」
男「じゃ、なんでうちに来たのよ！」
Ｓ「とにかく土曜日までに十万円必要なんだ、どうしても十万円要るのよ、なんとか貸してもらえないか」
男「ダメだ、ダメだ。紹介者がいないんじゃ絶対にダメだ。貸せないよ。ここに来る前にどこか回ったの。もう借りてるとこあるの」
Ｓ「いや、ここが初めてなんだ、飛び込みで、表の看板が目に入ったおたくで借りようと思って、なんとか頼むよ。本当に困ってるんだ」

男「ムリだ、ムリだ。紹介者がいないんじゃ、絶対ダメだ」
Ｓ「そう……どうしてもダメか」
男「もう帰ったほうがいいよ」
スタッフの話では、トップリースの男はスタッフが表に出てからも、本当に帰ったかどうかを確認するように二階の窓からじーっとスタッフの様子を観察していたという。道行く男をつかまえてでも金を貸そうとするサラ金が、必死で金を貸さないと抵抗する。この一事をもってしても、トップリースという会社のいかがわしさがうかがえた。
私はスタッフの話を聞いて、警察からの連絡がすでにトップリースに入っていることを直感した。そして、それはまもなく事実で裏づけられることになった。
この事件に対する警察の異常なまでの神経の使い方は、平成九年十二月十六日と二十二日に開かれた第四回と第五回の公判廷で赤裸々な形で現れた。

不毛な応酬劇

十二月十六日に開かれた第四回公判の検察側の証人として出廷したのは、渋谷区桜丘町のネパール料理店「カンティプール」の店長で、泰子の遺体の第一発見者となった丸井健だった。

私は傍聴席につくなり、おやっと思った。検察側の席に、まるで不条理劇をみるようなこの裁判に、演技派の名女優のようなふるまいで彩《いろど》りを添えていた女検事の姿がみえなくなっていたからである。東京地裁の職員に聞くと、女検事は人事異動で担当がえになったのだという。

検察官同一体の原則に照らしあわせれば、彼女の担当がえは異とするにあたらないのかもしれない。しかし、裁判が進行するにしたがってイライラが募っていく様が手にとるようにわかり、時には悲鳴に近い大声をあげる彼女の姿を間近でみてきた私にしてみれば、この交替は、検察内部になんらかの動揺があった証拠のようにも思われた。かわりに担当となったのは、三十代の男の検事だった。彼の尋問はあまり要領を得ず、ポイント外れの質問に傍聴席から失笑がもれることもしばしばだった。

第四回と第五回の両日にわたる丸井への証人尋問で、検察側、弁護側の争点となったのは、ゴビンダが、泰子の遺体発見現場となった喜寿荘一〇一号室の鍵《かぎ》を、同室の管理人の丸井にいつの時点で返却したかという点についてだった。

冒頭陳述にそって、事件前後の喜寿荘一〇一号室の鍵の状況をもう一度みておこう。

冒頭陳述によれば、ゴビンダが丸井から喜寿荘一〇一号室の鍵を借りたのは、事件から約二カ月前の一月二十一日頃だった。これは、ネパールにいる姉のウルミラから、その頃、再来日する旨《むね》の連絡があったためだった。ゴビンダは、当時住んでいた喜寿荘に隣接する粕谷ビル四〇一号室で、ウルミラと一緒に暮らそうと思い、同室者のリララに空室となっていた喜寿荘一〇一号室に案内し、そこに移ってもらおうと考えた。管理人の丸井から鍵を借りたのはそのためだった。

ところが、リラらが十万円という高い家賃を理由に転居に難色を示し、またネパールにいるウルミラの妊娠が判明して再来日が延期となったため、この転居話は立ち消えとなった。にもかかわらずゴビンダはかなりの間、丸井に鍵を返さなかった。ゴビンダが丸井に鍵を返したのは、結局、事件後二日目の昨年三月十日のことだった。

これが検察側の冒頭陳述の要旨である。

検察側がゴビンダ犯行説の重要な決め手とみて執拗《しつよう》に追及しているこの鍵の問題に関して、私はネパールで、粕谷ビル四〇一号室でゴビンダの同室者だったリラから、決定的な証言をすでに得ていた。

リラの証言は、検察側の冒頭陳述と真っ向から対立するものだった。リラはゴビンダから預かった喜寿荘一〇一号室の鍵と、粕谷ビルの家賃二カ月分の十万円を、三月六日の午後一時頃、「カンティプール」店長の丸井に返した、とはっきり証言した。きわめて重要な証言なので、私が念を押すと、リラは「警察は何度も、六日じゃない、十日だろ、十日だろ、といいました」と、またも重要な証言をした。

もし検察側が喜寿荘一〇一号室の鍵の所在が犯行の唯一《ゆいいつ》の証拠と考えているなら、リラの証言だけでゴビンダの無実は証明されることになる。三月六日に鍵を返しているなら、それから二日後の三月八日に鍵をあけて喜寿荘一〇一号室に入ることは絶対に不可能だからである。

逆にいえばゴビンダ真犯人説をとる検察側が、鍵の返却日を三月十日だったと主張するのも、検察側としてはどうしても譲れないところだった。

丸井への証人尋問で、検察側が鍵の返却は三月十日だったろうと丸井の答を促し、一方、弁護側は反対尋問で様々な状況証拠をあげて三月六日だったろうと丸井を責めたてた。

丸井の答弁はひどく曖昧《あいまい》で、結局、鍵の返却日が三月六日だったか十日だったかは、とうとう特定できずじまいだった。

私は言葉だけの不毛な応酬にうんざりし、あくびを嚙《か》み殺すのが精一杯だった。そもそも私は、喜寿荘一〇一号室の鍵をそれほど重要な証拠とはみていない。

丸井自身も証言したことだが、喜寿荘一〇一号室の腰高窓は常時あいており、部屋に侵入しようと思えばいつでも侵入できる状態だった。それに、三月十八日、丸井が喜寿荘一〇一号室の様子を見回ったとき、部屋の鍵があいていたことは丸井本人の証言で明らかになっている。

丸井はこのとき、ネパール人の女性が無断であがりこんで寝ているのだろうと勝手に思いこみ、泰子の遺体をそのまま丸一日放置した。この結果、遺体発見は一日遅れることとなった。こうした状況からみて、殺害の行なわれたとされる三月八日の当日も、最初から鍵がかかっていなかった可能性が否定しきれない。

初公判が始まる前、検察側はゴビンダの犯行を裏づける決定的な「隠し玉」を提示してくるのではないかといわれていた。しかし、平成九年に行なわれた五回の公判を傍聴した限り、検察側は喜寿荘一〇一号室の鍵の問題以外、これといった決め手をまったくもっていないように思われた。終始鍵の問題だけにこだわる検察側の対応に、私は却《かえ》って検察側の絶対的な形勢不利を感じとった。

鍵の問題についてもう一つだけいっておけば、検察側が丸井の前任の「カンティプール」店長のプレム・シュレスタを証人として申請しないことも、不思議だった。プレム・シュレスタは喜寿荘一〇一号室の丸井の前任の管理人であり、合鍵の存在を含め、喜寿荘一〇一号室の鍵問題を知悉《ちしつ》する第一級の証人となるはずである。

彼がまだネパールにいるのなら話は別である。

プレム・シュレスタが事件後、ネパール第二の都会のポカラにある兄経営のリゾートホテルの「カンティプール」にしばらく身を寄せたあと、再来日し、恵比寿《えびす》周辺に住んでいることを、私はネパールから帰国後、恵比寿にあるネパール料理店「クンビラ」店長からの聞きこみなどを通じて確認していた。

この店はネパール人の一種の情報交換の場となっている。店長によれば、プレム・シュレスタは、私がちょうどネパール滞在中のネパール暦の正月にあたるティハールの時期に、この店に現れたという。私はその後も八方手をつくしてプレム・シュレスタの行方を追った。しかし、結論からいえば、彼の行方はとうとうわからずじまいだった。

検察側が喜寿荘一〇一号室の鍵の問題にそれほどこだわりながら、この問題の重要な証人となるはずのプレム・シュレスタを草の根をわけて探し、証人として召請しなかったのは、もし彼の証言で合鍵の存在が浮かびあがった場合、ゴビンダ犯行説の論理がたちまち崩れるからとしか、私には思えなかった。

私は、検察側が鍵の問題を重視すればするほど矛盾が広がり、結果として検察側は自ら墓穴を掘っていくだけだと思った。

丸井を証人としたこの公判廷の見所は、しかし、実はまったく別のところにあった。

警察スキャンダル

弁護側は丸井への反対尋問で最初、鍵の返却日にこだわっていたが、ぬらりくらりと曖昧な答弁ばかり繰り返す丸井の態度に業《ごう》を煮やしたのか、いきなり尋問の矛先をかえた。

――あなたの調書をとった警察官はタジマヒロカズという名前ではなかったか。

「私が知っている警察官はヤマザキとハセベの二人です」

――その二人は渋谷の「カンティプール」によくくるのか。

「ハイ。十回まではいっていないと思いますが……」

――何のために来店するのか。

「店の売り上げに協力してもらうためです」

それまで両者のやりとりをつまらなそうに聞いていた裁判長は、丸井のその答弁を聞いて露骨にいやな顔をした。

――警察官が一番最近来店したのはいつだったか。

「昨日の夜の九時頃です」

――今日も会っているか。

「朝一緒に車で裁判所に送ってくれました」

――傍聴席をみてください。あなたを裁判所まで送ってくれた警察官はそのなかにいますか。

丸井が小柄な体をめぐらして後をふり返り、「ハイ」と答えると、検察側から「異議あり」の鋭い声がとんだ。傍聴席の最後尾に座っていた警察官とおぼしき三人の男が、頬をポッと赤らめ、バツの悪そうな顔をした。

――警察官から法廷に立つ前、なにかいわれたか。

「憶《おぼ》えていないことは憶えていないといえばいい、といわれました」

私はあいた口がふさがらなかった。警察官の送り迎えつきの証人など日本の裁判史上前代未聞《ぜんだいみもん》のことであろう。次に開かれた平成九（一九九七）年最後の公判廷で証人に立った丸井は、弁護側の「前回の裁判後、一人で帰ったのか」という質問にも、さして悪びれたふうもなく、「警察官と一緒でした。東京駅まで車で送ってもらいました」と答えた。

その後のやりとりも噴飯物だった。

——前回の公判後、警察官には何回会ったか。

「一回か二回」

——何のために会ったのか。

「会いたいというから会った」

——何を聞かれたのか。

「憶えていない。お腹《なか》がすいたから一緒にパンを食べて雑談をした」

——忙しい警察官がパンを食べるために呼んだとはとても思えない。

「ボクもそう思います」

——今日、検察庁で打ちあわせをしたか。

「ハイ」

——検察庁にくる前は。

「店にいた」

——検察庁には一人で行ったのか。

「車で」

——誰が車を運転したのか。

「警察の人です」

——名前は。

「知りません」

——ヤマザキかハセベか。今日、この法廷内にいるか。

ここでまた検察側の「異議あり」の声がとんだ。丸井の証人尋問はすべてこの調子だった。

「カンティプール」には事件発生から一年近くというもの、渋谷署や警視庁の警察官が常時「客」として張りこんでおり、丸井の一挙手一投足は警察の完全監視下にあった。口封じとも威迫ともとれる警察の異常な神経のとがらせ方に、私はまたこの事件の背後に広がる闇《やみ》の深さを思った。

この日の公判廷が終了後、私は廊下で警視庁の警察官とおぼしき人物を待ちうけ、声をかけようと思った。その人物は初公判からせっせと通いつめており、顔だけはもうなじみとなっていた。

私が声をかけると、彼は一瞬驚いた顔となり、「今日は当直で五時までに帰らなければならない。ノーコメント、ノーコメント」といって、逃げるようにエレベーターに乗りこんだ。

この日がゴビンダのこの年最後の裁判だった。私はゴビンダは寒い異国の獄中でとうとう年を越すことになったのか、といささか感傷的な気分になりながら、東京地裁を出た。

外には木枯らしが吹き、街路には落ち葉が舞っていた。

そのあと私は、もう一度、円山町の遺体発見現場を訪ねてみようと思った。東電ＯＬ殺人事件が世間をにぎわしてから、早くも九カ月以上たっていた。

渋谷駅から道玄坂方面を眺めると、商店街に飾られた電飾のイルミネーションが泣くようにさんざめいていた。私は渋谷１０９の角を右折して、円山町方面に歩いていった。街路には若いカップルがあふれ、どこにもかしこにもジングルベルのメロディーが、こわれた蓄音器のように繰り返し流れていた。

ふとオデンのにおいがした。気がつくと円山町のセブン－イレブンの前だった。平成九年十一月に開かれた第二回公判で貴重な証言をした女子大生はこの店でアルバイトをしていたのかと思い、店の前に目をやると、彼女が出来あいの調書に署名、捺印《なついん》させられたと証言した「シャルマン」という喫茶店があった。

その道を少し歩いて左折すると、もう円山町のラブホテル街だった。華美なネオンサインが、冷たい夜気にひときわ淫靡《いんび》なにおいをまきちらしているようだった。東電ＯＬの泰子が、風采《ふうさい》のあがらない初老の男とこの世で最後に入った「クリスタル」も、その一画にあった。そのたたずまいは、ラブホテルというよりは、連れ込み旅館といった方がピッタリときた。それは、周囲のラブホテルのケバケバしいネオンサインに照らされて、ひっそりとうずくまる隠花植物のようだった。

遺体発見現場となった喜寿荘はそこから百メートルたらずの距離だった。一〇一号室の前には誰が供えたのか、これまでずっと花と線香が手向《たむ》けられていた。しかし、いまはもう何もなく、むきだしのコンクリートの廊下が暗くつづいているだけだった。

かすかな気配を感じ、後をふり返ると、神泉《しんせん》駅のほの暗い明りが目にはいった。私はその薄明りのなかに、一瞬、よれよれのバーバリーのコートをはおった泰子が、汁だけのオデンカップを入れたビニール袋をさげて立っている幻影をみた。いや、オデンのにおいは、たしかに私の鼻先まで伝わってきた。

私はその幻影に、警察や検察、不法滞在のネパール人から東電内部の人間関係の禍々《まがまが》しさまで、円山町の夜の闇のなかにあぶりだし、そして、堕落に赴くすさまじい引力で、彼らすべてをひれ伏させてしまう乞食《こじき》姿のマリアとなった渡辺泰子の姿をみたと思った。

第三部　法廷の闇

円山町ラブホテル街の夜景

第一章　目撃

捜査の方針

東電ＯＬ強盗殺人事件の平成十（一九九八）年最初の公判は、二月三日午前十時、いつもと同じ東京地裁五〇六号法廷で行なわれた。第六回目の公判にあたるこの日証人に立ったのは、ナカミチノリアキという警視庁刑事部鑑識課の職員と、メグロカズオという渋谷警察署刑事課強行犯係の係長の二人だった。

平成九年三月二十七日と五月十五日両日の深夜、渡辺泰子が遺体となって発見された渋谷区円山町一六番八号の喜寿荘一〇一号室と、その近辺で、警視庁の実況見分が行なわれた。

二月三日の公判廷で証人に立った二人は、その実況見分にそれぞれ立ち会ったこと、そしてその場に、渡辺泰子が殺害された平成九年三月八日の深夜、たまたま現場付近に居合わせた目撃者を重要参考人として立ち会わせたことなどを明らかにした。殺害当日、現場付近に目撃者がいたことが公判廷で明らかになったのは、この日がはじめてだった。この公判廷で、私は弁護側の反対尋問に対するメグロカズオの次の証言にとりわけ興味をもった。

——九七年五月十五日の実況見分段階で被疑者はゴビンダと決まっていたのか。

「捜査本部としてはそのように考えていた」

——そのとき警察は犯人役と被害者役として男女のカップルを現場に立たせた。犯人役にクマル・タニングという人物をあてたのはどういう理由か。

「背丈が（ゴビンダと）同じくらいだから」

——クマル・タニングは「カンティプール」につとめているのか。

「そうです」

——彼を人選したのは誰か。

「わかりません」

——彼の国籍はどこか。

「ネパールと聞いています」

——犯人役にネパール人を選んだのは捜査本部の方針か。

「そうです」

目撃者を立ち会わせて実況見分が行なわれたこの段階で、ゴビンダはまだ強盗殺人事件の容疑者として逮捕されていない。

ゴビンダは泰子の遺体が発見された平成九（一九九七）年三月十九日から三日後の三月二十二日、身の潔白を証明するため不法残留で逮捕されることを覚悟して渋谷区桜丘町のネパール料理レストラン「カンティプール」に自ら出向いて事情聴取を受け、翌二十三日、入管難民法違反の容疑で逮捕された。

「カンティプール」の実質上のオーナーの尾崎利雄が、泰子の殺害現場となった喜寿荘の所有者であり、喜寿荘の鍵《かぎ》を同店店長の丸井健が管理していたことはすでに何度もふれた。そしてゴビンダは入管難民法違反の有罪判決（懲役一年、執行猶予《ゆうよ》三年）がいい渡された平成九年五月二十日の午後、強盗殺人の容疑で再逮捕された。

殺害された渡辺泰子役にたぶん泰子と背格好が似かよった婦人警官、そしてその相手の男性役にゴビンダと背丈が同じくらいのネパール人をあてた実況見分が再逮捕の五日前に行なわれたことに、私は警察側の強い焦《あせ》りと予断を感じた。少なくとも警察はこの段階で、すでに犯人をネパール人と決めてかかっている。

閉廷後、私は神田のトップリースというサラ金会社をもう一度訪ねてみようと思った。トップリースは、喜寿荘に隣接する粕谷ビル四〇一号室で平成九年三月までゴビンダと一緒に暮らしていたリラが、入管難民法違反の容疑で逮捕され、拘束中、警察からゴビンダの有力なアリバイを翻《ひるがえ》す供述を暴行を加えられて強要され、それとひきかえに警察の仲介で就労したと私のネパールでの取材にこたえて証言したサラ金会社である。

ネパールから帰国した後の平成十年一月中旬、私は神田ガード下にあるそのサラ金会社を訪ね、従業員から、リラと思われるネパール人が、そこで働いていたことがあるらしいという感触を得ていた。

予想していたことではあったが、トップリースは案の定、もぬけの殻だった。ドアには鍵がかかり、真っ暗な部屋のなかには机と椅子《いす》が放置されていた。私がトップリースについて書いた「新潮45」の平成十年二月号が発売された同年の一月中旬直後、たぶん警察の通告で夜逃げ同然にして店をたたんだに違いない。私はガランとしたトップリースの部屋を眺めながら、この事件の背後に広がる権力の闇《やみ》の深さをあらためて感じないわけにはいかなかった。

実況見分の事実が明らかになった公判廷から六日後の平成十年二月九日午後、第七回公判が行なわれた。この日は三人の証人が証言したが、二人はすでに明らかになっている事実を補強ないしは傍証しているにすぎず新味はなかった。私はむしろ事件とは一見無関係と思われるカナイキヨシという青果商の証言に注目した。この青果商の店は渋谷区円山町六番一〇号にあり、喜寿荘とは距離にして百メートルと離れていない。

検察側はまず、渡辺泰子の写真を証人席のカナイに示し、この女性をみたことがあるかと質《ただ》した。カナイは大きな声で「ハイ」と答えた。

——名前は知っていたか。

「知りません」

——見かけるようになったのはいつ頃からか。

「三、四年前からです」

——何をしていたのか。

「いつも町の角々に立っていました」

——何をしていると思っていたか。

「はじめはわかりませんでした。けれど、途中から立ちんぼをやっていることがわかりました」

——どういうことからわかったのか。

「通行人に声をかけていることでわかりました」

——迷惑を受けたことはあるか。

「一度あります。うちの客を追いかけて店のなかまで入ってきました。女房が、商売の邪魔になるので外でやってくれ、と追っぱらいました」

——最後にみたのはいつか。

「昨年の三月八日の夜の十時半頃です」

——三月八日にみたという根拠は。

「その頃、セガレがちょうどヨーロッパに新婚旅行中でした。期間は三月三日から十二日まででした。その間の最初の土曜日だったのではっきりと記憶にあります。次の日の日曜日、ゴルフにいったので間違いありません」

——時間の根拠は。

「いつもお得意さんの伝票を書くのが十時四十分頃です。その作業をする十分前ぐらいでしたから」

——女性をみたときの状況は。

「客がきたので品物を台車までとりにいきました。店の表にとめてある台車までとりにいって、たまたま後姿をみました。いつもの女の人がいるなあって」

——後姿だけでいつもの女性とわかったのはどうしてか。

「ロングヘアーにコート姿だったから。いつもみかける格好でした」

——その女性はどちらに向かって歩いていったのか。

「神泉《しんせん》駅に向かっていったようでした」

つづいて行なわれた弁護側の反対尋問で、このとき泰子に男の連れがいなかったことも明らかになった。

「ねえ、お茶しません」

それから数日後、私は円山町にあるカナイの店を訪ねた。狭い路地が迷路状に縦横に走っている上に、路地と路地をつなぐ石段が高低差をつけて複雑に入り組んだ円山町の不思議なたたずまいは、まるで敵の目をあざむくために巧妙に掘り抜かれた小さな陸の運河のようである。「金井青果」はその町の中心部ともいうべき場所に位置している。

その店の前から、三味線の稽古《けいこ》の音が時折聞こえる時代がかった円山町の検番の建物を左手にみて東に歩けば、一分足らずで道玄坂に出られる。店の前の「三門」という古ぼけた料亭の脇《わき》の路地を東南方向に歩いても、すぐに道玄坂につきあたる。その路地とは逆に北の路地を進めば、円山町のラブホテル街を通り抜けて松濤《しようとう》の高級住宅街に向かうことになる。また、店の前の坂道を南西方向に少し下って道なりに右折すれば、もう神泉駅の駅前である。

金井青果のある場所は、歩いているだけでも靴の裏に等高線の標高差が感じられることの街のなかで、心なしか、最も高い場所にあるように感じられる。起伏にとんだ円山町の頂きを感じさせる店の前に立って周囲をながめると、狭斜《きようしや》の巷《ちまた》を見下ろしているという思いがごく自然にわいてくる。

雑然とした店内でリンゴを磨いている金井に、先日は証人ご苦労さまでしたと声をかけると、金井はニッコリと笑い、手を休めて私のいくつかの質問にこころよく答えてくれた。私が最初に聞きたかったのは、泰子が店のなかにまで入ってきて客引きをしたときのことだった。

約三十年前からここで商売をしているという金井は人のよさそうな笑いを浮かべたまま、その点については女房の方がくわしいので、女房に聞いてください、といって、店の奥でかいがいしく働いている奥さんに声をかけた。

「あれは事件が起きる前の年の暮頃だったかな。うちによく買物にくるおじいちゃんがいるんです。年はさあ、もう七十は過ぎているかな。どこに住んでいるかも名前も知らないんだけど、顔だけはなじみで、格好もいつもこざっぱりしている。

そのおじいちゃんが突然、店のなかに飛びこんできた。みると、いつも客引きしている女が、『ねえ、お茶しません、ねえ、お茶しません』といって、必死に誘っている。おじいちゃんが困りきった顔をしているのに、そんなことはおかまいなく、『ねえ、お茶しません』といいながら店の奥までズンズン入ってくる。私はいってやりましたよ。『商売の邪魔になるから、客引きは店の外でやっておくれ』ってね」

もう一つ確かめたかったのは、泰子を最後にみた日時についてだった。法廷でも明らかになったその点をあらためて金井にたずねると、金井は店の前にとめてあった四輪トラックの運転席から大学ノートを持ち出してきて、それを開きながらいった。

「これは面倒くさいから裁判所にも提出しなかったんだけど、オレはもう十年以上、ゴルフのスコアをこのノートにつけているんだ。ホラ、ここに九七年三月九日、小川カントリークラブって書いてあるだろう。スコアもちゃんとつけてある。オレがあの女を見たのは、その前日の三月八日ということは絶対間違いないんだ。

時間についても自信がある。伝票を書くのはいつも夜の十時四十分頃と決まっているんだ。時間は五分程度かな。それが終わると、単車でその伝票を近所のお得意さんに配って回る。お得意さんは全部飲食店で、店が十一時には閉まるから、どうしてもその前に作業を終えておかなくちゃなんないんだ。そろそろ伝票を書かなくちゃと思った頃だから、あの女を見たのは間違いなく十時半から四十分の間だね」

私は金井が目撃してから一時間あまりのちに何者かによって絞殺《こうさつ》される泰子の三月八日の行動をあらためて跡づけたいと思った。

金井に会う前、私は「カンティプール」の階上にあるカプセルホテル「アストロイン渋谷」を訪ね、従業員の石垣あけみに会っていた。石垣は二月九日に行なわれた第七回公判で金井とともに証人に立った二十代後半の女性である。石垣は、ゴビンダらが住んでいた粕谷ビル四〇一号室の家賃を「カンティプール」店長の丸井から受領し、それを銀行に入金する仕事をまかされていた。第七回公判ではこの点に関する質問が行なわれたが、特段注目しなければならない証言はなかった。私はそれよりもむしろ石垣のふだんの人となりを知りたいと思った。

地味な服装で現れた石垣の雰囲気は、その職場環境からくるある種風俗的なイメージとはまったく正反対だった。彼女にもまた金井夫婦同様の小市民的善良さを私は感じた。彼女は、東急百貨店の婦人服売場で働いたあと、アルバイトでここにつとめはじめ、そのまま正社員として働くようになったと打ちあけ、私のコートの襟がまがっているといって、いかにもおずおずとした古風な仕草で折れた襟を直してくれた。

私が二人の証人に会って感じた心象風景を少し詳しく解説すれば、こういうことである。

彼らがもしこの事件に出会わなかったなら、市井《しせい》の片隅で波風らしき波風もなく人生をまっとうしたに違いない。少なくとも、衆人環視の法廷に証人として立つことなど考えてもみなかったことだろう。

そして、市井の片隅に吹き寄せられ、ほとんど誰からも顧みられなかったであろう彼らの人生のある断面を、静かに浮かびあがらせたのは、東電ＯＬの渡辺泰子がもつ強烈な磁力にほかならなかった。

目撃され視線にさらされたのは泰子ではなく、むしろ泰子を目撃し、いやおうなく事件に関わらされることになった彼らの方ではなかったか。奇矯な行動を繰り返し、結果として、世紀末の世相と大衆の営為をあぶりだすことになった渡辺泰子というエリートＯＬの巫女《みこ》性を、私はあらためて感じた。

路上の目撃者

巫女としての渡辺泰子という私の考えは、その後の二月十八日と三月三日に開かれた第八回、第九回の公判廷を傍聴して、さらに確固たるものになった。

二月十八日午前十時から始まった公判で証人に立ったのはハトフミオという六十近くに見える男だった。検察側の尋問が始まったとたん、私は思わず吹き出しそうになった。

——平成八年八月二十日から街頭宣伝会社の渋谷セールスプロモーションのサンドイッチマンとして渋谷区円山町界隈《かいわい》に立っていたか。

「ハイ」

——同年九月中旬頃から、渋谷区円山町五番三号にあるハギワラビル五階の「すけべっこ」の看板持ちをしていたか。

「ハイ」

——平成九年三月八日にも「すけべっこ」の看板持ちをしていたか。

「ハイ」

——「すけべっこ」の看板持ちをしていたときはどこに立っていたか。

「店の前の歩道の車道よりのところです」

私は笑いをこらえるのが精一杯だった。この裁判では初公判から、日本語がほとんどわからない被告人席のゴビンダのため、ネパール語の通訳が用意されている。検察側ないしは弁護側が証人に日本語で尋問すると、中央の一段高い裁判官席のすぐ下に座った通訳が、それをネパール語にすぐ翻訳してゴビンダに伝える。そして証人が日本語で答えた内容を、またネパール語に翻訳して伝える。

いつもはじれったく感じられるそんな迂遠《うえん》なやりとりも、この日に限っては絶妙なユーモア効果を発揮することになった。

検察官が大真面目《おおまじめ》な顔で「すけべっこ」という。通訳もまた神妙な顔で「すけべっこ」と生真面目に復唱する。裁判長の顔をうかがうと、これまたしかつめらしい顔で、このやりとりを聞いている。厳粛であるべき法廷内に、「すけべっこ」「すけべっこ」という言葉がまるで機関銃の弾丸のように飛びかっているだけでもおかしいのに、それを誰ひとり笑おうとしない。

偽善を絵に描いたような真面目くさったそのやりとりに、私は腹をよじる思いだった。いうまでもないことだとは思うが「すけべっこ」とは、性感マッサージを売り物にするファッションヘルス専門の店のことである。

いつもの通り傍聴席の最前列に座った私はしばらく下を向き、誰にも気づかれないようにひとり肩をひくつかせた。襟を正す気分になったのは、ようやく尋問が核心部分にはいったときだった。

平成九（一九九七）年三月八日の深夜、渡辺泰子とおぼしき女性を渋谷道玄坂から円山町に向かう路上で目撃したという「すけべっこ」サンドイッチマンのハトフミオは、検察側から提示された渡辺泰子の写真をみて、「私が見たのはこの女性に間違いありません」と断言した上、検察側、弁護側の尋問にこたえて次のように証言した。

「三月八日は土曜日だったので、朝の十時半から仕事を始め、終わったのは夜の十一時半でした。平日は午後の一時半から十一時半までなんですが、客の多い土、日は午前中からプラカードをもって立つんです。

彼女をみたのは、その日が最初で最後でした。ええ、三月八日の一回こっきりでした。三月八日だとはっきりいえるのは、三月十二日は公休だったんですが、公休あけででてきたときプラカードの足が短くなっていたからです。そこから逆算すると、私が彼女を目撃した日は三月八日の土曜日以外ありません。

彼女をみたのは、三月八日の夜の十時半から十一時までの間です。彼女の姿をみながら、道玄坂通りの向かいにあるコンビニの時計をチラリと見たので間違いありません。時計は十一時十分前でした。いつも十一時半に仕事が終わるので、その時計をみるのが習慣となっていました。

彼女は私が立っている場所から少し渋谷駅寄りにいった中華ソバ屋の前に立っていました。なにかキョロキョロして、男を漁《あさ》っているようにみえました。髪はロングで、服装は少しハデでした。

　それから私の立っている方に歩いてきて、『すけべっこ』が入っているハギワラビルに出入りする客に、声をかけていました。ハギワラビルには『すけべっこ』以外にも何軒かの風俗店が入っています。そこに行く客を引っかけようとしているようにみえました。

『ねえ、遊びません、ねえ、遊びません』と大声で誘っていたので、そういういい方はいいのかどうかわかりませんが、間違いなく商売女だと思いました。結局、誰にも相手にされなかったので、そのあと彼女はまた元の中華ソバ屋の方に戻っていきました。そこまで戻る途中にも、四、五人の男に声をかけていました。中華ソバ屋の前でも、またキョロキョロして男を漁っている感じでした。

　彼女が立っているすぐそばの花壇に、男が一人、彼女を監視するようにして座っているのがみえました。私はそのとき、ははあ、彼女のヒモだな、と思いました。これはカンです。それから間もなく、彼女と男は連れ立つようにして私の方に歩いてきました。男は黒いジャンパーのようなものを着て、年齢は二十七、八歳にみえました。彼女の方が男より少し前の方を歩き、会話はありませんでした。

　すれ違ったとき男の顔をみました。さっきヒモだと思ったといいましたが、顔をみてすぐに違うなと思いました。ヒモにしては顔が華奢《きやしや》だったからです。二人は私の立っているところを通りすぎ、道玄坂を右折して円山町の方に消えてゆきました。二人の姿が見えなくなったのは、十一時か、それより少し前のことでした。

なぜ一度しかみたことのない彼女の姿がこんなに印象に残っているかといえば、あまりにもハデに男に声をかけていたからです。すぐ近くに交番があるというのに、そんなことまったくおかまいなしに、大っぴらに声をかけていた。あんな女性をみたのはサンドイッチマン生活のなかでもはじめてでした。それでものすごく印象に残ったんです」

私は「すけべっこ」サンドイッチマンのハトが供述した証言内容もさることながら、ハト自身の風体《ふうてい》と生活歴にそれに劣らぬほど興味をひかれた。右足を少しひきずって入廷したハトの背は低く、百六十センチもないほどだった。左目は練った水飴《みずあめ》のように白濁していた。視力を確認するため弁護側が尋問したところでは、子供の頃かかった白内障の後遺症とのことだった。

一見して異相とわかるハトという男は、なぜサンドイッチマン生活に沈淪《ちんりん》するようになったのか。そもそもハトという名前そのものに好奇心をかきたてられた。私の関心はむしろ目撃者自身の方に移っていた。東電ＯＬの渡辺泰子をたった一度だけ目撃したハトもまた、彼女の視線にさらされて、渋谷の雑踏の底から生ある一つの塑像《そぞう》としてあぶりだされてきた。私はあらためてハトに会おうと思った。

第二章　実検

直接対決

三月三日に開かれた第九回公判では、円山町の青果商のカナイキヨシ、「すけべっこ」サンドイッチマンのハトフミオにつづいて、第三の目撃者が登場した。

この目撃者はスギタという二十一、二歳の青年で、平成九年の三月八日の深夜、喜寿荘の前でたたずむ渡辺泰子とおぼしき女性と連れの男性のカップルを目撃したと証言した。黒のダウンジャケット、ベージュのコットンパンツで証人席に座ったスギタは、銀のメタルフレームのメガネをかけ、髪はボサボサだった。スギタの声は小さく証言は聞きとりにくかった。スギタは明らかに極度の緊張をしていた。そのわけはスギタの証言がはじまってからすぐにわかった。この日の法廷では、目撃者のスギタと被告人席のゴビンダが直接対決する場面が用意されていた。

「三月八日の深夜、喜寿荘に入る二人連れのアベックをみました。その日、私は父からの電話で、渋谷区円山町の『まん福亭』という飲み屋に父を迎えに行きました」

「まん福亭」は前にもふれたように喜寿荘の真下にある半地下形式の飲み屋である。これは「まん福亭」や大田区中馬込《なかまごめ》にあるスギタの実家の取材で、その後わかったことだが、スギタの父親は貸しタオルのリース業を営んでおり、「まん福亭」もその得意先の一つだった。スギタの木造モルタル造りの古びた実家には「三光タオル」という看板がかかっていた。

スギタは、三月八日の深夜に「まん福亭」に父親を迎えにいったといえるのは、父が迎えを頼むのはほとんどが土曜日であること、これまで土曜日に二十回以上迎えにいったこと、父が「まん福亭」から携帯電話で自宅にかけたＮＴＴの記録などから間違いないと、かぼそい声でこたえた。検察側はこの証言を補足して、父親が自宅に通話を開始したのは三月八日の二十二時三十四分だったということを証明するＮＴＴの料金明細表を証拠として開示、提出した。

「家を出たのは十時五十分頃でした。車はニッサンのプリメーラです。道順は環七から駒沢《こまざわ》通り、山手通り、Ｂｕｎｋａｍｕｒａの裏を抜けて神泉《しんせん》駅の前までというコースです。時間は、大体二十分くらいでした。車は『まん福亭』の前の道の右側に、右ドアが開かないくらいのぎりぎりにとめました」

「まん福亭」の前の道とは、松濤《しょうとう》から神泉駅に向かう道のことである。Ｂｕｎｋａｍｕ

ｒａ方向からやってきたスギタは、「まん福亭」を左にみた道路脇《わき》に車をとめた。ここには中国茶専門の店があり、スギタはこの時間すでにシャッターをおろしていたその店のすぐ横に駐車したものと考えられる。車の進行方向に十メートルも進めば、もう神泉駅の踏切である。

「車をおりてすぐ近くのコンビニに行きました。そこでグリーンの粒ガムを買いました」

スギタが行ったコンビニは、神泉駅の踏切をこえてすぐの「トークス」というコンビニである。殺された泰子もこの店で弁当などを買っている姿を何度も目撃されている。スギタが駐車した場所から「トークス」までは一分もかからない。

検察側はこの証言を補足して、「トークス」から押収《おうしゅう》した三月八日の二十三時から二十三時十六分までのレシートを証拠として開示、提出した。

「この記録のなかに一つだけ、二十三時十四分、グリーン粒ガム、九十五円とある、これはあなたが買ったものか」という検察側の尋問に、スギタは相かわらずの小声で「ハイ」と答えた。

そのあとスギタは「まん福亭」に向かった。店に父がいるのを確認したあと、スギタは一旦《いったん》店を出て、「まん福亭」から三軒先にある「神泉ハウジング管理駐車場」まで歩いていった。

「駐車場にいったのは『まん福亭』の主人から最近新車を買ったという話を聞かされ、それをみたくなったからです。それから駐車した車の方に戻り、すぐそばの自動販売機でお茶を買いました。そのお茶を飲みながら、カーラジオを調整し、父が『まん福亭』から出てくるのを待ちました」

スギタがお茶を買ったという自販機は、細い道路をはさんで喜寿荘のまん前に設置されている。その明りが、神泉駅わきにあるマクドナルドが閉まったこの時間、あたりをほの暗く照らしている。

「アベックをみたのは車に戻ってから五分ほどしてからでした。喜寿荘一階入口の階段の下にたたずんで、なにか話しているようでした。女性は身長百六十センチから百七十センチあり、スラリとした感じでした。服装は膝《ひざ》ぐらいまであるベージュのコートで、肩から黒いショルダーバッグをかけていました。髪はロングヘアーでした。

女性はアパートに向かって左、男性は右に立っていました。男性の身長は女性と同じくらいで、肉づきのいい感じでした。髪は少しウェーブがかかっていて、肌の色は浅黒く、東南アジア系にみえました。服装は黒と白のジャンパーでした。腰のあたりには赤いポシェットのようなものが巻きつけられていました。二人は女の人が少し先に立ってアパートに入っていきました。二人はすぐにみえなくなりました。

女性の顔はみえませんでしたが、男性の方は女性に話しかけるように左を向いたとき、頬から顎《あご》にかけての線が少しみえ、鼻の先も少しみえました。明かりは神泉駅の明かりと街灯、それに自販機の明かりがあったので、結構明かるかったと思います」

この証言がネパール語に翻訳されているとき、私は被告人席のゴビンダの表情ばかりをみつめていた。ゴビンダはいつもの通りキュートな表情でほほえんでいたが、スギタの証言が目撃した男の顔の説明にはいったとき、一瞬、上気したようにみえた。

クライマックスはそのあとだった。検察側はスギタに「あなたの左側に座っている被告人の顔をみてください、あなたはこの人の顔にみおぼえありますか」とたずねた。

法廷内に重苦しい沈黙が流れた。スギタ青年はしばらく考えこんでから、蚊の鳴くような声で、「正確にはみおぼえありません」と答えた。検察側が、「正確にはとはどういう意味か、と重ねてたずねると、スギタは、「警察でみたことはあります」と答えた。

これはその後、弁護側が行なったスギタへの反対尋問で、警察内でゴビンダの写真をみせられたり、ゴビンダと面通しさせられた心証に影響された証言だということが明らかとなった。

検察側はすかさず、左うしろから男の顔をみたというが、いまここで左うしろから被告人の顔をみたらわかるか、と一気に畳みこんだ。これに対し弁護側は、三月八日深夜の状況とこの法廷内では明かるさをはじめ、あまりにも状況が違いすぎるとして、「異議あり」の声をあげた。検察側と弁護側はその後しばらく押し問答を繰り返したが、結局、裁判長の裁決で法廷内での「首実検」が行なわれることになった。

法廷にスケールが持ち出され、スギタが駐車した車の場所から喜寿荘前までに相当する約七・五メートルの距離がはかられ、ゴビンダとスギタはそれぞれ所定の位置についた。ゴビンダは法廷中央に向かって一番左はじ、スギタは傍聴席との境ぎりぎりの右はじの場所に立った。

約十分ほどかけて行なわれた「首実検」の結果は、結論からいえば、「似ていると思う」という証言がひき出されただけで、ゴビンダを真犯人と特定するだけの決め手とはとてもならなかった。

私はまるでテレビドラマでもみているような「首実検」をながめながら、それでも「似ていると思う」という証言だけで絞首台《こうしゅだい》に送られた人間も過去には何人もいただろうな、とぼんやり考えていた。

けものみち

その後の尋問で、スギタが行きとは逆のコースをたどって大田区中馬込の自宅に父親を連れて帰ったのは九日の午前零時十分頃だったこと、帰りの所要時間も行きと同じ約二十分だったこと、喜寿荘前のアベックをみたのは父親が「まん福亭」を出て車に乗りこむ約五分前だったこと、父親が乗ってからすぐに車を出発させたことなどが明らかになった。

これらの証言から計算すると、スギタがアベックをみたのは三月八日の午後十一時四十五分頃ということになる。そしてそれは、東電ＯＬの渡辺泰子が、この世で他人に目撃されたおそらく最後の時間だった。

泰子が殺害された平成九年三月八日は、野村証券社長の酒巻英雄が総会屋親族企業への利益供与問題で辞任に追いこまれ、不良債権の処理に遅れた第一勧銀が三千億円の経常赤字を計上するなど、一連の金融スキャンダル事件が表面化した日だった。ペルーの日本大使館人質事件でシプリアニ大司教の活躍に注目が集まり、池田満寿夫《ますお》の急死が報じられたこの日、泰子は渋谷区円山町の現場近くの路上で、三人の男にそれぞれ死の数時間前の姿を目撃されていた。

この日、東京地方の天気は晴、一時くもりだった。天気予報では、夜は一時雨となっていたが降雨はなく、最高気温一五・七度、最低気温九・一度と、平年に比べ四度近くも高い陽気だった。風は強く、最大では一五・六メートルの北々西の風が吹き荒れる「春一番」の到来を思わせる一日だった。翌九日の午前十時五分には、東京で太陽の六十三パーセントが欠ける部分日食がみられたが、泰子はそれをみることはなかった。泰子の体はこのときすでに円山町の古ぼけたアパートの一室で冷たい骸《むくろ》となって横たわっていた。

私はこれまでの公判廷で明らかになった事実や、三人の目撃者の証言などをもとにして、三月八日夜の泰子の行動を自分の足であらためて追ってみたいと考え、もう一度、円山町に向かった。

前年夏から土、日ごとに欠かさず通い、店では「さやか」という源氏名で呼ばれていた泰子は、いつも通りこの日の十二時三十分頃、五反田のホテトルに出勤し、一人の客もつかないまま、五時三十分すぎに、ベージュのコート姿でその店を退店した。

渋谷駅近くで六十がらみの初老の男と待ちあわせた泰子は、渋谷１０９の前を右折して東急本店方面に向かい、東急本店側に渡らず、左側を道なりに歩いて、セブン－イレブン円山町店に立ち寄った。泰子はそこで、シラタキやコンニャクなど油っこくない具を一つ一つ小さなカップに小分けして買い、いつもの通り「汁をたっぷりいれてね」とアルバイトの女店員に注文をつけた。

店を出た泰子は五十メートルほど行って左折し、円山町のラブホテル街に向かった。初老の男と泰子は、円山町ラブホテル街のほぼ中央部にあるホテル「クリスタル」に七時十三分に入った。出てきたのは十時十六分だった。

泰子はそのままラブホテル街をつっきり、男を道玄坂交番付近まで見送った。そのあと泰子は道玄坂から神泉駅方面に向かう路地を歩いていった。「金井青果」の主人にうしろ姿を目撃されたのはこのときである。

そのあと泰子は奇妙な行動にでる。そのまま神泉駅には向かわず、道玄坂方面に戻った。これは、十時半から十一時にかけて道玄坂の歩道で泰子の姿を目撃したという「すけべっこ」サンドイッチマンのハトフミオの証言からも明らかである。

泰子が道玄坂に現れ、ハトに目撃されながら「ねえ、遊びません、ねえ、遊びません」といって大っぴらに客引きをはじめた頃、喜寿荘地下の「まん福亭」で酒を飲んでいたスギタの父親は、息子に迎えにくるよう自宅に電話をかけていた。

この日、テレビ朝日系の「土曜ワイド劇場」では九時から森村誠一のサスペンスドラマを放映中だったが、それも終わりに近づき、ＮＨＫラジオの人気番組「ラジオ深夜便」はそろそろ放送準備に入っていた。

泰子が黒いジャンパー姿の男と連れ立つようにして道玄坂から、誰も買いそうにないガラクタを店先に並べた「大丸質店」という大きな質屋の脇を抜け円山町方面に消えていったとき、スギタ青年は父親を迎えにいくため、大田区中馬込の自宅からニッサンプリメーラをすでに発進させ、「金井青果」の主人は得意先に伝票を配るため単車で円山町を走り回っていた。

サンドイッチマンのハトが「すけべっこ」の看板をそろそろしまいかけた十一時半、スギタは一度入った「まん福亭」を出て三軒先のうす暗い「神泉ハウジング管理駐車場」で「まん福亭」主人が買った新車を眺めていた。

泰子の姿がそのスギタ青年によって現場の喜寿荘前で目撃されたのは、それから約十五分後のことである。スギタが目撃した泰子の連れの黒と白のジャンパー姿の男と、サンドイッチマンのハトが道玄坂で目撃した黒のジャンパー姿の男が同一人物だったのか、それともまったく別の人物だったのか。それは依然として謎《なぞ》のままである。

そして、男と連れ立つようにして道玄坂から円山町方面に消えていった泰子の姿を「すけべっこ」サンドイッチマンのハトが目撃した十一時頃から、スギタによって現場の喜寿荘前で男と一緒のところを目撃されるまでの四十五分間、泰子の姿は杳《よう》として消えた。泰子はその間、ラブホテルの原色のネオンが打ち水で黒く濡《ぬ》れたラブホテル前の路地を毒々しく照らす夜の円山町で、一体何をしていたのだろうか。

私がここで興味をひかれるのは、この日の泰子のあまりにも奇矯な行動である。前述したように、泰子はこの日の昼間、五反田のホテトルに出勤し、五時間も客を待っている。結局、この日客は一人もつかずに終わったが、客から電話が入れば、律義《りちぎ》で経済観念が人並みはずれて発達した彼女の性格からいって、その仕事をきちんとこなしたことはまず間違いない。

それから渋谷に回った泰子は初老の男と円山町のラブホテルでセックスし、その後も客を漁《あさ》って道玄坂で道行く男に声をかけている。そこで客引きに成功すれば、泰子はたぶんその相手とセックスに及んだ。

スギタ青年に最後に目撃された場面でも、泰子と男の間でセックスの約束がとりかわされていたと考えるのがふつうである。十一時四十五分に喜寿荘の一室に入り、手短かにセックスをすませれば、そこから歩いて一分とかからない神泉駅にはすぐ行くことができ、いつもの帰宅順路通り、神泉駅を十二時三十四分に発車する井《い》の頭《がしら》線の下り最終電車に乗ることができる。泰子はそう考えたに違いない。

つまり、もし昼間のうちにホテトルの客がつき、道玄坂での客引きに成功し、そして最後の客に殺害されていなかったなら、この日泰子は四人の男を相手にセックスして、なにごともなかったように永福《えいふく》の自宅に帰宅したはずである。

私は円山町の迷路のような路地に何度も迷いながら、けものみちを思わせる複雑に入り組んだその路地を本物のけもののように知悉《ちしつ》した泰子が、「春一番」の到来を思わせる夜の突風にコートの裾《すそ》を弄《もてあそ》ばれながら男を求めて足早に歩く姿を、ある種感動的な思いで感じとっていた。

円山町の暗い路地を抜け人ごみであふれた道玄坂に出ると、ハトの立っていたファッションヘルスが入った雑居ビルがみえた。蛍光色のケバケバしい看板がかかったそのビルと道玄坂をはさんだ反対側の道路に、ファミリーマートの店舗がひときわ明るく浮かんでいた。店内は蛍光灯の明りに煌々《こうこう》と照らされ、店の一番奥の壁にかかっている丸時計の針もよく読めた。「すけべっこ」サンドイッチマンのハトがみた時計というのはこれだなと思い、私は明日ハトに会う約束だったことを思い出した。

街の底で

泰子を目撃した者は、実は逆に泰子の強烈な視線にさらされている。それがこの事件をめぐって円山町を歩きまわった私の実感だった。

青果商の金井は働き者で善良そうな性格を丸出しにしていたし、日産神奈川の自動車専門学校を卒業後、自動車整備工として働いているスギタ青年は、酒場にいる父親をわざわざ車で迎えに行くという近頃珍しい親孝行ぶりをみせてくれた。もう一人の目撃者のハトは私に一体何をみせてくれるのか。

翌日会ったハトの話は私の予想をはるかに超えるものだった。私は訥々《とつとつ》と語るハトの話に、世の中には他人の不幸をすべてかき集めてもまだ足りないような薄幸な人もいるものなんだなあ、とタメ息をつきたくなった。

「ハトは鳥の鳩《はと》です。かわった名前だとよくいわれますが、私が生まれた村には何軒か鳩の姓があります。生まれたのは昭和十八年で、故郷は青森の山奥のハルミ沢という村らしいんですが、二歳の頃、八戸《はちのへ》の是川《これかわ》というところに移ってきたのでよくわかりませんん。両親の顔も名前も知りませんし、育ててくれた人と両親の関係もわかりません。聞くのが恐《こわ》かったので、聞かないようにしていたせいもありますが……。

左目のことですか。二歳の頃ハシカにかかって医者に連れていかれたんですが、『大きくなれば治ります』といわれて、そのまま放っといたらしいんです。両方の目がみえれば、もう少し違った生き方ができたんではないかと時々考えることもありますが……。

中学を出てすぐ、一度だけ生れ故郷を訪ねていったことがあります。その村でも、両親については、結局、何も聞けませんでした。私のことを知っていそうなおじいさんはいたんですが、やはり恐くなって……。

八戸の中学を出て、すぐにクリーニング屋さんに住み込みでつとめました。月給は五百円でした。そこで五年間ほど働いたあと、新聞広告をみて夜行列車で上京しました。昭和三十七、八年頃でした。やはりクリーニング屋さんで、店は世田谷の用賀にありました。八戸の店の最後の給料は三千五百円ぐらいでしたが、東京の給料は九千円もありました。

その店は一年もしないうちにやめました。突然、右の手首に全然力が入らなくなって、アイロンがもてなくなったんです。昔のアイロンはすごく重かったんです。

そのあと電話のうしろにつける料金箱をつくっていた墨田区の町工場で働きましたが、二年でつぶれたので、仲間と一緒に電話の配線工事の仕事をはじめたんです。

結婚ですか？　ちょうどその頃でした。二十八歳の頃だったかなあ。当時私は埼玉県和光市のアパートに住んでいたんですが、近くの成増《なります》にある焼き鳥屋によく通っていました。女房はそこで働いていたんです。

　こんなこと自分でいうのはなんだけど、きれいな女でした。名前はむつ子といいました。私よりかなり年上で、たしか三十六歳でした。役所づとめの前の主人と離婚したばかりで、母子家庭でした。苦労したみたいで、ホステスとして夜のつとめにでていたこともあったようです。まあ、あんまり詳しくは聞きませんでしたが……。でもスレた感じはなく、すぐに好意をもちました。一年ほどつきあって、彼女のアパートで連れ子と三人で暮らしはじめたんです。

　どんな女性だったかって？　芯《しん》の強いしっかり者でした。私は親の愛情にもめぐまれなかったし、家庭のあたたかさも知らずに育ちましたから、やっと手に入れた女房は本当に宝物でした。そりゃ、大切にしましたよ。人一倍大切にしたつもりです。

　その頃、電話の配線工事の方も軌道にのり、いいときには月に百二十万円も稼いでいましたが、酒場にもいかず、仕事先から家まで毎日すっ飛んで帰りました。女房の手料理でビールで軽く晩酌するのが何よりの楽しみでした。

　ところが結婚して十六年目に突然、女房が逝《い》っちまって……。そこからすべてが狂ってきました。もうどうしていいかわからなくなって、ずいぶん荒れた生活をつづけました。

　女房との間に生まれた子供も、その頃から手がつけられないほどグレはじめ、本当にどうしていいかわかりませんでした。それまでめったに行かなかった酒場に通いはじめたのもそのせいです。

そんなとき錦糸町《きんしちよう》にある四階のスナックから酒に酔っぱらって転落したんです。大腿《だいたい》骨《こつ》骨折で二年入院しました。右足はいまでも三センチぐらい短くなっています。それで電話の配線工事の方もやめることになってしまった。

いまはふたりの子供と離れて一人暮らしです。女房に死なれてから結婚しようなんて気持ちが全然起こらないんです。まあ、恋女房っていうんですかね、あれがいなくなってから、もうどうでもよくなってしまったんです。すべてがね。それでサンドイッチマンです。落ちるところまで落ちたということでしょうね……」

サンドイッチマン時代の時給は九百五十円だった。鳩は「すけべっこ」が平成九年暮に閉店したためサンドイッチマンをやめ、現在は息子の経営する建設会社で溶接工として働いている。住まいは江東区北砂の四畳半の風呂《ふろ》なし共同トイレのアパートで、家賃は三万円だという。食事はほとんどコンビニの弁当ですましているとのことだった。

元「すけべっこ」サンドイッチマンの鳩の語る哀切きわまりない身上話に耳を傾けながら、私はいまさらながら泰子の持つ強烈な巫女《みこ》性を感じていた。泰子をみた者はなぜかみな、彼女の磁力に引きつけられたように裸形の姿をさらけだす。泰子の内面も修羅ならば、彼女を目撃した鳩の内面もそれに劣らず修羅だった。

彼女は堕落に赴くその過程で、ふだんはマスとして街の底に沈んでいる群衆のひとりひとりから一回限りの生ある「物語」を紡《つむ》ぎ出していった。彼女がかかえた内面の闇《やみ》こそが、路上の人びとの「物語」に生彩を与える光源だった。

私は鳩と別れてからもう一度だけ夜の円山町に向かった。その日は奇《く》しきことに、泰子が何者かによって殺害されてからちょうど一年目の祥月命日だった。ラブホテルのネオンが泥絵具に一斉に電気をいれたように眩《まぶ》しく輝く円山町は、相かわらず不夜城のようだった。だが、私にはなぜかその華美な色彩がうつろにしか感じられなかった。私は「ねえ、お茶しません」という泰子の声が、時おり強いつむじ風が吹き抜ける暗闇のどこかから聞こえてくるのではないかとひそかに期待している自分に気づいた。

泰子の不在が私のなかの空洞を大きく押し広げ、闇を深くしている。そんな思いにかられながら、私は事件当日の泰子のようにコートの襟を立て、何かを求めてさまよう手負いのけもののように円山町の路地から路地へと足早に歩いていった。

第三章　拘置

高い塀のなかへ

それは電車の窓からいつも見なれている場所だった。うす緑色の高い監視塔が見えると、これまであの建物のなかで何人の人間が刑死させられてきたのかとぼんやり考え、ときに胸に錐《きり》をつき立てられるような思いにかられるのが、長年のならわしとなっていた。

あの事件が起きてから一年半後の平成十（一九九八）年九月なかば、私はそこに行ってみた。事件関係者に会ううち、被告人ゴビンダの接見禁止が、ごく最近解けたらしいという感触を得たからである。しかし、それはあくまで感触で、接見禁止が本当に解けたかどうかは、現場に足を運ばない限りわからないことだった。

ＪＲ常磐《じようばん》線の綾瀬《あやせ》駅を降り、北千住《きたせんじゆ》方面に向かって線路沿いに高架下を歩く。焼肉屋、カラオケスナックなどが密集する飲食街を抜けると、道はまもなく綾瀬川沿いの広い道路につきあたる。頭上に首都高速六号線が走る綾瀬川沿いの道路には車が激しく行きかい、その排ガスがあたりの風景をよけいに白茶けてみせている。片側に古ぼけた民家がうずくまる道路は明らかに川の水面より低く、ここから東京拘置所の建物はまったくみえない。いつもみえている建物が、なかなかみえてこないという感覚は、人間の神経をひどくざらつかせる。あるいはそれが「国家権力」がわれわれにみせる相貌《そうぼう》の位相というものなのか。

綾瀬川にかかる小さな橋を渡っても、まだ建物はみえない。川面《かわも》はにごりにごってどす黒かった。護岸の高いコンクリート壁沿いの細い路地をしばらく行くと、雑草の生い茂った小さな社《やしろ》があり、その脇《わき》に東京拘置所方面と書かれた立看板が立っている。その指示に従って、木造の安っぽいアパートが建ち並ぶ路地を、右に曲がり左に曲がると、やがて唐突に、東京拘置所の高い塀にぶつかる。面会者用の通用門はその塀沿いの少し先だった。

通用門の前はちょっとした広場、というより辻《つじ》のようになっており、差し入れ屋、喫茶店、シャッターの閉まった弁護士事務所などが並んでいる。一見してヤクザとわかる人相風体の男たちが思い思いにたむろし、高級外車が急発進、急停車するたび、「アホ！」「何してけつかる！」という罵声《ばせい》が飛びかう風景は、最初驚くものの、慣れてしまえばこれほどこの建物にふさわしい風景はあるまいと納得させられる。

所定の書類に名前、住所、職業、面会者氏名、用件を記入して提出すると、いとも簡単に白いプラスチック製の番号札を渡された。ゴビンダの接見禁止は本当に解けているのかもしれない。そう思う一方で、照会の結果、やはり面会禁止ということになるかもしれないという不安もあった。会えるかどうかはまだ五分五分の確率だった。

待合室は、田舎の駅か火葬場のそれを連想させた。そこはいかつい体つきをした男たちと、茶髪の女たちでいっぱいだった。男も女もほとんど携帯電話を持っており、ピーピーという呼び出し音が間断なく鳴り響く。男たちの何人かは小指がなかった。女たちは一様に疲れた顔をしていた。子供を連れた女もいた。

売店には、差し入れ用の缶詰、菓子類、下着などのほか、ヤクザを特集したみたこともない実話雑誌が並んでいる。

三十分も待っただろうか。私の番号札の数字を告げるアナウンスが流れた。格子《こうし》のある窓口に行くと、そのまま進めと顔で合図された。東電OL殺人事件の被告人として一年以上ここに勾留《こうりゅう》されているゴビンダについに会える。私はそのとき確信した。

空港のゲートにあるような金属探知器を通過すると、中庭があり、もう一つ待合室があった。もう完全に拘置所のなかだった。そこでしばらく待つと、私の番号が呼ばれ三号室に入れという。

暗い廊下を進み、金網入りの窓ガラスに3と書かれた扉をあけると、丸椅子《まるいす》が三つ並んでいた。部屋の中央には透明な間仕切りがあり、真ん中に駅の切符売場にあるような小さな孔《あな》をたくさん穿《うが》ったプラスチックの丸い通話口がはめこまれている。

最初に入ってきたのは青い制服を着た刑務官だった。彼は弁当箱大の黒いテープレコーダーをセットし、「面会者が外国人のため録音させてもらいます」といって、いったん部屋を出た。それからすぐ刑務官に先導されたゴビンダが現われた。

ゴビンダはまず、顔の前で合掌するポーズをとった。それがネパール語でいうナマステ（こんにちは）の挨拶《あいさつ》だということはすぐわかった。私も椅子から立って「ナマステ」といいながら同じポーズを返した。

平成九年十月十四日に東京地裁ではじまった初公判以来、東電ＯＬ殺人事件の公判はすでに十七回を数えていた。その公判に毎回欠かさず通っていた私は、被告人席のゴビンダとはいわば顔なじみだった。だが、話をかわすのはむろんはじめてだった。ゴビンダは傍聴席の最前列に座った私の方に顔をめぐらせ、人なつこそうな微笑《ほほえ》みをよこすこともしばしばだった。しかし、私が何者かはゴビンダはまったく知らないはずだった。

ここにくるまで抱いていた私の最大の不安もそれだった。もし接見禁止が解かれていても、本人が、どこの誰かもわからない人間に会うのはいやだ、会っても話したくないといえばそれきりだった。

私は透明な間仕切りにできるだけ顔を近づけ、ゴビンダの目をのぞきこんで、ひとことひとこと区切るようにいった。

「ワタシ、ダレカ、ワカリマスカ？」

「ワカリマス」

「ヨカッタ。サイバンショデ、イツモアッテマスヨネ」

「ワカリマス、ワカリマス」

カンガルーの絵柄の入ったＴシャツを着たゴビンダは最初やや固い表情だったが、やがて緊張がとけたのか、法廷でみせるいつもの笑顔に戻っていた。

「ワタシ、ライター、デス。ライター、ワカリマスカ。モノヲカクヒトデス」

「ヨク、ワカリマス」

「ワタシ、ゴビンダサンノムザイヲシンジテ、ネパールニモイッテキマシタ。オカアサン、オニイサン、オネエサン、ソレニ、ゴビンダサンノオクサント、フタリノコドモニモアッテキマシタ」

ネパールという言葉と肉親に会ってきたという言葉に、ゴビンダの目がみるみる輝き、大きな声でいった。

「ワタシ、ヤッテナイ」

「ワカリマス。ワタシ、シンジテマス」

「コドモ、フタリイル。チイサイ、チイサイ」

ゴビンダはそういって、手の平で子供の背丈を示す身ぶりをみせた。

「カワイイ、オコサンデシタ。コンド、コチラカラ、テガミ、ダシマス。マタ、サイバンショデ、アイマショウ。ガンバッテクダサイ」

ゴビンダは何度もうなずき、両拳《りょうこぶし》を握って野球選手がよくやるようなガッツポーズの姿勢をとってみせた。

カナだけの手紙

接見時間は十分間ほどだったが、手ごたえは十分だった。なによりもゴビンダが元気で、この法廷闘争を戦い抜く強い意志をもっていることがわかっただけでも大きな収穫だった。

その日、私はパイナップルなどの缶詰数個と、チョコレート、キャラメル、タオル類を差し入れ、すぐにネパール語の堪能《たんのう》な知人に連絡をとった。平成九年十月末のネパール取材で知りあった日本人ガイドだった。次の面会には彼にも同行してもらおうと思った。ゴビンダの言葉の微妙なニュアンスを彼に通訳してもらおうと思ったからである。

翌日、私は『新潮45』平成十年新年号に書いたネパール取材ルポを要約したものを英訳し、東京拘置所内のゴビンダに送った。面会の最後に、ゴビンダが簡単な英語なら読み書きできる、といったためだった。以下にあげるのは英訳する前の日本語の全文である。

〈その後、いかがお過ごしですか。昨日（九月十八日）、あなたを訪ねて面会した者です。あの時は突然伺ったので、驚かれたことと思います。失礼しました。

面会時にもいいましたが、私はジャーナリストです。あの事件をずっと取材し、その結果、あなたの無実を信じてます。

あなたの勤めていた幕張のマハラジャから電車に乗って渋谷まで実際に歩いてみたり、事件当日、被害者を目撃したという人物に話を聞いたり、また、いつも法廷で目があうので御存知だと思いますが、裁判も最初からずっと聞いています。

また、私は証言者を求めて昨年ネパールまで行き、お母さん、奥さん、二人のお子さん、そしてお姉さんのウルミラさん、その旦那《だんな》さんのマハトさん、円山町の粕谷ビル四〇一号室で一緒に暮らしていたお友達のナレンドラさん、ドルガさん、ラメシュさん、リラさんに話を聞きました（お父さんは村のお祭りでイラムバザールに出かけていて残念ながら不在でした）。みなさん元気でした。案内してくれたのは、ウルミラさんとマハトさんでした。

奥さんは、日本にいるあなたがプレゼントしたというブラウスとワンピースをみせてくれました。また、お子さんたちは、やはりあなたが日本から送った、胸に船の絵が描かれた緑色のセーターを着て、無邪気に遊んでいました。

裁判を含めたこの取材の結果については、『新潮45』という月刊誌に、すでに六回にわたって発表しています。そして、事件の真実を明らかにするために、現在も取材を続けています。

　生活する上で何か困っていることはありませんか。また、必要なものはないですか。いつでも連絡下さい〉

二回目の面会は、この手紙を出してから十日後だった。ネパール語の通訳と一緒に面会室に入ると、刑務官が釘《くぎ》をさしてきた。

「ここでは通訳できません。もし通訳が必要なら、裁判所に申請を出し、許可を得たしかるべき通訳を連れてきてください」

　人権侵害だと抗議しようかとも思ったが、ここで退室させられては元も子もなくなる。前回同様、カタコトの日本語と身ぶり手ぶりでの会話となった。

　手紙で私の身許《みもと》がわかったせいか、ゴビンダは前回よりずっと快活だった。合掌のポーズで面会室に入ってくると、日本語ではっきり「コンニチハ」といった。

「カンヅメ、タベマシタカ？」

「ハイ、アリガトウゴザイマス」

「テガミ、ヨミマシタカ？」

「ハイ、ヨミマシタ。ワタシノトモダチノナマエ、ゼンブタダシクカケテマシタ。ヨットノマークモ、ホントノハナシデス」

ヨットのマークとは、ゴビンダが故郷の子供たちに送ったセーターのことである。いまゴビンダの最大の心の支えとなっているのは、故郷にいる子供のようだった。

ゴビンダに会ったらぜひ聞いておきたいことがあった。

「ニホンノケイサツ、ドウオモイマスカ？」

するとゴビンダは一瞬、悲しげな顔となり、両人差し指を唇の前で交差させ、その件に関しては何もしゃべれないというポーズをとって、首を何度も左右にふった。

「ココデハ、ドンナセイカツデスカ。ヘヤハヒトリデスカ？」

「ヒトリノトコロニハイッテマス」

「マイニチ、ナニヲシテマスカ？」

「ホンヲヨンデマス」

「ドンナホンデスカ？」

「ヒンドゥーノカミサマノホンデス。マイニチ、カミサマニオネガイシテイマス」

「ショクジハドウデスカ」

「オイシイ。ゼンブタベマス」

「イマ、ナニヲシタイデスカ？」

「ネパールニカエリタイ」

「ネパールニカエッタラ、ナニヲシマスカ？」

「ホーム、マダオワッテイナイ。ホーム、ツクリタイ」

前にもふれたように、平成九年十月末、私はカトマンズ空港にほど近いゴビンダのマイホームの建築現場をたずねている。赤い日干しレンガでつくられたその家は、八割方完成したまま放置されていた。

「ワタシモ、ホーム、ミテキマシタ、リッパナホームデシタ」

「ニホンデマジメニハタライテツクッタホームデス。ワタシ、ナニモヤッテナイ」

「ワカリマス。モウアマリジカンアリマセン。ナニカホシイモノアリマセンカ？」

「ポテトチップスガタベタイデス」

「ワカリマシタ。キョウサシイレマス。ホカニホシイモノハアリマセンカ」

「コレカラサムクナルノデ、セーターガホシイデス」

「ワカリマシタ。マタキマス。ガンバッテクダサイ」

ポテトチップス二袋と一口羊羹《ようかん》などの甘いものを差し入れた私は、すぐにネパール取材ルポを掲載した『新潮45』平成十年新年号の現物を送ろうと思った。

そこに、ネパールで撮った写真と、家族からもらった写真が二点掲載されていたことを思い出したからである。その部分に付箋《ふせん》をはさみ、平仮名とカタカナだけの日本語で書いた次のような手紙を添えて投函《とうかん》した。ゴビンダが別れ際《ぎわ》、漢字さえはいってなければ、なんとか日本語も読みこなせるといったからだった。

〈げんきですか？　ポテトチップス、たべましたか？　きのう（9がつ29にち）、さいばん、いきました。

きょねん、わたしは、ネパールにいきました。それを、ざっしに、かきました。そのざっし、おくります。あなたの、おかあさん、おくさん、こども、ウルミラさん、マハトさん、それに、ともだちのナレンドラさんと、しゃしん、とりました。ネパールのしゃしんも、たくさんとりました。こんど、おくります。

まいにち、なにをしてますか？　こまっていることは、ありませんか？　ほしいものは、ありませんか？　おしえてください。ネパールのことば、だいじょうぶです。ほんやく、します。

げんき、だしてください。だいじょうぶです。しんぱい、しない。ＯＫ？

また、あいましょう。れんらくします〉

三度目の面会

三回目の面会はそれから一週間後だった。寒さに備えて、厚手のセーター一着と長袖《ながそで》のワークシャツ二着、それに靴下二足をもっていった。セーターとワークシャツ、それに靴下一足はすんなりと入ったが、息子が使っていたサッカー用の長目のレッグソックスは差し入れを拒否された。

「首吊《くびつ》り防止のためですか」

そうたずねると、係員は素直に「そうです。マフラーもはいりません」と答えた。

ゴビンダはハードロックカフェのTシャツで面会室に現れた。

「ザッシ、ミマシタカ？　シャシン、アッタデショウ」

「ミマシタ。ウレシカッタ。コドモ、ゲンキデシタカ？」

「ダイジョウブ、トテモ、ゲンキデシタヨ。コノマエ、サシイレタタベモノ、タベマシタカ？」

「ポテトチップス、トテモ、オイシカッタ。ゴハン、トイッショニ、ヒトツズツ、タベマシタ。ココハ、ジカンガナガイノデ、スコシズツタベマシタ」

そうか、ゴビンダはいつまでつづくかわからない独房内の時間を、ポテトチップスの一片一片を、まるで鼠《ねずみ》のように両手でもって齧《かじ》りながらじっと過ごしていたのか。私は急に胸が熱くなった。

「ヒトクチヨーカンヤキャラメルハ、ドウデシタカ」

「アマイモノハ、ダメ。ファット、ファットニナル」

ゴビンダはそういって、頰をふくらませてみせた。

「キョウ、セータート、シャツト、クツシタイレマシタ。ホカニホシイモノハナイデスカ？」

「ネパールゴノホン」

「ドンナ、ホンデスカ？」

「レキシ、ノベル。ソレト、シンブント、マガジン」

「ソレハ、ドコデウッテマスカ？」

「ニシコヤマデ、ウッテマス」

「コンド、カッテモッテキマス。トコロデ、カラダ、ダイジョーブデスカ？」

そういうと、ゴビンダは指で目の下をなでた。そこにはやや黒い隈《くま》ができているようにみえた。思えばゴビンダがここに勾留《こうりゅう》されてから約一年半たつ。ネパール語がまったく通じない異国の拘置所内で、これまで拘禁症状が出ない方がおかしかった。

「モウスコシノガマンデス。ガンバッテクダサイ」

「ハイ、カミサマニオネガイシマス」

「ホカニ、ワルイトコロ、アリマセンカ」

するとゴビンダは心臓のあたりをたたき、英語でwicked, wickedといった。どうやら夜中にうなされて何度も目が覚めるらしかった。彼も論告求刑が近いことを知っているのだろう。ゴビンダの罪名は強盗殺人だから、最悪では死刑もあり得る。

「ココニハ、オイシャサンモイマス。イチド、ミテモラッタホウガ、イイデスヨ」

「アリガトウゴザイマス。ソウシマス」

ゴビンダの体の不調は心配だったが、こんなに短期間のうちに自分の体の不調まで訴える間柄になったことを、私はむしろ喜んだ。三回目の面会でゴビンダは、明らかに自分の胸中にわだかまっているものを私に吐露したがっているようにみえた。

第四章　精液

蹉跌《さてつ》する法廷

公判は事件から約一年たった時点ですでに九回を数えていた。かなりスピーディーな裁判進行だった。しかし、その内容はといえば、あまり見るべきものがないというのが正直なところだった。

平成十（一九九八）年三月三十日に行なわれた第十回公判で検察側の証人に立ったのは、カトウマユミというゴビンダが働いていた海浜幕張駅前のインド料理店「幕張マハラジャ」のウェイトレスだった。質疑はもっぱら「マハラジャ」従業員の退店時間に集中した。

——三月八日、何時の電車で帰ったか。

「おぼえてません」

——だいたい何時の電車か。

「たぶん十時七分のあとの二十二分の電車だったと思います」

――そのとき海浜幕張駅で被告人の姿をみたか。

「おぼえていません」

検察側がこれほどゴビンダの退店時間にこだわるのは、三月八日の事件当日、ゴビンダが乗った電車を特定することで、東電ＯＬ渡辺泰子の殺害現場となった円山町の喜寿荘前に、殺害時間にぎりぎり間にあう形でゴビンダがたどり着けるという心証を形成するためとしか思えなかった。

六月十六日に行なわれた第十五回公判でも、同じ問題がむし返された。この日証人に立ったのはヤマザキタケオという警視庁の捜査一課員だった。ヤマザキは平成十年五月九日と五月十六日の両土曜日、二度にわたって、ゴビンダが乗車したと思われる時刻の電車に実際に乗り、海浜幕張駅から渋谷までの、所要時間を調べた捜査員である。だが、海浜幕張から渋谷までの所要時間を調べる捜査は、実はすでに一度行なわれている。弁護側の反対尋問で、

「九七年五月三十一日にも同じ捜査を実施しているが、なぜ再捜査したのか」

とたずねられると、ヤマザキは、「知りません」と答えて、捜査陣の足並みの乱れを露呈した。

私もゴビンダが逮捕された平成九（一九九七）年五月二十日直後、警視庁の捜査員と

同じ方法を試みていた。ゴビンダが乗れる電車を「幕張マハラジャ」のタイムレコーダーから類推し、それに乗って海浜幕張駅から渋谷まで行き、円山町の喜寿荘前まで歩いてみた。そこで得たことは、泰子を喜寿荘前で見たという目撃証言の時間内にゴビンダが到着することはほぼ不可能という結論だった。

いずれにせよ、ゴビンダが何時何分の電車に乗ったかはこの段階に至ってもまだ特定できていなかった。そうである以上、この期《ご》におよんで「幕張マハラジャ」の退店時間や、電車の所要時間を問題にすること自体、不毛であり、いたずらにゴビンダを真犯人と印象づけるための苦しまぎれの尋問とさえ思われた。

「幕張マハラジャ」ウェイトレス、カトウマユミの証人尋問はつづいた。

——平成九年三月頃の被告人の服装をおぼえているか。

「ダウンのジャケットを着ていたと思います。たまに皮のジャンパーにジーンズをはいてました。ジャンパーの背中にはハーレーの刺繡《ししゅう》がありました」

——ダウンジャケットは何色だったか。

「黄色と黒です」

——靴は。

「ウエスタンブーツだったと思います」

——他におぼえているものは。

「赤いポシェットを腰にまきつけてました」

――なかには何が入っていたか。

「ＣＤプレーヤーだったと思います」

　スギタという青年の目撃証言はすでに紹介した。彼は平成九年三月八日の午後十一時四十五分頃、東電ＯＬ渡辺泰子と思われる髪の長いやせぎすの女性と、黒と白のジャンパーを着て、腰に赤いポシェットのようなものをまきつけた顔の浅黒い東南アジア系の男性が、喜寿荘一〇一号に入っていったのを目撃したと証言した。

　カトウマユミの証言は、スギタ証言を補強する材料にもみえた。だが、ゴビンダの服装に関するカトウマユミの証言は、あくまで平成九年三月頃の服装についての記憶をいっているだけで、これがゴビンダ犯人説の決め手になるとは思えなかった。

採取されたコンドーム

　第十一回公判は四月二十七日に行なわれた。この日証人に立ったのは、サワグチアキラという「幕張マハラジャ」の店長代理だった。サワグチはそこで、ゴビンダの勤務態度が非常に真面目《まじめ》で無断欠勤は一度もなかったこと、金を貸したことはあるがきちんと返済していることなどを証言したあと、平成九年三月二十日、ゴビンダから店にかかってきた電話の内容についてふれた。この日は渡辺泰子の遺体が発見された翌日である。

「その日の午前十一時過ぎに店に電話があり、今日は店を休みたいという連絡をしてきました。渋谷のあたりにいるといってました。警察という言葉がでてきたのでドキッとしましたが、次の日は出勤するという話だったので、安心しました。イミグレーションのことか、という印象でした。うちの店に警察がくるかとたずねると、こないだろうという返事でした。動揺した様子はありませんでした」

それから二日後の三月二十二日、ゴビンダは不法残留で逮捕されることを覚悟して、渋谷区桜丘町のネパール料理店「カンティプール」に自ら出向き、警察の事情聴取を受けた。この結果、不法残留の事実が発覚し、翌二十三日、出入国管理難民法違反の容疑で逮捕され、その有罪判決がいい渡された五月二十日の午後、ゴビンダは強盗殺人容疑で再逮捕された。

この日証言したサワグチとは、実はゴビンダが強盗殺人容疑で再逮捕された直後、幕張の店で会っている。そのときサワグチは私にこう証言した。

「殺害が行なわれたとされる三月八日の翌日も、ふだん通り昼頃出勤し、夜十時まで働いていました。勤務態度も変わったところはまったくありませんでした。不法残留の容疑で警察に逮捕されるまで、その後もずっとふだん通りに出勤していたんです」

サワグチのあと証人に立ったのは、警視庁捜査一課のキクチシチローと警視庁鑑識課のカネミツイッオだった。キクチはそこで、ゴビンダの唾液《だえき》と血液を採取したことを証言した。

ここで注目すべきなのは、唾液を採取した日時である。キクチの証言によれば、それは平成九年三月二十二日のことだったという。三月二十二日といえば、ゴビンダは強盗殺人罪はおろか、入管難民法違反容疑でもまだ逮捕されていない。警視庁は明らかに、かなり初期の段階からゴビンダを犯人と決めてかかっている。血液採取も同様で、一回目の採取を行なったと証言した四月四日段階では、まだゴビンダは強盗殺人容疑で再逮捕されていない。

一方、カネミツの証言で重要と思われたのは、平成九年三月十九日、喜寿荘一〇一号室で行なわれた実況見分で、同室の便器内の青っぽい汚水に浮かんだコンドームを採取したという部分だった。現場からコンドームが発見されたということが法廷の場で明らかになったのは、この日の証言が最初だった。

五月十二日に行なわれた第十二回公判で、殺害現場の状況がさらに明らかとなった。最初に証言した渋谷署鑑識課のエンドウフジオは、平成九年四月一日、渋谷署内でDNA鑑定のためゴビンダの頭髪を採取したことを明らかにした。そのあと証人に立った警視庁捜査一課のキクチシチローは、殺害現場から発見されたいくつかの遺留品について証言した。

平成九年三月十九日の実況見分に参加したキクチは、まず、現場から発見された指紋について証言した。それによると、喜寿荘一〇一号室の雨どい、一〇一号室トイレのドアの外、トイレ内のタンク、被害者のバッグなどから採取した指紋は全部で三十八個だったという。一方、これらの指紋の捜査対象者は、第一発見者、前居住者、部屋に出入りしていた者、被告人、被告人の同居者など、あわせて約百名におよんだ。

――そのうち一致したものは。

「部屋の襖《ふすま》に付着していた側紋が前居住者のものと一致した」

――他に一致したものは。

「ありません」

――被害者と一致したものは。

「所持品のなかのキャンディーの袋についていた一個だけでした」

ここで重要なのは、現場からゴビンダの指紋が発見されなかったという点である。

キクチは、被害者の死体の頭部から肩付近にかけて遺留されていた陰毛も採取している。採取したのは四本で、血液型は二本がO型、二本がB型だった。ちなみに渡辺泰子の血液型はO型、ゴビンダの血液型はB型であることも、この公判廷を通じて初めて明らかにされた。

ガルシニアダイエット

私がそれ以上に興味をもったのは、それ以外の遺留品の状況だった。

死体の付近には、錠剤がバラバラの形で散らばっていた。これはその後の捜査で、渡辺泰子が常用していた「ガルシニアダイエット」という錠剤だということが判明した。キクチは泰子の母親に会うために訪ねた杉並区永福《えいふく》の自宅の泰子の部屋にも、容器にはいった「ガルシニアダイエット」があることを確認している。泰子は、そのなかから何粒かをとり出し、常時バラの形で携行していた。

これと同じものかどうかはわからないが、常盤薬品製造の「ガルシニアダイエット」を買ってみた。値段は八十粒入りで七百十二円だった。錠剤は三角の形をしており、色は茶っぽい灰色だった。白いプラスチックの容器に貼《は》られたピンク色の説明書きにはこうあった。

〈「ウエストが気になる方」　ガルシニアカンボジアはインド南部に自生する果実で、別名「タマリンド」といいます。その中に含まれるＨＣＡ（ヒドロキシクエン酸）という成分がダイエットをサポートします。

本品は食品ですので、一日に八〜十二粒を目安に、かまずに水又はお湯でお召し上がりください〉

渡辺泰子はやせぎす、というよりガリガリの女性だった。それでも泰子はダイエット錠を常用していた。泰子は一体何に向かってさらにダイエットしようとしていたのだろうか。

現場から発見された遺留品のなかで、私がもうひとつ興味をもったのは、弁当などについているしょう油やソースなどを入れるための小型のプラスチック容器だった。彼女はなぜ、そんなものまで大切に保管し、常時携行していたのだろうか。

渡辺泰子が殺害される前、およそ二年間にわたって「客」として彼女とつきあったという五十代の男によれば、泰子はラブホテルに入ると、サービス用のクーポンを忘れずもらっていたという。

「クーポン券を十枚集めても、貰《もら》えるのはちっちゃなポーチ程度のものでした。それでも彼女は必死でクーポン券を集めていた」

キクチの証人尋問で他に記憶に残ったものをあげておく。

――被害者が所持していたもので、他におぼえているものは。

「他人名義の預金通帳、名刺入れに入った名刺です」

――定期入れはなかったか。

「ありませんでした」

この証言で明らかとなった他人名義の預金通帳と名刺、それに殺害から四日後の平成九年三月十二日、円山町から遠く離れた巣鴨《すがも》の民家の庭で発見された泰子の定期入れは、いずれもこの事件のカギを握る重大な証拠である。とりわけ殺害現場から発見された他人名義の預金通帳は、東電の政治資金がらみの謀略が彼女を売春婦に転落させるひき金となった、という事件直後に囁《ささや》かれた噂《うわさ》の信憑性《しんぴょうせい》を裏づける決定的な証拠になるものと思われた。だが、なぜか、三点ともこの段階では証拠品として開示も採用もされていなかった。

泰子のバッグの中から見つかった他人名義の預金通帳は、その後、表紙と最後の一ページ分をコピーしたものだけが弁護側に開示された。通帳はあさひ銀行の埼玉県内の支店で発行されたものだった。名義は男性で、泰子の手帳にもアドレス帳にもない名前だった。泰子は道端に落ちているものなら何でも拾う習性があったので、たぶんどこかで拾得してバッグの中にしまいこんでおいたのだろう。あるいは盗んだものかもしれない。現金の引き出しは四、五回あり、最後の引き出しは平成八（一九九六）年十二月十一日だった。このときは一万七千円が引き出されている。

警察は当然、この通帳の名義人に事情聴取しただろうから、本件とは関係がないという結論になったものと考えられる。少なくとも遺留品の預金通帳からは、東電の政治資金がらみの謀略が泰子を売春生活に転落させるきっかけとなったという推論を導き出す証拠とはならなかった。残りの名刺と定期入れも、その後、弁護側に証拠として開示され、名刺は本件と無関係であることが判明した。残る疑問は泰子の定期入れだった。

弁護側も反対尋問でこの点をついた。

――被害者の定期入れが巣鴨五丁目の民家の庭先で発見されたと聞いている。なぜそこで発見されたのか。またその点についての捜査は行なわれたのか。

「担当が違いますのでわかりません」

――誰が担当か。

「知りません」

五月十八日の第十三回公判、六月二日の第十四回公判、八月二十四日の第十六回公判、九月九日の第十七回公判では、いずれもＤＮＡ鑑定が焦点となった。証人は、わが国ＤＮＡ鑑定の第一人者といわれる帝京大学医学部教授（法医学教室）の石山昱夫《いくお》と、警視庁科学捜査研究所（科捜研）職員のアカサカハルミの二人だった。

最後の声

この四回の公判は難解な専門用語がとびかう上、肝心の鑑定書が傍聴人に一切開示されていないため、雲をつかむような質疑応答というのが正直な感想だった。

傍聴席ではほとんどの人間が居眠りしていたばかりか、裁判官まで時折、船を漕《こ》いではハッとめざめ、おもむろに咳払《せきばら》いなどして、威儀を正してみせた。この公判でいつも通り働いていたのは、毎回立て板に水の訳語で感服させられるネパール語の通訳と、ＤＮＡ鑑定の勉強をみっちりつんできた弁護士のひとり、それに難解な質疑内容を懸命に速記する裁判所の女性書記だけのように思われた。

証言内容は達意の通訳によって逐一、被告人席のゴビンダに伝えられたが、一番珍粉《ちんぷん》漢粉《かんぷん》だったのは、おそらく当のゴビンダ本人だっただろう。そもそもＤＮＡという言葉自体ゴビンダにはわからず、新しい伝染病の名前か何かと思っていたのかもしれない。

ＤＮＡ鑑定の結果は公判では明らかにされなかったが、鑑定の標本となったものは示された。科捜研のアカサカハルミが標本としたのは、喜寿荘一〇一号室の便器内の青っぽい汚水に浮かんでいたコンドーム内の精液と、警察で採取されたゴビンダの血液である。帝京大学教授の石山が標本としたのは、喜寿荘一〇一号室から発見された泰子の黒革製ショルダーバッグの把手《とつて》に付着した手アカ状の皮膚片と、警察で採取されたゴビンダの毛髪である。

泰子所持のショルダーバッグの把手に付いた手アカがＤＮＡ鑑定の対象となったのは、警察がその手アカをゴビンダのものとみているためである。冒頭陳述にはその部分がこう書かれている。

〈（被告人は）性行為を終えて帰宅のため着衣を整え、コートを着用して身支度を終えた同女が所持していた黒革製のショルダーバッグを引っ張って奪おうとしたが、同女の抵抗にあい、同女の顔面等を殴打《おうだ》した上、さらに、殺意をもって同女の頸部《けいぶ》を圧迫して同女を殺害した。この間に、同女のショルダーバッグの把手がちぎれた〉

この公判からまもなく、帝京大学法医学教室に石山をたずねた。石山はショルダーバッグの把手に付着した手アカはＢ型でゴビンダの血液型と一致したが、ＤＮＡについては一致しなかったと、明言した。

「ただ、ショルダーバッグは常時被害者となった女性がもっていたので、そちらのＤＮＡの方がずっと多く出てくる。だから、Ｂ型ではあるがゴビンダのものではない可能性、ゴビンダのものがあったかもしれないけれど、女性の方のＤＮＡがたくさん出てきてゴビンダのものが検出されなかったという可能性、それにＢ型で被害者の女性と同じＤＮＡの型を持っている人間という、三つの可能性がある」

ＤＮＡ鑑定の公判の最後で、思いがけない事実がもうひとつ判明した。九月九日の第十七回公判で証人に立った科捜研職員アカサカハルミに対する弁護側の反対尋問で、泰子の遺体を東京女子医大で司法解剖した際、膣《ちつ》内から精液が検出されたことが明らかになったことである。

私はこれを聞いたとき、この事件が流しの人間による犯行だと直観的に思った。井《い》の頭《がしら》線の最終電車が出るまで「客」を物色するのが泰子の常だった。そこに流しの「客」が現われ、ほとんど出入り自由となっていた喜寿荘一〇一号室に泰子を誘いこみ、金銭強奪目的で強姦《ごうかん》したとすれば、泰子の遺体の膣内に残留していた精液の説明もつきやすい。

その後、信頼すべき関係者の話で、この残留精液が泰子がかねてから交際中の年配の「客」のものである可能性が高いことがわかった。三月八日の事件当日、土、日ごとに通っていた五反田のホテトルを退店した泰子は、その「客」と渋谷駅前で落ちあい、円山町のラブホテル「クリスタル」に入って四万円で売春したことは、初公判の証拠開示ですでに明らかになっている。

信頼すべき関係者の話によれば、このとき「客」はコンドームを装着せずに泰子とセックスしたという。また泰子の膣内の残留精液とその「客」の血液型も一致したという。ただしDNA鑑定まで行なわれたかどうかは明らかにされていないため、残留精液が本当にその「客」のものだったと速断するのは危険である。

泰子がその「客」と連れだって「クリスタル」を出たのは午後十時十六分のことだった。泰子が杉並区永福の自宅に戻るのは、いつも神泉《しんせん》駅を零時三十四分に発車する下り最終電車だったので、もう「ひと仕事」するには十分な時間だった。事実、十一時少し前、「客」を求めて道玄坂から円山町界隈《かいわい》をうろつく彼女の姿は、ファッションヘルス「すけべっこ」のサンドイッチマンの鳩《はと》によって目撃されている。

もしそのとき流しの「客」がつき、その「客」の血液型が「クリスタル」に入った前の「客」と同じものだったとすれば、泰子の膣内に残った精液は正体不明のその「最後の客」のものだった可能性が高い。

いずれにせよその精液は、泰子の遺体とともにもう灰となってしまった。

泰子の「売春」に関していま残っている物証らしきものは、九月二十九日の第十八回公判で明らかにされた、喜寿荘一〇一号室の便器内のブルーレットの青い水溶液に浮かんでいた不二ラテックスリンクルMピンク型コンドームだけといってよい。

内部に螺旋《らせん》状の細い溝が切られた亀頭《きとう》部分の直径三十八ミリのこのピンク色のコンドームは、泰子がラブホテルの「クリスタル」の常備品を持ってきたものであることが確認されている。今後DNA鑑定の争点となるであろう精液の付着したそのコンドームは、しかし、あくまで状況証拠でしかない。そもそも、トイレ内に浮かんでいたコンドームがいつ使用されたか特定されてないし、仮に事件当日使用されたとしても、殺害との因果関係をただちに証明する証拠とはなりえない。

信頼すべき関係者によれば、未成年のため非公開の証人尋問となったが、事件当時、喜寿荘に住んでいた女子高生は、三月八日の深夜、喜寿荘前の路上で、女性がセックスのときあげる声を聞いたと証言したという。泰子と二年間「客」としてつきあった五十代の男の話では、泰子は不感症らしくセックスのときほとんど声をあげなかったという。

女子高生が聞いたというセックスの声は、泰子があげた最初で、そして最後の歓喜の声だったということになるのだろうか。

第五章　墓地

丘の上の霊園

私は裁判を傍聴するための東京地裁通いと、ゴビンダに面会するための東京拘置所通いをつづけながら、もう一つの場所にも頻繁に足を運んでいた。それはこの事件が起きてからずっと心にひっかかっていた場所だった。

私がこの事件が起きた直後、渡辺泰子の父親の実家の墓所をたずねたのも、そこに行けば彼女の墓と対面できるだろうと思ったからだった。まだゴビンダが逮捕される前のことだった。

だが、富士を間近に望むその墓所には、西部ニューギニアで戦死した彼女の伯父の墓があるだけで、東京高校から東大第二工学部に進み、卒業後、彼女と同じ東京電力に就職し重役一歩手前の五十二歳でガン死した父親の墓もなかった。

これ以後、父親の墓を探すのが私の大きな仕事となった。泰子は生涯父親を思慕していたという。そうだとすれば泰子の遺骨は父親と一緒に納められている可能性が高い。そう考えたからである。

しかし、父親の墓は容易にはみつからなかった。思いあぐねて、彼女の母方の墓所を探しはじめたのは、彼女の一周忌がすんでかなりたった夏のことだった。

首都圏の県庁所在地の高台にある母方の実家は、しかし、もう跡形もなかった。二百坪以上ある敷地には夏草が生い茂るままとなっていた。近所の人の話では、十年ほど前まではおばあさんが一人で大きな家に住んでいたが、彼女が亡《な》くなってからまもなく家はとりこわされたという。渡辺一家が以前住んでいた世田谷区松原を訪ねたとき、近所の人がいっていた渡辺家に時々訪ねてきた「品のいいお婆《ばあ》さん」とは、たぶん彼女のことである。

母方の実家付近の住人は、その大きな家が東電ＯＬ殺人事件と関係のある家だということを知っていた。泰子が幼い頃、その家によく遊びにきたこともおぼえていた。

「あの子のおかあさんはあの家でお産で疲れた体を休めたんです。あの子も小さい頃から大学生になるくらいまでよく遊びにきてました。だけどおばあさんが気むずかしい性格で、絶対に泊めようとしませんでした。近所づきあいもまったくしない人でした」

母方の実家の墓所はそこから車で二十分ほど行った小高い丘陵の一画にあった。一家のほとんどが医者という名門の名残りを伝える立派な墓だった。予想していたことではあったが、やはりそこにも泰子の名は刻まれていなかった。だが、私には泰子の墓が必ずこの首都圏のどこかにあるはずだという確信があった。

東京都内には公営と宗教法人営を含めて六千六百あまりの墓地がある。そのすべてを調べるわけにはいかなかった。渡辺家は親子二代にわたって東京電力につとめた堅実な家庭である。そこから類推して公営の墓地に入るのがふつうと思われた。そう考えた私は、東京都内にある二十一の公営墓地に照準をしぼった。そして、そのうち昭和五十二（一九七七）年以前に募集を完了しているところを外した。昭和五十二年で線引きしたのは、父親が死んで東京都内に墓をつくったとすれば、当然、昭和五十二年時点での募集があった墓地ということになる。

これに該当する墓地は都内に数カ所あった。それらをつぶすうち、多摩丘陵を望むある墓地に行きあたった。管理事務所で、父親の名を告げ、

「ここにこの人の墓はありませんか」

とたずねると、職員は親切に、

「該当する人のお名前は見当りませんね。ひょっとすると入っている人のお名前じゃないんですか。墓地は管理している人のお名前で登録されているんですよ」

と教えてくれた。私が泰子の母親の名前を告げると、

「その人のお名前ならあります。たしかにその方のご主人が入ってます」

という答が返ってきた。

「それです」

「杉並の方ですね」

「永福《えいふく》ですか」

「そうです」

もう間違いはなかった。

戒名の秘密

墓地は途方もなく広かった。多摩丘陵を切りひらいたこの霊園には約七万体もの遺骨が納められている。

ゆるやかにつづく起伏のなかに、無数の墓石がうねるように広がっている。

横巾《はば》八十センチ、高さ五十センチほどに揃《そろ》えられた同一規格の低い墓石が、見渡す限りつづいている。生きている者の悪意を感じるほど整然としたその墓地は、ゲームが始まる前のドミノのようでもあり、巨大な団地群を空中から撮影した航空写真のようでもある。

私がここをたずねたのは秋の彼岸からまもなくだった。墓前の供物《くもつ》を狙《ねら》っているのか、上空には何十羽ものカラスが奇ッ怪な叫びをあげながら群れ飛んでいた。

渡辺家の墓所は、その霊園のほぼ中央にあった。秋の彼岸に墓参にきた彼女の母親が供えたのだろうか、墓前にはやや萎れかかった小菊があった。黒御影《くろみかげ》でつくられた墓石には「渡邉家ノ墓」という文字と三星一文字《みつぼしいちもんじ》の渡辺家の家紋が彫られていた。裏には、父親の享年《きょうねん》と戒名を示す昭和五十二年七月十六日歿《ぼつ》五十二歳、永徳院寛道雄玄居士《こじ》という文字に並んで、平成九年三月九日行年三十九歳、泰室智光大姉という文字が刻まれていた。やはり泰子の遺骨は思慕する父の墓に納められていた。

私はその墓に何本かの花を供え、線香を手向《たむ》けた。墓前に合掌しながら私の念頭にしきりに浮かんだのは、泰子の戒名のなかにある「室」という奇妙な一文字だった。

思えば私は、この間、法廷という「室」と、獄舎という「室」、そして墓という「室」の間を往復してきただけのような気がする。そしてその三つの「室」を結ぶものが、精液の付着したピンクのコンドームという生々しいものだということに、いまさらながら気づかされた。

それは誰が使用し、誰の精液だったか、いまだ明らかにされていない。その謎《なぞ》が、無実を叫ぶゴビンダを獄舎に閉じこめ、泰子を無言のまま墓の下に眠らせた。

石でつくられた固く冷たい「室」の間に、やわらかくぶよぶよしたものがある。

固く冷たいものは、やわらかくぶよぶよしたものを保護するためにあるのか。それとも、拒否するためにあるのか。いやそれより、その事実そのものに、人として生まれてしまった者の悲しさと、人間存在の深淵《しんえん》が広がっているような気がした。

私は夕闇《ゆうやみ》せまる墓前に佇《たたず》みながら、もう一つの「室」である喜寿荘一〇一号室で、あの夜、本当は何があったのか、墓の下に眠る泰子に大声で聞きたい気持ちを必死でこらえていた。

第六章　顧客

佇立《ちょりつ》する風景

東電ＯＬ殺人事件は平成十一（一九九九）年三月で、事件発生から早くも三年目を迎えた。事件から七カ月後の平成九年十月十四日に東京地裁ではじまった初公判以来、平成十一年三月までに公判はすでに二十四回を数えた。私はその公判の傍聴に欠かさず足を運ぶ一方、渋谷区円山町の現場通いをつづけていた。

事件発生からちょうど二年たった三月八日、私はもう何度通ったかわからない現場付近をあらためて歩いてみた。

事件当時、空地だった喜寿荘のすぐ裏手の土地には、かなり大きな六階建てのマンションが建ち、入居を待つばかりとなっていた。このマンションは、渋谷に本部を置く巨大パチンコチェーン店従業員のための社宅になるという。喜寿荘に隣接したスタンド形式のソバ屋は洒落《しゃれ》た洋風居酒屋にかわり、井《い》の頭《がしら》線・神泉《しんせん》駅の踏切をはさんで現場と反対側にあった戦前の花街の名残りをとどめた検番の古びた建物はつぶされていた。跡地には七階建ての分譲マンションが急ピッチで工事中だった。やはり踏切の反対側にあり、泰子がよく百円玉を千円札に、千円札を一万円札に「逆両替」したコンビニは、店を閉め改装工事にはいっていた。

二年前の平成九年三月八日夜、泰子がアラカワススムという風采《ふうさい》のあがらない初老の男と渋谷駅前で待ち合わせ、連れ立って入った円山町のラブホテル「クリスタル」はすでに閉じられ、新しいラブホテルの建設工事がはじまっていた。

泰子が人生で最後の客をとった「クリスタル」はいかにも若者受けしそうなファッション感覚にあふれた付近のラブホテルとは違い、ラブホテルというより「連れこみ旅館」といった方がぴったりきそうなくすんだ建物だった。料金も休憩（二時間）で三千円と周囲のラブホテルに比べかなりの安値だった。私はその工事現場を眺めながら、円山町からまたひとつ隠花植物が消えたと思った。そしてこのラブホテルの消長に、なぜか泰子の人生を重ね合わせてみたい気持ちにかられた。

「クリスタル」を所有していたのは富士エステートアンドプロパティという不動産会社だった。同社は一時は年商三百億円近くをあげる急成長企業だったが、バブルの崩壊で業績はあっという間に落ち込んだ。平成三年七月には三十二億円もの脱税が明るみに出たため、「クリスタル」も東京国税局から差押えとなった。事件当時は、競売によって申し立て人となった野村ファイナンスの権利下にあった。

　富士エステートアンドプロパティの社長は女性で、一橋大から住友商事のエリートサラリーマンになった彼女の夫も、同社の役員だった。バブルの絶頂期には都内有数の高級住宅街の目黒区青葉台に豪邸を構え、都心の一等地に何軒もの貸しビルをもっていた夫婦も、そのすべてを失い、いまは新宿のうらぶれた貸しビルの一室でひっそりと暮らす身である。

　一方、事件後このホテルの権利を取得したのは福屋旅館といい、元々上野駅前のビジネスホテルを経営していた。円山町にもラブホテルをもち羽振りのよさで知られていた。「クリスタル」を再開させるにあたってもヤリ手ぶりを発揮し話題となった。「クリスタル」の権利を得たものの、乱立を理由にして新たなラブホテルの営業認可はおりないだろうと見越したヤリ手経営者は、元の軀体《くたい》を残したまま改装名目の工事に入り、許認可の権限を握る役所の視察用に急ごしらえの畳の間をつくって、まんまと旅館営業の認可をとってしまったという。

　泰子が最後に入った「クリスタル」には、バブルの崩壊と、それを狙《ねら》った新興勢力の抜け目のなさが、両々刻まれている。

　複雑な経路をたどった「クリスタル」の登記簿の跡を追いながら、私の念頭に浮かんだのは、泰子はバブルとともに生き、最後はバブルなるものと命を賭《か》けて闘って散っていったのではないか、という思いだった。

泰子が東京電力初の女性総合職として入社した昭和五十五（一九八〇）年は、わが国の年間自動車生産台数が一千万台を突破し、世界一になった年である。日本はこれが合図だったかのように、政治家から官僚、経営者から庶民にいたるまで金に群がるバブルという名の「小堕落」の時代に突入していった。そして泰子はバブル崩壊と軌を一にしたアヤつきのホテルに入り、その数時間後、何者かによって殺害された。

泰子はこのラブホテルに週四、五回、男をかえて通い、一日二回別の男を連れ込むこともあった。「クリスタル」に十年つとめ、閉鎖によってやめた元支配人は、泰子には何度も出入り禁止をいいわたしたという。

「あの人ははっきりいって迷惑な客だった。商売で使っていることはわかっていたので、なによりも事故が心配だった。支払いも百円玉や十円玉の小銭で出すので迷惑だった。けれど出入り禁止にした本当の理由は、ベッドを濡《ぬ》らしていくからなんだ。ベッドにオシッコをしていく。二回ほどされたね。帰ってください、というと、何もいわずに出て行った」

公判では、泰子が身の丈二メートルに近い大男の黒人を円山町の別のラブホテルに連れこんだことがあったことも明らかになった。泰子は「クリスタル」の出入り禁止令などまったく意に介さない様子で、事件当日の夜も姿を現わした。そしてこれがこの世で最後の泰子の姿となった。

私には泰子の自暴自棄とも思えるそんな行動それ自体が、本当に堕落するとはこういうことなんだよ、バブルに浮かれた世間の堕落なんて「小堕落」にすぎないよ、といっているように思えてならなかった。

うたかたの夢のようなバブル景気のはかなさもさることながら、事件後一変した円山町の風景を目《ま》のあたりにして、私は事件を風化させる忘却の早さにも寒々としたものをおぼえた。

「クリスタル」のすぐ近くにあるラブホテルの支配人によれば、泰子殺害の容疑者のゴビンダ・プラサド・マイナリが起訴された平成九年六月直後、渋谷署内で円山町のラブホテル経営者らを招いた打ち上げパーティーが行なわれ、事件解決に協力したという理由で彼らに金一封まで授与されたという。

あたりの風景がかわるなかで、泰子の遺体が発見された喜寿荘と、これに隣接し事件当時容疑者のゴビンダが同じネパール人四人と起居を共にしていた粕谷ビルの暗鬱《あんうつ》なたたずまいは、その当時そのままだった。

喜寿荘は一階に三部屋、二階に三部屋というつくりの木造モルタルアパートである。泰子の遺体が事件から十一日後の平成九年三月十九日に発見されたのは、神泉駅に最も近い道路側の一階一〇一号室だった。一〇一号室には道路に面して引き戸式の窓があり、築後三十二年の老朽家屋のひずみで立てつけが悪いせいか、窓枠と引き戸の間にはかすかな隙間《すきま》が生じている。

その窓の下に赤く錆《さ》びついた鉄の階段があり、二階に通じている。二階の一番どんづまりの二〇三号室に両親と兄の三人と一緒に住むハガチエは、事件当時、十七歳の女子高生だった。非公開の公判のためその時点では明らかにされなかったが、その後、関係者の証言で判明したところによれば、彼女は事件当夜の十一時四十五分頃、神泉駅の公衆電話で友達に電話するため、階段をおりていき、階段をおりきったとき、すぐ右手にある一〇一号室から洩《も》れてくる女のあえぎ声を聞いたという。また事件の翌日、一〇一号室の窓の下には、使用済みと思われる複数のコンドームが落ちていたことも明らかとなった。

このコンドームは、翌朝早く「聖教新聞」を配る配達員も目撃している。だが、このコンドームは押収《おうしゅう》もされず、証拠としてとりあげられることもなかった。二〇二号室に住むアミシマという老人は毎朝、アパート付近を掃除するのを日課としており、三月九日の朝もアパートのまわりを掃除して、この使用済みのコンドームをゴミと一緒に出してしまった。

私は公判廷と関係者の証言で明らかになったこれらの事実を直接本人たちに確かめるため、何度も喜寿荘の部屋を訪ねた。だが、表札はたしかにあるのに、なぜか、部屋はいついっても留守で物音ひとつしなかった。

一階に殺害の行なわれた無人の部屋があり、二階にいつもひとけのない部屋がある。私の目には、都市底辺に澱《よど》んだような喜寿荘のアパート全体の暗いたたずまいが、泰子の死体が十日以上も放置される冷え冷えとした瘴気《しょうき》を含め、崩壊の度をます日本の社会と家族の縮図のようにみえた。泰子は私にとって、現実世界の底にひそむ魔物のようなものを容赦なく暴《あば》き映す照魔鏡にも似た存在だった。

「小堕落」と「大堕落」

三月二日、東京地裁で第二十四回公判が開かれた。その傍聴でも、堕《お》ちよ、滅びよと叫んで「大堕落」していったかにみえる泰子に比べ、なぜ世間はこうも「小堕落」しているのだろう、という思いがよぎった。

この日証人に立ったのは、事件当時ゴビンダが働いていたJR海浜幕張駅前のインド料理店「幕張マハラジャ」女店員のヤマグチチエコという主婦だった。

「幕張マハラジャ」にパートで勤めるヤマグチは、弁護側の尋問に、ゴビンダにこれまで三回借金を申し込まれて貸したこと、その返済は期日通りきちんとなされたこと、ゴビンダの勤務態度は事件後もふだんとかわりなく真面目《まじめ》だったことなどを証言したあと、検察側の尋問に答えた。

――弁護側の尋問ではゴビンダに貸した金はジマルヨシタカというあなたの甥《おい》の銀行口座から下ろしたと答えたが、「幕張マハラジャ」のタイムカードにも同じジマルヨシタカの名がある。これはなぜか。

「私の名前とは別に甥の名前を使って出勤していたためです」

それは何のためか、という検察側の問いに、ヤマグチは少しためらった。

「ここで話していいんでしょうか……。税金対策のためです」

――要するに収入が多くなると、あなたのご主人の扶養家族でなくなるからということか。

「そうです」

――そのことは店長も知っていたのか。

「ハイ」

このやりとりを聞き、私は思わず笑った。「幕張マハラジャ」ではゴビンダら外国人を不法就労させているばかりか、パートの主婦の脱税まで公認して勧めている。そのいじましさは、庶民の世界の「小堕落」そのものの姿のように思われた。

閉廷後、平成八年夏から事件当日まで泰子が勤めていたホテトルのある五反田に行ってみた。泰子は東電が休みになる土、日ごとに西五反田二丁目にある「魔女っ子宅配便」というホテトルに通い、「さやか」という名で客をとっていた。五反田駅西口を出て山手通り方面に少し進んだ、どす黒くよどんだドブのような目黒川沿いの一帯は、表通りは銀行の支店が軒をつらねるビジネス街の様相を呈している。だが、裏に一歩はいると小さなマンションが建ちならぶごみごみした一画となっている。五反田のホテトルのメッカはこの界隈《かいわい》だという。

五反田駅前の電話ボックス内に貼《は》りつけられた極彩色の小さなシールを頼りに、五、六軒のホテトルに電話をいれてみた。だが、「魔女っ子宅配便」に該当する店はなかった。唯一《ゆいいつ》得られた手がかりは、『魔女っ子宅配便』っていう名前は聞いたことがあるなあ。もうないと思うけど、あそこはホテトルというよりたしかＳＭクラブだったと思うよ」というあるホテトル店長の情報だけだった。

隣の大崎が駅前の再開発によってインテリジェントビルが林立する一大ビジネス街に変貌《へんぼう》したのに対し、五反田は駅前の再開発が決定的に遅れた。このため、雑然とした街の風景は昔ながらの三業地の雰囲気をいまだ色濃く残している。時代から完全にとり残されたようなこの街のどこかで、泰子は二万五千円でＳＭ客をとっていた。二万五千円がまるまる泰子のものになったわけではなく、うち一万円はホテトル経営者にピンハネされた。

ホテトル経営者には暴力団関係者はあまりおらず、ほとんどが脱サラ組だという。私は女を働くだけ働かせて大枚を搾取《さくしゅ》する脱サラ経営者の手口のあざとさともしさにやりきれない気持ちになりながら、ホテトル嬢を金で買ってやり放題やりまくるサラリーマンのみみっちさとあさましさにも吐き気をおぼえた。挑発的なポーズで媚《こび》を売る娘のヌード写真が入ったホテトルのチラシには、どれにも「チェンジ・キャンセルＯＫ。領収書発行」と書かれてあった。

円山町の風俗産業に詳しい関係者によれば、長びく平成不況のせいで二万五千円の料金に加えてホテル代もかかるホテトルは閑古鳥が鳴き、円山町界隈ではかわって、「吊《つ》り革セックス」なる新手の風俗産業が脚光をあびているという。

「部屋に入ると通勤電車のような吊り革がズラーッとぶらさがっていて、それにミニスカートだけはいたスッポンポンの女がつかまっている。客はその隣の吊り革につかまり、好きなだけ痴漢プレイをするっていう寸法だ。料金は三十分五千円と格安なので、超人気となっている」

病気感染予防のため、客は必ず洗面器に張られたクレゾール溶液に両手をひたしてから入室するシステムとなっているという。

関係者は、いまやセックスも吉野家《よしのや》の牛丼《ぎゅうどん》と同じコンビニ感覚になった、要するに早い、安い、うまいだけでいいんだ、といった。

泰子はこうした「小堕落」する性風俗の風景のなかにどっぷり身を浸しながら、その世界に沈淪《ちんりん》するというよりは、むしろその世界から屹立《きつりつ》する場所にいた。手をかえ品をかえのセックス産業が横行する世の中にあって、命を張って客を直引《じかび》きする泰子の立ちんぼ姿は、コンビニ感覚のセックスに比べ、神々《こうごう》しくさえみえる。

泰子は駐車場の暗がりでもビルの陰でも路上でも平気でセックスに及んだ。井《い》の頭《がしら》線の終電車のなかで人目も気にせず菓子パンをむさぼり、円山町の路地端でコートの裾《すそ》をたくしあげて小便をする姿すら何度も目撃されている。泰子は「小堕落」しながら溶融の度を加える現実世界からはるかに突き抜けた高みにいた。

東電ＯＬの仮面を脱ぎ捨て夜鷹《よたか》となった泰子の姿は、坂口安吾《あんご》が『堕落論』のなかで「人は正しく堕ちる道を堕ちきることが必要なのだ。……堕ちる道を堕ちきることによって、自分自身を発見し、救わなければならない」と述べた言葉を想起させ、私を感動させる。私は泰子の奇矯な行動にこころ動かされるわけではない。堕落する道すじのあまりのいちずさに、聖性さえ帯びた怪物的純粋さにいい知れぬほど胸がふるえるのである。

事情聴取

ここでもう一度、事件当日の泰子の足取りを追っておこう。

平成九年三月八日午前十一時二十分、渡辺泰子は杉並区永福《えいふく》三丁目の自宅を出て、家から五分足らずのところにある井の頭線西永福駅に向かった。泰子が向かったのは勤めはじめてまもなく十八年目になる東京電力ではなく、西五反田のホテトル「魔女っ子宅配便」だった。この日はそちらに出勤することになっている土曜日だった。

十一時二十五分、東電から支給された渋谷経由西永福―新橋間の定期で西永福駅の自動改札口をくぐった泰子は、渋谷で下車し東急本店でサラダを買ったあと、山手線で五反田に向かった。西五反田二丁目の「魔女っ子宅配便」に着いたのは十二時三十分頃だった。

この日は結局、ひとりも客はつかず、泰子はブルーのツーピースの上にベージュっぽいコートをはおって五時三十分過ぎに退店した。

泰子のその後の足取りで現在確認されているのは、渋谷のハチ公前で午後六時四十分頃待ち合わせていたかねてからの客と連れ立って東急本店通りのセブン‐イレブンに立ち寄ってオデンを買ったこと、円山町のラブホテル「クリスタル」に入って売春後、十時十六分にチェックアウトしていること、客と別れた泰子が、円山町から道玄坂界隈を徘徊《はいかい》して新しい客漁《あさ》りをしていたこと、そして深夜の十一時四十五分頃、喜寿荘一〇一号室に東南アジア系の男と一緒に入ろうとする泰子らしき女性が目撃されていることの四点である。

いつも井の頭線の最終電車で帰宅する泰子は、この日とうとう帰らなかった。失踪《しっそう》から四日後の三月十二日、泰子の母親から所轄《しょかつ》の高井戸署に捜索願いの届けがはいった。

この連絡を受けた高井戸署は特異家出人と認定してただちに捜査にはいった。失踪した泰子を特異家出人と認定したのは、母親から、泰子はこれまで一度も無断外泊をしたことがない、泰子は以前から売春行為をしていたので、もしかすると事件にまきこまれたのかもしれない、との事情聴取をしていたためだった。

　高井戸署はすぐに永福三丁目の自宅に出向き、泰子の部屋から彼女の手帳とアドレス帳、それに彼女の書いたメモ類を押収した。アドレス帳には夥《おびただ》しい数の男の名が記されていた。住所も一部記載されていたが、ほとんどは電話番号だけだった。

　警察はこれを泰子の売春相手の客と推定し、片っ端から事情聴取していった。手帳にはページの真ん中に線を引いた予定欄と結果欄が設けられていた。予定欄には売春相手と思われる客の名と待ちあわせの時間、結果欄にはセックスした部屋番号と料金が几帳面《きちようめん》に書きこまれてあった。それは驚くほど達筆な文字とも相俟《あいま》って、有能で働き者の泰子の性格をそのまま現わしていた。

　警察が事情聴取したのは、手帳とアドレス帳の両方に名前が記載されている男たちだった。事情聴取は失踪した日時に近い日付けにあった客からはじめて、平成八年、七年と追いかけ、泰子の自宅に残っていた手帳のうち最も古い平成四年の範囲にまで遡《さかのぼ》って行なわれた。

　この段階ではまだ泰子の遺体は発見されていなかった。特異家出人の捜査がはじまった三月十二日には、奇《く》しくも渋谷経由西永福―新橋間の定期が入った泰子の定期入れが都電荒川線の新庚申塚《しんこうしんづか》駅に近い豊島《としま》区巣鴨《すがも》五丁目の民家の庭先で発見された。だが、泰子本人の行方は杳《よう》として知れなかった。泰子の遺体が渋谷区円山町十六番地八号の喜寿荘一〇一号室で発見されたのは、母親から捜索願いが出されて一週間後の三月十九日のことだった。

現場に残されたショルダーバッグのなかからは、泰子の最新の手帳とアドレス帳も遺留品として発見された。これは、泰子の自宅にあった古い手帳とアドレス帳に加えて重要な捜査資料となった。警察の事情聴取は、都合八十八名に及んだ。これは泰子の顧客が八十八名に限定されていたという意味ではない。泰子は名前もわからない流しの客も多数とっていた。あくまで連絡先がわかって事情聴取した客が八十八名という意味である。

現場から発見された泰子の手帳には、平成八年十一月から事件当日の平成九年三月八日までの顧客の名が載っていた。平成八年十二月の結果欄には、「四〇一　三人　外人」、翌九年一月の結果欄には、「四〇一　ネパール人」と書かれていた。

四〇一とは、おそらくゴビンダらネパール人が住んでいた粕谷ビル四〇一号室のことである。前述したように私は平成九年十一月のネパール取材で、現場の喜寿荘と隣接する粕谷ビル四〇一号室でかつてゴビンダと同居していたリラから、「九六（平成八）年十二月頃、渡辺泰子に似たやせた女性と粕谷ビル四〇一号室でセックスした。セックスしたのはゴビンダを含め三人だった」という重要な証言を得ていた。

脱糞《だっぷん》と詫《わ》び状

二月二日に行なわれた第二十三回公判で証人に立った警視庁捜査一課警部のイシイカズノブは、泰子とネパール人たちとのセックスについて弁護側の尋問に次のように答えている。

――九六年十二月と九七年一月の外人もしくはネパール人を相手にしたときの値段は書かれていたか。

「たしか一万円未満だった」

――五千円とか八千円とかか。

「そうです」

――それ以外に外人はいたか。

「十回や二十回は外人という表現があった」

――名前は書かれていなかったか。

「名前が直接書いてあるのはなかった」

――一日複数の客がいたか。

「一人ということはなかった。だいたい三、四名はいた」

　泰子のアドレス帳には、彼女の東電時代の上司や東電の幹部も入っていたといわれる。警視庁詰めの新聞記者によれば、警察当局は、初期捜査の段階でこれらＶＩＰ級の人物を捜査の対象から外したという。この事件捜査の現場に於《お》ける最高指揮官という立場にあった警視庁のイシイは、被害者の手帳に名前がありながら、ゴビンダ以外の者を犯人でないと考えた理由は何か、という弁護側の尋問にこう答えた。

「全員アリバイがあり、血液型も現場に残された犯人のものと思われる陰毛の血液型と違っていた。また、その人の社会的地位からいって、ああいう現場（注・喜寿荘一〇一号室）を使わないだろうとも思ったし、事件当日の現場付近の目撃情報からいっても容疑者とするには足らなかった」

　私はこの言葉を聞いたとき、耳を疑った。警察は明らかに予断をもってこの事件の捜査にあたったことを自ら認めた。

　泰子の定期入れが現場から遠く離れた巣鴨で発見されたという事実を重くみた警察は、泰子の顧客名簿のなかから、まず巣鴨方面に土地勘のありそうな人物を洗い出し、徹底的な捜査を行なった。該当者は何名かいたが、いずれもアリバイがあり、シロと認定された。

　三月八日の事件当日、泰子は西五反田のホテトル「魔女っ子宅配便」に出勤する前に、自宅から顧客のひとりに電話をかけ、買春を誘っている。これは泰子の捜索願いを出した母親からの高井戸署での事情聴取で明らかになった。相手は世田谷区内で商売を営む八百屋だった。かねてから泰子の客だった八百屋は警察の事情聴取に、泰子から誘いの電話はあったが、その日は所用があるからといって断わった、と答えた。

しかし、殺害現場から発見された泰子の手帳の三月八日の予定欄には、その八百屋の名前がはっきりと記載されていた。この点を重視した警察は重ねて八百屋を取り調べた。その結果、三月八日の夜は自宅にいてテレビを見ていたとの証言が、本人のテレビ番組の内容の記憶によって裏づけられたこと、現場の遺留品から犯人のものと推定される血液型と本人の血液型が違っていたこと、目撃情報と人相が違うことなどをもって、容疑者から外された。

もし、かねてからの客だった世田谷の八百屋にその日所用がなければ、泰子は西五反田のホテトルに出勤する前、八百屋と会って売春したはずである。その後、西五反田のホテトルに出勤した泰子は、結果的にはひとりの客もつかなかったが、もし客から電話がはいれば、いそいそと売春に及んだことは疑いをいれない。

私は「大堕落」に赴く泰子の衝動の深さにあらためて心を動かされた。それは化け物じみた性行動というよりは、畏怖《いふ》すら感じさせる性の行為だった。手帳に客の名とセックスした場所、それに料金まで克明に記載したマメさからもわかるように、泰子は根っからの働き者だった。

月曜日から金曜日まで勤務していた東京電力の泰子の机のなかからは、ワープロで作成した顧客に対する売春行為の申し込み書や、やはりワープロ打ちされたホテルに対するお詫び状などが見つかった。

東電勤務から退出後、円山町の暗い辻《つじ》に立って客引きし、入ったラブホテルの部屋に脱糞や放尿をしたり、使用済みのコンドームを平気で駅のゴミ箱に投げ捨てる落花狼藉《らっかろうぜき》も泰子ならば、失礼を働いたラブホテルにきちんとした詫び状を出す誠実さと律儀《りちぎ》さも、また泰子だった。

第七章　路上

検察官の弁明

この事件の最大の謎《なぞ》は、平成十（一九九八）年十一月二十四日の第二十一回公判ではじめて事実が明るみに出た泰子の定期入れにまつわるミステリーと、前述した平成十一年二月二日の第二十三回公判で証人に立った警視庁のイシイの、現場に遺留された泰子の所持品のなかから発見されたイオカードに関する証言である。

第二十一回公判で証人に立ったのは、検察庁刑事部本部事件係のウイミノルという検察官だった。同職は東京二十三区で起きた殺人事件のうち、容疑者がなかなかつかまらない警視庁本部事件を担当するもので、ウイは同職の拝命を遺体発見から約二週間後の平成九年四月一日に受け、捜査指揮にあたった。検察庁が初期捜査段階から事件を担当することは、きわめて異例のことである。

この公判時点で、福島地検次席検事に転出していたウイは、なぜゴビンダを容疑者として逮捕し起訴したかという検察側の尋問に、次のように答えた。

「被疑者が現場となった喜寿荘一〇一号室の鍵《かぎ》を三月十日まで所持していることがわかったこと、被害者の女性と被疑者が顔見知りで、事件前年の平成八年暮に被疑者が被害者の女性とセックスしたことが被疑者の同居人のネパール人の証言からわかったこと、現場の便器内から発見されたコンドーム内の残留精液の血液型が被疑者と同じB型でDNAの型も一致することなど、被疑者を犯人とするのに合理的だった。

一〇一号室の鍵についても、同居人のネパール人に事件前の三月六日管理人に返したことにしてくれと口裏あわせを頼んでいることが同居人の証言でわかるなど被疑者の周辺には不自然なことが多かった。これらの事実に加えて、当時被疑者は金に困っており、粕谷ビル四〇一号室の二カ月分の滞納家賃十万円を払うメドもなく、ネパールに建築中の自宅の工事代金の送金にも迫られていた。これらの理由をすべて勘案して、被疑者を逮捕、起訴するにいたった。これが起訴までの大まかな経緯だ。

被疑者に対しては私なりに説得した。とりわけ検察と警察の役割は別物だということを何度も説明した。被疑者は私の説明に一時はうなずく状況にあった。キミにはいまきわめて重い刑を科せられる疑いがある。強盗殺人だから求刑は無期か死刑しかない。検察官は被疑者の容疑が晴れれば、すぐにでも釈放できる。そういって、被疑者には犯行の時間帯まで教えた。その時間帯に現場にいなければ、犯人でなくなるともいった。

さらに殺意の有無と、ものを盗《と》ろうとする気持ちがいつ起きたかによっては、軽い刑もありうるとも示唆《しさ》した。しかし、被疑者は何か話したそうにすることはあっても、結局、黙秘のままだった。被害者の写真を見せても、会ったことも見たこともないの一点張りだった。セックスは日本にきてから一度もしたことがないともいっていた。仕方なく本人の供述以外の証拠で被疑者を犯人と認定し、起訴に持ちこんだ」

ウイの証言はいかにもエリート検察官らしく情理をつくしたものだった。しかし、ウイの説明を聞きながら私の脳裏にはいくつもの疑問が浮かんだ。

巣鴨《すがも》の「点と線」

まず喜寿荘一〇一号室の鍵についてである。ウイは、ゴビンダの同居人のリラが、事件発生前の三月六日に、ゴビンダの所持していた喜寿荘一〇一号室の鍵と滞納していた二カ月分の家賃十万円を管理人に返したことにしてくれとゴビンダから口裏合わせを頼まれたと証言したといった。しかし、事件発生からまもなく出入国管理難民法違反の容疑で故国に強制送還された重要証人のリラは、前述した通り私のネパールでの取材に答えて、「ゴビンダさんに頼まれて鍵と十万円を管理人に返したのは三月六日の午後一時頃です。これは間違いありません」と明言した。

リラはこれに重ねて、警察は「鍵を返したのは六日じゃない、十日だろ、十日だろ」

といいながら、髪の毛をひっぱるなどの暴行を加えたと証言した。

鍵についてもう一つ繰り返しておけば、喜寿荘一〇一号室は三月八日当時、本当に鍵がかかっていたという証拠はなく、コンクリートの廊下に面した腰高窓も自由に開閉できる状態にあった。つまり喜寿荘一〇一号室は事件当日、仮に鍵がなくとも、侵入しようと思えばいつでも侵入できる状態にあった。

また警察・検察当局がゴビンダ犯人説の最大の決め手と考えている現場遺留品の科学鑑定から得られた血液型やDNA型に関しても、疑問が残る。

現場から発見された陰毛のなかにゴビンダと同じ血液型のB型のものがあったというだけでは、まったく証拠にならないし、水洗便器内のブルーレット水溶液に浮かんでいたコンドーム内の精液がゴビンダのDNAと一致したという説明も、いつの時点の精液だったか特定されていない以上、この事件との因果関係をただちに証明する証拠とはなりえない。仮にそれが泰子とセックスしたあとのゴビンダの精液だったとしても、あくまで性行為があったことを特定する証拠になるだけで、殺害の直接証拠とするには飛躍がある。

ウイは、現場に残された把手《とって》のちぎれた泰子のショルダーバッグから、ゴビンダと同じ血液型であるB型の皮膚片が見つかったとの報告を受けたとも証言した。しかし、ショルダーバッグの把手の科学鑑定を委嘱された帝京大学医学部教授（法医学教室）の石山昱夫《いくお》は、慎重に言葉を選びながら、ショルダーバッグの把手に付着した手アカのなかには、ゴビンダと同じB型のものもあった、DNA型についてはふだんそれを持ち歩いている泰子のものが圧倒的に多く、他のものは極めて微量しか採取できなかったので、結論としては、ゴビンダと同じ型のDNAがあったと認定するには至らなかった、と私の取材に答えた。

この公判の最大の聞きどころは、次の質疑だった。

――被疑者を取り調べている時点で、ゴビンダを容疑者と断定できない問題点が何かあるとは聞いていなかったか。

弁護側のこの尋問に、ウイは、「いくつかあった」と答えた。

――どんなことか。

「現場となった部屋に住んでいた先住者の所在を全員まではつかんでいなかったこと。それに、被害者の定期券が現場とかなり離れた場所で発見されたことだ。この理由は詰めきれていなかった」

ウイは「詰めきれていなかった」と過去形で答えたが、遺体発見の一週間前、巣鴨で発見された泰子の定期入れについては、警察も検察もいまもって誰にも納得できる形で説明しきれていない。

泰子の定期入れの中からは、テレフォンカードくらいの大きさの紙切れも見つかった。

その紙には「design toko」と記したマークが書かれていたが、それが何を意味するものかはまったくわからなかった。

常識的にいえば、この定期入れは泰子を殺害後、犯人が現場から持ち去って巣鴨の民家の庭先に捨てた、と考えるのが順当である。しかし捨てられた泰子の定期入れからは、ゴビンダの指紋は発見されていない。となると、ゴビンダ犯人説はかなり遠のく。ゴビンダが巣鴨方面にまったく土地勘がなかったことも、ゴビンダ犯人説を薄める有力な状況証拠となっている。

——ゴビンダに巣鴨方面に土地勘があったかどうかの捜査はしたのか。

「しました」

——どのようにしたのか。

「通勤経路のなかに山手線が入っていたか、友人、知人、職場の同僚などのなかに巣鴨近辺に住んでいる者がいるか。その両面の有無を調べた結果、いずれもありませんでした」

——結局、定期入れが巣鴨に落ちていた理由はわからなかったということか。

「少なくとも被疑者と定期入れを結ぶ証拠はありませんでした」

——そのことが本件でゴビンダを起訴する障害になるとは考えなかったか。

「乗り越えるべき課題の一つだという認識はありました」

次につづくウイの答からは、巣鴨で発見された定期入れと殺害現場の因果関係を引き離そう、引き離そうという意志がありありと読みとれた。

ウイは、定期券の問題は起訴を妨《さまた》げる理由にはならないと考えた、といったあと、こう証言した。

「被害者は屋外での売春すら厭《いと》わなかったので被害者自身が遺失した可能性もある。いずれにせよ三月八日午後に被害者の定期入れが紛失され、誰かの手に入って巣鴨に運ばれた。これは事実だと思う」

もう一つの謎は、泰子の定期入れのなかから、もう一枚、別の名義人の定期がみつかったことである。名義人はショウノジュンゾウといい、定期の経路は大宮―虎《とら》ノ門《もん》間だった。

――その点についての捜査はしたのか。

「している」

――結果はどうだったか。

「ショウノ自身が五反田で盗まれたといっていた。五反田には被害者にも足がある。しかし、なぜ被害者の定期入れのなかに別の人間の定期が入っていたかまでは捜査できなかった」

私はこの情報は重大だと思った。ショウノなる人物と泰子にはどういう理由かはわからないが、何らかの接点があった。ショウノはもしかすると五反田のホテトル「魔女っ子宅配便」の客だった可能性もある。そう考えた私は、すぐに大宮管内の電話帳でショウノジュンゾウ名義の電話が登録されているかどうかを調べた。ショウノジュンゾウ名義の電話はなかったが、庄野名で四人、正野名で二人、あわせて六人のショウノ名義の電話が登録されていた。ショウノジュンゾウなる人物が世帯主でない場合も考えて、六人すべてに電話で照会したが、ジュンゾウに該当する人物は一人もいなかった。

定期券にある乗降駅の大宮でおりバスを利用していることも考えられるので、念のため、隣接する与野市（現・さいたま市）にショウノジュンゾウがいないか、一〇四で確かめた。予測は的中した。正野潤三という人物が与野市内に一人いるという。あらためて与野市の電話帳で住所を調べると、大宮市（現・さいたま市）との境界に近い与野市北部に住んでいることがわかった。

盗まれた定期券

だだっ広い空地がそちこちに残る住宅街にあるかなり大きな家を訪ねると、正野は人のよさそうな顔をして快くなかに招きいれてくれた。

「警察にもいったことですが、あれは盗まれたんです。盗まれたのは平成八年の十一月十七日の日曜日です。実は前日の土曜日から会社の一泊旅行があり、甲府に行ってました。その帰り、五反田に行ったのは、私がつとめている会社が分譲したワンルームマンションを個人利殖用にもっていたからなんです。場所は西五反田八丁目で、家賃は九万円です。

なぜそこに行く気になったのかといえば、住人が家賃を滞納していたからで、それを催促するためです。しかし、滞納していた人は女性だったので、男の私が一人で行くのも具合が悪いと思い、女房と一緒に行こうと考えました。西五反田に向かう明屋《はるや》書店の前で携帯電話をかけたのですが、交通量が多くて女房の声が聞きとれない。左に曲がって目黒川ぞいのところまでいけば騒音も静かになるだろうと思って、そちらに移動したんです。その間、ものの二、三分くらいのものでした。盗られたと気がついたのは元の場所に戻ったときです。

あの日は暑い日で、ブレザーを脱いで、明屋書店の前にあるちょっとしたスペースに置いていたんですが、ブレザーを着ると、内ポケットにいれていたはずの封筒入りの現金がない。あわてて外のポケットも探すと、裸で入れていた定期もなくなっていた。時間は午後一時か二時頃でした。

完全に置き引きにあったんです。封筒のなかには社内旅行用に用意した約三十万円の現金がはいってました。すぐに駅前の派出所に届けると、お巡《まわ》りさんから、このあたりは近頃外国人の犯罪が多いから注意してくださいよ、といわれました」

東京の高井戸署から正野の許《もと》に定期券が見つかったとの連絡が入ってきたのは、置き引きされてから約四カ月後の翌年三月十二日のことだった。高井戸署の係官は、実はいまうちの管内で失踪《しっそう》届けが出ているんです、といって何人かの女性の写真を並べ、この女性に心あたりはないかと正野にしつこく尋ねた。いずれも知らない顔だった。

正野が置き引きにあったのは、たまたま社内旅行の幹事だったため、三十万円という大金を所持していたためだろう。これは考えようによっては幸運だった。もし定期券だけ盗まれていたら、正野は派出所に届けを出していなかったはずである。正野は、盗難届けを出すことによって、泰子とは何の関わりあいもないことを結果的に証明したことになる。

もし、正野が届けを出していなかったら正野は重要参考人として警察の徹底的な取り調べを受けなければならなかっただろう。

私は正野の話を聞きながら、人間はいつも刃《やいば》の先を渡るような危険な道を歩いているのかもしれない、と思った。

正野の定期券がなぜ泰子の定期入れのなかに入っていたかについては、いくつかの推理が成り立つ。一つは五反田駅前の巡査が注意し、盗まれた正野自身も今でもそう信じている外国人による置き引きである。ブレザーのなかから現金だけを抜き取り、足のつきやすい定期は付近の路上に捨てた、それをホテトルに出勤途上の泰子がたまたま拾ったという推理である。ブレザーが置かれた明屋書店前は、泰子の出勤ルートとも合致している。しかも正野が置き引きにあったのは日曜日なので、これも泰子のホテトル出勤日と符合している。

もう一つの推理は、泰子自身が置き引きをしたのではないかという考え方である。エリートＯＬの泰子が三十万円もの大金をネコババするとは考えにくいが、泰子には路上に落ちている空き瓶でも何でも拾って換金するクセがあることを考えれば、この推理もあながち否定できない。

もし外国人が置き引きしたとしたら、ブレザーごと持ち去る可能性が高いだろうと考えられることや、男物のブレザーは泰子に必要なかったこと、それに正野の定期の裏の磁気記録から、泰子が東電通勤のためにふだんから乗降する地下鉄新橋駅で平成九年二月二十八日の夜六時十分に最終使用したことが判明したことも、泰子置き引き説の一つの状況証拠とはなっている。

正野の通勤経路は、大宮から高崎線ないしは東北本線で上野に出て地下鉄銀座線に乗り換え、虎ノ門で下車するというコースである。一方、泰子の通勤経路は、西永福《にしえいふく》から井《い》の頭《がしら》線で渋谷に出て地下鉄銀座線に乗り換え、新橋で下車するというコースである。事件発生八日前の平成九年二月二十八日の金曜日、仮に泰子が正野の定期券を使ったとすれば、それは自分の所持する定期券の範囲外、すなわち新橋から上野までの八駅間のどこかということになる。泰子はこの日、東電から退出したのち、ふだん通り渋谷には向かわず、逆方向の地下鉄に乗って一体どの駅に向かったのだろう。

イオカードの謎《なぞ》

それ以上の謎は、現場から発見された遺留品のイオカードである。イオカードとはJRが発売しているプリペイドカードのことである。泰子が所持していたのは、五千円券が一枚、三千円券が二枚だった。

イオカードは、裏に使用した月日、乗車駅、前引き運賃、降車駅、そして残額が記録されるシステムとなっている。五千円券には百九十円、三千円券の一枚には九十円、もう一枚には四十円の残額が記録されていた。そして、事件当日の三月八日、五千円券は五反田駅の九号券売機で、二枚の三千円券は五反田駅の八号券売機でそれぞれ使用され、三枚のイオカードとも残額はゼロとなっていた。

イオカードの存在がはじめて明らかになった二月二日の第二十三回公判で集中尋問されたのは、そのカードを一体誰がいつ使用し、どこへ行ったのかという点だった。

――イオカードは三月八日のいつの時点で使用されたと考えているのか。

警視庁捜査一課のイシイは、弁護側の尋問に、五反田の「魔女っ子宅配便」を出たあとだと推測している、と答えた。

――三枚のイオカードが三月八日、五反田駅の八、九号券売機で使用されたということは、被害者が誰かと連れ立ってＪＲに乗ったということになるのか。

「それはわかりません」

――警察としてはどのような推測をしたのか。

「五千円券の残額百九十円で切符を買うと、山手線の外回りで大塚まで行ける計算になりますが、被害者がそこに行ったという証拠はありません。もし仮に三千円券も一緒に使ったとすると、残額が九十円と四十円ですからあわせて百三十円にしかならないので、六十円の現金を足して百九十円の切符を買ったものという推測もできます。これも証拠はありません」

イオカードの問題は平成十一年三月二日の第二十四回公判でも尋問の対象となった。この日証人に立ったのはイオカードの捜査に直接あたった警視庁捜査一課のヤマザキタケオという警察官だった。ヤマザキは平成十年六月十六日に行なわれた第十五回公判でも証人に立ったが、このときはゴビンダの通勤経路と時間が争点となっただけで、イオカードの問題はまったくもち出されなかった。

――被害者が三月八日の当日、イオカードを使って五反田から大塚ないしは巣鴨《すがも》方面に行ったという客観的資料はあるのか。

弁護側がこう問いただしたのは、警察はイオカードを巣鴨から発見された泰子の定期入れとなんとか結びつけようとしているのではないか、という懸念《けねん》を強く抱いているためだと思われた。

「百九十円あるいはそれ以上使われているというだけで、それ以外客観的資料はありません」

——イオカードが最後に使われた時間はわかるのか。

「機械のシステム上、時間は記録されません」

——推測としては五千円券で百九十円以上、二枚の三千円券で百三十円以上、ほぼ同時期に使われたと考えているか。

「三月八日に使われたという捜査結果はありますが、同時刻に使われているかどうかまではわかりません」

——被害者は五反田駅で二枚切符を買って誰かと連れ立って電車に乗ったという推測をしたのか。

「三枚のイオカードは被害者の遺留品のショルダーバッグのなかにあった以上、少なくとも被害者が使ったものと推測しています」

警察がイオカードと巣鴨から見つかった泰子の定期券を結びつけようとしていることは、ヤマザキが巣鴨警察の管内図で、泰子の定期入れが捨てられていた現場とＪＲの巣鴨駅、大塚駅との距離をわざわざ調べていることからもうかがえる。ヤマザキの証言によると、その距離はどちらも同じ千百二十五メートルだったという。

私はこの証言を聞きながら、第二十三回公判における警視庁捜査一課警部のイシイカズノブの証言を思い出していた。

イシイによれば、泰子のアドレス帳には巣鴨、滝野川、目白署の電話番号が記載されていたという。これに加えてイシイは、泰子は池袋署管内で遺失物の届けをしたこともある、と証言した。

泰子のアドレス帳に、なぜ三つの警察署の電話番号が記載されていたかは謎である。この謎は永遠に解けないかもしれない。私は、おそらくは徒労に終わることになるだろうそんな謎ときよりも、なぜ警察がわざわざそんな事実を開示したのかについて考えるべきだと思った。

警察は泰子が定期入れの見つかった巣鴨方面に土地勘があることを印象づけようとしているのではないか。これは私の直感である。土地勘のある巣鴨方面に泰子自身がイオカードを使って出向き、自分の定期入れを捨てたとすれば、定期入れと容疑者ゴビンダを結ぶ線がまったくみつからないという捜査上の最大のジレンマにも、一応合理的な説明がつく。

しかし、それではなぜ泰子は自分自身の定期を捨てるのか。何か身の危険を感じた泰子が、自分の存在を証明するシグナルとしてわざわざ捨てにいったとでも解釈しなければとても理解できない話である。しかしその一方で、泰子の所持していた三枚のイオカードは事件当日、一枚残らず残額ゼロとなっている。この点を重視すれば、あるいは泰子はこの日、死を覚悟した行動に出たとも考えられなくはない。

私はこの謎を解くため、もう一度、泰子の性格から考え直してみた。泰子のかつての客の話によれば、泰子はすべからく現金決済主義で、プリペイドカード類は一枚ももっていなかったという。現金決済を旨《むね》とする経済合理主義者の泰子が、果たして、現金を先取りされ、その後の換金もきかないイオカードを買うだろうか。それに三枚ももっていることも考えてみれば不自然である。

泰子が事件当日、自分の定期を自分自身で巣鴨の民家に捨てに行ったという警察の見方は、泰子が所持していた定期の有効期限から考えても不合理である。泰子が所持していた西永福—新橋間の定期は、事件の一週間前の三月一日に購入したもので、有効期限は八月三十一日までだった。有効期限がまだ五カ月以上もある定期券を本人が捨てるとは常識的にはまず考えられない。

警察は泰子が五反田のホテトル「魔女っ子宅配便」からの帰り、五反田の駅頭でなじみの客と偶然出会ったとみているようである。泰子はイオカードを使って二枚の切符を買い、客と連れ立って巣鴨方面のホテルに入って売春をした。その後定期入れを巣鴨の民家の庭先に捨て、しかるのち客と待ちあわせている渋谷に向かった。警察は無理筋を承知でそんなシナリオを描いているように思われた。

泰子が「魔女っ子宅配便」を出たのは五時三十分頃、約束した客と渋谷駅前で待ち合わせたのは六時四十分頃である。五反田から巣鴨もしくは大塚までは山手線で二十五、六分かかる。そこから巣鴨の民家まではどんなに急いでも十五分は必要である。

これを頭にいれて計算すると、泰子が五反田で偶然出会った客と連れ立って巣鴨か大塚に行き、駅前のホテルでセックスをし、そのあと巣鴨の民家の庭先に定期入れを捨てたと仮定した場合、その時点で、渋谷駅前で待ちあわせた客との約束の時間はもう過ぎてしまう。

また売春行為がなく、泰子が巣鴨駅もしくは大塚駅から直接巣鴨の民家に向かったとしても、どちらかの駅に戻れるのは六時半頃である。それから客と約束した六時四十分までに渋谷に行くのはいくらフットワークの軽い泰子でも無理である。どちらかの駅から巣鴨の民家までタクシーを使って時間の短縮を図ったと考えられないこともないが、すべてに浪費を嫌う泰子がタクシーを使ったとは考えにくいし、だいいち巣鴨の民家はタクシーが入れない狭い路地の一番奥にある。

警察の描こうとするシナリオが砂上の楼閣に過ぎないことは、別の面からもいえる。事件当日の三月八日の日の入りの時刻は十七時四十二分だった。この季節は日が一日一日長くなっており、泰子が急いで巣鴨の民家に到着するであろうと想定される六時十分頃は、あたりはまだかなり明るい。仮に三月八日、泰子が定期券を民家の庭先に捨てたとしても、おそらく住人によってその日のうちに発見されてしまうだろう。

この日、東京地方は一部で夜半から小雨がパラついたが、基本的には晴一時曇の良好な天気だった。しかも翌九日は快晴だった。もし八日のうちに発見されずとも、翌日には間違いなく発見されたはずである。

崩れたシナリオ

念のため事件発生からちょうど二年後の平成十一年三月八日の午後六時過ぎに、巣鴨の民家を訪ねてみた。この日の日没は二年前の三月八日と同じ十七時四十二分だった。現場は薄明に包まれていたが、本格的な宵闇《よいやみ》はまだきていなかった。塀の外からなかを覗《のぞ》くと、そう目を凝らさずとも庭に植えられた草木の葉までよくみえた。

警察の描こうとするシナリオには泰子の性格からいっても矛盾がある。そもそも吝嗇《りんしょく》といっていいほど経済観念の発達した泰子が客の切符を買ってやるだろうか。

私の推理はこうである。

五反田のホテトルからの帰り、泰子は五反田の駅頭で三枚のイオカードを拾った。道に落ちているものなら何でも拾うのは、泰子のクセというよりは、もはや一種の病気だった。

裏をみると三枚とも残額がある。まだ使えると思った泰子はいつか使おうと思って、ショルダーバッグのなかに、それをそのまましまった。

ところが、実際にはそのイオカードは三枚とももう利用できないものだった。つまり三枚とも残額はゼロだった。

イオカードは最後に使う場合、その時点での残額にちょうど合致する料金の駅まで利用しない限り、残額ゼロとは表示されない。泰子が拾ったのは、裏に残額の表示はあるものの、実際には、目的駅までの不足料金を現金で足して使われ、当日の三月八日に使用済みとなったものだった。その場合、残額ゼロの表示は裏ではなく、テレフォンカードと同じように、カードの横についた小さな孔《あな》で示される。

ふだんイオカードを使ったことのない泰子はそのことに気づかなかった。

そう考えれば、三千円券と五千円券のイオカードが三月八日、別の券売機で使われた理由も説明がつく。まさに別の人間が別々に使い終わってそれぞれ捨てたのである。

泰子が拾ったイオカードを使って五反田から渋谷までの百五十円の切符を買おうと思わなかったのは、おそらく現金で切符を買ってからイオカードが落ちていることに気づいたからだろう。

泰子がもし切符を買う前にイオカードを拾っていれば、それを利用したとき残額ゼロということに気づくから、さすがの泰子も拾ったものをすぐ捨てたはずである。

警察も泰子と同じ錯覚をした。警察はイオカードは元々泰子が所持し、それを使ってどこかに行ったという観点から捜査を行ない、その見方を法廷でもそのまま陳述した。そもそもイオカードが捜査資料のひとつに加えられたのは事件発生からだいぶ経《た》ってからのことだった。これは明らかに警察の初動捜査のミスだった。

警視庁捜査一課のイシイは、イオカードが三月八日に使用されていたことがわかったのは起訴後だった、われわれのミスだった、と認めたし、同じ捜査一課のヤマザキも、イオカードの使用状況が判明したのは平成十年十二月のことだったので泰子がそれを使って誰とどこへ行ったかなどの捜査はできなかった、と告白した。平成十年十二月といえば、事件発生からすでに一年九カ月も経っている。

警察はイオカードの発見が遅れた失点を何とか挽回《ばんかい》しようと、拙速な捜査を進め、彼らなりの論理を構築した。

しかし、警察の論理は明らかに破綻《はたん》している。というより、自ら墓穴を掘る結果となっている。

泰子が巣鴨方面にも土地勘があったかに思わせる警察官のいくつかの証言も、辻褄《つじつま》をあわせるためだけの苦肉の策としか思えない。もっといえばミスリードを狙《ねら》ったフシさえ感じられた。

泰子のアドレス帳に巣鴨署ほか二つの警察署の電話番号があったというかにも思わ

せぶりな証言も、それら警察署の署員のなかに泰子の客がいたことを単純に示しているだけなのかもしれない。また、泰子が池袋でも立ちんぼをしていたことを匂《にお》わせるかのような池袋署管内で泰子の遺失物届けがあったという証言にしても、単に泰子が買い物などの途中に落とし物をしていただけなのかもしれない。

泰子は池袋でも売春をしていたというアングラ情報が一部報道で流れたことがあった。しかし、それを裏づける証言や証拠はそれ以降一つもあがっていない。

泰子の三十九年の生活歴と照らしあわせてみても、巣鴨、池袋など東京の東北部、西北部方面とまったく縁がない。生まれたのは品川区の小山《こやま》だし、少女の頃は世田谷区松原で過ごし、慶応女子高と慶応大学時代は杉並区永福《えいふく》の自宅から通っている。泰子が過ごしたこれらの地区はすべて東京の西南部に集中しており、巣鴨、池袋方面とはまさしく逆方向である。

傍聴席の失笑

私はこの事件の捜査と審理ははじめに犯人のゴビンダありきとする、こじつけの連続ではないかとあらためて思った。平成十年十月十九日の第十九回公判で、私はそれを露骨にみせつけられたような気がした。この日証人に立ったのは警視庁科捜研から精子劣化の実験の委嘱を受けたオシオシゲルという帝京大学医学部の講師だった。

この公判で争点となったのは、喜寿荘一〇一号室の水洗便器内のブルーレット水溶液のなかに浮かんだコンドーム内の精液が、射精からどれくらいの時間を経過しているかについてだった。問題の精液が採取されたのは遺体発見と同じ平成九年の三月十九日である。事件発生から数えれば十一日目のことだった。

もし仮に警察、検察の主張通り、三月八日の深夜、ゴビンダが泰子とセックスし、泰子の頸部《けいぶ》を圧迫して殺害した上、所持金の四万円を奪って逃走したとすれば、便器内に浮かんだコンドーム内の精液は、射精後十日あまり経過したものでなければならない。警察、検察の主張する通り、仮にその精液がＤＮＡ鑑定でゴビンダのものと特定されているとしても、十日よりもかなり時間が経過したものだったとすれば、殺害との因果関係は相当に遠のく。

哺乳類《ほにゆうるい》精子の運動性や受精能力について十七、八年研究を重ねてきたというオシオは、精子の劣化程度は射精後の精子の頭部と尾部の分かれ方や頭部の崩壊の様子で判定できるという。

オシオが鑑定資料としたのは、事件現場の便器内から採取したコンドーム内の精液をガーゼに付着させたものと、一般男子から採取した精液を現場とほぼ同じ濃度のブルーレット水溶液で希釈したものの二つだった。

一般男子の精子が採取から十日後、ガーゼに付着させた精子と同程度に劣化すれば、便器内の精液は射精後十日ほど経ったものとほぼ認定できるという考え方である。

しかし結論からいえば、便器内の精液が射精後約十日後のものと確定できるだけの材料は、法廷では最後まで提示されなかった。現場に残されていた精液には便器内の細菌類によって劣化が早くなる反面、コンドームに保護されているため劣化が遅れるという相矛盾する問題がある。

これに対し、単純にブルーレット水溶液で希釈しただけの一般男子の精液はそうした問題を一切かかえていない。このため、両者を比較鑑定するにははじめから無理があった。つまり、二つの精子サンプルはあまりにもまわりの状況が違うため、鑑定資料とするには信頼性がそもそも欠けていた。

にもかかわらず、検察側の尋問ははじめから成人男子の精液は十日後に現場の精液と同程度に劣化した、という前提に立って強引に進められていった。弁護側がオシオにこう尋ねたとき、傍聴席から思わず失笑が洩《も》れた。

――一般男子の精子は警察官四人分のものを使ったとのことだが、それは証人御自身が採取したのか。

「ご自分たちでマスターベーションしたものです。名前もわかります」

私はこれを聞いて、この馬鹿馬鹿《ばかばか》しいやりとりにこの裁判のすべてが語られている、と思った。厳粛なるべき法廷で警官がマスターベーションした精液を科学鑑定の資料に使った、もし必要ならその警官の名前も明らかにできる、などという漫画以下の証言が臆面《おくめん》もなく開陳されるとは、まさか思ってもみなかった。これはもう情けなさをはるかに通り越して、完全に嗤《わら》うしかないレベルまできている。

警察、検察側の論理は随所でほころびをみせ、それを何とかとりつくろうためとしか思えない子供だましの強弁が随所で展開される。司法もまた世の中と遠くかけ離れたところにいることによって、「小堕落」している。これが、しかつめらしい装《よそお》いで繰り返される公判劇を眺めながら浮かんだ、私の実感だった。

泰子と現実世界をめぐる「大堕落」劇と法廷で演じられる茶番劇との間には、決して相渉《あいわた》ることのないあまりにも大きな懸隔が横たわっている。そしてその懸隔に裁判官も検察官も弁護士でさえ無自覚らしいことに、私はこの法廷の背後に広がる闇《やみ》の深さをいまさらながら感じた。

第八章　肉声

方針転換

東電ＯＬ殺人事件の被告人、ゴビンダ・プラサド・マイナリの本人尋問がはじめて行なわれたのは、渡辺泰子の遺体が発見されてから約二年たった平成十一（一九九九）年三月二十五日のことだった。この日、いつもと同じ東京地裁五〇六号法廷で行なわれた第二十五回公判で、ゴビンダは事件の核心にふれる証言をはじめて行なった。私は平成十年秋、小菅《こすげ》の東京拘置所でゴビンダに面会し、「ワタシ、ヤッテナイ」という彼の悲痛な叫びを耳にしていた。しかし、公判廷での本人尋問の肉声にはそれとはまた別の厳粛な響きがあった。

背中に〝All is one〟と書かれた厚手のトレーナーにサンダル履きで入廷したゴビンダは、青い制服の衛士から手錠を外してもらっている間、いつも通り、人なつっこそうな笑顔を傍聴席に向けた。だが、うっすらとのびた無精ヒゲは、支援者も面会者もほとんどいない異国の勾留《こうりゅう》生活の長さを自《おの》ずと語っていた。

裁判長の正面の証人席に座ったゴビンダは、弁護側の質問にまったく淀《よど》むことなく答えた。

――渡辺泰子という女性を知っていたか。

「知っていました」

――なぜ知るようになったのか。

「セックスをすることで知るようになりました」

傍聴席に小さなどよめきが走った。

――殺したか。

「殺しておりません」

ゴビンダは驚くような大声をあげた。つづく問いにも大きな声で答えた。

――金をとったか。

「とっておりません」

二年前の十月十四日に開かれた初公判の場で、ゴビンダは裁判長を正面に見据え、

「私はいかなる女性を殺したこともなければ、金をとったこともありません」

と、起訴事実をきっぱりと否定した。それと比べればこの日のゴビンダ証言は、大きな方針転換だった。私はこの裁判はやっと軋《きし》みをあげて動きはじめたな、ゴビンダは肉

を斬《き》らせて骨を断つつもりだな、と感じた。

弁護側は核心部分の尋問をひとまずそこで止め、ゴビンダの故郷ネパールでの生活歴についての尋問に移っていった。

「私は一九六六年十月二十一日、ネパールのイラム市で生まれました。宗教はヒンドゥー教で、カーストはブラマンです」

ネパールにはインドほど絶対的ではないが、いまもカースト制度が存在する。ブラマンは最上位の階級に属し、宗教行為全般を司《つかさど》る。

「私の父は農業を営んでいますが、パンチャヤット体制時代、地区の長をつとめていました。いまでも地方政治家として、地元住民の間にいさかいがあれば仲介に入る裁判官のような仕事をしています」

パンチャヤット体制とは、一九六二年、国王のクーデターによって樹立された反西欧型の民主主義体制のことである。だが、この制度は民意が反映されないとの批判が高まり、一九九〇年、左翼勢力による民主化要求運動によって廃止された。

「私の家は地元では一番大きく、経済的にも裕福です。小作も一人もち、牛や山羊《やぎ》も飼っています」

私はネパール取材の際、カトマンズから車で一昼夜以上かかるゴビンダの生家を訪ねていた。裕福そうな暮らしむきはそのときからわかっていた。ゴビンダの証言には真実味があった。

――健康状態はどうか。どこか悪いところはないか。

「突然、目まいがして失神してしまうことがありました。発作が起きるようになったのは、日本にくる一、二カ月前からです」

――医者にはかからなかったのか。

「かかりました。医者は脳が少しおかしいかもしれないといって、三年間薬を飲むようにいわれました」

――その薬は逮捕されるまで飲んでいたのか。

「日本にきてから三年たつまでは一日も欠かさず飲んでいました。医者がそれ以上は飲むなといっていたので、それ以後はやめました」

ゴビンダが来日したのは平成六（一九九四）年二月二十八日である。日本にきて一、二カ月後にも、ゴビンダは二回発作に襲われた。事件が起きたのはゴビンダが薬をやめた直後だった。

ネパールでの生活についての尋問がひと通りすむと、質疑はゴビンダの来日の理由と来日後の生活歴に移った。

――ところで、なぜ日本にきたのか。

「一つは学校の歴史の授業で日本のことを勉強したからです。日本人の勤勉さは世界一です、日出《ひいず》る国です、という先生の話に興味をもちました。もう一つは、兄や姉が私より前に日本にきていたからです。姉は日本で稼いだ金でカトマンズに家を建てましたし、兄も家を建てたり自動車やモーターバイクを買っていました。私も姉や兄のようにお金持ちになりたいと思いました」

――故郷のイラムには家がある。そこを継ぐこともできたのに来日したのは、生活が苦しかったからではないというわけか。

「ハイ」

弁護側がこんな質問をしたのは、その日の生活費にも困ったゴビンダが金員を盗むことを目的に渡辺泰子を絞殺《こうさつ》したという検察側の主張を、ネパールでの豊かな暮らしぶりを強調することによって覆《くつが》えそうとしているからだと思われた。

倹約と蓄財

ゴビンダが日本で最初に住んだのは、西品川にあるマンションだった。そこにはすでに姉のウルミラが住んでいた。

ウルミラは、そのマンションの四つの部屋を管理する仕事で生計を立てていた。ウルミラと同じ部屋で二週間ほど過ごしたゴビンダは最初、渋谷区桜丘町にある「カンティプール」というネパール料理店に勤めた。

その後、インド料理店「ゴングール」の新浦安店や表参道本店でウエイターとして働き、事件当時は京葉線の海浜幕張駅前のインド料理店「幕張マハラジャ」に移っていた。この間、ゴビンダの住居も、西品川のマンションから渋谷区円山町の粕谷ビル四〇一号室にかわった。理由は西品川のマンションの所有権をめぐって係争が起こり、所有者が敗訴して同マンションを明け渡すことになったためだった。

ゴビンダが粕谷ビル四〇一号室に移ったのは、事件が起きる半年前の平成八年九月だった。姉のウルミラ、ウルミラと縁つづきで西品川のマンションでも同居していたドルガというネパール人も一緒だった。だがウルミラは結婚するため、まもなくネパールに帰国した。

彼女の帰国後、粕谷ビル四〇一号室の1Kの部屋にはナレンドラ、リラ、マダン・タパ、その甥《おい》のラメシュ・タパという四人のネパール人が相次いで入居した。その後、ドルガが帰国したため、狭い部屋には事件当時、ゴビンダを含め五人のネパール人が雑魚《ざこ》寝《ね》する生活を送っていた。

家賃は五万円だった。しかしゴビンダが家賃を負担することはなかった。この日の法廷では、日本の生活に慣れはじめたゴビンダの「小堕落」ぶりをうかがわせる事実も次々と判明することになった。

――四〇一号室の家賃はあなたが負担したのか。

「同居人から三万円ずつくらい集めて私が払いました。おまけして二万円ということもありました」

――そうすると、あなたの手許《てもと》には八万円ないしは十二万円集まったことになる。

「ハイ、そうです」

――あなたは何もせずに儲《もう》けたことになる。

「その通りです」

定期券に関する尋問でも、ゴビンダの日本における「小堕落」ぶりが浮かびあがった。それはネパールにできるだけ多額の金を送金するためのゴビンダの涙ぐましいまでの倹約ととれなくもなかった。だが私の目にはやはり、日本の生活に慣れきったがゆえの「小堕落」の現われのように映った。

――「マハラジャ」では交通費を全額支給していたとのことだが、あなたはそれで渋谷―海浜幕張間の定期券を買ったのか。

「いいえ」

――ではどういう定期券を買ったのか。

「渋谷―目黒間の定期券と、海浜幕張―新習志野《しんならしの》間の定期券です」

――つまり目黒と新習志野間の定期券はなかった。

「ハイ」

――それはいけないことではないのか。

「いけないことは知ってました。それで自分の名前では買いませんでした。一枚はアレン、もう一枚はピーターという名前で買いました。山手線から京葉線に乗り換える東京駅には途中の改札がなかったのでそんな方法をつづけてもバレませんでした」

――つまりあなたは二枚の定期券を使ってトクをしたことになる。

「ハイ、謝罪したいと思います」

つづいてゴビンダは渋谷駅から粕谷ビルまでの帰宅経路にふれた。Ｂｕｎｋａｍｕｒａの脇《わき》を通る道、道玄坂を登って円山町に入る二本の路地の三本が、ふだんから通いなれた道だった。

三つの道とも私が現場に向かうため何度も歩いた道だった。渋谷駅からの所要時間はどれも、ゆっくり歩いておよそ十五分というところである。

二枚の定期を使ったキセル通勤もそうだが、ゴビンダの吝嗇《りんしょく》ぶりはなまなかなものではなかった。部屋の電話代やガス代は同居人たちに出させていたし、太ることを警戒するためもあって、食事は昼と夜の二食にきりつめた。しかも昼食は「幕張マハラジャ」で出してくれたし、夜食も店で余った分を持ち帰って食べることが多かったので、食事代はほとんどかからなかった。

ゴビンダはこうした節約生活をつづけることによって、平成六（一九九四）年二月の来日から平成八年十二月までの約三年間で、三、四百万円もの大金をネパールに送金した。その金のほとんどはカトマンズで進めていた家の新築資金にあてられた。

しかし、ことセックスに関してだけはつましい生活とは反対だった。この日の尋問にゴビンダは、泰子とのセックスだけでは満足せず、渋谷駅ハチ公前に集まる売春婦に声をかけたこともあると正直に告白した。最近の日本人は精子の数も性欲自体も減退する一方だといわれる。これに対しネパールから出稼ぎにやってきたゴビンダの性欲は、公判廷で明らかになっただけでも、セックスの妄想で頭が爆発するのではないかと思われるほど旺盛《おうせい》なものだった。

クラッシュ

四月二十六日、東京地裁四二九号法廷に場所を移した第二十六回公判の冒頭、弁護側はゴビンダと渡辺泰子のセックスという、この裁判最大のヤマ場についての尋問からいきなりはいっていった。傍聴席の空気はかつてなく張りつめていた。

——渡辺泰子を知ったのはいつか。

「九六年十二月二十日頃のことでした」

——どうして知ったのか。

「『マハラジャ』からの帰り、円山町のラブホテル街の道路に立っていました。彼女は私に会釈《えしゃく》して、『セックスしませんか。一回五千円です』といってきました」

ゴビンダは性の衝動にいつも悶々《もんもん》としていたが、来日以来身につけた倹約精神だけは、女を買うときも忘れなかった。それを経済観念の発露というなら、ゴビンダを相手にした渡辺泰子も同じだった。経済大国の女を安く買おうとするゴビンダと、外国人にはダンピングしても身を売った渡辺泰子は、経済観念の世界においてねじれながら接近し、事故にあうようにして同じ地点でクラッシュした。ネパールからの出稼ぎ人のゴビンダが蓄財に励んだ円山町は、高齢の泰子でも売春相手がみつかる特異な性の出稼ぎ場だった。

――会ったのは何時頃のことか。

「仕事からの帰りで、時間はよく覚えていません」

ゴビンダが「幕張マハラジャ」を退出するのはふつう夜の十時過ぎである。そこから京葉線、山手線と乗り継いで渋谷駅には十一時半頃に到着する。この時間から計算すると、ゴビンダが客を漁《あさ》って円山町を徘徊《はいかい》する渡辺泰子と出会ったのは十一時四十五分頃と推測できる。セックスを手短かにすませれば、泰子がいつも乗車する十二時三十四分神泉《しんせん》駅発の井《い》の頭《がしら》線下り最終電車にも間にあう。

――そのあとどうした。

「セックスしてもいいと思ったが、ホテル代がないといったら、彼女は『どこでも構わない』といいました。そこで私の部屋に行きました。粕谷ビルの四〇一号室です」

――そうしたら。

「部屋にはドルガとリラがいました。ドルガは彼女をみると、『この人とは前に何度もセックスしたことがある』といいました。ドルガが関係したことがあるというので、私は『先にやってください』と、ドルガにすすめました。しかしドルガはリラに『おまえが先にやれ』といったので、リラ、ドルガ、私の順でセックスしました」

――三人としたわけか。

「ハイ。三人とセックスすることに問題はないか、とドルガに聞いてもらい、彼女が、『大丈夫です。問題ありません』と答えたので、三人でやることになりました」

――他の二人がセックスしているとき、あなたはどこにいたのか。

「台所におりました」

この供述は、カトマンズで会ったリラが真実を包み隠さず私に話してくれた内容とほぼかわらぬものだった。違っていたのは、リラがゴビンダ、リラ、ドルガの順にセックスしたといったのに対し、ゴビンダがリラ、ドルガ、それから自分の順だったと証言したことだけだった。

泰子はもっていたコンドームをつけさせ、全裸で三人のネパール人と寝た。

――彼女はセックス中、声を出したか。

「ハイ、出しました。ドルガもそういってました」

――大きな声だったか。

「ものすごく大きな声というわけではありません」

――あなたたちは声を出したか。

「出しません」

――金はどうしたのか。

「五千円をドルガに渡しました。彼女にはドルガから渡してました」

渡辺泰子とのセックスは、これ一度きりではなかった。次に会ったのは、同じ年の十二月の終わり頃だった。ゴビンダ、ドルガ、リラの三人が四〇一号室にいると、渡辺泰子が突然音もなく部屋に入ってきた。部屋の鍵《かぎ》はかかっていなかった。泰子はネパール人たちにこういった。

「今日もセックスしませんか」

ゴビンダは、セックスしたいと思ったが、ドルガとリラが「ここは彼（ゴビンダ）のお姉さんの部屋なので、ここではできません」と反対したので、このときのセックスは未遂に終わった。ゴビンダは部屋のベッドに腰かけて待っていた泰子を下の道まで親切に送った。

三度目の出会いは平成九年一月下旬頃のことだった。「幕張マハラジャ」からの帰り、ゴビンダが神泉駅の踏切をはさんで粕谷ビルと反対側にあるコンビニエンスストア「トークス」の近くまでくると、そこだけがぼおっと明るい店の前に泰子が立っていた。泰子はいつものように上品に会釈して、「今日もセックスするなら五千円です」といった。

——それでどうした。

「OKといいました」

——その後どうした。

「部屋に行こうと思い、階段の下の郵便受けのところまで行きました。しかし、彼女を一度部屋から追い返したことを思い出し、『友人たちが邪魔になるかもしれない。どうしよう』というと、彼女が『どこでも構いません』といったので、すぐ隣の喜寿荘一〇一号室を利用しようと思いました。その部屋の鍵はいつも持ってました」

全裸になった女

ゴビンダが粕谷ビルに隣接する喜寿荘一〇一号室の鍵を持ち歩くようになった経緯は、だいぶ前にも述べた。この点は重要なので、もう一度ふり返っておく。

姉のウルミラは平成八年九月、一旦《いったん》ネパールに帰国したものの、また日本で働きたいという強い意欲をもっていた。このため、再来日の意志をゴビンダに何度も伝えてきた。しかし四人のネパール人と同居する粕谷ビル四〇一号室にウルミラを迎え入れることはできない。そう考えたゴビンダは、空室となっていた喜寿荘一〇一号室に同居人たちに移ってもらおうと思い、彼らにその部屋をみてもらおうと、一〇一号室を管理していた「カンティプール」店長の丸井健から同室の鍵を借りた。ところが同居人たちは十万円という高い家賃に難色を示し、加えてウルミラの妊娠がわかって来日延期となったため、結局、この話は沙汰《さた》やみとなった。

ゴビンダはそれにもかかわらず、平成九年一月二十一日頃に丸井から借りた鍵をそのまま持ち歩いていた。

ゴビンダが渡辺泰子と三度目の遭遇をしたのは、そんな状況下だった。

喜寿荘一〇一号室の電気は前年十二月に停められていたため、部屋は暗かった。

——部屋に入ってどうした。

「キスをしてから服を脱ぎました。彼女は全裸でしたが、下着だけは片方の足首に丸めてとめてありました」

——あなたは。

「すべて脱ぎました」

——一月下旬といえば一番寒い頃だ。全裸になって寒くはなかったのか。

「キスして体が熱くなったので、寒いとは感じませんでした」

ゴビンダは泰子が袋を破って渡してくれたコンドームをつけて体を重ねた。部屋に入って出るまで十分から十五分くらいのものだった。泰子はティッシュを差し出し、ゴビンダはそこに事後のコンドームを入れた。泰子はそれをもってトイレに入ったが、流したかどうかはわからなかった。

ゴビンダはセックスが終わると、一〇一号室の鍵をかけ、神泉駅の方に行く泰子に「おやすみなさい」といったあと、自分の部屋に戻った。

日にちははっきりしないが、ゴビンダはその後も泰子と会っている。ゴビンダが同居人のナレンドラ、リラと「カンティプール」で食事をしたあと、円山町のラブホテル街を歩いていると、暗い路地の奥から泰子がふいに姿をみせた。食事中からセックスしたいといっていたナレンドラに「彼女ならやらせてくれる」とゴビンダがいうと、ナレンドラはその気になったらしく、泰子と連れ立って一緒の方向に消えていった。ゴビンダとリラが部屋に帰ると、泰子と一緒にどこかに行ったはずのナレンドラは、なぜか先に戻っていた。ナレンドラがあとからいうには、泰子とは結局セックスをしなかったということだった。ナレンドラが泰子となぜセックスしなかったかはゴビンダにも最後までわからなかった。

ゴビンダが次に泰子と会ったのは、二月二十五日から三月二日までの間の深夜のことだった。その間の出来事だったと特定できるのは、ゴビンダが泰子にセックスの代金を支払った際の所持金の状況と「幕張マハラジャ」の勤務状況をおぼえていたためだった。

ゴビンダはこの点に関して次のように証言した。

「渡辺さんとセックスしたあと、お釣りをもらおうと一万円出したことをおぼえてます。その一万円は『マハラジャ』のコックのハシムかグルンから二月二十五日に借りたものです。三月二日までのことだったとわかるのは、『マハラジャ』の勤務が三月三、四日と休みだったためで、彼女とセックスしたのは休み前のことだったと記憶しているからです」

その夜、勤務帰りのゴビンダが粕谷ビルの階段を登っていると、うす暗い階段の踊り場にコート姿の泰子が立っていた。泰子は、いつものように頭をさげてこう声をかけてきた。

「今日もセックスしませんか」

粕谷ビルの踊り場からは、新宿高層ビルのイルミネーションが遠く煙ったようにみえた。

ゴビンダは「いいですよ」と答え、いま登ってきたばかりの暗い階段をおり、前と同じように喜寿荘一〇一号室に入った。

――コンドームは使ったのか。

「ハイ。渡辺さんが開封してくれて私がつけました」

――コンドームはどう処理したのか。

「ティッシュペーパーにくるんだかそのままだったかおぼえていませんが、部屋のカーペットの上に置いてから服を着ました。お金を払い、部屋を出るとき、拾ってトイレのドアのところから私が捨てました」

――トイレに捨てたのはどうしてか。

「人が住んでいる部屋ではないのでごみ箱もなく、トイレなら丁度いいと考えたからです」

――便器のなかに間違いなく捨てたのか。

「間違いありません」

――トイレのなかには入らず、ドアのところから捨てたのか。

「ハイ。流そうとは考えなかったので」

――水洗は使っていないのか。

「ハイ」

――金はいくら払ったのか。

「一万円でお釣りをもらおうと思いましたが、渡辺さんがお釣りはないといったので、小銭で払いました。四千五百円くらいでした」

――渡辺さんはそれでOKしたのか。

「次に精算してくれればいいから、といってそれで許してくれました」

——部屋を出てからどうした。

「渡辺さんに部屋のドアを閉めてください、といいました。けれど鍵は閉めませんでした」

——渡辺さんはあなたが部屋の鍵を閉めなかったのをみていたか。

「おぼえていません」

喜寿荘一〇一号室の鍵がかけられなかったことを、この夜泰子がみていたかどうかは、文字通りこの事件の鍵をにぎる最大のポイントだと思われた。

——鍵をかけなかったのはなぜか。

「丸井さんに鍵を返すまでその部屋をセックス用に使おうと思ったからです。鍵は『マハラジャ』の給料日の三月五日に返そうと思ってました」

小太りの売春婦

この日の法廷では、ゴビンダが渡辺泰子とは別の女性を喜寿荘一〇一号室に連れ込んでセックスしていたという意外な事実も明らかとなった。時期は二月十四、五日のことで、相手は渋谷駅のハチ公前広場で客を引いていた小太りの女だった。

——その女性の年齢は。

「自分より上でした。三十五歳より上ですが、四十まではいってなかったと思います」

小太りの売春婦はセックスが終わったあと、ティッシュペーパーにゴビンダが使ったコンドームをくるみ、それをビニールの空き袋に入れた。手慣れた手つきだった。

——金はいくらだったか。

「千円札を三枚渡しました」

この話を聞いてから数日後の土曜日の夜、私はハチ公前に行ってみた。

ゴールデンウィークのまったただなかの夜の渋谷駅前はいつにもましてごった返していた。植え込みを囲った手すりに座り、人待ち顔で所在なげに携帯電話を耳にあてているルーズソックスの女子高生たちや、ものほしげな視線を嚙《か》みつくようにあたりに投げつけるイラン人たちの熱気を帯びたざわめきは、耳を聾《ろう》するような地響きとなって、夜の広場に押し寄せていた。はた迷惑も考えずうるさいだけのギター演奏をする茶髪にピアスをしたプータロー風の若者や、恥も外聞もなく人前でしぶきをあげて大ゲロを吐く茶髪の娘もいる。人種の雑多さも喧噪《けんそう》ぶりもカトマンズのバザールのアジア的にぎわいを思い起こさせた。

ハチ公像の真後ろの植え込みの暗がりに、明らかにそれとわかる商売女が立っていた。そこは広場の喧噪から少し離れ、駅前のポリスボックスからも見通せない死角のスポットとなっている。うす茶色の扁平《へんぺい》なサングラスをしたその女は私の方に近よってきて買春をもちかけた。女は三年前シンガポールから出稼ぎにやってきたといい、値段はショートで二万円だといった。

ゴビンダが相手をした女性と違うことは、細身の体型からもわかった。しかし、停滞しながら発情することだけは忘れないニッポンの縮図のようなこの広場の闇《やみ》のなかから、喜寿荘一〇一号室でゴビンダとセックスした小太りの売春婦が完全に消えてしまったとは思えなかった。

私は、もう四十に手がとどいているはずの小太りの売春婦をいつかみつけ、彼女の話にじっくり耳を傾けてみたいと思った。もし彼女が喜寿荘一〇一号室の鍵がある時期からかかっていなかったことを知ったとすれば、そこに客をつれこむことも十分考えられた。ひょっとすると彼女はその部屋で、泰子のかわりに殺害されていたかもしれない。

しかし、その後夜の渋谷駅前に何度通っても、小太りの売春婦を見つけることはついにできなかった。彼女のことは生死を含めまったく謎《なぞ》のままである。ゴビンダは結局、平成八年十二月から平成九年二月末ないしは三月はじめにかけ、渡辺泰子と三回、小太りの売春婦と一回、都合四回のセックスをした。

劣化する精子

弁護側の尋問は大詰めを迎えていた。

――喜寿荘一〇一号室をセックスに使ったのは、渡辺泰子と二回、別の女性と一回の都合三回に間違いないか。

「間違いありません」

――渡辺泰子と最後のセックスをしたのは九七年の二月二十五日から三月二日までの間だといったが、それに間違いないか。

「間違いありません」

――それ以後、会ったことはないか。

「会ったことはありません」

ゴビンダはまた一段と大きな声を張りあげた。

弁護側はゴビンダにセックス後のコンドームの処理についてくどいほど質《ただ》した。その狙《ねら》いが、検察側がこの事件の決め手と考えている精子のＤＮＡ鑑定を、それによって覆《くつがえ》そうとしているためであることは明らかだった。

平成十（一九九八）年十月十九日の第十九回公判で喜寿荘一〇一号室の水洗便器内から発見されたコンドーム内の精子の劣化問題が争われた。このとき検察側はコンドーム内の精子の劣化程度は射精後約十日だったと強硬に主張した。泰子が殺害されたのは平成九年三月八日深夜、遺体が発見されたのは三月十九日のことだから、便器内から発見された精液が射精後約十日経過したものだったという検察側の主張は、どうしても譲れないところだった。

しかし、このときの公判ではゴビンダと同じＤＮＡ型をもつ便器内の精液が射精後十日あまり経《た》ったものであるという主張は完全には受け入れられなかった。精子の劣化時間について検察側、弁護側はお互いに譲らず、この日の公判では結局、現場の便器に浮かんだコンドーム内の精液は射精後十日から二十日の範囲内といううきわめて曖昧《あいまい》なコンセンサスが、双方暗黙の合意事項となるような形で終わった。

もしゴビンダの本人尋問にウソがなければ、喜寿荘一〇一号室の水洗便器内に浮かんでいたコンドームは、ゴビンダが泰子と最後にセックスしたとき、すなわち平成九（一九九七）年二月二十五日から三月二日までの間に使用されたものということになる。現場から発見されたコンドームがこのとき使用されたものだったとすれば、なかの精液の劣化程度は十日から二十日という範囲内にもおさまる。

休憩をはさんで行なわれたこの日の被告人尋問の後半に集中したのは、事件後のゴビンダの行動についてだった。

——九七年三月七、八、九日の記憶は何かあるか。

「三月七日の夜はナレンドラの知りあいのモハンという男がきて部屋にいたと思う。三月九日には定期を買った記憶がある。三月八日だったかもしれません」

——他には。

「特にありません」

——いつもと同じ生活ということか。

「ハイ」

——三月八日に渡辺泰子に会ったということは。

「ありません」

赤いランプ

管理人の丸井が泰子の遺体を発見した三月十九日、ゴビンダが「幕張マハラジャ」からの帰路、コンビニの「トークス」前までくると、井《い》の頭《がしら》線の踏切ごしに、パトカーの赤いランプが回っているのが闇に浮かんでみえた。もう深夜だったが、パトカーのまわりには報道関係者らしい連中がたくさん集まっていた。

ゴビンダは「トークス」でウーロン茶を買い、踏切を渡ってすぐ右に折れた粕谷ビルに向かった。暗い路地からビルに入って階段を登ろうとしたとき、背後から声をかけられた。振り返ると、暗がりに二人の警官が立っていた。

——その警官はあなたに何をしたか。

「私の名前と勤務先、勤務内容を聞き、バッグやサイフのなかまでチェックしました」

——質問にはきちんと答えたのか。

「ハイ、きちんと答えました」

——バッグやサイフのなかもみせたのか。

「ハイ、みせました」

——そのあとどうした。

「部屋をみたいというのでドアをあけ、なかにいれました」

——部屋には誰かいたか。

「ラメシュ・タパがいました」

二人の警官は懐中電灯をとりだして点灯し、部屋のなかを照らして隅々まで点検しはじめた。それがひと通り終わると、「この部屋には何人住んでいるのか。全員の名前を書け」と命じた。

——何人と答えたのか。

「四人と答えました」

——あなたを含めると、その部屋には実際には五人住んでいる。なぜ四人と答えたのか。

「リラの名前をいいませんでした。リラは韓国から密入国して、日本での仕事も私のパスポートをコピーして就職していたので、それがバレると困ると思ったからです」

ゴビンダはこのとき部屋をあけていたナレンドラと、警官の姿をみてとっさに部屋の外のバルコニーに身を隠したマダン・タパの二人についても本当の名前を書かなかった。

彼らの来日はゴビンダよりずっと遅く、まだネパールに持ち帰るほどの金は稼げていなかった。二人がもしこの段階でオーバーステイによる国外退去を命じられれば、何のために日本にきたのかわからなかった。

――警官には他にどんなことを聞かれたか。

「セックスをしたことがある女性の写真をみせて、この女性を知っているか、と聞かれました」

――その写真の女性が渡辺泰子だとわかったか。

「ハイ、わかりました」

――なんと答えた。

「知りませんと答えました」

――どうして。

「セックスした女性のことをいうのは恥ずかしいことだと思ったからです。特に三人でセックスしたことは悪いことだと思いました」

――警官は写真の女性が殺されたとはいわなかったか。

「いいませんでした」

警官は一連の職務質問を終えると、「またくる」といって帰っていった。

ゴビンダは弁護側の尋問に答えて、この段階ではまだ殺人事件の発生を知らず、オーバーステイによる強制送還だけをひたすら恐れていた、といった。

ゴビンダはそれからすぐネパールにいる姉のウルミラに善後策を相談するため電話をかけた。ウルミラからの指示は次のようなものだった。

「お金があるならすぐ部屋を出て、どこかのホテルに泊まりなさい。お金がなければ誰か友達のところに泊まりなさい」

バルコニーに隠れていたマダン、ラメシュとも相談した結果、三人はとりあえず部屋を出てリラの仕事先のカフェバー、「チャールストン・カフェ渋谷」に行った。そこでもう一人の同居人のナレンドラにも連絡をとり、五人のネパール人は今後の身のふり方をＮＨＫに近い渋谷区宇田川町のその店の店内で協議した。

高い天井にとりつけられた旧式扇風機の大きな羽根が室内の空気をものうげに攪拌《かくはん》する植民地風のカフェバーで夜明け近くまで話し合った結果、マダン、ラメシュは二人の共通の知人のところへ、ゴビンダ、リラ、ナレンドラは西武新宿線武蔵関《むさしせき》駅近くにあるリラの友人のところへ身を寄せることが決まった。

翌二十日の朝、ゴビンダはリラの友人の部屋から「幕張マハラジャ」店長代理のサワグチに電話をかけ、しばらく欠勤したいと伝えた。

「昨日の晩、警察がきました。オーバーステイで強制送還されるかもしれないので、一、二日休ませてください」

ウィークリーマンション

その日の夕方、ゴビンダはリラ、ナレンドラとはからって目蒲線《めかません》（現・目黒線）西小山駅近くの不動産屋を訪ねた。

惣菜類《そうざいるい》を並べた小さな店が軒を連ねる昔ながらの商店街が下町情緒をかもしだす西小山駅一帯は、ネパール人が集まる街としてよく知られている。三人はその不動産屋の仲介で、武蔵小山《むさしこやま》駅近くのウィークリーマンションを借りた。

二十一日、リラとナレンドラは前日入居したウィークリーマンションから仕事に出かけたが、ゴビンダは出勤しなかった。粕谷ビル四〇一号室に居住していた五人のうち、ゴビンダひとりがこの日になっても出勤しなかったのは、十九日夜の聞き込みの際、ゴビンダだけが警察官に勤務先を正直に答えたためだった。

その日の夜、ゴビンダは仕事から帰ってきたナレンドラからはじめて事件の話を聞いた。

「今日、『カンティプール』の丸井さんから聞いたのだが、喜寿荘の一〇一号室で女性が殺されていたそうだ。丸井さんの話では、その部屋の鍵《かぎ》をもっていたわれわれを警察が探しているとのことだった」

——そのときはじめて殺人事件があったことを聞いたのか。

「ハイ、そうです。ビックリしました」

――三月十九日に警察から写真をみせられた女性が殺されたと思ったか。

「ハイ、そう思いました」

――殺害現場の鍵をもっている人間を警察が探していると聞いたとき、どうしようと思ったか。

「オーバーステイの容疑ではなく、警察は鍵のことを知りたいのだとわかったので、出頭してきちんと説明しようと思いました」

その夜五人は再び集まり、ゴビンダ、ナレンドラ、ラメシュの三人が翌日警察に出頭することを決めた。リラは密入国者だったし、マダンはまだ日本で稼がなければならない事情があったので、残り二人の出頭はみあわせることにした。

翌日、武蔵小山のウィークリーマンションを出るとき、ちょっとした出来事があった。警察への出頭を決めたゴビンダに、リラがこう囁《ささや》いた。

「あなたから預った喜寿荘の鍵を丸井さんに返したのは間違いなく私です。しかし私は密入国者なのでそれを正直にいわれると困る。鍵を返したのはナレンドラさんだということにしてくれませんか」

ゴビンダはそうすると約束し、二人の話を黙って聞いていたナレンドラもそれを了承した様子だった。

ゴビンダは警察に出頭すれば即強制退去になることを覚悟していた。自分がはいているジーンズがきたないことに気づき、リラのジーンズととりかえてほしいと頼んだのも、国外退去を覚悟したからこそだった。

ゴビンダはジーンズをとりかえてくれたお礼に、渋谷―目黒間の定期券をリラに渡した。リラの通勤に今後利用できるかもしれないと考えたためだった。もう一枚の海浜幕張―新習志野《しんならしの》間の定期券はゴミ箱に捨てた。二枚の定期券を使ったのは悪いことだとはじめからわかっていた。それに、警察に出頭してネパールに強制送還されれば、もう日本の定期券そのものが必要なかった。

――オーバーステイでつかまるのはイヤだと思わなかったのか。

「殺人という大きな事件の前では小さなことだと思いました。そんなことにこだわるより、鍵の話をきちっとしようと考えました」

リラから電車賃千円を借りたゴビンダは、ナレンドラといっしょに目蒲線、山手線と乗り継ぎ、ラメシュと待ちあわせた渋谷の「カンティプール」に向かった。警察に直接出頭しなかったのは、警察の場所がわからなかったためだった。警察への連絡は「カンティプール」店長の丸井がとってくれる手はずになっていた。

――渋谷署ではどうされたか。

「洋服を全部脱がされ、身体検査をされました。以前みせられた女性の写真をもう一度みせられ、この女性を知っているか、殺したか、と聞かれました」

——どう答えた。

「知らない、殺していない、といいました」

——それから。

「そんなことはない。お前が殺したんだろう、としつこくいいました」

——やってない、といっても、信じてもらえなかったのか。

「全然信じてもらえませんでした」

——警察はそれからどんなことをした。

「テーブルをたたいたり、ノドを締めあげたり、テーブルに頭をぶつけたり、ネックレスをひっぱったりしました」

——あなたは渡辺泰子のことを知っていたし、セックスもしたのに、なぜ知らないと言い通したのか。

「セックスした女性が、セックスした部屋で殺されたと聞いただけで、こわくなりました。その部屋の部屋代を払っていなかったことも悪いことだと思いました。本当のことをいえば警察に殺人犯人だと疑われると思ったんです」

——渡辺泰子のことは最後まで知らないと答えたのか。

「知らないと答えました。本当に恐しかったからで、他に理由はありません」

――最初に弁護士に接見したときは本当のことをいったのか。

「何もいいませんでした。警察にいったのと同じ答えをしました。弁護士さんが私のことを本当に信じてくれるかそのときはわかりませんでした」

――弁護士があなたを守ってくれる人だとわからなかったのか。

「ハイ」

――ネパールに弁護士はいないのか。

「聞いたことはありますが、会ったことはありません」

強盗殺人罪

警察の取調べはその後もつづき、出頭から約二カ月後の平成九年五月二十日、ゴビンダは入管難民法違反（不法残留）の容疑で起訴され、懲役一年、執行猶予《ゆうよ》三年の判決を受けた。そしてその日の午後、容疑は強盗殺人罪に切りかえられ、再逮捕された。

――再逮捕されたときどう思った。

「驚き、恐《こわ》くなりました。何もしていないのに殺人で逮捕されるなんて……。ネパールに残してきた家族のことを考えると、本当に悲しくなりました」

――弁護士はすぐにきたのか。弁護士には本当のことを話したのか。

「すぐにきました。今度は本当のことを話しました。四〇一号室で三人でセックスしたこと、喜寿荘一〇一号室でもセックスしたことがあると、本当にあったことを話しました」

しかし、ゴビンダはそれから五カ月後に開かれた初公判で、渡辺泰子とセックスの関係をもったことを明らかにしていない。

――オーバーステイの取調べのときには、なぜ、弁護士に本当のことをいわなかったのか。

「本当のことをいうと怒られると思ったからです」

――あなたの話を弁護士はすぐには信じてくれないと思ったのか。

「ハイ、信じてくれるとは思いませんでした」

ゴビンダはその後の警察の取調べに対し、喜寿荘一〇一号室の鍵をナレンドラに頼んで返してもらったというのはウソで、本当はリラに頼んで返してもらったこと、粕谷ビルには四人ではなく五人のネパール人が居住していたことなどを正直に告白した。

皮肉にも、この告白が警察にゴビンダ犯行の疑いを強めさせた。

――警察から髪の毛を提供してほしいといわれたことはあるか。

「ありました。自分で抜いて渡しました」

――血液は。

「それもありました」

——抵抗はしなかったか。

「いいえ、素直にどうぞといって提供しました」

——殺人の疑いがあるのにそれらを提供したのはなぜか。

「殺してはいませんので、どうぞとって下さいといいました」

——再逮捕以後、唾液《だえき》の提供を断わったことはあるか。

「あります」

——なぜか。

「弁護士さんから今後は警察の要求に応じてはいけない、といわれたからです。供述もするな、サインもするなともいわれました」

——何も話さなかったのは弁護士から指示を受けたからか。

「そうです」

被告人尋問の最後は、事件当時のゴビンダの服装に関する質疑に集中した。平成十(一九九八)年三月三日の第九回公判で、スギタという青年が証人に立ち、事件当夜の目撃証言が明らかとなったことはすでに述べた。スギタはそこで、事件当夜、喜寿荘一〇一号室の前に渡辺泰子によく似た女性が、黒と白のジャンパーを着て、赤いポシェットを腰のあたりに巻きつけた男性に寄りそうように立っていた、と証言した。

弁護側は事件当時の服装をゴビンダ本人にしつこく聞くことによって、スギタが目撃した犯人らしき人物の服装とゴビンダの服装の違いを立証ないしは印象づけ、服装の類似性をもってゴビンダ犯人説に誘導しようとしている検察側の論理の脆弱《ぜいじゃく》性と欺瞞《ぎまん》性を暴《あば》こうとしていた。

――九七年の二月から三月にかけ黒と白のジャンパーを着ていた記憶はあるか。

「黒と白のジャンパーでもっているのはハーレーダビッドソンの一枚だけです。けれど、それを着たのは九五年と九六年暮れの『マハラジャ』の忘年パーティーのときだけです」

ゴビンダはそれをあまり着なかった理由として、買ったときより太ってきつくなったからといい、平成八（一九九六）年の忘年会の帰り、そのジャンパーを着ていたためイラン人と間違えられて職務質問されたこともあった、またイラン人に間違えられて強制送還される恐れもあるのでそれ以来着ていない、といった。

――事件頃は何をよく着ていたのか。

「リバーシブルのダウンジャケットです」

――色は。

「黄色と空色です」

――ポシェットの色は赤か。

「ハイ」

――それをどのように身につけていたか。

「腰のあたりにつけ、それをダウンジャケットで覆《おお》ってました」

――外からはみえないか。

「腰の上にもっていけばダウンジャケットで隠れ、腰の下にしておけばみえたと思います」

――腕にかかえることは。

「していません。ポシェットのなかにはウォークマンをいれていたので、そういう持ち方はしませんでした」

魔群の通過

この日の公判は、ゴビンダ＝シロの心証をかなり強く残して閉廷となった。ゴビンダが強制退去を命じられるのを覚悟して警察に出頭していること、事件後、現場に隣接する粕谷ビルで十日以上も暮らしていること、それにゴビンダが泰子と最後にセックスして以後、喜寿荘一〇一号室には鍵がかかっておらず誰でも自由に入れたことなど、この日の公判で明らかになった事実は、ゴビンダ＝クロ説を遠ざける有力な材料となった。

なかでも喜寿荘一〇一号室が三月八日の事件当時、出入り自由だったことは決定的な意味をもっているように思われた。泰子がもし、そのことを知っていたとすれば、流しの客をとった彼女の方から男を部屋に誘いこみ、そこで何らかのトラブルに巻きこまれて殺害されたことも十分に考えられた。

いうまでもないことだが、これだけの材料でゴビンダの潔白が証明されたと考えるのは、むろん早計である。誰彼かまわず金を借りまくっていたことでもわかるように、ゴビンダが経済的に困っていたことは事実だったし、ゴビンダが持病の発作を抑えるために三年間も服用していた薬をやめた直後に事件が起きたことも気になる。最後にセックスしたとき、泰子に払う金が足りず、ツケにしてもらったことも、その後の金銭トラブルを誘発させた可能性を感じさせる。

われわれの前にあるのは、依然として、平成九年の三月八日の深夜、三十九歳になる東電のエリートＯＬが、近隣の誰にも救いの叫びをあげることなく、自ら望んだかのように静かに絞め殺されたという事実だけである。

閉廷後、喜寿荘の現場にもう一度行ってみた。二年という歳月が事件を風化させてしまったのか、古びた木造アパートの前に立ち止まる者はなく、若いカップルやサラリーマン風の男たちが足早に通りすぎていくだけだった。

宵闇《よいやみ》のなか、勤め帰りのサラリーマンやＯＬたちを乗せた満員電車が踏切をひっきりなしに通過していくのがみえた。事件当時、乗客たちはトンネルとトンネルの間に一瞬みえる木造アパートを車窓から何度となく目撃したはずだった。それを含めた夥《おびただ》しい数の視線を受けながら、しかし、アパートの暗い一室に横たわったものに気づく者はまったくいなかった。私は十日も放置された泰子の遺体を思い浮かべ、大都会の底にうごめく群衆の魔群の通過ともいうべき残酷さをいまさらながら感じた。円山町の夜の底にひそむものが泰子の生を際立《きわだ》たせ、そして、円山町の夜の底にひそむものが泰子の生を奪った。

私は喜寿荘一〇一号室の窓をもう一度眺めた。部屋は相変わらず暗くしんと静まり返ったままだった。

第九章　遍歴

裁かれた「ヰタ・セクスアリス」

猛暑の到来を予感させる五月二十一日午後、東電ＯＬ殺人事件の第二十七回公判が、東京地裁第四〇六号法廷で開かれた。

この日検察側の尋問で明らかになったのは、ゴビンダの来日後の赤裸々な「ヰタ・セクスアリス」だった。事件とは直接関係のない外国人労働者の「性の遍歴」をこの期《ご》に及んで追及し、告白させたことは、検察側がこの事件に対し決定的な証拠を握っていないことをいみじくも物語っているようにみえた。検察側のどうでもいいような質問の連発に、傍聴席からしばしば失笑が洩《も》れた。この日の裁判は、検察側の質問を巧妙にはぐらかし、結果として彼らのお粗末さを露呈させたゴビンダの惚《とぼ》けた応答ぶりの方が、検察官より世智《せち》に長《た》けた狡賢《ずる》い印象を与える皮肉な展開となった。

――幕張のインド料理店「マハラジャ」から渋谷に帰る際、東京駅で山手線に乗り換えたわけでしょ。そのとき、動く歩道を使っていたんですか？

「使ったことも、使わなかったこともあります。エスカレーターを使うことも、階段を使ったこともあります」

――動く歩道を使うときは停まっていたんですか、歩いていたんですか。

「停まっていたことも、歩いたこともあります」

――東京駅で乗り換えると、山手線はすぐ来たんですか。

「待つこともあったし、タイミングよくくることもありました」

検察側はゴビンダの人を食った答にいいようにふり回された。

検察官の今更ながらの尋問には、ゴビンダが急いで渋谷に帰ったという心証を強めるための意図がありありと現われていた。検察側の「希望的観測」通り、ゴビンダが動く歩道を急ぎ足で歩き、山手線がタイミングよくくれば、事件の起きた平成九（一九九七）年三月八日の深夜、泰子らしい女性と東南アジア系の男性が連れ立って喜寿荘に入ろうとしているのを見た、との目撃証言の時間帯ともどうにか辻褄《つじつま》が合わせられる。その論法には我田引水の粗雑さと、決定的な裏づけがとれない焦《あせ》りだけがにじんでいるように感じられた。

――あなたはキセルをするためピーターとアレンの名前で二枚の定期券を買った。その名前になぜしたんですか。ジョンとかスミスでもいいと思うんですが。

「本の中で見つけた外国人の名前です」

事件とは何の関係もないこんな馬鹿馬鹿《ばかばか》しいやりとりを聞きながら、私は検察側がゴビンダを有罪に持ちこむための決め手を何ひとつ持っていないことをほぼ確信した。

ラチがあかないとみた検察側は、一転、ゴビンダのセックスライフに関する質問を集中的に浴びせた。

――あなたが売春婦の客になったのはいつ頃からですか。

「新浦安の『ゴングール』で仕事をはじめてからです」

「ゴングール」というのは、平成六（一九九四）年二月、ゴビンダが姉のウルミラを頼って来日後まもなくつとめはじめたインド料理店である。これより二年前に来日したウルミラはその当時、西品川のマンションに住んでおり、マンション居住者たちから家賃を徴収する仕事をまかされていた。ゴビンダはそこに転がり込む形で日本にやってきた。

ウルミラが来日する最初のきっかけをつくったのは、前にもふれたが、尾崎周矢という男である。今から約十年前、尾崎はネパールの観光旅行に出かけ、カトマンズ市内のファイブスター級の高級ホテル「ヤク・アンド・イエティ」に投宿した。そこでルームサービス係として働いていたのが、ウルミラだった。尾崎は日本に行って働きたいというウルミラに、ビザをとるための書類を送るなど、彼女の面倒をマメマメしくみた。オーバーステイによる強制国外退去命令を避けるため、ウルミラが日本人と偽装結婚をしたいと申し出たとき、親身になって世話をやいたのも尾崎だった。

尾崎はこの事件のいわば陰の因縁をつくった男だった。前にもふれたが、彼はこの事件の舞台となった喜寿荘と粕谷ビルの実質的オーナーであり、両物件の鍵《かぎ》を管理するネパール料理店「カンティプール」の実質的経営者だった。ゴビンダが姉のウルミラを頼って来日し、最初に同居した西品川のマンションの所有者も尾崎だった。

――売春婦の客になった割合は。

「特に定期的に決めていたのではなく、セックスをしたい欲求があり、相手をしてくれる女性がいて、お金がある状況なら、その都度でした」

――そういう女性とはどういう所で知り合ったのか。

「新大久保、西川口、ハチ公前などです。渋谷に移ってからは主に円山町のラブホテル街で知り合いました」

ゴビンダが西品川のマンションから井《い》の頭《がしら》線神泉《しんせん》駅すぐそばの粕谷ビル四〇一号室に移ってきたのは、平成八年九月はじめである。尾崎所有の西品川のマンションはゴビンダが居住していた当時、所有権をめぐって裁判係争中だったが、平成八年九月、東京地裁の和解勧告により尾崎の所有権登記は抹消された。ゴビンダの転居はこれに伴うものだった。

――西品川に住んでいた頃から、ハチ公前まで女性を探しに行ったのか。

「ネパール人からそこへ行けば女性が見つかると聞いたので」

——その女性とはホテルでしたのか。

「近くの公園でしました。彼女の方から外でいいといったので」

——ほかの女性とはどこでしたのか。

「西川口のライブショーや、西品川のマンションの友達の部屋、ハチ公前でみつけた外国人と円山町のお寺の近くのラブホテルでしたこともあります。値段は一万円から三千円でした」

円山町の「お寺」とは、泰子もよくその前に立って客を引いていたラブホテル街のほぼ中心にある古い地蔵尊のことである。

異国の視線

閉廷後、ゴビンダが住んでいた西品川のマンションに行ってみた。ＪＲ大崎駅は、山手線を歪《ゆが》んだ縦長の円周とみると、最も窪《くぼ》んだ底の部分に当たる駅である。そんな地形にあるせいか、環状線路のすぐ内側にある屋上に丸い金網を張ったソニーの大崎東テクノロジーセンターの古ぼけた建物も、時代を感じさせる明電舎の工場群も、セピア色に褪色《たいしょく》した古い写真のように、なおさらくすんでみえる。

反対側の環状外側には駅前再開発計画で建てられた鋼鉄とガラスで出来た高層のイン

テリジェントビル群がそびえている。だがこれも、お台場など東京湾の湾岸地区に展開中のオブジェ的高層ビル群のような近未来的な景観は感じられない。出入りするサラリーマンたちも心なしかくたびれてみえた。大崎駅の周辺は、私の目には古い場末と新しい場末が混在する一帯にしかみえなかった。

環状の外側を品川方面に向かって線路沿いに歩くと、間もなく、戸越方面に右折する道路につきあたる。その道を二、三分行くと、左側にかなり大きなマンションがみえてくる。ゴビンダは外壁に赤レンガを張りめぐらしたこの七階建てマンションの四〇七号室に事件の半年前まで住んでいた。

その瀟洒《しょうしゃ》なたたずまいは、「外国人労働者」という言葉から連想されるイメージとはそぐわず、ゴビンダ姉弟が尾崎が関与する「ネパール・コネクション」の厚い庇護《ひご》の下にあったことをうかがわせた。

ゴビンダがセックスしたと証言したストリップ劇場のある西川口駅の周辺は、ある意味で大崎駅の周辺とよく似ていた。東京方面を背にして左側にある西口一帯は、ピンサロ、性感ヘルス、香港式エステ、ソープランドなどの風俗営業の店がびっしりと軒を連ね、原色のネオンサインが夜目を欺《あざむ》かんばかりのまばゆさで明滅していた。蝶《ちょう》ネクタイの客引きたちが近よってきて慇懃《いんぎん》に挨拶《あいさつ》する通りには、濡《ぬ》れたおしぼり特有の匂《にお》いに混じって、かすかな精液の匂いも漂っているように感じられた。一万円程度の低料金でピチピチギャルと「本番」が出来るというふれこみのピンサロには、東京方面からの客はもとより、群馬ナンバーの車までが乗りつけるという。

泣いたあとのにじんだような闇《やみ》のなかに淫靡《いんび》な明りがさんざめく西口とは反対に、東口一帯はうす暗い闇のなかに無言でうずくまっている。明りといえばラブホテルの屋上のネオンサインがあるくらいのものである。その仄暗《ほのぐら》い明りが、却《かえ》ってこのあたり一帯の闇を深くしている。西口と東口のたたずまいの差は、新しい性風俗と古い性風俗の違いをそのまま対比しているようだった。

ゴビンダがネパール人の同僚たちと行ったというストリップ劇場はすぐに見つかった。ストリップ劇場というと、小屋の前に踊り子たちのヌード写真がベタベタと貼《は》られ、入口を安物の金モールで飾りつけた光景を想像しがちだが、ここにはそれらの装飾は何もなかった。暗い住宅街のはずれにある雑居ビルの一階に間口一間ほどの入口を設けただけの小屋は、場末によくあるパチンコの景品交換所をちょっと大き目にした程度の粗末なつくりだった。

暗い入口に、縁台で夕涼みするかのような風情《ふぜい》でたむろしている男たちがいる。その男たちのひとりに、なぜポスター類を貼らないんだ、と尋ねると、そばに座った中型の洋犬をあやしていたランニング、ステテコ姿の男は、「ここは住宅街なんで看板類は一切出せないんだ」と、脛《すね》をボリボリかきながらつまらなそうにいった。

三千五百円の入場料を払い、扉がわりの黒い映写幕をめくると、安っぽい脂粉の匂いがムッときた。館内はうす暗く、小さな舞台がケバケバしいスポットライトを浴びてぼおっと浮かんでいた。客はまばらで二十人とは入っていなかった。もっとも三列の客席が満席になり、立見が出たとしても五十人は入れそうにない規模の小屋なので、この日がとりたてて不入りというわけでもなさそうだった。

客席と目と鼻の先の舞台中央にターンテーブルがしつらえられている。四十がらみの女が登場するや、踊りもそこそこに、そのターンテーブルの上にドッカと座った。胸も尻《しり》もたるみにたるんでいるが、アフリカ難民の子のように、下腹部だけはぷっくり出ている。女がなにごとか合図すると、客席から二人の男が立ちあがって、ジャンケンをはじめた。勝った方の男が目を少し血走らせて舞台にあがり、すぐズボンを脱ぎはじめた。

女は男のパンツを器用に脱がせ、傍に置いたキティちゃんのイラストの入った透明のビニールバッグのなかからおしぼりを取り出して丹念に拭《ふ》くと、やはりビニールバッグのなかから取り出したコンドームをあっという間にかぶせた。女がそれをすばやく自分の中に導き入れたとたん、アップテンポのバックグラウンドミュージックが突然高くなり、ターンテーブルがゆっくり回転しだした。女は結合部分が観客によく見えるよう大《おお》股《また》びらきのポーズのまま、ターンテーブルの動きに合わせて脚の角度を微妙に変えていく。その一点を凝視する男たちの視線には、それまでとはうってかわってギラギラとした欲望の色が宿っている。館内の空気が急に薄くなったように感じられ、私は少し息ぐるしくなった。

ゴビンダは、異国の男たちの無遠慮な視線を一身に浴びるのを覚悟で、この観客飛び入りのシロクロショーに参加した。彼は入場料さえ払えば「本番」が出来るという経済的理由だけで、ジャンケンをしたのかもしれない。しかし、ターンテーブルの上で日本の女とからみあうアジア人労働者を見つめる日本の男たちの視線には、嫉妬《しっと》と羨望《せんぼう》以外の感情が混じっていたに違いない。それは、彼を逮捕し起訴した日本の司法当局の感情ともどこか深いところで重なり合っているような気がした。

それにしても、ゴビンダが巡り歩いた風景は、なぜこうもささくれだっているのだろう。事件当時、彼がつとめていたインド料理店が入った幕張メッセ近くのＳＦ的ビルも、来日後最初に住んだ西品川一帯の「場末」に新しい装《よそお》いだけをこらしたような安っぽいたたずまいも、西品川から移り住んだ円山町の雑居ビルや殺害現場となった木造アパートのくすみきった建物も、あたりの風景との交歓関係はあらかじめ切断されている。

倫理あるセックス

ゴビンダの旺盛《おうせい》な性欲は円山町に移ってさらに亢進《こうしん》した。ゴビンダは渋谷時代、公判廷で明らかになっただけでも、ハチ公前で拾った売春婦を自分の部屋に連れ込んだのを手はじめに、同じ部屋で渡辺泰子と同室の仲間二人を交えてセックスし、泰子とはこれとは別に、同室者の移転用に借りようと思っていた喜寿荘一〇一号室でやはりハチ公前で見つけた小太りの売春婦とのセックスをはさんで二度関係をもった。ゴビンダの性関係はいかにも手当たり次第にみえるが、かといって、その性生活は必ずしも乱脈とばかりはいいきれない。

事件から約三カ月前の平成八年十二月二十日頃、ゴビンダは粕谷ビル四〇一号室の自室で泰子とはじめて性交渉をもった。

――セックスは、リラ、ドルガ、あなたの順番だったそうですが、渡辺を部屋に連れてきたのも、部屋の借り主もあなただったので、発言力は一番大きかったんでしょ。なぜあなたが最後になったんですか。

司法当局者の言葉とも思えぬ俗っぽい検察側尋問に、ゴビンダは淀《よど》みなく答えた。

「ドルガは私より年長で敬うべき存在です。それにドルガは彼女と以前セックスをしていると聞いたので、彼を立てました」

――でも実際に最初にセックスしたのはドルガではなく、リラだった。

「私がドルガに最初にどうぞ、といったところ、彼がリラに先にやれといった」

検察側の尋問は、この種のどうでもいい問題になると、なぜか急に執拗《しつよう》になった。

――リラが最初にやる必然性はないと思うが、どうですか。

通訳がそれを聞きとがめて、「どうですか、というのはどういう意味ですか」とたずねた。検察官は同じ質問を繰り返し、通訳は釈然としない表情でそれをネパール語に訳したが、やはりゴビンダにも質問の意味がよくのみこめないようだった。

「もう一度いってください」

検察官は不服顔となり、「じゃあ、いいです」と、子供がダダをこねるような台詞《せりふ》を吐いて質問を打ち切った。

最初のセックスから一週間か十日経《た》った頃、泰子が粕谷ビル四〇一号室を突然訪ねてきた。このときゴビンダたちは彼女とセックスをしなかった。

――なぜそのときしなかったんですか。

「前のときは私が彼女を連れてきたから、セックスをしました。今度は彼女の方から押しかけてきたので、しませんでした。私の部屋は元々姉が借りているものです。その部屋で押しかけてきた女性とセックスすれば、お姉さんに申しひらきができません。私は結婚しているからなおさらです」

いかにも世間を知らなさそうな検察官は、三人プレイを平気でする一方、その順番には長幼の序を重んじ、妻や姉に気兼ねをする「倫理感」をもちあわせたゴビンダの振るまいがどうにも理解できないらしく、全然言葉の通じない異星人にでも出会ったように、何度も首を振った。

六月四日に開かれた第二十八回公判でも、検察側の執拗な尋問がつづいた。ゴビンダから一向にはかばかしい答を引き出せないイラ立ちからか、検察官の質問には差別的ともとれる発言もあった。

――あなたの家は裕福とのことですが。

「とても裕福です」

――お姉さんはネパールでホテルのルームサービスをしていたそうですが、裕福な家の娘がルームサービスをやるんですか。

「金があるからといって、ルームサービスをやってはいけない理由はありません。日本でも貧乏人が高級な仕事についたり、金持ちがそれほどでない仕事についてます」

検察官はネパールの国情について明らかに無知だった。ウルミラがルームサービス係をつとめ、私もネパール取材中に宿泊した「ヤク・アンド・イエティ」は外国人専用の超高級ホテルで、そこの従業員は、日本流にいえば、良家の子女でなければならない不文律がある。

この日の尋問は、ゴビンダが喜寿荘一〇一号室で渡辺泰子と最後のセックスをしたと証言した平成九年二月二十五日から三月二日までの間の生活状況に集中した。この頃のゴビンダの所持金は、最大でも一万五千三百六十円だった。これは「幕張マハラジャ」コックのハシムとグルンから各一万円ずつ借りた二万円のうち定期代として使った四千六百四十円を差し引いた残金だった。

――その頃あなたは売春婦を買う余裕がある状態だと考えていたのか。

「ハイ、ハシムとグルンから一万円ずつ借りてからはそのように考えてました」

――売春代は渡辺に最初から五千円だといわれたのか。

「渡辺さんからそういわれた記憶があります。以前にもそういわれた記憶があるので、自分でそう考えたのかもしれません」

――代金はしてから決めたのか。

「したあとでお金を払うということになり、一万円出してお釣りをもらおうと思ったら細かい金にしてくれといわれた。一万円札以外のお金をみると、五千円に満たなかった。四千五百円ぐらい払ったと思うが、それより少なかったかもしれません」

――もっていた金のうち一万円札以外の小銭を出したということか。

「ハイ、そうです」

――最初五千円の約束でしているのに、それより少ない金だったのでは、渡辺が承知せず怒ったのではないか。

「そのようなことはありませんでした」

――渡辺はあなたが一万円札を持っているのを知っていたのだから、それを細かくしてくれとはいわれなかったか。

「いいませんでした。次の回に払ってくれればいいといってました」

――一万円札を千円札に両替しようとすれば、部屋を出てすぐのところにコンビニの「トークス」があったはずだが。

「そうですが、彼女からそういう要求がなかったので両替は考えませんでした」

検察官はそこで尋問の矛先を転じ、質疑は喜寿荘一〇一号室の鍵《かぎ》の問題に移っていった。重要なのは、泰子との同室での一回目のセックスでは事後、部屋の鍵をかけ、二回目のセックスでは事後、鍵をかけなかったと証言していることである。

無実の逆証明

――喜寿荘の部屋で渡辺と二度目のセックスをしたとき、部屋の鍵をかけないで退室したといったが、それまでかけていた鍵をこのときはなぜかけなかったのか。

「『マハラジャ』の給料日が近づいていて、滞納していた粕谷ビルの二カ月分の家賃十万円と一緒に喜寿荘の鍵も返すつもりだった。それに次の機会にも、その部屋でセックスしようと思っていた」

「幕張マハラジャ」の給料日は三月五日だった。ゴビンダにはこの日「幕張マハラジャ」から、彼が来日して間もなくつくった住友銀行大崎支店の口座に、二十一万六千九百二十五円の給料が振り込まれている。その金で自室の家賃を工面し、預かっていた喜寿荘の鍵をそえ同室のリラに頼んで返したという。

――鍵をかけなかった目的はセックスだけか。

「ハイ」

――一〇一号室の鍵をかけなかったことを誰かに話したか。

「誰にも言ってません。部屋のドアを最後に閉めたのは渡辺さんでした」

――部屋の鍵をかけなかったことを同室のリラは知らなかったのか。

「私は話していない」

――他の同居人にもか。

「話していない」

――部屋はいつまで使うつもりだったのか。

「姉が日本にくるまで使おうと思っていた。姉が来たら四人の同室者に喜寿荘の方に移ってもらおうと。それまでは使おうと思ってた」

――渡辺と一〇一号室で二度目のセックスをしたあと、渡辺や他の女とセックスしたことはないのか。

「一〇一号室でも別の場所でもしておりません」

――その部屋でセックスするために鍵をかけていなかったのなら、三月十九日まで使おうとしなかったのはなぜなのか。

三月十九日は、泰子の遺体が発見された日である。ゴビンダは検察側の事件の核心に迫る質問に臆《おく》することなく答えた。

「セックスはしたかったのですが、『マハラジャ』のヤマグチさんから五万円借りるまでは、セックスはしたかったのですが、セックスに払うようなお金がありませんでした。ヤマグチさんに五万円借りたのは、同室のナレンドラに借りた金を返すためです。ナレンドラからの借金は五万円でしたが、全額は返さず、一万円残しておきました。セックスをするためです」

ゴビンダは残金の一万円のなかから定価五千円以下の小さなバッグを買った。故郷に残してきた妻にプレゼントするためだった。その残りが、いわばゴビンダの「セックス貯金」だった。

「ヤマグチさんから金を借りてからは、ハチ公前や円山町で女の人によく声をかけてました。渡辺さんとは会っていません。女の人に声をかけても、何もいわずに逃げてしまったり、イヤだと断わられたので、結果的にセックスはしませんでした」

この証言はきわめて重要である。ゴビンダが「セックス貯金」の原資となる五万円を「幕張マハラジャ」パート女店員のヤマグチから借りたのは、平成九年三月十三日のことだった。泰子が何者かによって絞殺《こうさつ》された日から五日後のことである。この段階では泰子の遺体はまだ発見されていない。

平成十一年三月二日に開かれた第二十四回公判で証人に立ったヤマグチは、弁護側尋問に、ゴビンダには以前二回金を貸し期日通り返してもらった、三回目の借金は前日の三月十二日に申し込まれたといったあと、最初ゴビンダは三万円ほど貸してほしいといっていたが、もう少し借りたそうだったので、本当はいくら借りたいのと聞くと、できれば五万円くらいと答えた、と証言した。

——被告人はどんな顔をしたか。

「ニコッと笑って、ありがとう、必ず返します、といってました」

ヤマグチは翌朝、千葉銀行から八万円をおろし、五万円をゴビンダに貸した。

借金してまでセックスに励むゴビンダの放埒《ほうらつ》な性を理由に、渡辺泰子殺害の真犯人は彼だとみる向きは少なくない。ましてゴビンダは事件直前、遺体の発見された喜寿荘一〇一号室で、泰子とセックスしたことを告白している。検察側もその点を最重要視した。しかし、私の見方は別である。

ゴビンダは三月十三日にヤマグチから借りた金を持って、性のはけ口を求め渋谷界隈《かいわい》を徘徊《はいかい》している。仮に女との交渉に成功したとすれば、彼は必ずその女を喜寿荘一〇一号室に連れ込んだはずである。一〇一号室はそのための部屋であり、そのためにわざわざ鍵まであけておいた。

もしゴビンダが思い通りに女を部屋に連れ込んでいたら、彼は間違いなく泰子の遺体の第一発見者となった。ゴビンダは一〇一号室の鍵を同室者のリラに託して三月六日に管理人の丸井に返却したと証言しているのだから、部屋はすでに丸井によって施錠《せじょう》されていたはずだ、だからゴビンダは部屋に入れなかったはずだ、という反論も当然あるだろう。だが、それも事実によってすでにくつがえされている。

丸井が一〇一号室を点検して泰子らしい女性を見つけるのは三月十八日のことである。丸井はネパールの女が単に寝ているのだと思いそのまま放置したため、遺体発見は一日遅れた。丸井はそのとき一〇一号室の鍵はかかっていなかったと証言している。つまり、一〇一号室の鍵は、ゴビンダが泰子と二度目のセックスをした直後から、泰子の遺体が発見されるまでの約二十日間あまり、ずっとあけっぱなしだった。ゴビンダが泰子の遺体の第一発見者にならなかったことの方が、むしろ奇蹟《きせき》に近かった。

ゴビンダの旺盛《おうせい》な性欲は、彼を真犯人にみせる大きな状況証拠となっているが、皮肉なことに、彼の無実を証明する重要な手がかりともなっている。

堕《お》ちていった女と男

七月六日に行なわれた第二十九回公判は、すぐ終わった。この日証人として出廷する予定となっていたのは、警視庁捜査一課警部のイシイカズノブだった。二月二日の第二十三回公判でも証人に立ったイシイは、この事件の現場における最高指揮官という立場にあり、八十八名の「顧客名簿」や売春代、使用ホテルなどが記入された泰子の手帳をもとに、関係者の聞きとり捜査を行なった。だが、イシイはこの日出廷せず、この日に先だつ六月二十八日、武蔵野《むさしの》簡易裁判所で非公開の裁判を行なったという裁判長発言をもって閉廷となった。

非公開になった理由は明らかにされなかったが、泰子の手帳に記載された「顧客」のプライバシー保護のためだと思われた。

ただ証拠申請の口頭での簡単なやりとりだけは行なわれ、泰子の手帳が証拠品として採択された。それは九一（平成三）年版の灰色の手帳で、そこには九六（平成八）年のことがらが記入されているという。泰子はなぜ古い手帳に違う年度のことを書きこんだのだろうか。調べてみると、面白いことがわかった。

九一年の一月一日は火曜日である。これに対し九六年の一月一日は月曜日である。日付と曜日が違っていれば日記の用はなさない。ところが、三月一日から十二月三十一日までの曜日と日付を対照してみると、九一年と九六年の曜日と日付はピタリと一致する。

この謎《なぞ》は、九六年が閏年《うるうどし》だったためで、一日分余分な二月二十九日がいわば「時差調整」の役割をしていたことがわかった。つまり、一、二月を除いた三月以降に関しては、九一年の手帳でも九六年の手帳としての役目を立派に果たすことになった。

手帳の謎が解けたとき、私はいかにも経済観念の発達した泰子らしい合理的な考え方だな、と思った。九一年の手帳に書かれた九六年のことがらには、同年暮に初めて出会ったゴビンダをはじめとするネパール人たちとの性交渉の状況も当然書かれており、その意味でも貴重だった。

この日ゴビンダは〝All is one〟と書かれたいつものトレーナーとは違う服装で出廷した。トレーナーはトレーナーだったが、白地の胸の部分には、円弧状に〝Let's enjoy summer vacation〟と書かれていた。うっすらと無精ヒゲの生えたゴビンダの表情には、二年以上に及ぶ異国での勾留《こうりゅう》生活の憔悴《しょうすい》が明らかにみてとれた。だが、ノー天気な胸のロゴ文字には、やつれた顔とは裏腹な暢気《のんき》さも感じられた。

そのロゴ文字のメッセージ通り、猛暑の夏は一回も公判は開かれず、長い夏休みとなった。第三十回目の公判が開かれたのは、それから約二カ月後の九月八日だった。起訴から数えればもう二年以上の歳月が流れていた。そしてこの日が東電ＯＬ強盗殺人事件を審理する最終日となった。

裁判は弁護側の被告人尋問で淡々と進んだ。大半はすでに開かれた公判で明らかになっている事実を確認する質疑に集中したため、とりたてて目新しい事実は出てこなかった。検察側もゴビンダを犯人とする決め手を欠いていたが、さりとて弁護側も検察側に反証するだけの材料をもっていない、というのが私の正直な感想だった。

弁護側はこれまであがったいくつかの材料を改めて検証しなおすことで、ゴビンダ無罪の心証を形成することに尋問のポイントをおいているようにみえた。

弁護側が最初にあげたのは、事件当時のゴビンダの服装についてだった。目撃証言では、喜寿荘一〇一号室に入ろうとした男の服装はハーレーダビッドソンのジャンパーのように見えたという。ゴビンダはハーレーダビッドソンのジャンパーをもっていたことから、この目撃証言はゴビンダ犯人説の信憑性《しんぴょうせい》をにわかに高めた。

しかしこの日の弁護側尋問でゴビンダは、そのジャンパーは通勤用にはほとんど一回も着用したことがないと証言して、服装による犯人説の信用性を退けた。

弁護側が次に質問したのは、事件同日の三月八日の「幕張マハラジャ」でのゴビンダの仕事ぶりだった。ゴビンダは弁護側の尋問に答えて、三月八日は翌日日曜のバイキングサービスの準備のため、営業終了後、エレベーターを何回か往復して、地下の倉庫からタオル、生ビールのタンク、マンゴーの缶詰、デザート用の小皿、インドビールなどを三階の店に運んだと証言した。弁護側が、事件当日のゴビンダの多忙さをあえて強調しようとしたのは、ゴビンダが事件当日、目撃証言の時間帯に喜寿荘前に辿《たど》り着けなかった、という心証を補強するためだということは明白だった。

渋谷駅から粕谷ビルに帰るまでの行動を根掘り葉掘り聞いたのも、同じ狙《ねら》いからだと推測された。

――「マハラジャ」から帰宅するときは渋谷駅から黙々と歩くのか。

「黙々とは歩きません。セックスしたいときやお金があるときは、ラブホテル街を通り女性を探して脇《わき》をみたり、女性たちの呼びかけに応じながらブラブラ歩きます」

三月八日の事件当日、仮にゴビンダが検察側の主張通り、早目に渋谷駅に到着できたとしても、渋谷駅から時間をかけてゆっくり帰ったとすれば、目撃証言の時間帯との関係はかなり微妙になってくる。

興味深かったのは、ゴビンダの泰子に対する認識だった。

――渡辺をどういう女性と思ってセックスしたのか。

「セックスが職業の人と思って」

――昼間ちゃんとつとめている人という意識は。

「まったく考えたこともないし、知りませんでした」

ゴビンダのこれまでの証言からは、泰子に対する「愛情」も「憎悪《ぞうお》」も一度も感じることができなかった。彼にとって泰子は安あがりにできる性のはけ口以外の何物でもなかった。泰子にとってもゴビンダは夥《おびただ》しい数の「顧客」の一人にすぎなかった。

ネパールから日本に出稼ぎにきた外国人労働者と、東京電力に総合職で入った慶応大学経済学部出身のエリートＯＬは、常識的にいえば、お互い絶対に遭遇することのない相手だった。その二人が時代の攪拌《かくはん》にきりもみにされ、円山町に吹きよせられた。そして円山町の強い磁力が二人を衝突させた。二人の衝突は、わが身を畜生道に沈淪《ちんりん》させた泰子の神々《こうごう》しいまでの「大堕落」と、ゴビンダの浅ましくもケチくさい「小堕落」ぶりの対照を、玻璃《はり》のなかに映る影絵のようにありありと浮かびあがらせた。この裁判を欠かさず傍聴してきた私にはそんな気がしてならなかった。

弁護側は終わりにこう尋ねてゴビンダへの質問を打ち切った。

――最後に長い裁判を受けていますが、今どういうことを考えていますか。

ゴビンダはひときわ大きな声をあげた。

「渡辺さんとは金を払ってセックスをしました。しかし殺してもいないし、金もとっていない。それなのに、なぜ犯人として扱われ、長い勾留と裁判を受けなければならないのか。非常に怒っている」

このあと、検察側、弁護側双方から証拠申請が行なわれた。

再鑑定請求

検察側が申請したのは同室者らからの供述書で、そこには、被告人が三月頃悪い夢をみたといっていたこと、死体発見現場で押収《おうしゅう》されたボールペンを粕谷ビル四〇一号室で見たことがあるという供述などが記述されていることを明らかにした。

一方、弁護側が申請したのはやはり同室だったリラの接見報告書と供述書で、それらには、警察の気にいる供述をすれば、また正規のルートで日本にこれるようにしてあげる、中古車を売る仕事も紹介してあげると警察からいわれたこと、警官に殴られたことを検察官に話したら助けることができないといわれたこと、三月五日の夜、一〇一号室の鍵《かぎ》と家賃の十万円を被告人から受けとり、明日丸井に返してくれと頼まれたこと、翌日「カンティプール」に行き、鍵を返したとき丸井は洗い場で仕事をしていたため、手が濡《ぬ》れていたこと、ゴビンダから頼まれウソをいったことにしろと警察に怒鳴られて調書にサインしたこと、仕事と住宅を警察から斡旋《あっせん》されたことなどが記述されていることを明らかにした。

弁護側の証拠申請により明らかになったこれらの事実は、公判廷ではじめて開示されたものだが、私はすでにかなり早い段階でそれらの事実をつかんでいた。平成九年秋のネパール取材で私はリラをはじめとする同室者四人に会い、彼らから、ゴビンダ冤罪《えんざい》説につながる驚くべき証言の数々を得ていた。その事実は帰国してからの取材でもほぼ裏づけられた。それだけに、弁護側申請によるこの証拠開示にはさして驚かなかった。弁護側の証拠申請が検察側の申請とともに正式に採択されたことの方に、むしろ私は驚いた。

しかし、弁護側が申請したもう一つの案件は、彼らの「異議あり」の抗議もむなしく却下された。弁護側が申請したのは、現場の便器内から見つかったコンドーム内残留精子の劣化程度の再鑑定請求だった。弁護側はこの再鑑定をゴビンダ有罪から無罪に逆転させる重要な決め手とみていた。ゴビンダ本人から新たに精液を採取し、便器内から採取され警察に冷凍保存されている精子と比較鑑定すれば、その時点で検察側の主張がくつがえる可能性は大である。

ゴビンダが泰子と三回目のセックスをし、使用したコンドームを便器に捨てたと証言した二月下旬から三月初旬にかけての時期と、泰子の遺体が発見され、便器内からコンドームに入った精液が見つかった三月十九日との間には十七日から二十二日の時間的隔たりがある。もしゴビンダから採取した精液を二十日間放置し、その劣化の程度が便器内の精液と同程度だと鑑定されれば、「便器内の精液の劣化程度は十日前後、従ってゴビンダは三月八日に泰子とセックスしたあと殺害した公算が強い」とする検察側の主張は大きく崩れる。

そもそも、警察官から採取した精液と便器内の精液とを比較して劣化の程度を鑑定したこと自体、きわめて非科学的である。警察はあらかじめ犯人をゴビンダとする予断をもって精液鑑定に臨んだといわれたとき、彼らは一体どうやって抗弁するつもりなのだろう。

三十回公判まで二年近くかかった裁判の間に、この事件の闇《やみ》の深さを象徴する出来事があった。弁護側はゴビンダがまだ入管難民法違反の容疑で東京地検の取り調べを受けていた段階から、ゴビンダへの接見を申し出ていた。だがこれは却下され、それを不服とした弁護側は東京地裁に提訴していた。東京地裁は平成十一年三月、担当検事の対応が違法だったとして、国に三十五万円を支払うよう命じた。接見妨害をめぐって国家賠償が認められたのははじめてのケースだった。

しかし、国家賠償請求まで勝ちとりながら、この事件自体は真相がほとんど解明されないまま、ついに論告求刑の日を迎えた。裁判中居眠りしていることもよくあった裁判長は、次回公判の日程を言い渡し、長い審理の幕をおろした。

「検察の論告求刑は十一月十九日の金曜日の午前十時から四二六号法廷、最終弁論は十二月十七日の金曜日の午後一時十五分から同じく四二六号法廷で行ないます」

この日をもって平成九年十月の初公判からはじまった東電OL殺人事件の審理はすべて終わった。しかし私には審理が尽くされたとは到底思えなかった。公判では物証らしきものは何ひとつ開示されず、被告人ゴビンダも一貫して犯行を否認している。私は二年近くにわたって行なわれたこの公判に通いつづけた。そこで痛感したことは、真実追及の姿というよりは、むしろそれを必死で覆《おお》おうとする法廷の闇の深さだった。その闇は公判が進めば進むほど暗さをまし、被告人ゴビンダも殺害された渡辺泰子もその闇のなかに包みこまれ、次第に消失していくような気がしてならなかった。

第十章　部屋

円山町の古層

無罪となる可能性もまったくゼロとはいいきれない判決の日を待つまでの間、私は現場をもう一度見ておこうと思い、円山町に足を向けた。きびしかった残暑も終わり、円山町のラブホテル街には秋風が吹いていた。喜寿荘の現場から直線距離にして百メートルと離れていないこの街のほぼ中心に、ゴビンダが「お寺」といった古風な地蔵が祀《まつ》られている。史書によれば、この地蔵は宝永三（一七〇六）年、道玄坂上に建立《こんりゅう》され、四の日の縁日には大いににぎわったという。

同じ史書には円山町の縁起も書かれている。それによると、このあたりは江戸時代、火葬場があったため隠亡谷《おんぼうだに》と呼ばれ、近くには地獄橋という橋もあったという。花街として発展するのは明治二十四（一八九一）年頃からで、新橋から赤筋芸者と呼ばれた客に不都合のあった十六人の芸者衆が、ここにはじめて花柳街を開いたと述べている。私はこれを読んで、なるほどこの界隈《かいわい》の土地にも人にも最初からアヤがつき、怨霊《おんりよう》めいたものが棲《す》みついていたのか、とあらぬ妄想にとらわれた。

地蔵の前に小さな賽銭箱《さいせんばこ》が設けられている。戦後、道玄坂から円山町に移されて以来、この地蔵を管理している元料亭女将《おかみ》の話では、賽銭箱の金は道玄坂地蔵の名義で近くの八千代信用金庫に預けてあり、慈善事業活動に役立てているという。この善意の金は、阪神大震災の被災者や交通事故の遺児たちに送られており、先頃大地震に見舞われた台湾にも送るつもりだという。

しかし、こうした美談は、この地蔵前で立ちんぼしながら客を引いていた泰子にも、この地蔵前のラブホテルで売春婦たちとせっせとセックスを繰り返していたゴビンダにも、まったく無縁な話だった。

鏡の恐怖

地蔵前を離れ、迷宮のような路地裏を右に曲がり左に折れて喜寿荘の前まで行ってみた。もう夕闇《ゆうやみ》が迫っていた。いつ行っても一〇一号室の鍵《かぎ》はかかっていたが、念のため木のドアをノックすると、驚いたことになかから若い男の声がした。事情を話すと、男は快く部屋にあげてくれた。

玄関を入るとすぐに床をリノリウムで張った四畳半ほどの台所があり、それにつづいて江戸間六畳の和室があった。家具や備品類は一切なく、１Ｋの部屋はガランと、というより荒涼としていた。台所にはコンクリートの廊下に面した腰高窓があり、そのそばに据えつけられたアコーディオンカーテン式のシャワーボックスはホコリをかぶったままだった。窓は和室にもあり、二階に登る赤錆《あかさ》びた鉄の階段に面している。和室の天井からぶらさがった円型の蛍光灯の鎖の先には、洋酒のビンにかけるような小さな金属製のペンダントがついていた。ペンダントにはExtraという文字とぶどうの絵が彫られていた。泰子がこの世で最後に見たのは、ひょっとすると、蛍光灯を点滅するため鎖の先につけられたそのペンダントだったかもしれない。

トイレは入り口を入ったすぐ左手にあり、床は灰緑色のタイルが貼《は》られている。トイレの床には段差があり、水を入れるタンクは木製である。そこから細い鉄の鎖が垂れており、それを引っ張ると白い陶器の和式便器のなかに水が流れる。

「入居したのはことしの二月です。この部屋で事件があったことは知ってました。僕はすぐ近くの桜丘にあるメキシコ料理店につとめているんですが、実家が横浜と遠いため、何かと便利なので借りました。メキシコ料理店のオーナーがこのアパートの大家と知り合いだったんです。聞いた話では、畳を取りかえるのと壁を塗りかえる費用だけで、三十万円かかったそうです。家賃は四万円です。入ったときは下の居酒屋から流れてくる焼きトリのにおいと古い部屋特有のカビ臭さでまいりましたが、今は慣れました。そうはいっても月に一度程度しか泊まりませんけどね。やはり気持ちのいいものではありませんよ」

　建てつけが悪いせいか、隣室の物音は電気をつける音まではっきり聞こえ、表を通る通行人の話し声まで入ってくるという。事件当時、この部屋の電気は停められていた。試しに部屋の電気を消すと、喜寿荘のすぐそばにある神泉《しんせん》駅やマクドナルドの明かりが道路に面した窓から差し込むせいか、部屋は思いのほか明るかった。

　検察側はゴビンダがこの部屋で泰子と三度目のセックスをした後、殺害したとみている。だが、もしそうなら、まず前回の売春代の不足分をめぐって二人の間で諍《いさか》いが起きたことは確実である。経済観念の発達した泰子のことだから、たぶん表にまで聞こえる大声をあげたことだろう。しかし、泰子の叫びを聞いた者はいまだ誰もいない。私はこの部屋に入り、あらためてゴビンダの無実をほとんど確信した。

「部屋には鏡だけは絶対置かないようにしているんです。なんか映りそうで、恐《こわ》くてみれないんです」

　そんな言葉を聞いてからゴビンダのコンドームが浮いていた水洗便所を覗《のぞ》いたせいか、和式便器に溜《た》まった水に、一瞬、泰子の幻影をみたような気がした。便器の水鏡に、ベージュのロングコートをはおり、黒革のショルダーバッグを肩からさげ、両手にビニールの買い物袋をもった泰子の姿をたしかに見たと思った。腰のあたりまで伸ばした長い髪の毛も匂《にお》い立ってくるほどに艶《なま》めかしくみえた。

事件から約三年、その間に神戸で「少年Ａ」の事件があり、和歌山で砒素《ひそ》入りカレー事件があった。わが国初の脳死臓器移植があり、盗聴法、国民総背番号制が成立した。神奈川県警の破廉恥《はれんち》なスキャンダル事件が続発し、五十代の自殺者が急増した。オウムが復活の兆《きざ》しをみせ、金融機関の経営破綻《はたん》が相次いだ。保険金でわが子を殺す不倫女が現れ、異常気象は常態化した。失業率が急伸し、東海村ではついに臨界事故まで起きた。「世紀末」信仰もまんざらウソでないと信じたくなるほどに、人も企業も社会もドロドロに溶けはじめている。

そして、この裁判もたぶん、末法の世相を裏付ける最悪の結末になるだろう。だが、水鏡に映った泰子の姿には、腐りきった世の中に屹立《きつりつ》する人間の輪郭がくっきりと刻まれていると思った。東電エリートＯＬの渡辺泰子は、命がけの堕落を世間に見せつけることで、この世の虚妄と欺瞞《ぎまん》を丸ごと暴《あば》き、人間の最後の尊厳を自らの肉体をもって守ろうとしたのではなかったか。

「人間は生き、人間は堕《お》ちる。そのこと以外の中に人間を救う便利な近道はない」

泰子は坂口安吾《あんご》がいったこの言葉を悲しいまでに生ききった最大の殉教者だったのかもしれない。もし泰子が私のなかで生きつづけるとしたら、それは私自身も知らない私自身のなかにおいてである。

第四部　黒いヒロイン

ホテル街に佇む道玄坂地蔵

ホテル街に佇む道玄坂地蔵

第一章 求刑

砂上の楼閣

西暦二〇〇〇年までカウントダウンに入った平成十一（一九九九）年十二月十七日午後、東京地裁四二六号法廷で東電ＯＬ殺人事件の被告人、ゴビンダ・プラサド・マイナリに対する論告求刑が行なわれた。予定では十一月十九日に行なわれることになっていたが、直前になってとりやめとなり、それから約一カ月後のこの日が論告求刑の日となった。論告求刑が直前になって検察側の都合でとりやめになるというケースはほとんどないという。私は検察側が突然、予定日をキャンセルしてきたことに決め手を欠いた検察側の強い焦燥を感じた。

巷《ちまた》にはミレニアムという言葉が飛びかい、テレビのワイドショーは世紀末の世相に飛びつくように、前月、東京・文京区音羽で起きた「お受験殺人」事件や、ライフスペースなるカルト集団による成田のミイラ事件、そして「法の華三法行」に強制捜査が入ったことを狂ったように流しつづけていた。

開廷前の法廷にはテレビカメラが入り、傍聴席の最前列にはゴビンダの表情をスケッチする絵描きが数人陣どった。絵描きが入ったのは、平成九年十月の第一回公判以来のことだった。ネパール大使館員が傍聴席に姿をみせたのもはじめてのことだった。

裁判長に促されて立ちあがった検察官は、口早に論告要旨を読みあげた。

「本件公訴事実は、当公判廷において取調べ済みの関係各証拠よりその証明は十分である。

ところで、被告人は、被害者渡辺泰子を殺していないし、同女から現金を奪ったこともない旨《むね》弁解して本件犯行を全面否認し、弁護人もこれに沿う主張をしているが、以下のとおり、被告人が渡辺から金員を強取する意図で同女を殺害した上、少なくとも現金四万円を強取したことは明白である」

平成九年十二月十六日の第四回公判から女検事にかわってこの事件を一貫して担当してきたあまり論旨明快とはいえない検察官はそう断じた上、渡辺泰子の遺体発見現場となった渋谷区円山町十六番八号所在の喜寿荘一〇一号室の状況を明らかにした。

「渡辺はベージュ色のトレンチコート等の着衣を身に着け仰向《あおむ》けに倒れて死亡しており、その顔面、両側頭部等には内出血があって殴打《おうだ》されるなどの暴行を受けた痕跡《こんせき》が認められ、頸部《けいぶ》に筋肉内出血等が存在することなどから、頸部圧迫による窒息死と認められた。

渡辺の死体の頭部付近には、ショルダーバッグ、食料品等在中のビニール袋、手提げ袋等同人の所持品が散乱していた。渡辺のショルダーバッグの把手《とって》部分は、その片端がバッグの金具付近から千切れており、口の開いたバッグ内の最上部に現金四百七十三円在中の財布が遺留されていた。

なお、警視庁科学捜査研究所研究員中村昌義作成の鑑定書によれば、右ショルダーバッグの把手が千切れるためには少なくとも四十重量キログラム前後の力が必要である。

渡辺の死体が発見された当日、同室の便所便槽内から精液在中の不二ラテックス社製のリンクルMピンク型コンドームが発見、押収《おうしゅう》され、渡辺のショルダーバッグ内にも同種類のコンドームが在中しており、これらは渡辺が頻繁に出入りしていた同区円山町所在のホテルクリスタルの客室に備えられていたサービス品と同一であった」

検察側はゴビンダを犯人と特定した直接証拠として、そのコンドーム内の精液、および室内から発見された陰毛のDNA型がゴビンダのそれと一致した事実をあげた。

「一〇一号室便所の便槽内から発見、押収された前記コンドームには精液が存在し、そのDNA型及びABO式血液型が被告人のそれと一致する事実及び倒れていた渡辺の右肩付近に遺留された陰毛四本のうちの一本のABO式血液型及びミトコンドリアDNA型は被告人のそれと一致する事実が認められ、これら事実からすると、被告人が渡辺と同室で性交したことは明らかである。しかも、遺留された精液中の精子の形状から平成九年三月十九日の採取日まで十日前後経過した状態であったことも明らかであり、これは、渡辺が殺害された同月八日と時期的に符合するのである。

これに加えて、渡辺の血液型はO型であるにもかかわらず、ショルダーバッグの把手からB型の血液型物質が検出されており、この点も被告人の血液型B型と一致しているのである。

これらの事実からすると、殺害される直前の渡辺の売春客は被告人であったことが優に認められる」

検察側はさらに、ゴビンダが事件発生当時、喜寿荘一〇一号室の鍵《かぎ》を所持していたこと、金に困っていたことなどをあげて、ゴビンダが真犯人だと断定し、この事件の最大の謎《なぞ》とされる泰子所有の定期入れの問題についても言及した。

「本件犯行後の平成九年三月十二日東京都豊島《としま》区巣鴨《すがも》五丁目の民家の庭先で、渡辺の定期券在中の定期券入れが発見されて拾得されているところ、同定期券の磁気記録によれば、同定期券の最終使用日時と場所は、本件当日の同月八日午前十一時二十五分に渡辺の自宅最寄りの井の頭《いがしら》線西永福《にしえいふく》駅の自動改札機を通過したというものであり、井の頭線渋谷駅は当時はすべて自動改札ではなかったことから、渡辺は同定期券を使用して同線渋谷駅の改札口を通過し、本件被害に遭った当時も同定期券を所持していて、被告人が現金と同時にこれを強取した可能性もある。すなわち、被告人は有効期限が同年八月三十一日までの同定期券を強取後、その定期代約六万円を払い戻そうとしたものの、渡辺本人でないことから換金できずに投棄したことが一応考えられるのであるが、渡辺所持品のイオカードの使用状況等から、渡辺が同日五反田駅でイオカードを用いて百九十円以上の乗車券を購入した事実も認められるから、同女自身が同日巣鴨付近に行ったことも考えられ、その際に定期券を遺失した可能性もあながち否定できない。

弁護人は、被告人と無関係な場所から同定期券が発見された事実をもって、被告人が本件の犯人ではない根拠として主張するものと思われるが、右のとおり渡辺自身が巣鴨付近で同定期券を遺失した可能性があるほか、強盗犯人が同定期券を強取したとみても、後で使用する意思がなければ、犯人が自己の住居や勤務先と関係のない場所を選んで証拠を投棄することは決して不自然な行為でないから、同定期券が被告人と無関係な場所で発見されたからといって、被告人の犯人性を否定する根拠となるものではない」

私はこれを聞いてあいた口がふさがらなかった。検察官はこれまでの公判で、ゴビンダが泰子の定期券を換金しようとした事実を立証していないし、事件当日、泰子自身が巣鴨付近に行ったという事実も立証していない。「投棄したことが一応考えられる」「あながち否定できない」「決して不自然な行為でない」などという曖昧《あいまい》な言葉の多用そのものが、推論の上に推論を重ねた蓋然性《がいぜんせい》を語っているにすぎないことを示している。検察側は苦しまぎれに砂上の楼閣を懸命に築こうとしているだけではないか。

「被告人は、最後に渡辺と会ったのは平成九年二月下旬ころから三月二日ころの間だと弁解しているが、それは虚偽である。

渡辺の手帳の記載によれば、同女は売春の日時、客、金額を克明に手帳に記載していたことが認められるところ、平成九年二月下旬ころから同年三月二日までの間に被告人が客になった旨の記載が手帳に存しないことからみて被告人の右弁解は信用し難い。すなわち、渡辺の手帳の記載内容は、売春客らの渡辺と会った日、売春代金等についての供述とおおむね一致し、特に、客の中で渡辺と会った日についてメモ等をつけていた者について、そのメモと渡辺の手帳の記載を対査すると、二人が会った日、売春代金等の記載が一致しているのであって、渡辺の手帳の記載内容が正確であることは優に認められる。

しかるところ、同手帳には同年二月下旬ころから同年三月二日までの間に被告人を示すものと考えられる記載はない。もっとも同年二月二十八日の欄に『外人』との記載はあるが、これは初めての売春客であることを示す『？』の印が付けられている上、手帳に記載された売春代金は『○・二万円』であって、被告人の弁解する金額ではなく、被告人を意味するものとは認められない」

心証形成

検察側はさらに、事件当日、泰子の売春相手となった荒川進の供述をあげ、ゴビンダの弁解の虚偽性を立証する補強材料とした。

「同人は平成二年ころから渡辺と交際し、同三年五月ころから一週間に二回の割合でホテルに行く関係にあったが、渡辺は荒川が売春代金の支払を忘れた時には追いかけてきて代金を請求し、確実に売春代金を受け取っていたというのであり、他の売春客も、渡辺は金に細かく、約束の売春代金を支払わないと、いつまでも追ってきたなどと供述しているのであって、被告人の弁解するように、被告人が一万円札を持っているのを知りながら、渡辺が不足分の支払を猶予《ゆうよ》したとは考えられず、被告人の弁解は信用し難い」

この事件の最大の争点は、喜寿荘一〇一号室の便槽内から発見された精液の劣化程度である。ゴビンダおよび弁護側は、その精液は平成九年二月下旬ころから三月二日ころまでの間に泰子と最後の性交をした際に射精したものだと主張し、検察側は事件当日の三月八日に射精したものだと主張してきた。泰子の遺体が発見され、精液が採取されたのは事件から十一日目の三月十九日のことである。ゴビンダの主張通りなら精液の劣化程度は約二十日、検察側の主張通りなら約十日ということになる。

「犯行現場の一〇一号室便所内から採取したコンドーム内の精液は、前記のとおりABO式血液型及びDNA型が被告人のそれと一致することから被告人の精液であることが認められる。そして、右精液中の精子の形状は『頭部と尾部が分離していたが、頭部は正常な形態を保っていた』ところ、帝京大学医学部講師押尾茂の行った実験によれば、射精から十日経過後の精子では『三十から四十パーセントの頭部と尾部が分離し、頭部の形状はすべてはっきりしている』のに対し、二十日経過後の精子では『六十から八十パーセントの頭部と尾部が分離し、頭部が崩壊しているものが多い』のであるから、一〇一号室の便所と実験室のそれぞれの汚染状態の違い、特に大腸菌の存否を考慮すると、現場から採取された被告人の精液は射精から十日前後経過していると考えて矛盾がない。特に精子頭部の崩壊の点からいうと、被告人の弁解するように、平成九年二月下旬ころから同年三月二日ころの間に射精し、採取されるまでに約二十日が経過した精子であることは到底認められない」

　この論述にもほとんど科学的根拠がない。「十日前後経過していると考えて矛盾がない」「約二十日が経過した精子であることは到底認められない」という論述は、検察側の恣《し》意《い》的《てき》な解釈を語っているにすぎない。

　検察側はこれにつづけて、ゴビンダが事件当日の午後十一時三十分ころ、渋谷区円山町に帰りつける状況にあったこと、同日夜、喜寿荘地下にある「まん福亭」に父親を迎えにきた杉田青年の「午後十一時三十分ころから十一時五十分ころまでの間、喜寿荘の前に車を止めていたところ、泰子とおぼしきロングヘアーのベージュ色のコートを着た女性と、浅黒く彫りの少し深い顔をした東南アジア系の男が連れ立って喜寿荘一〇一号室の方向に歩いていくのをみた」という目撃証言は信用性が高いこと、喜寿荘一〇一号室の鍵を事件前の三月六日、同室のリラに託して管理人の丸井健に返却したとの供述は同居人のリラと口裏をあわせた偽装工作だったことなどを列挙して、ゴビンダ犯人説の心証形成を固めていった。

「平成九年二月下旬から三月二日ころの間に一〇一号室を渡辺との性交のために使用した後、部屋の鍵をかけずに出た旨の弁解も虚偽である。

被告人は右のとおり弁解しているが、右の期間に渡辺と一〇一号室で会って性交したとの弁解自体が、渡辺の手帳の記載に照らして虚偽であることは既に述べたとおりであるから、右弁解も採用の限りではない。

仮に、被告人が何かの機会に一〇一号室の鍵をかけずに外に出たことがあり、犯行時に一〇一号室が自由に出入りできる状態にあったとしても、そのことを知っている人物は所詮《しょせん》は被告人のみであるから、右の弁解は被告人が犯人であることを否定する根拠となるものではない。

被告人の弁解に関連して、渡辺が一〇一号室の存在ないし施錠《せじょう》の状態について認識していたかどうかを検討すると、同女の手帳には一〇一号室を使用したことをうかがわせる記載は一切なく、また、同女の売春客の中に一〇一号室で同女と性交した者もいない。

また、渡辺は被害に遭う前日の同年三月七日に現場近くの駐車場で、遊客山本こと山口と性交した事実があるが、同女が一〇一号室を使用できると知っていたのであれば、その際に同室を使っていてもおかしくないのに、そのような事実はないのであるから、同女が一〇一号室を自由に使用できることを知っていたとは認められない。したがって、同女が、同月八日夜、被告人以外の男性を一〇一号室に誘い入れて性交したと認定する余地もないのである」

暗黒裁判

「以上のとおり、被告人が本件強盗殺人の犯人であることは明々白々であって、疑いを差しはさむ余地は全くない」という強い言葉で事実関係を締めくくった検察側は、つづいて情状関係の論告を読みあげた。

一、本件は、被告人が深夜、私鉄駅前の商店街のアパート空き部屋で、金員強取の目的で、渡辺の頸部《けいぶ》を絞めて惨殺《ざんさつ》した上、その現金を強取した凶悪重大事案である。

二、本件犯行の動機は甚だしく利己的で、冷酷非情である。

被告人は、当初から不法就労する目的で本邦に入国し、九十日間の短期滞在の在留期限を経過した後約三年間もの長期間にわたって不法残留してレストラン等で不法就労していたところ、母国での住宅建設のため給料のほとんどをその資金として送金していたところから、家賃の支払も滞り、金員に窮したあげくに、折から売春をしていた渡辺が現金を持っているのを知って凶行に及んだものであり、何の落ち度もない渡辺を自らの物欲のために惨殺した犯行の動機に酌量の余地はまったくない。
三、本件は確定的殺意に基づく犯行であり、殺害の態様は誠に悪質である。
被告人は、深夜、京王井の頭線神泉《しんせん》駅前の商店街にあるアパートの居室内で渡辺を殺害してその現金を強取したものであるが、同所は、隣室や二階に居住者のいる木造モルタル造りの居室内であって、このような場所で本件のような重大凶悪犯罪を実行したこと自体が大胆不敵以外の何物でもない。

そして、その犯行態様は、渡辺と性交し、同女が着衣を身につけた後に、同女の所持金を奪うため、同女が所持していたショルダーバッグを奪い取ろうとしてその把手《とって》をつかみ、同女の抵抗に遭うや把手が千切れるほどに引っ張り、その顔面を殴打《おうだ》し、頸部を絞め付けるなどの暴行を加えて同女を殺害した上、ショルダーバッグの中にあった財布の中から少くとも現金四万円を強取したものである。被告人は小太りで体格が良いのに対し、拒食症のためやせて体力のない渡辺の顔面にあざが出来るほど同女を殴打したり、頸部を絞め付けたりしたのであって、右行為自体から渡辺に対する確定的殺意を抱いて犯行に及んだことは明白であり、凶悪としか評しようがない犯行である。
四、本件の結果は極めて重大である。
被害者の渡辺は、地元の公立の小・中学校を経て、慶応女子高等学校に進み、慶応大学経済学部を卒業後、東京電力株式会社に入社し、同社企画部調査課等を経て、被害当時には企画部経済調査室副長として、国の財政や税制及びその運用等が電気事業に与える影響をテーマにした研究に従事し、月数本の報告・論文を作成するという立場にあったのであり、その論文等は高い評価を得ていた有為な人材であり、将来を嘱望されていたのである。しかるに、被告人はその渡辺をわずか四万円の現金を強取するために殺害し、同女の将来を根こそぎ奪い取ったものであって、その責任は極めて重大である。

渡辺は病的な性格により売春をしていたものであるが、同女が売春を行っていたからといって、被告人から殺害されなければならない理由は全くなく、わずかな金のために予想もしない被告人の凶行により殺害されたのであって、一瞬のうちに非業《ひごう》の最期《さいご》を遂げた無念さは察するに余りあり、結果は極めて重大である。

さらに、渡辺は殺害された後、十日以上もの間、本件現場に放置されていた上、死体発見後には、興味本位の低俗、下劣な報道の餌食《えじき》にされたのであって、本件によって死後の名誉まで毀損《きそん》された渡辺の受けた被害は極めて大きいのである。

五、遺族の被害感情を量刑上十分考慮すべきである。

渡辺は、学生時代に父親を亡《な》くし、被害当時は母親と妹との三人暮らしの中で、長女の渡辺が経済的にも精神的にも一家を支えていたものである。家族の中心的な立場にあった渡辺を失った遺族の精神的、経済的打撃は尋常ではない。

特に夫を早く亡くし、二人の娘を育て上げた渡辺の母親にとって、公立中学から有名私立高校に入学した上、有名大学を卒業し、さらに一流企業に就職してその中核的仕事に就いていた渡辺は自慢の最愛の娘であったのであり、その娘に先立たれた母親の精神的衝撃は甚大《じんだい》である。渡辺の母親は、渡辺が行方不明になってから、「とにかく無事でいてさえくれればいいと祈るような気持ちで眠れない日が続き」、その祈りもむなしく変わり果てた娘の姿と対面したのであるが、「かわいがってきた自分の娘をあんな無惨《むざん》な姿で見せられなければならないというのは、本当に何と言っていいか分からない悲しさと悔しさでどうしようもありませんでした。恐ろしい思いをしながら殺害されたのだと思うとかわいそうで哀れでなりません」旨《むね》供述し、「亡くなった後は今も家の中に大きな穴が開いているような気がします。部屋を出入りする時娘を思い出して胸が苦しくなります」旨、最愛の娘を失った心情を吐露しているのである。

しかも、被告人が犯行を頑強に否認していることなどから、被害者である渡辺の私生活が興味本位に報道されたことによって、遺族の持っていき場のない怒りと悲痛な思いはその極みに達しているのであって、渡辺の母親は、「首を絞めた時のこと、くずおれる娘の体重を感じたこと全部自分が覚えていると思うんです。犯人は自分の家族が殺されたらどう思うか、そこをどうしても聞いてみたいと思います。犯人に対しては本当に憎くて許せないという気持ちで一杯です。娘は殺されたのですから、相手にもやっぱりそういうふうなことをしてほしいと私は思います」旨供述して、その処罰感情は極刑をも望むほどに激烈であり、この心情は被告人の量刑に当たり十分斟酌《しんしゃく》される必要がある。

六、犯行後の情状は悪質である。

被告人は、本件犯行後、強取した現金で家賃等を支払い、何食わぬ顔をして働き、渡辺の死体が発見されるや、いったん逃走した上、罪責を免れるために、鍵《かぎ》の返還時期等についで同居人のリラらと口裏合わせを謀《はか》るなど周到な準備をした上で警察に出頭し、本件強盗殺人罪で逮捕されるや犯行を黙秘して真相を語らず、公判においても種々強弁して犯行を全面否認しているのであって、改悛《かいしゅん》の情は微塵《みじん》も認められない。

そして、被告人が犯行を否認していることから、今日に至るまで謝罪の言葉もなく、遺族に対する慰謝の措置を全く講じていないばかりか、犯行によって得た金員の弁償すらしていないのであって、犯行後の情状も最悪である。

七、社会的影響も大きく、一般予防の見地からも厳罰に処するべきである。

被告人は、一攫千金《いっかくせんきん》をもくろんで我が国に入国し、不法就労して生活する中で本件犯行に及んだものである。被告人の犯行は、被告人と同様に我が国に滞在している多くの外国人に対する不安や不快感を煽《あお》る犯行であり、現場付近の多数の住民や通行人に与えた不安と恐怖も甚大である。のみならず、本件は、発覚直後からマスコミで大々的に報道されるなど社会に与えた影響は極めて大きいのであって、不法滞在者による婦女に対する凶悪事件を防圧するという一般予防の見地からも、厳罰に処する必要が大きい。

　ボサボサ髪の検察官はここまで一気に読みあげ、一拍おいて、次のように求刑した。

「被告人に無期懲役を求刑する」

　厳しい求刑が出ることは以前から予想されていたことだった。しかし、「無期懲役」という言葉を現実に耳にしたとき、私の内部で何かがはじけた。検察側は殺害の直接証拠を何ひとつ提示できなかったにもかかわらず、状況証拠だけでゴビンダを真犯人ときめつけ、死刑に次ぐ極刑を求めた。こうした論理にもならない論理と強引な手口がもし許されるならば、検察官は、誰でも殺人犯に仕立てあげることが可能となるだろう。そもそも「興味本位の低俗、下劣な報道の餌食にされ、死後の名誉まで毀損された」というはなはだ「文学的」な表現まで使ってこの事件の凶悪性をことさら印象づけようとしていること自体、検察側の論理の逸脱とゴビンダを犯人と特定できる証拠を検察側がまったくもっていないことを暴露している。

　もし仮にゴビンダに泰子殺害の容疑が濃厚だったとしても、ゴビンダは泰子を低俗、下劣な報道の餌食にしたこともなければ、むろん泰子の死後の名誉を毀損したわけでもない。検察官の論旨はいつも着ているドブネズミ色の背広に似て終始冴《さ》えなかったが、最後の最後でそれを挽回《ばんかい》するような慣れない修辞に出た。検察官は決定的証拠を提示できなかった悔しさのあまりついそんな言葉を口にしてしまったのだろうか。それは論理の逸脱というより論理の暴発だった。一部マスコミを引き合いに出した検察官の論旨は、酔っぱらいが腹いせでする八つ当たりとほとんど選ぶところがなかった。私は思わず法廷の天井を仰いだ。

一度犯人と決めつけたら絶対にそれを見直ししようとしない日本の司法制度の硬直性に、私はいまさらながら肌に粟《あわ》だつものをおぼえた。こんな暗黒裁判がまかり通っていいものなのか。

流刑《るけい》されたゴビンダ

論告求刑から四日後の十二月二十一日、私は小菅《こすげ》の東京拘置所に収監中のゴビンダに面会を求めた。ゴビンダは思いのほか元気だった。

「いつも差し入れありがとうございます。ここの食事は全部食べていますし、夜もぐっすり眠れています。なぜなら、私は渡辺泰子さんを殺してもいなければ、お金も盗んでいないからです」

まっすぐ私の目をみて話すゴビンダの言葉にウソは感じられなかった。私は、「この裁判は相当長期化すると思います。私もできるだけのことはしますから、ゴビンダさんも体に気をつけて頑張ってください」と告げ、東京拘置所をあとにした。

その日私は、カトマンズに住むゴビンダの姉のウルミラに連絡をとった。獄中のゴビンダから、自分の心中を綴《つづ》った手紙をネパールにいる家族に何通も出している、と聞いたためだった。できることならゴビンダからきた手紙を見せてもらえないだろうか、というと、ウルミラはなぜか、難色を示した。

「佐野さんからよくしてもらっていることは弟もよくいってます。服を差し入れてくれたことも感謝していると手紙に書いてきました。けれど、ゴビンダからの手紙をお見せすることには、正直、躊躇《ちゅうちょ》しているんです」

それはなぜですか、とたずねると、ウルミラは声をひそめるようにしていった。

「もしゴビンダからの手紙が表に出ると、裁判所や拘置所での扱いに悪い影響がでるんじゃないかと心配なんです」

私は、なるほどと思った。ウルミラは日本の警察と司法にそれほど強い不信感を抱いている。

ウルミラは、ゴビンダに無期懲役の求刑がでたことを知っていた。

「どうしてこんな目にあわなくちゃいけないんでしょうか。弟はネパールに帰国するときは、上等の服を着てオートバイで故郷のイラムに帰る、といっていたんです。次は男の子供が欲しいといって、まだ生まれていない男の子のためにおもちゃまで買って帰国の準備をしていたんです。その弟がこんな大それた事件を起こすなんて考えられるでしょうか……」

ウルミラの声はだんだん暗くなり、最後は涙声になった。イラムにいる両親は、「生きているうちに再びゴビンダに会うことができるだろうか」と嘆き暮らしているという。

翌日、私はネパール大使館に電話をいれた。論告求刑の日、ネパール大使館員が傍聴に現れた以上、この裁判に関して何らかのコメントを用意しているかもしれないと考えたからである。しかし、コメントは何もなく、救援活動をする予定もいまのところないという。

ネパール大使館のそっけなさすぎる反応に、私はウルミラに電話したときと同じような感触を感じた。ネパールは日本のＯＤＡ（政府開発援助）の最大援助国である。ネパールのアクション次第では、せっかく築いた日本との友好関係にヒビがはいるかもしれない。下手をすれば、ＯＤＡを削減される恐れもある。大使館がそう考えたとしてもまったく不思議はなかった。

これがもし、韓国人ないしは中国人が逮捕され、冤罪《えんざい》の可能性がでてきたならば、事態は相当かわった方向に進展していったことだろう。少なくとも、支援団体は結成され、傍聴席はいつも同胞たちで埋まったはずである。その見えざる「圧力」で、あるいは無罪をかちとることができたかもしれない。

ところがネパール人被告人のゴビンダの場合、支援団体ひとつつくられず、ついに求刑まできてしまった。最後の拠《よ》り所となるはずの留守家族も、日本の司法当局の報復を恐れて萎縮《いしゅく》し、大使館もまた日本政府への政治的配慮からなのか、沈黙を守りつづけている。

真実を訴えるゴビンダの声は、見えない網の中にがんじがらめに封殺され凍結されている。彼の存在は世間から忘れ去られる一方である。ゴビンダを幽閉しているのは東京拘置所の鉄格子《てつごうし》だけではない。ゴビンダは日本とネパールの一方的な国際関係のなかで宙づりにされ、世界中から見捨てられた孤児のように遠く流刑されている。

第二章　結審

無罪宣告

東電ＯＬ殺人事件の結審となる最終弁論は、平成十二（二〇〇〇）年一月二十四日、東京地裁四二六号法廷で開かれた。論告求刑が検察側の勝手な都合で、当初予定から一カ月近く延期されたため、平成十一年十二月十七日に開かれるはずだった最終弁論も順送りとなってこの日行なわれることになった。

この日、ゴビンダは幾何学模様の青いセーターで法廷に立った。モンドリアンの絵のようなそのセーターは、私がだいぶ前に差し入れたものだった。被告人席のゴビンダは私に微笑《ほほえ》みかけたあと、この日も傍聴に現われたでっぷりと太った温和そうなネパール大使館員になにごとかを訴えるかのようなまなざしを送った。

最終弁論は四時間以上にも及んだ。五人の弁護士が次々に立って、ゴビンダの無罪を主張した。五人の弁護士は最終弁論をつくるにあたって、泊まりこみをして徹夜の検討作業をつづけたという。最初の弁護人はいきなりいった。

「被告人は無罪です。

検察官は、本件審理を通じて、被告人が本件の真犯人であるとする直接証拠は何ら提示できませんでした。そればかりか、状況証拠とされる証拠も、被告人の犯行を立証するものではありません。

検察官が提出した状況証拠は、『現場に残された精液』、『喜寿荘一〇一号室の鍵《かぎ》の返還をめぐる問題』、『スギタらの目撃状況』、『被告人の所持金』等ですが、いずれも被告人の犯行の裏づけとはなりえないのです」

弁護人は最後にこういって最終弁論の冒頭をしめくくった。

「あこがれの地であるわが国を訪れ、まじめに働いていた被告人が、突然、冤罪《えんざい》の惨禍にまきこまれ、二年以上にわたって身柄を拘束されたくやしさは筆舌に尽くしがたいものであります。

他国から訪れた者にこのような苦しみを与えることは、国際社会の中に地位を占めようとするわが国の司法のなすべきことではありません。

裁判所は、本件審理に際して、弁護人の数が多いことを理由に、私たちを国選弁護人として認められませんでした。このため、弁護人は、これまで無報酬で弁護活動を行なってきました。これもわが国の司法に汚点を残さないための動機からでたものであります。

裁判所においては、是非とも本日の被告人や弁護人の訴えに耳を傾け、適正な判断をなされるよう、弁論の冒頭にあたって、まず切望するものであります」

弁護人はつづいて個別案件の弁論にはいっていった。弁護人が最初にとりあげたのは現場に残された精液についてだった。その精液がいつ射精されたかという問題は、この事件の核心にふれる重要な争点だった。

「被告人は、本事件以前に、被害者と本件現場で性交したことがあると供述しています。すなわち被告人は、被害者と一〇一号室において、二回性交したことがあること、一回目は、平成九年一月下旬、二回目は、平成九年二月二十五日から三月一日あるいは二日までの間であったと供述しています。

一方、被害者は、売春の状況を自己の手帳に詳細に記録していました。

確かに、この手帳には、二月下旬ころ、被告人と性交したことを示す明確な記載はありません。

しかし、二月二十八日の欄に『？外人　〇・二万』との記載があります。この記載は、同日、外国人を売春の客とし、二千円の報酬を得たとの記載と理解できます。

問題は、これが、被告人との性交を意味するか否《いな》かです。

二月二十八日という日付については、この被告人の二回目の被害者との性交に関する供述に符合しています。

この点に関し、検察官は右記載は、被告人との性交を示すものではないと主張し、その根拠として、記載の冒頭に『?』が付されていること、支払われた金額も被告人の供述とは異なること、一〇一号室という場所の記載がないことをあげています。

しかし、場所の記載がないのは、この日に限らず、むしろ記載がある方がまれであり、記載がないからといって、同室で、売春行為が行なわれなかったことにはなりません。

確かに、被告人も供述するように、被害者とは、このときが初対面ではなく、その意味では、『?』がつけられるのは、不自然と考えられるかもしれません。しかし、被告人は、被害者に対して、自分の名前を告げていなかったのですから、被害者は、名前のわからない外国人という趣旨で、ここに、『?』をつけたことも十分に考えられるのです」

最終弁論は弁護側の説得力ある論理展開で終始進んだが、この点に関する弁護側の論理は「考えられるかもしれません」「十分に考えられるのです」などの推論的文言が多用されていることにも示されているように、やや弱いように感じられた。

ゴビンダは泰子と最後のセックスをしたのは二月二十五日から三月二日までの間だと供述している。泰子の手帳に「?外人　〇・二万」と記載された二月二十八日はその範囲内に含まれる。

「さらに重要なことは、被告人の右弁解は、本件手帳が弁護人に開示される以前である平成十一年四月二十六日の第二十六回公判から行なっていたものであり、この手帳の記載を知った後、右記載に符合させるために考えついたなどというものではないという点です。弁護人は、右手帳開示後も、被告人には、その内容を明らかにしておらず、従って、被告人の右供述は、同人の純粋な記憶に基づくものであり、きわめて信用性が高いといわなくてはなりません」

残留精液は何を語る

つづいて弁護人は売春代金の問題について言及した。

「被告人は、同日、被害者に支払った対価につき、持ち合わせていた金が、三月八日から九日に購入した四千六百四十円の定期券に満たない金額だったので、最大限四千五百円であった、従って、もしかすると、四千五百円より少なかったと思う、と供述しています。

一方、被害者の右手帳の記載は、『外人』から受領した金額は、『〇・二万』つまり、二千円ということになっています。

検察官がいうように、四千五百円と二千円という点だけをみれば、被告人の供述と手帳の記載とでは矛盾しているかのようです。しかし、重要な点は、被告人には当日、一万円札を除いては、被害者から提示された売春代金五千円の持ち合わせがなかったという点です。

被告人は、被害者に五千円を支払おうとしたものの、一万円札の他には、五千円以下の小銭しか持ち合わせていませんでした。このため、被告人は、被害者に一万円札を差し出して、釣銭をもらおうとしました。ところが、被害者は、釣銭がないので、あるだけでよい、足らない分は、次回会ったときに精算すればいいとこたえたため、被告人は、その小銭を渡したのです。被告人はその金額が、『千円札だけではなかった』つまり、売春代金が千円という少額でなかったことは記憶しているのですが、それ以上に、具体的な金額は、記憶していないのです。そして、このように具体的な売春代金を記憶していないからといって、それは事柄の性質上無理からぬことであり、このことをもって、被告人の供述全体に信用性がないとは到底いいえません。

むしろ、被告人の二月二十八日当時の金額の所持状況からしても、被告人の右供述は十分信用できるといわなくてはなりません」

弁護人が次にとりあげたのは精子の劣化程度についてだった。

「被告人と真犯人が結びつくためには、現場に遺留された精液が、被害者殺害の日である平成九年三月八日のものである必要があります。

本件被害者は三月十九日に発見され、実況見分によりこのコンドームが発見されていますから、もし、事件当日のものであるとすると、この精液は、十一日前のものということになります。

検察官は、押尾意見書等からして、事件当日のものであることは、明白であると主張しています。

しかし、この精液は、そのように新しいものではなく、少なくとも二十日を経過したものなのです。

押尾意見書によると、残置された精液中の精子の形状は、頭部のみの精子であり、尾部は、存在していてもほとんど痕跡《こんせき》程度であったとされています。押尾証言によると、観察できた精子は、全部で二百個、この全部について、右のような状態であったというのです。

ところで、押尾証人は、警察の鑑定嘱託に応じて、四名から採取した精子をブルーレット溶液に混入させた場合の精子の経時変化につき、鑑定を行なっています。

その結果、放置十日後の精子の頭部と尾部が分離した割合は、十九ないし四十四パーセントで平均値が、約三十五パーセントであるのに対し、二十日間放置したものは、六十一ないし百パーセント、平均約八十パーセントという高率を示しています。

この数字を見る限り、二百個の精子について、精子の尾部を観察できなかった残置精液は、二十日間以上放置されていたとの強い推定が働くはずであります」

押尾意見書はこの点について次のように述べている。

〈本資料では、精子頭部の形態は、正常に保たれていたが、嘱託鑑定においては、放置後十日まで頭部形状は、正常であったが、二十日後には崩壊をきたしたものが観察された。同鑑定は、すべての操作を清潔な環境下に行なったものであり、資料から判断する限り、採取された資料は、便器内の不潔な条件下にあることから、清潔環境下で放置後二十日に観察された頭部と尾部の分離現象が当該の環境下では、放置後十日で生じても矛盾しないと考えられる〉

弁護人は最後にこう主張してこの問題の弁論を終えた。

「検察官は、右記述をもとに、精子頭部の形態が正常に保たれていたことだけを強調して、二十日間も経たものではないと主張しています。

しかし、これは、頭部と尾部がすべて分離しているという事実を無視した客観的な資料に基づかないこじつけ的な結論といわなくてはなりません」

偽証工作

二人目の弁護人が取りあげたのは、喜寿荘一〇一号室の鍵の返却時期についてだった。

「検察官は、本件事件発生当時、被告人が一〇一号室の鍵を所持していたことを、被告人が真犯人であることの根拠の一つとして主張しています。被告人は、事件当日、同室の鍵を所持しており、事件後の三月十日に返還したにもかかわらず、リラと口裏合わせをしたうえ、三月六日に返したと虚偽の申し立てをすることを企図したとして、この事実をもって、被告人が真犯人であることの根拠である、すなわち事件当日、一〇一号室の鍵を持っていたのは被告人で、同室に入ることができたのは被告人をおいてほかにないから、被告人が本件の真犯人であるというのです。

しかし、この検察官の主張自体、きわめて不合理であるといわなくてはなりません。仮に、被告人が、本件の真犯人で、リラと口裏合わせをしたというのであれば、その動機は、犯行日に鍵を持っておらず、自分は一〇一号室には入ることができなかったという弁解をするためのものでなくてはならないはずです。

しかし、被告人は三月六日に鍵を返したものの、その際、一〇一号室には鍵をかけないままにしており、捜査官に対してもその旨《むね》、ありのままに供述しているのです。丸井も、一〇一号室を覗《のぞ》いた三月十八日、一〇一号室には鍵がかかっていなかったと述べています。

つまり、事件当日、一〇一号室の入り口の扉には鍵はかかっておらず、誰でも室内に入れる状況であったのであり、このことは被告人自身も認めていて、三月六日に鍵を返したという供述は、自らが当日一〇一号室に入ることができなかったことの弁解とはなり得ないのです。これでは、自分は、部屋に入れないから犯人ではないという弁解をすることはできません。

つまり、事件当日、被告人だけが同室に入ることができたという状況にはなく、鍵をめぐる問題は、本件の真犯人を特定する根拠には、なり得ないのです」

ここで問題となってくるのは、それでは同居人のリラは、なぜ、ゴビンダと口裏を合わせて事件前の三月六日に鍵を返却したとの供述をしたかという点である。弁護人はこの点についても鋭くついた。

「リラに対する取調べは、三月二十九日から長時間にわたってつづけられ、翌三十日午前三時にまで及び、警察署内で一旦《いったん》寝かされた後午前七時から再開されるという過酷なものでした。しかも、この頃リラは、極度の下痢に悩まされ、体調が極めて悪い状態にあり、心身共に疲弊しきっていたのです。加えて、警察官から暴行を受け、罵声《ばせい》を浴びせられるという過酷な状況の中で、リラは、自分を守るために、取調官の強要に屈して、夕方、取調官の言うとおり、鍵は被告人が自分で返却したことや、口裏合わせをしたとの虚偽の内容の警察調書に署名させられたのです。

リラは、三月二十六日に取調べを受けてから五月二十日に外国人登録法違反容疑で逮捕されるまでの間、警察に呼ばれなかったのはわずか二、三日だけであり、連日取調べを受けていました。そして、大声で怒鳴ったり、テーブルを叩《たた》くなど威圧的な取調べが続けられたのであり、到底自由な意志のもとに供述しうる状況ではなかったことが明らかです」

弁護人が開示した事実は、私がネパール取材でリラから聞いた証言そのままだった。

そのあと弁護人は、警察による偽証工作の詳細を明らかにした。

「リラは、警察による連日の取調べにより、従前働いていたチャールストン・カフェを解雇されてしまっていました。取調官は、そのようなリラの経済的苦境につけこみ、四月十七日、リラに仕事を斡旋《あっせん》しています。しかも、その仕事は、ほとんど座っているだけで二時間三千円も稼げるというものでした。さらに、リラは警察から、無償の住居さえも与えられているのです」

警察がリラに斡旋した職場が、東京・神田駅付近にあるトップリースというサラ金であることは、リラがネパールで私にくれた同社の給与明細から明らかだった。トップリースは私が訪ねてからまもなく、なぜか、忽然《こつぜん》と姿を消していた。

「警察は、リラに対して利益供与を行なう一方、連日にわたって取調べを続け、ついに五月二十日には、外国人登録法違反により同人を逮捕し、執拗《しつよう》に鍵の件に関する供述の変更を迫ったのです。

そして『弁護士をつけると長くなるぞ』等と脅迫・欺罔《きぼう》して弁護士との接見を妨害する一方、警察に協力をすれば日本に来て働けるようにする、もし協力しなければ二度と日本に来られないようにする等の働きかけを行ない、リラに対し、警察が完全に生殺与奪の権利を有することを誇示して虚偽供述を迫ったのです」

弁護人はこれにつづけて、事件当時、ゴビンダが金に困っていなかったことをこと細かく立証し、ゴビンダに強盗殺人の動機がなかったことを主張した。さらに、事件当日の勤務状況からして、ゴビンダが渋谷区円山町の喜寿荘付近に午後十一時三十分頃到着できなかったこと、スギタの目撃証言は、ゴビンダを真犯人と決めつけた警察側の予断と偏見によって誘導された可能性が高いことなどがあげられた。

第三章　陰毛

喜寿荘一〇一号室

この日の最大の見どころは、現場に遺留された陰毛とショルダーバッグの把手《とって》の付着物のＤＮＡについての弁論だった。この裁判で最もむつかしく、判決の帰趨《きすう》をきめるとさえ思われるこの問題の弁論を行なったのは、終始この裁判をリードしてきたノーネクタイ姿の弁護人だった。彼の論旨は一貫して明快だった。

「検察官は、一〇一号室の便所の便器内から発見されたコンドーム内の精液とともに、遺体の右肩付近の下から発見された陰毛のＡＢＯ式血液型及びミトコンドリアＤＮＡ型が被告人と一致すること、及びショルダーバッグ把手の付着物から被告人と一致する血液型物質が検出されたことをもって、被告人と犯行とを結びつける主張をしています。

しかし、陰毛もショルダーバッグ把手の付着物も、被告人と犯行を結びつける証拠価値をもっていません。

むしろ、現場から発見されたその他の陰毛の存在、ショルダーバッグ把手のミトコンドリアDNA型等を総合して検討すれば、それらの証拠は、被告人以外の真犯人の存在を示しています」

この見解は私がかねがね抱いてきた推論とも一致するものだった。

「石山鑑定及び久保田鑑定によれば、遺体の下から陰毛四本が発見され、うち一本は被告人と、一本は被害者とABO式血液型及びミトコンドリアDNA型が一致したとされています。

ABO式血液型及びミトコンドリアDNA型が一致したとしても、ともに同じ型を示す人間はいくらでもいるのであって、

B型、二二三T――三〇四Cが被告人

O型、二二三T――三六二Cが被害者

であると断定することはできません。

仮に、前者の陰毛が被告人のものであったとしても、被告人は公判廷における供述のとおり犯行と無関係に一〇一号室に出入りし、女性とセックスもしているのであって、被告人と犯行を結びつけることにはなりません。

検察官は論告において、コンドーム内の精液と合わせて陰毛の存在を指摘していますが、陰毛も右精液と同様に犯行と無関係に存在する可能性がある以上、陰毛によって被

告人と犯行を結びつけることができないことはもとより、陰毛の存在がコンドーム内の精液の証拠価値を高めることにもなりません」
弁護人はそう論述した上、喜寿荘一〇一号室から見つかった他の陰毛の血液型とＤＮＡ型について言及した。
「むしろ、検察官が遺体の下から発見された被害者と同じ型の陰毛と一緒にあった状況から、犯行との結びつきを推測するというのであれば、
Ｏ型、二二三Ｔ――二九〇Ｔ――三一九Ａ
Ｂ型、二二三Ｔ――二七八Ｔ――三一一Ｃ――三六二Ｃ
の陰毛も、十分に真犯人の遺留物である資格があるということになります。
検察官は論告において、この二本の陰毛について何ら言及していません。しかし、この二本の陰毛が犯行と無関係であることを示す証拠は何もありません。
少なくともこの二本の陰毛の存在は、二名の被告人以外の人物が一〇一号室において、被害者とセックスをしていた事実を推測させます」
一〇一号室から発見された陰毛は実は四本ではなく十六本だった。残りの十二本はすべて遺体付近以外にあったもので、六畳間に九本、便所汚水内に一本、便所床上に一本、台所に一本遺留されていた。このうち血液型及びＤＮＡ型鑑定をされたのは、便所汚水内と便所床上の二本だけで、残り十本は無視された。

弁護人は女のようなカン高い声で、粘り強く論理をつめていった。
「検察官はふれていませんが、石山鑑定及びその他の証拠によれば、遺体が発見された一〇一号室からは少なくとも十六本の陰毛が発見されています。
これをABO式血液型、ミトコンドリアDNA型の検査結果を比較すると、少なくとも、被害者でなく被告人でもない陰毛が、
O型、二二三T——二九〇T——三一九A
B型、二二三T——二七八T——三一一C——三六二C
B型、一八九C——二六六T——三〇四C——三二五C——三五六C
O型、一五〇T——一八五T——二二三T——二六〇T——二九八C
の四本存在します。
このうち、B型、一八九C——二六六T——三〇四C——三二五C——三五六Cの陰毛は、ミトコンドリアDNA型が一致しているところから、以前一〇一号室に住んでいたハリオムのものだとしても、外に三人の人物が残ります。
このことは、少なくとも未知の三人の人物が一〇一号室に出入りしていたばかりか、陰毛であることからすれば同室内でセックスしていたことを示しています。
検察官は論告において『一〇一号室に出入りできたのは、被告人だけである』と主張していますが、現場から発見された陰毛は、検察官の主張が誤っていることを客観的に

示しています」

つづいて行なわれたショルダーバッグの付着物についての弁論にも、説得力が強く感じられた。

「石山鑑定によれば、被害者の所持していたショルダーバッグの把手から、混合凝集反応（セロテープ法）によりＡＢＯ式血液型でＢ型の反応が検出されたことになっています。

検察官は、この結果を被告人がショルダーバッグに接触した証拠であると主張するようですが誤っています。

まず、『Ｂ型の反応が検出された』という検査結果の信頼性に大きな疑問があります。石山証人自身、『このショルダーバッグに付いている血液型を、先生、スクリーニングしてくれませんかというようなレベルのものだったんです』、『これ、先生ちょっと血液型を見てくれませんか、というようなことだろうと思ったもんですから、初めからそういうようないわゆる鑑定をするなんてことを、全然考えていなかったわけですよ』と証言しているとおり、そもそもこの検査は正式な鑑定嘱託を受けた検査ではありません。

さらに、『Ｂ型の反応が検出された』という検査結果自体は正しいとしても、そのことからＢ型の人物がショルダーバッグに接触したということを断定するものではありません。

第一に、混合凝集反応は極めて感度の高いものであり、人間の汗や細胞以外にもB型の血液型物質の反応を示す物質はたくさんあることから、本件検査結果が人間の汗や細胞以外の物質による反応であった可能性があります。

第二に、真実はB型の血液型物質の他にA型の血液型物質も付着しているにもかかわらず、採取の状況、反応の状況により、B型だけが検出されたという可能性もないことではありません。

すなわち、石山鑑定の結果だけからは、B型の反応が人間由来のものでない可能性、A型の血液型物質の付着があった可能性のいずれも否定できないのです」

石山はDNA鑑定をめぐる公判の直後、ショルダーバッグの把手に付着した手アカの血液型はゴビンダと同じB型だったが、DNA型はゴビンダと同じ型だと認定するには至らなかった、と私に明言している。

「以上のことを当然の前提にして、石山証人自身、『本件ショルダーバッグの把手にB型の人物の接触があったと判断しても矛盾は生じていない』という結論を述べ、その趣旨について、『それはBの人もあるだろうし、Aの人もいるでしょうし、Oの人もいるでしょうし、ABの人もいるでしょうから、まとめてみて、Bはありましたよということを言っているだけです』と述べています」

ＤＮＡ鑑定への疑問

以上のような前提をふまえた上で、弁論はいよいよ核心部分にはいっていった。

「ところで、石山鑑定によれば、ショルダーバッグの把手に付着している皮膚片から、ミトコンドリアＤＮＡ型の分析で二二三Ｔ——三六二Ｃという型が検出されています。ミトコンドリアＤＮＡ型の検査結果が正しいとすると、これはショルダーバッグの把手から被告人のＤＮＡ型は検出されなかったことを示しています。

このことは、被告人がショルダーバッグの把手を引っ張ったのではないこと、ショルダーバッグの把手から検出されたＢ型が被告人由来のものでないことを示しています」

ショルダーバッグの把手に約四十重量キログラムの力がかかったことは検察側も明らかにしている。四十重量キログラムの力というのは、四十キログラムの重量のものを垂直に持ちあげる力である。これほどの強い力がショルダーバッグの把手にかかったとすれば、把手にはその力をかけた人間の皮膚片が残るはずである。

「石山証人自身、汗を付着されたＢ型の人物がショルダーバッグの把手を素手で引っ張るというような行動をしたとすれば、『汗を付着された人物の皮膚片も残っていると思う』とはっきり述べています。

このことからショルダーバッグの把手に接触した人物は、

①ＡＢＯ式血液型でＢ型
②ミトコンドリアＤＮＡ型で、二二三Ｔ――三六二Ｃ型
を持っている人間であることを否定できないと述べています。
さらに、遺体の下から発見された四本の陰毛のうち一本が、
Ｂ型、二二三Ｔ――二七八Ｔ――三一一Ｃ――三六二Ｃ
を示していることは、ショルダーバッグの把手から、
Ｂ型、二二三Ｔ――三六二Ｃ
が検出されたことの関連で極めて重要です。
まず、この陰毛の存在は、ショルダーバッグの把手にＢ型の血液型物質を付着させ得る人物が被告人以外にいたことを示します。
そして、さらに注目すべきは、ショルダーバッグの把手から検出されたミトコンドリアＤＮＡ型と符合することです。被害者、陰毛、ショルダーバッグの把手の関係は次のとおりになります」
弁護人はそういって、被害者、現場から発見されたゴビンダ以外の陰毛、及びショルダーバッグの把手の付着物からそれぞれ検出された血液型とＤＮＡ型の因果関係を示した。
①被害者　　Ｏ型　二二三Ｔ　　　三六二Ｃ

②陰毛
＋　　　　＋　　　　＋
Ｂ型　二二三Ｔ――二七八Ｔ――三一一Ｃ――三六二Ｃ
←　　　　←　　　　←
Ｂ型　二二三Ｔ　　　　　　　　三六二Ｃ

「ＡＢＯ式血液型においてＯ型とＢ型が混合した場合、Ｂ型が検出されることはいうまでもありません。

③ショルダーバッグ

石山鑑定の検査結果が正しいとして、現場から発見された陰毛との関連を踏まえてショルダーバッグの把手《とって》に接触した人物を考察すれば、ショルダーバッグの把手は、

Ｂ型　二二三Ｔ――二七八Ｔ――三一一Ｃ――三六二Ｃ

の陰毛の人物が接触したと考えるのがはるかに合理的です。

なお、現場六畳間からは少なくともその他に二本Ｂ型の陰毛が発見されています。

これらについてはミトコンドリアＤＮＡ型の検査結果は明らかになっていませんが、さらに検査すれば、ズバリＢ型で二二三Ｔ――三六二Ｃを示す陰毛である可能性もあります」

弁護人はそこで一息いれ、ショルダーバッグについて十分な鑑定を尽さず、審理を終えることの不当性と違法性を強く訴えた。

「検察官は論告において、把手の付着物についてのミトコンドリアＤＮＡ型の結果を無

視しています。

しかし、右結果を無視することは真実を歪《ゆが》めることです。ショルダーバッグの把手には、把手を引っ張った人物の汗と細胞片等の付着物が残るのです。従って、把手を引っ張った人物はABO式血液型でB型、ミトコンドリアDNA型で二二三T――三六二Cを示し得る人物でなければなりません。それは被告人ではあり得ないことです。

また、検察官は現場から発見された多くの陰毛の存在も無視しています。

しかし、右存在を無視することも真実を隠すことです。現場から発見された陰毛との関連を踏まえ、ABO式血液型とミトコンドリアDNA型の結果を総合的に判断すればショルダーバッグの把手を引っ張った人物は被告人ではないと言うべきです」

ノーネクタイの弁護人は、便器内に浮かんでいたコンドーム内の精液は、血液型、DNA型ともゴビンダのものである可能性を認めながら、犯行の決定的証拠となっているバッグの把手についた付着物については、血液型及びDNA型がむしろゴビンダとは別人のものであることを論証して、ゴビンダ犯人説を真っ向から否定した。

この弁護人は若いながら、豊田商事事件の東京側の責任者として活躍した辣腕《らつわん》の弁護士だという。さすが胸のすくような論理展開だった。弁護人が論述している間じゅう、「無期懲役」を求刑した検事はずっとうつむいたままだった。最終判決はともかく、その光景はDNA問題の黒白をはっきり分けたと思った。

第四章　閉廷

黒革の定期入れ

次に弁論に立ったのは童顔の弁護人だった。彼は、検察官が論告求刑で、泰子本人が事件当日、巣鴨《すがも》付近で遺失した可能性もある、またゴビンダが強取後、証拠を湮滅《いんめつ》するため、自己の住居や勤務先と関係のない場所をあえて選んで投棄した可能性もあながち否定できない、というまったく説得力を欠いた論理を展開した定期券問題について徹底的な反証を加えた。

「本件犯行日とされる平成九年三月八日から、四日が経過した同月十二日午前九時四十分頃、犯行現場から遠く離れた豊島《としま》区巣鴨五丁目に被害者の定期入れが発見されています。

この事実は、以下に述べる通り、被告人の犯人性に大きな疑問を投げかけるものであり、これを無視して被告人の犯人性を認定することは許されません」

そう主張した上で、泰子の定期入れが巣鴨の民家の庭先に捨てられていたことを合理的に説明する選択肢として考えられるのは、次の四つの論拠しかないと陳述した。

①被害者が、自宅の最寄駅である井《い》の頭《がしら》線西永福《にしえいふく》駅で最後に使用した三月八日午前十一時二十五分以降、同日未明に殺害されるまでの間に、どこかで定期入れを紛失し、第三者が同月十二日までにそれを拾い、かつ巣鴨で捨てたという可能性。

②被害者自身が、三月八日午前十一時二十五分以降、同日未明に殺害されるまでの間に、自ら巣鴨に行き、定期入れを捨てたという可能性。

③犯人が、被害者を殺害した際に定期入れを奪い、その後三月十二日までに巣鴨に捨てたという可能性。

④犯人が、被害者を殺害した際に定期入れを奪い、その後三月十二日までにどこかにこれを遺失ないし投棄し、三月十二日までの間に第三者がこれを拾い、かつ巣鴨に捨てたという可能性。

「しかし、関係各証拠からするならば、①、②及び④の可能性はなく、③の可能性のみが残ります」

弁護人はそう前置きして、①、②及び④の可能性がないことを順を追って論証していった。まず三月八日の事件当日、泰子が定期券を紛失したという①説については次のように論証して、その可能性がほとんどないことを主張した。

「被害者は、三月八日午後零時三十分ころから午後五時三十分ころまで五反田の風俗店の店内にいました。また、午後七時十三分ころから午後十時十六分ころまでは、荒川とホテル内にいました。

とすると、被害者が、第三者の目にふれる場所において定期入れを落とす時間帯は極めて限られていますから、被害者が殺害されるまでの間に、定期入れを落とした可能性自体小さいといえます。

また、仮にその限られた時間帯において定期入れが落とされたとしても、通常拾った人は警察に届けるか、自分の生活領域において処分してしまうものと考えられ、あえて他人の庭先に投げ入れて捨てることは考えにくいものといえます。いわんや、定期入れが拾得された場所付近以外に居住する者が、あえて巣鴨まで出向いて捨てることはありえません。

拾得場所付近の住民がたまたまどこかで拾い、右場所に捨てた可能性についても、警察の周到な捜査にもかかわらず、周辺住民で、渋谷方向に勤務先あるいは出掛けたという人が何人かはいるものの、出掛けたことがある人たちとその定期入れとは結びつかなかったのですから、その可能性も否定されます」

②の泰子自身が事件当日、巣鴨に行って定期券を捨てたという説への反論の骨子は、私がかつて推論した論旨とまったく同じだった。とりわけ泰子が所持していたイオカー

ドが、実は泰子のものではなく、事件当日、五反田駅で拾得したものではないかとの推論は、私がかねてから考えていた見方だった。

「被害者は、三月八日午前十一時二十五分に西永福駅の改札を通り、午後零時三十分ころには五反田の風俗店に到着しています。従って、この間に巣鴨の発見現場まで行って戻ってくることは物理的に不可能です。

また、被害者は、午後五時三十分ころに五反田の店を出て、午後七時零分ころにハチ公前で荒川と落ち合っています。しかし、その間にも巣鴨の現場にわざわざ立ち寄り、定期入れを捨ててくることはおよそ考えられません。

この点につき、検察官は、被害者が所持していたイオカード三枚の記録を根拠にして、五反田の店を出た後に、何らかの理由で巣鴨に寄り、定期入れを落とした後に、再度五反田に戻り、改めて渋谷に向かった可能性もあながち否定しえない旨《むね》主張しています。

この主張は、イオカードの内の五千円券が百九十円残存の状態で券売機にて残額ゼロまで使用されていることから、これに現金を足せば五反田・巣鴨間にあたる二百五十円の乗車券を購入できること、及び他の二枚の三千円券がそれぞれ九十円、四十円が残っていた状態で券売機にていずれも残額ゼロまで使用されていることから、これに現金を足せば五反田・渋谷間にあたる百五十円の乗車券を購入できることを根拠にするもののようです。

しかし、そもそも、このことから、巣鴨駅にて下車したとか、五反田から渋谷に行ったことの直接の推論が働くものではありません。しかも、その主張における被害者の行動は、渋谷で荒川と待ち合わせをしているにもかかわらず、巣鴨から一度五反田に戻らざるを得ないなど、極めて不可解なものとなっています。

さらに、この主張は、本件イオカードが被害者の物であり、被害者が継続使用してきたものであることを前提としているようです。しかし、これにも大きな疑問があります。それは、イオカードの使用記録から明らかです。

例えば、被害者は、同月一日及び同月二日に五反田の風俗店に出勤していますが、被害者の利用する経路からして、最初に渋谷―五反田間を利用し、その後五反田―渋谷間が利用されてしかるべきところ、使用記録によれば、最初に五反田から渋谷の間が利用され、その後に渋谷から五反田を利用したことになっています。

この事実からは、被害者が死体発見当時所持していたこれらのイオカードは、実は、被害者が使用していたものではなく、他の誰かが使用していたものを被害者が拾得して所持していたにすぎないことを物語っています。そして、被害者は、イオカードの最後の記載が一見あたかも残高が残っており、使用できるようにみえることから、三月八日に五反田駅から渋谷駅に向かう際、券売機の前にあった既に使用済みとなった三枚のイオカードを、まだ使用できるものと考えて拾得してそのまま所持していたものと考える余地もあるのです」

　この推論は、道に落ちているものなら何でも拾う泰子の性向からして十分成り立つ。

「また、④の可能性は、①の結論に帰着するものです。つまり、被害者自身ではなく、犯人によって定期入れが落とされた上で第三者が拾ったとしても、通常拾った人は警察に届けるか、自分の生活領域において処分してしまうものと考えられ、あえて他人の庭先に投げ入れて捨てることは考えにくいものであり、この可能性も①同様ありえないのです。

　以上の結果、被害者は殺害される時点まで定期入れを所持していたのであり、真犯人が、被害者を殺害した際に定期入れを奪い、その後同月十二日までの間に巣鴨に捨てたという可能性が残るのみとなります」

犯行のシグナル

　童顔の弁護人は以上を前提として、巣鴨から発見された定期入れとゴビンダは無関係と主張した。

「真犯人は、被害者を殺害した後、定期入れを三月十二日までに巣鴨に捨てる可能性を持った人物でなければなりません。

　ところが、被告人には、巣鴨の拾得場所付近に友人、知人及び同僚は一切おらず、いわゆる土地勘はない上、切符の捜査等にもかかわらず、被告人が同月十二日までに巣鴨に行った痕跡《こんせき》もありません。

　また、被告人が真犯人であれば、あえて巣鴨に赴いた上で、さらに駅から相当離れた場所まで行って、人家の庭先に定期入れを捨てるなどということはまったく考えられないことです。

　つまり、この定期入れが捨てられていた状況は、犯人は被告人以外の者であることをはっきりと示すものなのです。

　即《すなわ》ち、被害者の定期入れが巣鴨において発見されたという事実は、被告人を犯人と認定する上で、避けて通ることのできない大きな障害であり、まさに、起訴検事である宇井証人の言葉である『乗り越えるべき課題』なのです。しかし、警察の捜査指揮にあたっていた石井証人の証言するとおり、これは証拠上解決することはできていません」

　私はこの定期入れを捨てた男こそ真犯人だと確信している。なぜ男は巣鴨の民家の庭先にわざわざ定期入れを捨てたのか。私の推理はこうである。

　定期入れが発見された巣鴨の民家は住宅密集地の一画にある。家はブロック塀に囲まれ、塀沿いの路地はすぐに行き止まりとなっている。路地の反対側にはプラスチックの成型工場があり、これもブロック塀で囲まれている。工場とブロック塀の間にはほとんどすきまがなく、男がもしそこに定期入れをすべりこませれば、定期入れは恐らく永遠に見つからなかった。ところが男はそうはせず、恐らく夜陰に乗じて、反対側のブロック塀の上から民家の庭先に定期入れを放りこんだ。男はそこに投げこめば、翌朝、家人にすぐ発見されることを承知の上でその行動をとった。

男はなぜそんな危険で不可解な行動をとったのか。定期入れが発見されたのは三月十二日の朝である。泰子が殺害された日から数えて四日目のことである。男は泰子を絞殺《こうさつ》し、現金と定期入れを奪って、遺体をその場に放置したまま部屋も閉めずに逃走した。現場の状況から考えれば、男は泰子を路上で殺害したようなものだった。にもかかわらず、泰子の遺体が発見されたというニュースは翌日になっても翌々日になっても出ない。男は当然出るべきニュースが出ないことに、疑心をふくれあがらせていったはずである。

なぜだ。なぜ警察はあの女の遺体を発見できないんだ。いや、警察は実はもう発見しているのに、それを隠しているのかもしれない。でも、なぜ隠す必要があるんだ。ひょっとすると、俺はもう警察の網の目のなかに入っているんだろうか。

その疑心が自分でも制御できないほどふくれあがったとき、男は行動に出た。あの女を殺したのはこの俺だ。その証拠に女の持っていた定期入れがここにある。誰でもいいからあの遺体を一刻も早く発見してくれ。俺は狂いそうだ。男は錯乱状態になりながら、いままで一度も足を踏み入れたことのない街を徘徊《はいかい》し、格好の路地を見つけて泰子がすでに遺体となっていることのシグナルとして定期入れを捨てた。

巣鴨の地理的状況に照らしあわせれば、そうとでも考えない限り、定期入れの謎《なぞ》は解けない。つけ加えておけば、前に述べた通りこの定期入れからはゴビンダの指紋は発見されていない。

事件発覚前後のゴビンダの行動についてもふれられ、ゴビンダの無実性が補強された。ゴビンダが事件発覚直後、粕谷ビル四〇一号室を引き払って品川区小山のウィークリーマンションに居を移したのはあくまでオーバーステイの発覚をおそれたゆえの行動だったこと、自分が殺人事件の嫌疑をかけられていることを同居人から知らされたときにも、その嫌疑を晴らすべくオーバーステイ容疑で逮捕されるのを覚悟の上で自ら渋谷署に出頭していること、警察が頭髪や唾液《だえき》を要求したときも素直に採取に応じていることなどをあげた上、次のように結んだ。

「被告人は、本件事件が起きたとされる三月八日以降同月十九日に至るまで、幕張マハラジャに通常どおり勤務していました。また、三月十日及び三月十七日には、職場の同僚の横山を自宅に招くなど、普段どおりの生活を送っていました。このことは、被告人の周辺にいた者すべてが皆異口同音に認めています。

本件における検察官の主張は、被告人が三月八日未明に一〇一号室で被害者を殺害した上、一〇一号室に死体を放置したまま、三月十日に一〇一号室の鍵《かぎ》を閉めないで一〇一号室の鍵を丸井に返還したというものです。

しかし、仮にそれが真実であれば、鍵の返還後直ちに丸井ないしは大家の方で被害者の死体を発見し、大騒ぎとなる可能性があったはずです。したがって、被告人にとってみれば、死体が放置されている一〇一号室に隣接する四〇一号室にいるときも、また幕張マハラジャで働いているときも、犯行が発覚してしまうのではないかと大きな不安に苛《さいな》まれるはずです。死体を隠した犯人であればいざ知らず、自ら殺害した死体を放置したまま鍵を返した者が、不安におびえないはずがないのです。

しかし、前記のとおり、被告人は、まったく普段どおりの生活を送っていたのです。この事実も決して看過することが許されない事実といえます」

弁論は開始からすでに三時間以上にも及んでいた。その遂一は、腹部にポーチを装着し、右耳にイヤホーンをつけたゴビンダに同時通訳された。その間、裁判長は何度も居眠りを繰り返し、時には大きく船を漕《こ》いだ。それはこの裁判で何度となく目にしたものだった。私は日本の裁判制度の欺瞞《ぎまん》性と虚構性をあらためて強く実感させられた。

彼女のノルマ

最終弁論のなかでとりわけ注目されたのは、一〇一号室の窓の下に投棄されたコンドームについての弁論だった。このコンドームを目撃したのは、喜寿荘二階の二〇三号室に居住する芳賀千絵という十八歳の女性である。事件当日の三月八日午後十一時四十五分頃、芳賀は友達に電話をかけるため自室を出て階段をおりていった。そのとき芳賀は一〇一号室から洩《も》れてくる女の喘《あえ》ぎ声を聞いたと非公開の法廷で証言している。

最後に立った弁護人は弁護士よりも検察官にしたら似合いそうな強面《こわもて》の男だった。この弁護人はかつて首都圏を震撼《しんかん》させた凶悪連続女性殺人事件の弁護を担当し、逆転無罪をかちとった豪腕弁護士である。彼はギョロリとした大きな目で裁判官席をにらみつけ、やおら弁論をはじめた。

「芳賀はその際、同部屋の道路側の窓が四、五センチメートル開いており、その窓の下に『使われた後のように伸びきって』いたコンドームが複数個落ちており、『中には精液と思われる液体が入っているように感じた』、また、その他に『丸まったティッシュも一緒に捨てられて』おり、『使ったコンドームが入っていたような包み』も複数個破られて落ちていたと供述しています。そして、右部屋の窓が開いていたことなどから、そのコンドームなどは一〇一号室から捨てられたものであると思った、とも述べています。

宇井証人は、一〇一号室の窓の下に捨てられていたコンドームについて、『被害者は一晩に何人も客を取り』、『路上でも、駐車場でも売春を』するが、『彼女は非常に几帳《きちよう》面《めん》でして、それらのコンドームをバッグにしまって、本来なら駅で処分していたんじゃないかと。ところが、そこへ行く前にあそこに着いた、そしてコンドームを取り出す、その際に邪魔になったものは捨てたという推測が、一番合理的かなと考えた』と述べ、また、被害者が一〇一号室から捨てた可能性があることも認めています」

思わず耳が立ったのは次の発言だった。

「被害者は、毎晩、売春行為のために、不特定の客を四人以上とっていました」

これは泰子の手帳からはじめて開示された事実で信用性はきわめて高い。泰子は東電が休みの土、日には五反田のホテトルに勤務しており、そこでとった客はこれに含まれていない。となると、泰子は土、日には五人以上の客をとっていた公算が高い。

そもそも、平日の四人という客数からして驚くべき数字である。五時に東電を退社して六時過ぎに渋谷の円山町に現れ、神泉《しんせん》駅を十二時三十四分に出る終電車に乗り込むまでの約六時間のなかで、泰子は自らに課したノルマをこなすように四人の男を相手にしていた。泰子は売春客を四人見つけるまでは絶対に終電車には乗らず、客を求めて夜の円山町を徘徊した。泰子をそこまで思いつめさせ、そこまで律義《りちぎ》に働かせたものは一体何だったのか。

投げ捨てられたコンドーム

弁護人は大声でつづけた。

「しかし、三月八日の客は、荒川と犯人の他には明らかになっていません。前述したとおり、被害者を殺害した者はこの夜の最後の客であったことは明らかです。殺害された時間は、芳賀が喘ぎ声を聞いた午後十一時四十五分から五十分ころの直後であると考えられます。

被害者の三月八日深夜の行動は、午後十時三十分前に馴染《なじ》みの客である荒川と別れてから、路上で客を誘っている姿をサンドイッチマンをしていた鳩《はと》や、八百屋の金井に目撃されています。金井は、被害者は神泉駅の方に向って歩いていると証言しています。

被害者は、売春の客を捜しながら神泉駅の方、即ち喜寿荘の方に歩いて行ったことになります。被害者は、神泉駅付近で客を捜して徘徊していたと考えられます。この時間内に、被害者が複数の客を捕まえて売春行為をすることが十分可能です。

すると、前述したように一〇一号室には被害者と被告人以外の陰毛も複数あったこと、被害者の客の取り方、及び窓の下に捨てられていたコンドームなどからみて、この夜、被害者は、荒川と犯人のほかに、複数の客を一〇一号室で相手にした可能性が強いと考えられます」

この推論は、ゴビンダとの以前のセックスで一〇一号室の鍵が施錠《せじよう》されていなかったことを知っていた泰子が勝手に一〇一号室に入りこんだという見方が前提となっている。すなわちこの日泰子は、一〇一号室で客をこなしては外に出て新たな客を誘いこんだことになる。

「宇井証人がいうように、被害者が一〇一号室ではなく路上からコンドームを捨てたとすると、被害者は、その日、一〇一号室以外の場所で売春した際に使用したものを、バッグに入れて持ち歩いていたことになります。

駐車場や路上で売春をしていた被害者は、いくら几帳面だからといって、駅のゴミ箱に捨てるためにいくつもの使用済みコンドームをバッグに入れたまま持ち歩いていたなどと推測すること自体が不自然です。

また、使用済みのコンドームをそのままバッグに入れて持ち歩いたとすると、コンドーム内の精液がバッグ内にもれ出しバッグ内が汚れてしまいます。これを防ぐためには、コンドーム内の精液を出してしまうか、コンドームの入り口を結わえて精液がもれないようにしなければなりません。しかし、芳賀が見たコンドームの状態は、そのような状態ではありませんでした」

前述したように、喜寿荘二階に住む女子高生の芳賀千絵は事件当日の三月八日深夜、一〇一号室の窓の下に捨てられた複数のコンドームを見たと証言している。その証言内容からして、このコンドームがムキ出しのまま捨てられていたことは明らかである。

弁護人はそのコンドームのそばに丸まったティッシュペーパーが捨てられていたという事実を強調した上で、そもそも泰子が使用済みのコンドームをバッグに入れて持ち歩くことなど考えられないと主張した。

「仮に被害者が使用後のコンドームのなかから精液を出したり、コンドームを結んで精液がもれないようにしたとしても、使用済みのコンドームをむき出しのままでバッグに入れるとは考えられません。袋に入れるか、ティッシュペーパーで包むかするはずです。その場合、コンドームはティッシュペーパーに包まれて一塊りになっており、それを捨てた場合、ティッシュペーパーに包まれた一塊りのままの状態で落ちていると考えられます。それを見た場合、一塊りのゴミが捨てられていると思うだけで、その塊りを開いて見ない限りコンドームだと認識することはあり得ません。

そして、コンドームとは別に、丸まったティッシュが捨てられていたということは、そのティッシュペーパーはコンドームを包んでいたものではなく、性交渉直後に汚れなどを拭《ふ》き取るために使われたものであると考えられます。

以上の通り、窓の下のコンドームなどの捨てられ方、芳賀の見た状況などからして、そのコンドームが袋に入れられたり、ティッシペーパーで包まれたりしていない、即《すなわ》ち、一旦《いったん》バッグに入れられていたコンドームが捨てられたものではないことを証明しており、宇井証人の推定とは明らかに矛盾します。

従って、被害者が通りすがりに捨てたという右宇井供述は誤りです。同様の理由で、被害者以外の者が通りすがりに捨てたとも考えられません。一〇一号室で性交した者が窓から捨てたと考えるのが合理的、かつ自然です」

泰子は一日四人という自分に課した既定のノルマをこなすため、三人の男を一〇一号室にせっせと誘い込み、次々とセックスしては使用後のコンドームを窓から投げ捨て、最後の客のコンドームを投げ終わった直後、その客によって絞殺《こうさつ》されたのだろうか。

「被害者は、毎夜、路上で複数の客を拾い、素性の分からない客と、金だけを目当てに、しかも極めて低額で、ビルの陰、公園、駐車場などですら売春行為をしていました。そして、喜寿荘周辺は被害者の売春のテリトリーでした。このような被害者は、この付近に、売春客を相手にするために、人目につかず安全で使い勝手のよい場所をたえずさがしていたと推測できます」

ここで問題となるのは、検察側が論告求刑で明らかにした事実との矛盾である。検察側は、泰子の手帳には喜寿荘一〇一号室を使用したことをうかがわせる記載がなかったこと、さらに事件前日も喜寿荘近くで売春しながら一〇一号室を使用しなかったことなどをあげて、泰子が一〇一号室を売春の場として常習していたとの見方を否定した。この点についての論告はすでに紹介した。重要なポイントなのでいま一度あげておく。

〈渡辺は被害に遭う前日の同年三月七日に現場近くの駐車場で、遊客山本こと山口と性交した事実があるが、同女が一〇一号室を使用できると知っていたのであれば、その際に同室を使っていてもおかしくないのに、そのような事実はないのであるから、同女が一〇一号室を自由に使用できることを知っていたとは認められない〉

「しかし、検察官の主張は誤りです。検察官の主張とは異なり、被害者が山口を一〇一号室に連れ込むだけの余裕がなかったこと、あるいはその必要もなかったことは明らかです。即《すなわ》ち、山口は、午後十時過ぎに、道玄坂上交番の一つ手前の道あたりで被害者に遭遇し、被害者に売春行為の誘いを受けたが断わって歩き出したところ、被害者が後を追ってきて『しつこく誘い、私が歩きながら、金がないんだと繰り返すと、いいからなどといって、私の体を押すようにして駐車場に入っていったのです』という状況だったのです。

山口が押し込まれた駐車場は、円山町五番地にあり喜寿荘とは二百メートル以上離れています。右状況からして、しつこい誘いを断わって帰ろうとしていた山口を喜寿荘まで連れて行こうとすれば、途中で逃げられてしまう状況だったのです。一〇一号室まで連れて行く余裕などなかったことが明らかです。

また、山口は、何回か被害者の客になっていますが、最初の時を除いて、後はすべて駐車場の車の陰で性交しており、別に部屋などを探す必要もなかったことも明らかです。

以上の事実から明らかなように、仮に、被害者が一〇一号室を使用できることを知っていたとしても、山口を一〇一号室に連れ込むことは不可能であったし、その必要もなかったのであり、検察官の右主張は誤りです」

検察官は論告求刑で、喜寿荘一〇一号室の窓の外に捨てられていたコンドームは、三月八日の深夜、ゴビンダとの性交後、捨てられたものだと主張した。強面の弁護人はこの主張に対し、次のように反論した。

「検察官の主張によると、捨てられていたコンドームの数からみて、被告人は、その夜、二十分から三十分の間に、被害者と三回以上性交渉を持ったことになります。

しかし、被告人は、以前に三回被害者の売春の客になっていますが、いずれも同一機会に一回の性交渉があっただけでした。長い期間馴染みの客でホテルで三時間も被害者と過すのが常であった荒川ですら、同一機会に一回しか性交渉していないこと、被告人は被害者にとって初めての客でなかったとしても、路上で拾った安い金で売春させた客にすぎないことなどから、被害者が被告人に同一機会に複数回も性交渉させることはありえません。

また、被告人が二十分ないし三十分間に三回以上も性交渉をもつことは、生理的に不可能です。

被告人が犯人であるとすると、コンドームを窓の外に捨てたり、便所に捨てたりするはずがありません。

芳賀がコンドームを見た状況からして、便所に捨てられるより窓の外に捨てられた方が時間が早いことが明らかです。被害者を殺して金を奪ったはずの被告人が、殺害前には窓の外に捨てているのに、最後の一つだけ、わざわざ部屋の便所に捨てるのは不自然です。水で流してしまうならともかく、それもしていないのですから、あえて部屋の中に証拠を残すようなことをしたことになり、極めて不自然です。

被害者は一〇一号室で被告人以外の複数の客と売春行為をした。そして、最後の客に殺害された、ということが合理的に推測されます」

泰子の最後の客とは誰だったのか。喜寿荘一〇一号室の窓の下に投げ捨てられたコンドームの生々しいイメージが浮かんだとき、それに重なって、泰子を悲鳴ひとつあげさせずに絞殺した禍々《まがまが》しい男の真っ黒なシルエットが、私の脳裏に一瞬よぎって消えていった。

朦朧《もうろう》たる裁判長

五人の弁護団は最後に、検察側がゴビンダ犯人説の根拠としてあげた次の六点をことごとく論破していった。

「検察官が被告人を犯人であるとする証拠は、ことごとくその証拠価値が否定されました。

第一に、一〇一号室の便所の便器に捨てられていたコンドーム内の精液は、被告人のものである可能性が強いことは弁護人も争いませんが、被害者の殺害とはなんら関係のないときに被告人が捨てたものであり、精子の状況は検察官の主張にではなく、被告人の供述に合致することが明らかです。

第二に、被害者が所有していたショルダーバッグの把手《とつて》から検出されたB型の血液型物質は、それに関する鑑定は裁判上の鑑定と呼べるようなものではなく、また、現場には被告人以外のものであることが明らかなB型の陰毛などがあり、B型であるからといって被告人のものであるといえないことが明らかです。

第三に、本件犯行現場である一〇一号室の鍵《かぎ》をめぐる問題は、検察官の主張の唯一《ゆいいつ》の根拠ともいえる丸井供述はまったく信用ができないものであり、また、被告人が犯人であるとすると、検察官の主張は基本的な点で明らかに不自然・不合理です。

第四に、検察が主張する犯行の動機である、被告人が金に困っていて四〇一号室の賃料の支払いができない状態にあったという点も、被告人は金に困っていませんでしたし、検察官の主張とは逆に、被告人が被害者の金を盗《と》ったとするとかえって不自然な点があります。

第五に、被告人が犯行時間に間にあったかどうかという問題も、検察官自身が、唯一の目撃証人である杉田供述を信用していないこと、被告人の勤務状況及び帰宅状況からして、被告人が到底犯行時間に間に合わないことも明らかです。

第六に、被告人の事件発覚前後の言動も、何ら不自然ではないし、特に口裏合わせにいたっては、捜査側が作り出した虚構であります。

検察官が有罪の根拠としている証拠は、有罪の証拠とならないだけではなく、逆に、被告人の無罪を証明しているのです」

弁護団はさらに、ゴビンダを犯人とするには矛盾する証拠があまりにも多すぎるとダメ押しして、最終弁論をしめくくった。

「その一つは、一〇一号室内に残っていた、被告人以外のB型の陰毛であり、その二つは、一〇一号室の窓の下に捨てられた使用済みの精液の入ったコンドームであり、その三つは、巣鴨《すがも》に捨てられていた被害者の定期入れと、被害者のショルダーバッグに入っていたイオカードの使用のされ方です。

これらを総合すると、犯人は、捜査機関が把握し切れなかった、被害者の一見《いちげん》の売春客であったことが明らかです。

被告人は、オーバーステイのネパール人です。捜査においては、そのことによる偏見がなかったとはいえない点が垣間見《かいまみ》られます。

当裁判所におかれては、日本の裁判が公正かつ平等であり、外国人であると日本人であるとを問わず、また不法滞在者であるか否《いな》かを問わず、あまねく刑事被告人の人権擁護の砦《とりで》であることを、国の内外に知らしめていただきたいと存じます。

被告人の無罪は明白です。以上」

それまで傍聴席から顔がみえなくなるほどの深い居眠りを繰り返していた裁判長は、

弁護団の声にやっとわれに返ったのか、薄膜を張ったような朦朧たる目をあげ、「被告人、前へ」といった。

「これで裁判はすべて終わりました。最後に述べておきたいことはありませんか」

裁判長の言葉に促されたゴビンダは、法廷じゅうに響き渡るような大声で、

「私は渡辺さんを殺していません。お金もとっていません」

といった。

「私は無実です。真犯人ではありません。私の目をみてください」

青白い顔をした裁判長は酷薄そうな三白眼でゴビンダの顔をじっと覗《のぞ》きこみ、次の言葉を待った。

「私が真犯人でないにもかかわらず、狭く汚い所に押し込められて不当な扱いをされていることを苦痛に思っています。真犯人でないのに長期にわたり勾留《こうりゅう》されたことで私の心はいたんで健康はそこなわれています。

弁護人の方々から提出されたことは、私が無実であることの証拠です。罪をおかしていないのに、なぜこういう目にあうのか、本当に理解できません。非常に狭く汚い部屋の中で、私は泣いて暮らしています。裁判官の方も一度体験してほしいと思います。

私の生まれた国、ブッダの生まれた国に一刻も早く帰りたい。年をとってしまった父母に一日も早く会えるよう、すぐに釈放していただきたい。

特に警察に対してはいいたいことがあります。日本は日出《ひいず》る国、文明国です。立派な人がたくさん住んでいる。それなのに日本の警察だけは別でした。残念です。警察はものごとを行なう前によく考えてほしいと思う。きちんと考えないでものごとを行なうと、罪もない人が不幸な目にあいます。それによって誰も利益を受けることはありません。私は無実です。一刻も早く帰してください。もう一度、私の目をよくみてください」

裁判長がゴビンダの必死の訴えから何を感じとったのかはわからなかった。裁判長は能面のような表情のまま、こういって閉廷を告げた。

「判決は四月十四日、金曜日、午前十時から四二五号法廷で行ないます」

第五章　拒食

愛の空間

私はその夜、渋谷区円山町五番地にある駐車場に行ってみた。この日の最終弁論で明らかにされたように、泰子は事件前日の三月七日夜、いやがる遊客の山本こと山口を執《しつ》拗《よう》に追いかけまわし、この駐車場の車の陰で売春におよんでいる。

その駐車場は、道玄坂交番のすぐ横を円山町方面にはいった路地の左側にあり、かなり大きなものだった。路地をへだてて反対側にある七階建てのビルは、つい最近まで、戦前の花街の名残りをとどめていた検番跡に建てられた新築マンションだった。このあたりは、道玄坂通りと、円山町方面に入る二本の路地で三角形に仕切られ、駐車場はその三角の土地のほぼ半分を占めていた。駐車場の管理人の話では、バブルの絶頂期、この土地の地上げにはいった不動産ブローカーが、一坪九千万円という高値をつけたこともあったが、いまはその三十分の一、一坪三百万円にまで下がっているという。

「大丸質店」という大きな質屋の前にある暗い駐車場のまんなかに立って上をみあげると、林立する付近のマンションやラブホテルのビル群の陰にはばまれて、ネオンサインの照り返しを受けた夜空は四角く小さく切りとったようにしかみえなかった。あたりには華美な「愛の空間」が妍《けん》を競いあうように密集しているというのに、なぜ、泰子は、こんなうす暗く不潔な場所を「愛の空間」にしなければならなかったのか。私はここに立って、そうせざるを得なかった泰子の心の闇《やみ》の深さがあらためて伝わってくるような気がした。

管理人の小屋は夜の八時には閉まってしまう。それ以降、駐車場は真っ暗となり、誰でも出入りできる状態となる。浮浪者のものなのか売春婦のものなのか、翌朝、駐車場の隅の雑草のなかから、脱糞《だっぷん》の跡や使用済みのコンドームがみつかることがよくあるという。

犯行現場となった喜寿荘を中心にして半径五百メートルほどの円を描くと、その円のなかで、いま、ありとあらゆる価値観の等高線が土石流となって崩落しているという思いにとらわれる。喜寿荘から東北に五百メートルほど行った渋谷センター街では、昼といわず夜といわず、茶髪に、目のまわりにまるで水中眼鏡のようなまっ白な化粧をほどこしたヤマンバガングロ娘が携帯電話を片時も離さず、花魁《おいらん》サンダルで闊歩《かっぽ》している。不倫騒動で揺れるＮＨＫの前には、消費者トラブルを各地でひき起こしている外資系訪販会社の本社ビルが宮殿のような偉容をみせつけ、喜寿荘から北に約二百メートル行った松濤《しょうとう》の閑静な高級住宅街の一画には、文鮮明の世界基督《キリスト》教統一神霊協会本部や、あの「最高ですかー？」の福永法源が牛耳るアースエイドの本部が黒々と息をひそめている。

　価値観の崩落現象は、大衆の精神の劣化と見合った形でジャーナリズムの世界にも伝《でん》播《ぱ》している。渡辺泰子をめぐる明らかに常軌を逸した報道は、その格好の見本だった。それは、検察側が論告求刑で「興味本位の低俗、下劣な報道の餌食《えじき》にされ、死後の名誉まで毀損《きそん》された」と述べた被告人の犯罪の立証とは何の関係もない頓珍漢《とんちんかん》な論理とは別の文脈に現れている。

　泰子の全裸写真を載せた週刊誌は、たしかに「低俗、下劣」なジャーナリズムである。何ひとつ裏づけのないまま、泰子は若い頃レイプされた、それがきっかけで売春生活にはいった、という根拠のない談話情報を垂れ流した雑誌も「低俗、下劣」である。しかし、私がいうジャーナリズムの売らんかな主義と犯罪性はもっと別の所にある。

　ゴビンダが逮捕された直後、泰子が学生時代、ネパールに留学したと書いた女性週刊誌が数誌あった。その記事は、泰子のネパールへの渡航記録を提示しているわけでもなく、情報の信憑性《しんぴょうせい》は極めて低かった。記事を書いた編集プロダクションを見つけて追及すると、面白半分にデッチあげたことをしぶしぶ認めた。彼らの責任は重大である。ありもしない泰子のネパール留学話を書くことで、ネパール人犯人説に世間を誤導したからである。

その裏に、彼らを誘導する警察のリークがあり、それに無批判に乗ってしまった結果だったかどうかまではわからない。いずれにせよ、渡辺泰子は魔風、淫風《いんぷう》が吹きよどむ強い磁場のような円山町の底に引きこまれ、夜も朝もないこの街の片隅で何者かに絞殺《こうさつ》された。そして情報の飢餓感だけを媒介とする大衆とマスメディアの吐き気のするような補完関係のなかで、泰子は二度殺された。

光と思えば闇《やみ》、闇と思えば光がやってくるこの街の夜の底を歩きながら、私はあらためて泰子の滑落の軌跡を自分の目と足だけで辿《たど》ってみたいと思った。

窒息した物語

数日後、私は品川区の小山《こやま》を訪ねた。テレビ、週刊誌が一斉に、新潟県で発覚した「少女監禁事件」の謎《なぞ》を報じている頃だった。渡辺泰子は登記上、この街で生まれ二歳までここですごしたことになっている。しかし、付近の住民のなかに、渡辺の両親や泰子のことを記憶にとどめている者は誰ひとりいなかった。

泰子が幼児期を過ごしたと思われる場所から百メートルと離れていないところに西小山商店街のアーケードがある。下町情緒を色濃く残すそのあたり一帯は、東京のなかでネパール人たちが最も数多く集まっているところとして知られている。ゴビンダが事件発覚後、身を隠したのも小山にあるウィークリーマンションだった。むろん単なる偶然の悪戯《いたずら》にすぎないのだろうが、泰子とネパールを古層でつなぐような地理的暗合に私は言葉をのむ思いだった。

昭和三十四（一九五九）年秋、渡辺一家は世田谷区の松原に移った。そこは京王線の下高井戸駅にほど近く、いまでこそ山の手の典型的な住宅街となっているが、一家が移り住んできた頃には、まだ武蔵野《むさしの》の面影をかすかに残していた。一家は路地から少し入った小さな家に住んだ。その家のすぐそばには、大きな櫟《くぬぎ》の木がいまも残っている。近所の人の話では、渡辺家は幸福を絵に描いたような一家だったという。

「お父さんは長身でインテリタイプでした。お母さんはおっとりしてやさしそうな方でした。お嬢さんも可愛《かわい》らしく、何不自由なく暮らしているようにみえました」

泰子が六歳になった昭和三十八（一九六三）年には妹も生まれ、一家は四人となった。のちに東京女子大を卒業して大手電器メーカーに入社するその妹も含め、東大出の父、日本女子大出の母に囲まれた渡辺一家は輝くばかりの高学歴一家だった。

昭和四十五（一九七〇）年秋、松原の家を五百万円足らずで売り、一家は京王線の線路を跨《また》ぐ格好で現在の杉並区永福《えいふく》に移った。松原の家は奥まって小さかったが、永福の家は敷地八十坪というかなり広壮なものだった。昭和二十四（一九四九）年に東京大学第二工学部電気工学科を卒業し、東京電力の前身の日本発送電に入社した父親は、この当時、東電の技術開発本部開発専門職（課長）にまで登りつめ、将来の役員入りは間違いなしといわれていた。永福の大きな家は仕事に脂《あぶら》の乗り切った父親の自信の現れだった。しかし、土地は借地で、結婚以来ずっと維持してきた生活の堅実さは相変わらず失っていなかった。

品川区小山、世田谷区松原、そして杉並区永福と歩いてきて、私はふと思った。泰子はもの心ついてから、ずっとこぎれいな住宅街ばかりに住んできた。ひょっとすると泰子は子どもの頃、泥んこ遊びをしなかったのではなかろうか。というより高学歴の両親は、それを泰子に許さなかったのではなかろうか。泰子は心のどこかで、「汚れたい」という願望をずっともちつづけてきたのではなかったか。

泰子が最後に住んだ家は、井《い》の頭《がしら》線・西永福駅前からつづくかなりだだっぴろい道を五分ほど歩いた閑静な住宅街にある。駅からつづくその街並みは、美容院でセットしてきたばかりの微風にもそよがない古臭い髪形のようだった。そして泰子が住んだ大きな家は、「高学歴のエリート一家」という安っぽい虚構の唾液《だえき》にベタベタに塗り固められ、「物語」が完全に窒息させられた家のようにみえた。さらにいえば、泰子の見てきた風景はゴビンダが日本で見た風景とどこか似ていると思った。

やってきた「変調」

昭和四十八（一九七三）年、泰子は地元の公立中学から慶応女子高校に合格し、昭和五十一（一九七六）年には慶応大学経済学部に進んだ。ここまでの一家には何の「変調」もみられない。小さな「変調」がやってくるのは、泰子が大学二年生となった二十歳のときだった。

泰子が慶応女子高に進学した翌年の昭和四十九（一九七四）年十月から昭和五十（一九七五）年二月まで、父親はアフリカのナイジェリアに長期出張し、現地の電力技術指導にあたった。帰国後の七月には工務部副部長地中線近代化推進担当に抜擢《ばってき》された。地中線近代化事業とは、増大する一方の都内の電力需要に対応するため、昭和二十年代後半から継続的に行なわれていたビッグプロジェクトだった。地中線近代化事業については千ページを超す『東京電力三十年史』にも、わざわざ一項が割かれている。

〈増大する都内の電力需要に対しては、昭和二十八年に六万ボルト、三十三年に一五万ボルト地中送電系統を導入し、供給力の拡充を図ってきた。その後、三十九年の東京オリンピック開催を契機として、都市の再開発、過密化が急速に進展し、電力需要が急増した。これに対応するために、一五万ボルト、六万ボルトの都内地中送電網の飛躍的な拡大を図った。

しかし、四十年以降、過密化がますます進展し、一五万ボルト、六万ボルト供給では、系統が複雑化するばかりでなく、地中線ルート数の著しい増加を招くことが避けられない情勢となった。このため、効率的な設備形成を推進するとともに、道路使用など社会環境面からも、過密圏への新しい供給システムについての見直しを行い、電力流通設備近代化計画に都内超高圧系統導入構想を盛り込んだ。

この構想は、五〇万ボルト外輪系統を起点として、二七万ボルト系統を東西南北からそれぞれ都内に導入し、都内で相互間の連系を図ることを基本とし、四十年代中期に東西横断系統を、五十年前後に南北縦断系統をそれぞれ完成し、引き続きこれらの連系を強化しようとするものであった〉

首都圏への電力供給のインフラづくりに主導的役割を果たした父親は、昭和五十年十一月に工務部の一セクション担当の副部長から工務部全体を統括する副部長に昇格した。役員入りは間違いなしといわれるポストだった。しかし、それから一年後の五十一（一九七六）年十月、なぜか、役職なしの単なる工務部付きというポストに格下げとなった。この降格人事の理由はわからない。考えられるのは、父親がこの当時、重い病にかかり、もう激務には耐えられないからと申し出て副部長の職を自ら辞したことである。あるいは長期療養の状態に鑑《かんが》みて、会社側がこの措置をとったとも考えられる。

いずれにせよ、父親はこの降格人事から八カ月後の昭和五十二（一九七七）年七月、五十二歳で死去した。死因は胆管ガンだった。このとき達雄を入院先の聖マリアンナ大学病院に見舞いに行った東電時代の部下によれば、達雄はベッドから起き上がり「胆道が変で不気味なんだよ」と言っていたという。

「塞《ふさ》がってるとも言っていたなあ。まだ、ガン告知なんてしていなかった時代のことですよ。それから結構もっていたから、だいぶ入院していたんじゃなかったかな」

泰子の小さな「変調」は、父親の死の時期と符合する形で起きている。慶応女子高校、慶応大学経済学部を通じて泰子の同期で、ゼミでも一緒に机を並べた女性によれば、高校時代の泰子は、事件当時伝えられたような拒食症でガリガリの体型ではなく、体つきはふっくらとしていたという。

「彼女とは高一で同じクラスになりました。慶応の女子高は中等部からあがってくる人が約半分、公立中など外から受験してきた人が約半分で、私も彼女も公立中組だったので、親近感をもちました。ふっくらして背が高いなあ、というのが第一印象でした。公立中学出身者らしい生真面目《きまじめ》さにも、私と同類の人だなと、好印象をもちました。真面目でしたが、とっつきは決して悪くなく、この人となら話せると思いました。

成績はいつもトップクラスでした。そういえば、女子高を受けたとき、風邪で三十八度何分かの熱を出し、前の晩は一睡もできなかったけど全然大丈夫だった、といっていました。中学時代は走るのも速かったそうです。身長も百六十五センチくらいあり、積極的に発言もするし、勉強もよくできるという学級委員タイプでした。レザークラフトが趣味らしく、皮でつくったペンシルケースや小銭入れをよくバザーに出していました。

手先も器用だったんです。たしかアイススケート部にも入ってました」

その後クラスがえとなり、彼女が次に泰子と会ったのは大学三年のゼミのときだった。

「高一のときのピチピチした印象と全然違うのでびっくりしました。私とは親しかったはずなのに、どこかこれ以上踏みこませないというようなところがあるように感じられました。ある一定以上近づくと殻に閉じこもり、他人には決して弱さをみせないという印象です。体もガリガリにやせてました。ゼミでもそのことが話題になり、拒食症にかかったのではないかという人もいれば、過剰なダイエットをしているのではないかという人もいました」

いまでも彼女の印象に強く残っているのは、泰子が異常なまでに父親を尊敬していたことである。

「お父さまは東大を出て東京電力につとめているとのことで、父をものすごく尊敬している、父は東京電力の部下にもすごく慕われている、何を聞いてもわからないことはない、といってました。理科系の問題でわからないところはお父さまに聞いていたそうです。彼女は本当にお父さまのことが好きなんだなあと思う反面、ちょっとファザコンなのでは、とも思いました」

おそらく父親も泰子のことを溺愛《できあい》し、名門女子高に泰子を合格させるため、「泰子、この問題を解いてごらん」などと手とり足とり受験の指導をしていたのだろう。泰子がガリガリにやせていくのは、その父親の闘病から死に至るまでの頃だった。

「お父さまが闘病していることは誰にもいわなかったと思います。お父さまが死んだことは私もあとになってから聞きました。しばらくしてお悔みをいったところ、今でも父の夢をみて、枕《まくら》が涙でぐっしょり濡《ぬ》れていることがある、といってました。母はお嬢さん育ちだし、妹はまだ幼いので、これからは私が一家の大黒柱となって、この家を支えていかなければならない、といったのも印象に残っています。そのとき彼女はきっと生涯お嫁さんにいかないいんじゃないか、と思いました」

古風な女子大生

父親の死に衝撃を受けて放心状態となった泰子の姿は、当時、慶応大学経済学部の助教授でゼミの指導教官だった大山道広（現・同学部教授）も目《ま》のあたりにしている。

「私のゼミは二十人くらいで、女性は二、三人でした。彼女は勝ち気で、発言もよくしてました。女性としては論理的で頭のいい人だな、と思いました。お父さんが亡《な》くなったことは結果報告だけ受けました。だいぶショックを受けたようで、その話をしながら、学生食堂で涙を流していたのが印象的でした。勝ち気にみえても、やはり彼女も女子学生なんだなあ、と思いましたね。服装は地味でプレーンな感じでした。ファッションにこだわるより、私は勉強するんだという感じです。いつも一人でまわりからポツンと離れている印象があります。美人という印象はありません。小さいときピアノを習っており、ピアニストになろうと思ったこともあったともいってましたね。

成績は優秀でしたが、学者として大学に残るという話は一度も聞いたことがありません。彼女ははじめから就職一本ヤリと決めていたんだと思います。事件が起きる少し前、虎《とら》ノ門《もん》のあるシンクタンクに呼ばれて日本経済について話をしたとき、彼女も研修生か聴講生できていました。その場でしばらく話をしたんですが、いま経済のことを一生懸命勉強しています、といってました。彼女は結婚もしないで一人で頑張っているんだな、というのが、そのときの印象です。彼女と会ったのはそれが最後でした」

泰子の履歴は、冒頭陳述のなかでも短くふれられている。それによると、彼女がクラブホステスのアルバイトをはじめたのは平成元（一九八九）年頃のことで、渋谷界隈《かいわい》で売春をするようになったのは事件の数年前からだったという。その後の公判のなかでも、事件の一年前の平成八（一九九六）年六、七月頃から、土、日ごとに五反田のホテトル「魔女っ子宅配便」に通勤し、その後、円山町で複数の男と売春行為をしていたことが明らかとなっている。

大山が泰子と最後に会ったのは事件の起きる少し前だったというから、泰子はこの段階ではもう完全に売春生活に入っている。泰子は一方でそうした夜鷹《よたか》の生活を送りながら、その一方で、経済セミナーに通い、講師をつとめたかつての恩師に、エコノミストとしてやっていきたいという抱負を語っている。私はしかし、それを必ずしも泰子のもつ二重人格ゆえだとは思わない。その見方がたとえ間違っていないにせよ、あまりにも通俗的で御都合主義的な解釈だと考えている。

大山ゼミで泰子と同期だった女性によれば、泰子ははじめから東電入社を志望していたのではなく、本命は国家公務員上級試験の合格だったという。

「図書館にこもって猛勉強していました。慶応大学からキャリアを目指す人はめったにいません。まして大学の受験勉強をしてこなかった慶応女子高出身者にとって国家公務員上級試験を受験すること自体、茨《いばら》の道です。彼女は雲の上を目指しているんだなあ、と思いました。

本当に国家公務員試験を受けたかどうかはとても聞けない雰囲気だったので、本人から直接は聞きませんでしたが、友人たちの話ではダメだったらしいとのことでした。私はある都市銀行を受けたんですが、彼女にその話をしてそれとなく同じ銀行を一緒に受けてみないと誘ってみたところ、銀行は片親にはうるさいから、といって断わられました。たぶん彼女は、私が受かって自分が落ちたら、と考えたんだと思います。まもなく社会に出ようとする微妙な時期に尊敬するお父さんを亡くしたという重さを受けとめかねているせいもあったんでしょうが、お父さんを亡くしてからの彼女にはそういうプライドの高さばかりが目立ちました」

彼女は一度だけ、大学対抗研究会用のレジュメづくりのため、泰子の家を訪ねたことがある。母親が応接間で勉強している二人にお茶をいれてくれたが、ほとんど印象に残っていないという。また泰子が妹の話をしたことは一度も聞いたことがないという。

「大山ゼミには女性がほとんどいなかったせいもあって、女子学生は男子学生から結構チヤホヤされたんです。コンパの席などでも男子学生が、こっち、こっちと隣の席にさかんに誘うんです。そういうときでも彼女は頑として行きませんでした。男子学生がふざけて肩に手をかけると強くふり払っていましたし、会合が夜遅くなったから僕が送っていくといっても絶対に断わってました。私が男子学生と一緒に喫茶店に行くというと、そういうことはステディな関係を認めることになるから私は一対一では絶対に受けない、といってました。彼女にはそういう古風なところがありました。

だいたい彼女はコンパでも、大山先生が出席する正規の会合にしかきませんでした。つきあいはオフィシャルなものだけに限られてました。男子学生からみれば勉強オンリーでつきあいづらかったと思います。映画や本の話をしたのも聞いたことがありません。スキーにも行かなかったと思います。頭脳だけで生きていて、娯楽というものがまったくない人でした」

堕落の甘美

泰子が慶応大学で過ごした昭和五十一（一九七六）年から五十五（一九八〇）年までの四年間は、村上龍の『限りなく透明に近いブルー』が芥川《あくたがわ》賞を受賞し、山口百恵《ももえ》、ピンクレディーが大ブレイクするなど、若者文化に注目が集まった時代だった。すでにお茶の間で人気が出はじめていたタレントの檀《だん》ふみが泰子と前後して同じ経済学部に入学したこともあって、慶応の三田キャンパスはひときわ華やいだ雰囲気につつまれた。

同期生やゼミの指導教官の話から伝わってくるのは、そうした華やいだ時代状況にひとり背を向け、経済のエリートに向かって、まっしぐらにつき進む孤独な女子大生としての泰子の像ばかりである。しかし泰子は男子生徒から必ずしも煙たがられるばかりの存在でもなかったようである。同じ大山ゼミに所属し、いまは一流企業につとめるある男性には、こんな思い出がある。

「大山ゼミは国際経済を研究するゼミで、渡辺さんはいわゆる南北問題、低開発国の経済について研究していました。とにかく、頭が良かった。僕も彼女にはいろいろ教えてもらいました。理論経済の考え方をすごくよく理解していたので、大山先生が話したことについて、ゼミが終わったあとで彼女に話のポイントを解説してもらったこともありました。

実はゼミの卒業旅行に行った帰りに、僕ともう一人の男の友人、それに彼女の三人で一緒の車に乗って帰ったことがあるんです。その時、カーステレオで聞いたオフコースの『愛を止めないで』という曲を、彼女はとても気に入って、『この曲、いいわね』と言ってました。その後、彼女に『寄っていかない？』と誘われて、永福町《えいふくちょう》の家で友達二人とお茶を飲みましたが、その時もオフコースやニューミュージックの話をした記憶があります。

彼女は、その頃すでにかなりやせていましたから、正直いって僕はあまりタイプじゃなかったんですが、友人が彼女のことを可愛《かわい》いといいだしたんです。結構、何度も電話してアプローチしたみたいですよ。でも、結局、彼女が全然その気にならなくて、付き合うまでには至りませんでしたけどね。彼女は、恋愛には慣れていない感じでしたね」

大山ゼミの仲間たちは、卒業後、何回かＯＢ会を開いている。泰子も一度だけＯＢ会に出席したことがあった。卒業して一、二年目のことだった。大山ゼミで同期だった女性によれば、泰子はＯＢ会で、「仕事はたいへんだけどやりがいがある」と、顔を輝やかしていたという。

「私は都市銀行に入ったものの、仕事はコピーとりに毛が生えた程度のものだったので、彼女に比べて情けないなあ、と思ったおぼえがあります。彼女はその後、ＯＢ会にはこなくなりましたが、経済雑誌の論文募集に応募して賞をとったりしたことは風の便りにきいていましたから、ＯＢ会があるたび、みんなで、すごいね、さすがだよね、がんばるよね、と噂《うわさ》しあっていたんです。大山先生も彼女が経済の専門知識を生かして活躍していることを、たいへんお喜びになっていました」

ＯＢ会には欠席つづきだったが、泰子は彼女に年賀状を送ることだけは毎年欠かさなかった。年賀状は印刷だったが、その末尾には、必ず泰子の手書きの挨拶《あいさつ》が添えられていた。毎年、仕事のことばかり書いてある泰子からの年賀状が届くたび、自分とは完全に違う道を歩いているんだなあ、と思って、彼女はいつも複雑な感情にかられたという。

ある年の年賀状には「経済の論文が載りました」と書いてあり、ある年の年賀状には「春からシンクタンクに出向して経済の勉強をしています」と書いてあった。「部下が出来て責任重大です」と書いてきた年もあったし、「仕事が忙しく自分の時間がなくなりそうです」と書いてきた年もあった。

最後にもらった年賀状、すなわち事件に遭遇した平成九（一九九七）年の年賀状には、次のような言葉が、いつも通りのペン習字の見本を思わせる端正な楷書体《かいしょたい》で認《したた》められていた。

「まるでサラリーマンのような毎日です」

泰子は、月曜から金曜の朝九時から夕方五時まで勤務するハンコでついたような毎日がまるでサラリーマンのようだといいたかったのだろうか。それとも、昼は東電で頭脳を売り、夜は円山町で肉体を売る生活がまるでサラリーマンのようだといいたかったのだろうか。

泰子とゼミで同期だった女性は、最後にいった。

「事件を知ったときにはとても信じられませんでした。私なりにいろいろ理由を考えてみましたが、いまだによくわかりません。彼女はすごく潔癖症だったので、精神のバランスを欠いてしまったのではないかというのが、私なりの結論でした。

でも、女性ならば誰でも、自分をどこまでもおとしめてみたい、という衝動をもっているんじゃないかとも思うんです」

彼女の口からまさか「堕落願望」の言葉が出るとは思いもよらないことだった。私は虚をつかれて思わずたじろいだ。

私が動揺したのは、一つには、彼女と会った自宅マンションのなかに、頽廃《たいはい》に傾斜していこうとするにおいや影が微塵《みじん》も感じられなかったためだった。オートロック式のそのマンションはモダンアートのような高層ビルが林立しはじめている新宿南口の繁華街にほど近く、立地も交通の便も申し分なかった。そんな環境にありながら、あたりは閑静で、価格は一億円近くするものと思われた。

そんなリッチな生活レベルもさることながら、彼女の魅力的な顔つきや、幸福を絵に描いたような暮らしむきは、堕落に赴く心性を敢然と撥《は》ね返す強固な鎧《よろい》のようにみえた。

都市銀行を四、五年でやめ、いまは専業主婦となっている彼女は実際の年齢よりも十歳も若い三十代そこそこにみえたし、商社マンの夫との間に生まれた幼い子ども、それに高価そうなペット犬に囲まれた生活をうらやまない者は誰ひとりいないように思えた。

しかし、ひるがえって考えてみれば、年収は一千万円近くあったといわれ、社会的プレステージも申し分のない超一流企業の管理職キャリアウーマンの心の底に、自分をとことんおとしめてみたいという暗い傾斜があったと、一体誰が想像できただろうか。人間は、自分自身にもわからずコントロールもできない裸形の衝動を誰もがかかえこみ、針の先でつついた綻《ほころ》びだけであっという間に脱げてしまうようなかりそめの衣裳《いしょう》に、それをつつんでいるだけのはかない存在なのだろうか。

第六章　滑落

女性管理職ゼロ

昭和五十五（一九八〇）年に慶応の経済学部を金時計組に近い成績で卒業した泰子は、父親の部下だった人物の口ぞえで東京電力に入社した。配属されたのは企画部調査課だった。泰子はそれから十三年後の平成五（一九九三）年七月、経済調査室の副長という管理職に抜擢《ばってき》されるが、いずれの職場も、通産省（現・経済産業省）や資源エネルギー庁との情報交換や、経済動向などの分析が主な仕事だった。

泰子が入社した年、東京電力の大学院生を含む四年制大学卒業者の採用数は、男が事務系で七十八名、技術系で百十四名、女は全員事務系で九名、計二百一名という多きにのぼった。ちなみに東京電力の平成十一（一九九九）年現在の職員数約四万二千名は警視庁の全職員数にほぼ匹敵している。

東京電力が四年制大学卒の女性の採用をはじめたのは泰子が入社する二年前の昭和五

十三（一九七八）年からである。男女雇用機会均等法が施行されるのはそれからずっと後の昭和六十一（一九八六）年のことだが、東京電力側の説明によれば、四年制大学卒の女性を採用しはじめた時点から女性を管理職にする意志があったという。当社には総合職、一般職の区別がないが、四大卒以上の女子は男子と同様の観点で採用している、というのが東電側の説明である。

しかし、次にあげる数字は、東電側の説明を裏切る結果とはなっていないだろうか。

泰子と同じ年に東電に入社した四大卒事務系男子七十八名のうち、平成十二（二〇〇〇）年現在七十名が在籍している。同技術系男子百十四名のうち、九十九名が在籍している。

これに対し女子は、入社した九名のうち現在も在籍している者はゼロである。

また昭和五十五（一九八〇）年に入社した男子のなかからは、本店のマネージャー、支店レベルでは、支店長、副支店長に次ぐナンバー3の部長がかなり生まれている。これは一般企業でいえば課長職に相当している。

一方、五十五年入社組の女子のうち、現在管理職についている者はゼロである。より正確にいえば、五十五年入社組のうち管理職となったのは泰子ひとりだった。その他の八名は、全員、泰子が管理職になる前に東電を退社している。そして同期入社で唯一《ゆいいつ》の管理職だった泰子は不幸な事件にまきこまれ、命そのものを落とした。

私は男女雇用機会均等法の施行から十年以上たったいまも、女性にとって日本の会社はきつい、男性にとってもきついだろうが、女性にとってはそれ以上にきつい職場環境となっている、そしてその状況は以前とほとんどかわらないどころか、「平等」の名のもとにますますきつさの度合いをましているのではないか、と思わざるを得なかった。

千代田区内幸町《うちさいわいちょう》にある東電本社の社員食堂に案内されて入ったことがある。入り口を入るとすぐにカード式の食券の自動販売機とベルトコンベアー式の配膳《はいぜん》ラインがあり、ラーメン、カレーライスなどの簡単な料理が音もなく流れている。社員たちはそれを食べ終えると、汚れた食器類を元のベルトコンベアーラインに戻し、そそくさと社員食堂をあとにする。食堂は黒っぽい背広を着た男性社員だけでほぼ占められ、女性社員はほとんど見当らなかった。部屋は驚くほど大きく、全室禁煙となっていた。彼らはたぶん黒一色の社員食堂を出て街の喫茶店に入り、そこではじめてホッと一息つくのだろう。私はその社員食堂の上に、昔見たチャップリンの「モダン・タイムス」のワンシーンを思わず重ねていた。

泰子と同じゼミだった女性がいった言葉を思い出す。

「私も結婚したらやめようと思って銀行に入ったわけではありません。けれど日本の企業には結婚と仕事を両立させるシステムはあっても、出産と仕事を両立させるシステムはまだほとんどないんです。名の通った大企業ほど女性が長つづきしないのもそのためだと思います」

転落のトリガー

私は泰子と同期で東電に入社した女性に会いたいと、かねがね考えていた。そのひとり、東大の教養学部から東電に入社し、同社を退社してからもう十年以上たつ女性に接触することができた。彼女の話は予想にたがわず、きわめて興味ぶかいものだった。

「東電の面接試験を受けたとき、うちは四大卒であっても女性は短大卒と同じに扱いますと、はっきりいわれました。うちは総合職としての採用はない、目的別採用だという説明にも、ガックリきました。語学が得意なら語学を生かせる部門に、家政科卒なら消費者相談室などのセクションに配属する、というんです。私が目指したのはスペシャリストでなくゼネラリストだったので、東電の採用方針はタテマエとホンネが違う、と随分迷いました。

それでも乗りかかった船だと思い、入社を決めました。入社してからは制服も決められた通りに着て、東大卒だということはおくびにも出さず、お茶汲《く》みもしました。狡《ずる》いやり方だとは思いましたが、こういう会社では、ちょっと目立つことをするとすぐに足をひっぱられると思ったからです。

渡辺さんの態度は私とは正反対でした。自分はエコノミストのスペシャリストでいくと、堂々といってました。ＯＬ根性に身を隠して上司のおぼえをめでたくしようとしている私からすれば、渡辺さんは正直で、うらやましくさえありました。けれど、こんなにつっぱって本当にやっていけるのか、という一抹の不安があったことも確かです」

私が彼女に接触しようと思ったのは、彼女は泰子の最大のライバルで、彼女が東電の社内選抜試験に受かってハーバード大学に留学したことが、泰子の転落のトリガーをひいた、という噂《うわさ》を聞いていたためだった。その噂をそのまま彼女にぶつけると、彼女はいった。

「それは死んだ渡辺さんに対して失礼だし迷惑な話だと思います。だいいち、私と渡辺さんでは目指す方向が最初から違ってました。私が社内選抜に受かってハーバードに留学したのは事実ですが、渡辺さんが社内選抜を受けたかどうかはわかりません。東電時代、渡辺さんが売春していたことを知っていたか、というんですか？　それは私の口からいうべきことではないと思います」

東電では毎年、海外留学生を選ぶための社内選抜を行なっている。選抜されるのは年間一、二名で、倍率は三ケタに近い難関である。

泰子と同期入社の東大出の女性が、大卒時の成績証明書の書類審査と、英語、論文の筆記試験、さらに面接試験を経て社内選抜に合格したのは、昭和六十（一九八五）年三月、ハーバード大に留学するため渡米したのは翌六十一（一九八六）年六月のことだった。

泰子がこの試験を受けたかどうかは、はっきりしない。東電内には社内選抜に関する資料が昭和五十九（一九八四）年以降のものしかないため、それ以前に泰子が受けていたかどうかはわからない。ただし昭和五十九年以降泰子が受けた事実がないこと、それ以前に受けたとしても合格しなかった事実だけは確認できた。

私がなぜ、この事実にこれほどこだわるかといえば、この問題は泰子の転落と密接にかかわっているように思えるからである。

冒頭陳述によれば、泰子は二十八歳の頃、拒食症に陥り入院したことがあったという。慶応大在学中、父親の死にショックを受けて拒食症になって以来のことだった。泰子が二十八歳になったのは昭和六十（一九八五）年のことである。この年、泰子の最大のライバルと目された東大出の女性が社内選抜に合格している。泰子の拒食症とライバルの合格は、やはりどこか深いところで響きあっているように思えてならない。

ダブルフェイス

同じ冒頭陳述は、泰子がクラブホステスをはじめたのは平成元（一九八九）年頃だと述べている。この事実も泰子の東電での履歴と不思議な符合をみせている。

昭和六十三（一九八八）年八月、泰子は社団法人・日本リサーチ総合研究所に派遣

（出向）命令を受けている。同研究所は昭和五十二（一九七七）年四月、経済企画庁（現・内閣府）所管の社団法人として設立されたシンクタンクで、役員の一人には東京電力会長の那須翔《なすしょう》も名を連ねている。しかし出資関係はなく、東電から同研究所に出向したのも彼女がはじめてのケースだった。その後も、東電から同研究所への派遣はない。

東電側の説明によれば、泰子の派遣は通常異動の範囲内で、彼女の専門とする経済学の研究が学問的に優秀だったのでさらに研鑽《けんさん》を積ませるため第三者の研究機関に差し向けたという。しかし、外務省や通産省（現・経済産業省）本省への派遣もあるという東電側の説明を重ねあわせれば、この出向は一貫してエリートを目指してきた泰子にとって格落ちという印象を拭《ぬぐ》えなかったのではなかったか。

泰子は東電に入社し、役員入り一歩手前で若死にした父親を、唯一無二の神のように尊敬してきた。東電入りした泰子のなかには、あるいは、病を得て無念の降格人事を味わうことになった父親の恨みを晴らし、女性として役員にまで昇りつめるという大望があったのかもしれない。それがライバルに海外留学の先を越され、そしてまた出向命令を受ける。泰子の挫折《ざせつ》の思いは余人からは想像もできないほど深いものだったのかもしれない。

同研究所時代、泰子と共同の論文を作成したこともあるプロパー研究員の黒田英一（現・青森大学助教授）によれば、泰子は食が細く、いつも弁当をもってきていたという。

父親の死からはじまった泰子の摂食障害は、時おり劇症を起こしながら、うっすらとした形でたぶんずっと続いていたのだろう。

「優秀だったことは確かですが、それ以外の印象はほとんどありません。東電に打ち合わせでちょくちょく行っていたことくらいかなあ。一緒に食事をしたり酒をのんだこともまったくありません」

同研究所は『総合研究』という研究紀要を、毎年一冊刊行している。前年度の研究成果を集めた平成元（一九八九）年版の『総合研究』に、泰子が書いたかなり長い論文が収録されている。「家計収支構造の変化――制度改革論議のための一考察」というタイトルのその論文は、こんな書き出しからはじまっている。

〈所得税・住民税減税と消費税導入、厚生年金保険料率の引き上げなど、家計を取り巻く環境は、制度的な側面から、ここへきて大きく変わろうとしている。本格的な高齢化社会の到来する将来を展望すれば、こうした制度改革はようやく始まったところといえるだろう。今後は、家計に係る問題を取り上げる際には、分野のいかんを問わず、これら諸制度との関連を考慮する必要があるように思われる。諸制度のあり方等に関する分析や議論では、制度・政策でなく、家計の側に視点の軸を置いたものも必要になると考えられる〉

論文は数字をベースにしたグラフやマトリックス、高等数学を援用した数式が多用されており、優秀な研究者特有の無味乾燥な文体を別とすれば、かなりハイレベルなものであることは素人目《しろうとめ》にもわかる。

泰子はこの論文の末尾に近いところでこう結語している。

〈……税制に関しては、消費税の税率引き上げの議論が早晩避けられないであろうことがあげられる。消費税は、所得税・住民税減税とのパッケージで八九年四月に一律三パーセントのかたちで導入された。この一連の税制改革の主旨は、「所得・消費・資産に対する課税の適切な組み合わせを図る」ことにある。しかし、今後さらに消費支出の対実収入（所得）比率が低下していくとすれば、この「適切」さを税収額のバランスと解釈する限り、消費税の税率引き上げの議論はいずれ浮上せざるをえないことになる。また現実問題として、消費税率を三パーセントに固定したままでは、仮に所得税・住民税減税を今後実施しなくとも、税収総額が不足する事態が訪れる可能性は高いことになる〉

消費税がその後、泰子の予想通りに上げられたところにも、彼女の日本経済を見る目の確かさが感じられる。

この論文を発表した昭和六十三（一九八八）年、泰子はこれとは別に二つの調査論文を発表している。一つは「長寿社会対応新社会システム開発調査」といい、もう一つは「生活財関連産業潜在的需要開発調査」というものである。

この年度、日本リサーチ総合研究所が、公共機関や民間企業から委託を受けた調査には、ほかに、「まほうびんの意匠保護に関する実態調査」「給食用果汁用途拡大モデル事業」『越前の魚』生鮮出荷体制整備調査」などがあるが、泰子がかかわった調査とは相当のレベル差があるらしいことは、そのタイトルからだけでもうかがえる。

不思議なのは、同研究所に派遣された初年度の昭和六十三年、これほど積極的に論文を発表してきた泰子が、翌年の平成元（一九八九）年以降になると研究活動をピタッとやめたかのように、一本の論文も発表しなくなっていることである。平成元年といえば、冒頭陳述に、泰子がクラブホステスのアルバイトをはじめた、と書かれた年である。冒頭陳述は穏当に「クラブホステス」と書いているが、泰子の売春生活がほぼこの時代からはじまっていることを考えあわせると、ここでいう「クラブ」が風俗関係の店だったことは容易に想像がつく。このとき泰子は三十二歳だった。女性としては薹《とう》が立ったといわれる年齢である。「クラブ」としても泰子の扱いには困ったことだろう。「クラブホステス」から「ホテトル嬢」へ、そして立ちんぼの夜鷹《よたか》へという転落のコースは、泰子にとって、自分の年齢との闘いの軌跡でもあったろう。

泰子が売春生活への坂道をころげはじめる平成元年に、一体、何があったのか。

東電側の説明によれば、泰子の日本リサーチ総合研究所への出向期間は、昭和六十三（一九八八）年八月から平成二（一九九〇）年十月までの二年三カ月だったという。一方、日本リサーチ総合研究所に残る資料には、泰子の出向期間は昭和六十三（一九八八）年八月十五日から平成三（一九九一）年八月十五日までの丸三年と記載されている。

東電の出向期間は通常、二年である。仮に日本リサーチ総合研究所の資料が正しいとすれば、泰子は通常より一年も長く出向していたことになる。東電と日本リサーチ総合研究所の泰子の出向期間をめぐる食い違いは、この間、泰子と東電の間で、「帰る」、「まだ早い」といった類《たぐい》の言い争いがあったことを暗示しているようにもみえる。

いずれにせよ、泰子が売春生活に入るきっかけのなかに、出向時代に受けた何らかのトラウマが大きく作用していることだけは確かなように思われた。

ミッシングピース

この頃、泰子が渋谷センター街の「バラベル」という高級クラブで働いていたという情報がある。源氏名は「保香」だったという。この情報をもとに、渋谷センター街を聞き込みに歩いた結果、かつてこの街に「バラベル」という店があったことだけは確認できた。その店は渋谷センター街のはずれに近いニュー渋谷ビルという雑居ビルの六階にあり、いまはフィリピンクラブにかわっていた。登記簿を閲覧しても、移転関係が複雑に入り乱れているため、「バラベル」が入っていたニュー渋谷ビルの当時のオーナーが韓国人だったということがわかっただけで、オーナーの行方すらつかめなかった。念のため隣りのビルのオーナーにもあたったが、「バラベル」の経営者が誰だったかについてはまったく知らず、まして泰子については何ひとつわからなかった。

泰子が「バラベル」で働いていたとされる平成二（一九九〇）年頃は、それまで絶頂期だったあぶく銭経済がそろそろ終わりを告げ、バブルがはじけはじめる時代である。ファーストフード店やパソコンの安売りショップが林立し、つくだ煮にしたくなるような人ごみで昼も夜もごったがえす若者たちのメッカの一画に、かつて高級クラブが存在し、毎夜社用族の札束が乱れ飛んだ。いまとなってはそのこと自体幻影のようで、バブルの時代の狂乱ぶりをあらためて見る思いがした。

かつて「バラベル」があった雑居ビルから円山町までは、道玄坂をはさんでわずか五百メートルほどの距離である。泰子が「バラベル」で働いていたという情報が事実だったとしよう。泰子はその後、おそらくバブルの崩壊と歩調をあわせるかのように、ノー天気なほど明るい渋谷センター街の雑踏を追われた。そして隠花植物を思わせる円山町の薄暗がりに転落していった。時計とは逆回りのその螺旋《らせん》状の旋回には、三十代から四十代に向かう泰子の年齢が残酷なまでに刻み込まれている。

泰子を大きな渦に巻き込んで円山町に吹きよせたバブルの崩壊は、泰子が勤める東電の株価にも反映している。バブル期、東電の株価は最高値で九千四百円台までつけた。それが昭和六十三（一九八八）年から反転に転じ、平成三（一九九一）年には最高値で三千七百円台まで急落した。折りからの差益還元値下げと原油価格の反騰《はんとう》によって東電は大幅な減益に見舞われ、その後につづく電力小売り自由化の波が世界最大の独占的民間電力会社の座を脅《おびや》かした。泰子の転落と死は、こうした大きな経済状況の変化と規制緩和の荒波の中で起きた。

泰子は売春婦に堕《お》ちることで、一体、誰に何を訴えようとしたのだろうか。あるいは、誰に対しても何に対しても、自分に対してさえ訴えるものなど何もない、そのことを訴えようとしたのだろうか。確実にいえることは、東電に帰り、経済調査室副長という管理職に就いた平成五（一九九三）年以降、泰子の売春生活に拍車がかかっていることである。円山町の街角に立ち、大っぴらに客を引きはじめるのもこの頃からだった。

社会的プレステージがあがればあがるほど、泰子の内面は空虚さをましていったのだろうか。そしてそれを補塡《ほてん》するかのように、堕落願望、破滅衝動への道をまっしぐらにつき進んでいったのだろうか。

「客」として泰子と二年間つきあった五十代の男によれば、彼女が売春生活に入った直接のきっかけは、最初のセックス相手が法外な金をくれたためだと話してくれたことがあったという。しかしその一方で、昔、東電に勤めていた妻帯者の上司に失恋し、その腹いせから売春に走ったことをにおわせることもあったという。

二つとももっともらしくはあるが、もっともらしいだけに却《かえ》ってつくりものの印象が拭えない。人はそれだけの理由で十年近い売春生活を送ることができるものだろうか。事件直後、彼女が売春婦に転落した裏には東電の政治資金がらみの謀略があった、という噂《うわさ》が流れた。そんな噂も、一日四人の客をとるまでは絶対に家に帰らないというすさまじいノルマを自らに課し、駐車場でのセックスさえ厭《いと》わなかった「絶対的堕落」の前では、空語化し、説得力を失ってしまう。泰子をつき動かしたエネルギーはもっと巨大でもっと深々としたものだったに違いない。三十代で売春をはじめ、最後は二千円で客をとった泰子の心のなかに、一体どんな闇《やみ》がひそんでいたのか。

私はこれまで、東大出の父と日本女子大出の母という、これ以上望めないほどの高学歴の家庭に生まれ、円山町のうす汚れた木造モルタル造りの安アパートの一室で何者かに絞殺《こうさつ》されるまでの渡辺泰子の三十九年の人生の軌跡を追ってきた。そしていま、渡辺泰子の心の闇の謎《なぞ》を解くどころか、ますます大きくなる泰子の心の謎に直面して、愕然《がくぜん》とした思いにとらわれている。私がこれまで提示してきたのは、泰子の心の謎の所在を示す稜線《りようせん》だけではなかったか。それはいうならば、中心の巨大なピースがはめこまれないまま未完成に終わったジグソーパズルにも似ているのではないか。

いや、違う。そういう別の声が私の内部から聞こえる。おまえは、ノンフィクションの要諦《ようたい》は、わからないことは正直にわからない、と書くことだ、わからないことを賢《さか》しらにいかにもわかったように解釈してみせる一知半解さこそ、ノンフィクションの邪道だ、といってきたではないか。片々たる事実をジグソーパズルのように丹念にはめこんで、残ったピースの在りかを空白のままで示すことこそ、ノンフィクションライターの勲章ではなかったのか。

私は人間存在の深淵《しんえん》のほとりに招かれた感慨にとらわれ、慄然《りつぜん》と立ち尽くす思いだった。

第七章　対話

インナーマザー

自分を納得させるだけの結論が出せないまま、最終弁論から十日ほどたった平成十二（二〇〇〇）年二月はじめ、私は精神科医の斎藤学《さとる》を訪ねた。港区麻布《あざぶ》十番で家族機能研究所を主宰する斎藤は、拒食症など摂食障害者のカウンセリングの治療現場で、わが国でも指折りの精神科医といわれている。

私が斎藤に会うのは、実はこれが二度目だった。一度目は斎藤の方から声がかかってきた。まだ東電ＯＬ強盗殺人事件の公判がつづいていた平成十一（一九九九）年八月のことで、私が当時、雑誌に断続的に連載していた東電ＯＬ殺人事件のレポートを読み、ぜひ会って話を聞きたい、と共通の編集者を通じていってきた。私はそのときはじめて、斎藤が精神科医として、渡辺泰子の病に異常なほどの関心をもっていることを知った。

私があらためて斎藤に会おうと思ったのは、そのとき斎藤からもらった数冊の本のなかに、渡辺泰子と驚くほどそっくりの症例が何例も紹介されていたためだった。いずれも斎藤が実際にカウンセリングした例だという。そこにはたとえば、こんなケースが紹介されている。

A子さんという三十歳になる女性が、十四歳のとき父親に死なれ、そのショックから不登校など離人症性障害に陥る。

〈おそらく思春期に入っていたA子さんは、父という異性に、今までとは違った感情を向け始めていたのでしょう。この感情は少女たちを不安で包むものですから、彼女たちはそのことをあまり考えないようにして、父親を避けようとするものです。大急ぎで、家の外の同世代の男の子に関心を向け変える娘もいます。この感情はまた母親への罪悪感を生みます。罪悪感は反転して、母親批判として表現されることが多い。一方で、この罪悪感は娘の心の内に取り込まれ、自分に対する苛酷《かこく》な批判者「インナーマザー」(内なる母) になります。

インナーマザーは、自分の無能、怠惰、醜さを責め、いっときも心を休ませてくれません。これに取り憑《つ》かれた娘は、「仕事人間」になるか「何もしない完璧《かんぺき》主義者」になるか、さもなければ「痩《や》せた体を追求する拒食・過食症者」や「容貌《ようぼう》にこだわる醜貌恐怖者」になります〉(『インナーマザーは支配する』新講社)。

他の本や研究論文には、次のような記述もみられる。ここにも泰子の心の闇《やみ》を照射する貴重なヒントがあるように思われた。
〈……私は、一九九〇年代に入ってからの過食・拒食症者の激増を理解する鍵《かぎ》のひとつは、彼女たちの母親の迷いの中にあると考えているのです。過食・拒食症者の母親は、第二次大戦後に青春期を迎えた人びとです。それまでよりずっと多くの女性が、大学まで進み、自分なりの理想を大学時代に培《つちか》うことのできた世代に属しています。（中略）しかし、この世代の女性たちは、それまでの女性の経験しなかったような迷いの中に置かれることにもなりました。なぜなら彼女たちは、学生時代には個人的達成の「大志を抱く」ように励まされながら、他方では伝統的な妻・母の役割（他人に奉仕する役割）を当然のこととして押しつけられ、たいした葛藤《かっとう》も持たずに、妻や母の役割を選んでしまったからです〉（『家族依存症』新潮文庫）
〈効率優先の競争社会では、人々の心の中に、厳しい自己監視装置が内蔵され、この自己査定によって人々は自らを上級品から規格はずれまでに階級区分している。性別に関しても、男女はそれぞれ自らの性別規格にとらわれるようになっている。明治以降、敗戦を経て現在に至るまでの期間、女性は解放されつつあるのではなく、規格化・画一化されてきているのであり、この規格化は自己監視によって自発的に進められている。女性の場合、彼女たちの体型への過度のこだわりは、その顕在的でわかりやすい例であるように思われる。神経性無食欲症者、とくにその制限型の患者にみられる「良い子」

「かわいい子」へのこだわりは、この規格化が心的内面にまで及んでいることを示している。(中略)
現代の市民たちは暴力で抑圧されることは少なくなったが、代わりに徹底的な評価で管理され、〝品質〟ごとに階層分化されるようになった。この評価は内面化されて厳しい自己評価となり、自らを客体化して他者(社会)にとっての「品質の良い製品」になろうと必死になっている。身体《からだ》を売っているのは、売春婦だけではない。現代市民たちの多くは身体どころか心まで、社会というシステムに売り渡しており、家族はこのような現状適応主義の学習の場になっている〉(「売春および神経性無食欲症と近親姦《かん》」＝「家族機能研究所・研究紀要第三号」所収)

「聖化」される父

――東電ＯＬ殺人事件の裁判がやっと終わりました。しかし裁判とは別に、渡辺泰子という女性の心の闇は私のなかで深くなっていく一方です。まず彼女の拒食症ですが、彼女から尊敬されすぎるほど尊敬されていた父親の死がトリガーとなったことは間違いないでしょうね。

「それは間違いないでしょう。私はこの事件の報道に最初に接した時、『これは自己処罰だな』と感じましたが、佐野さんが細かく調査した彼女の履歴を今こうして聞くと、ますますその感を深くしますね。彼女は死んだ父親を過剰なまでに理想化するあまり、『父親に比べて見下げ果てた自分』『汚い自分』を処罰したいという衝動から行動していった。その結果、心と体が分離され、心が体に『見下げ果てた自分』『汚い自分』になることを命じていってしまったと思うんです」

——その心というのは超自我のことですね。

「ええ、われわれの用語では懲罰的超自我と呼んでいます。彼女のように、拒食症から自己処罰の方向へ向かうケースは他にも例がありますが、その原因はやはり父親との関係にあるといっていいと思います」

——わからないのは、彼女の父親が死んだのが、彼女が二十歳のときだったことです。幼い女の子ならいざ知らず、二十歳にもなれば父親のなかにある男性（性）に気づき、むしろ忌避していくのが通常の発育過程ですよね。

「ええ、その通りです。女の子は通常、思春期になると父親に反発し、距離をとろうとします。その父親嫌悪《けんお》がやがて、他の男性パートナーとの間の性衝動を生んでいく。ところが彼女のように過剰なまでに父親を尊敬していると、父に男性（性）があるのは十分に知りながら、それをあたかもないようなものとしてかたくなに否認する。その無理が懲罰的自己を芽生えさせるんです」

——彼女の性格の特徴は、仕事でも売春でもきわめて几帳面《きちょうめん》にこなしていくことです。

彼女の几帳面さは拒食と関係がありますか。

「大いにあります。拒食に陥ると当然、激瘦せしますから、みんなまわりで心配してくれます。そして『そんなに頑張るな』と声をかけてくれます。それが、『それでも頑張っている自分』という自己像をつくりあげる温床となるんです。仕事も『頑張って』つづけますから、キャリアも伸びていく。つまりその女性にとって、『仕事』と『食べないこと』以外にはやることがなくなっていくのです」

――学生時代の彼女は、男子学生との間でごくふつうのパートナーシップがまったくとれていません。性的にきわめて貧弱だった、というのが私の実感です。一般的にいって拒食症患者の性はプアーだという印象がありますが、性と拒食症はどうからんでいるんでしょう。

「やはり父親との関係が重要です。性の衝動は人間の精神性からすると、異所性のつよいものです。誰でも突然つきあげてくる性の衝動にどうしていいかわからずうろたえてしまった経験があるでしょう。男性の場合、それを猥談《わいだん》などによって解消することができますが、女性の場合は父親の死などが原因となって、その異所性が解消できず、むしろ高まってしまうことがあるのです。そしてそれが性的潔癖症につながり、拒食症となって現われるケースがあります。渡辺さんの場合も、その異所性を維持しつづけたため、男性とまともにつきあうことができなかったということができると思います」

――つまりこう考えていいでしょうか。彼女は父親の男性性にはとっくに気づいていた。しかし、それは嫌悪感しか生まないものだから、ないものと否認した。否認することによって父親はますます「聖化」されていった。その「聖化」された父親が彼女の超自我にいわば憑依《ひょうい》し、その超自我が彼女を堕落への道に追いたてていった。

「そう考えていいと思います」

――そうすると彼女は、本当は心の底のどこかで父親を嫌悪していたことになりますね。

「そうとも考えられます。女性の場合父親を汚いと感じる時期に、だいたい性欲動が優位になり、父親への抵抗は排除されていきます。しかし、彼女の場合、父親への抵抗が排除されなかった。健全な意味での性の発動は、そのことが大前提となりますから、父親への抵抗を経なかった彼女の性がプアーとなっていたのは当然のことだといえます」

――ところで、性的潔癖症は食物に対する潔癖にもつながるんでしょうか。私は以前、拒食症が昂《こう》じると、目の前の食物が父親の精液にみえるケースもある、はなはだしい場合には、それを食べて想像妊娠をするという話を斎藤さんから聞いて、ショックを受けたことがあります。

「インセストタブー（近親姦）への恐れが極端に昂じると、精神世界のなかではそういうことも起こりえます」

――そのインセストタブーなのですが、私は以前、斎藤さんから家族機能研究所で東電ＯＬ殺人事件についての講演をしてくれないか、と頼まれたとき、こんな話をしました。天童荒太のベストセラー小説『永遠の仔《こ》』を読んだとき、女性主人公の精神のトラウマが渡辺泰子にあまりに似ているように思えて驚いた。この小説の女性主人公のトラウマとは父親との近親姦なんです。その背景には父と母の疎遠《そえん》な関係がある。母は家格の低い父を疎《うと》んじ、父はその疎外感から娘を性的対象とみなしはじめてしまう。

泰子の生活歴を詳しく知るため、私は父方、母方の家系を三代前にまで遡《さかのぼ》って調べました。簡単にいえば、母方は室町時代にまで遡る名門で、明治以降は一族のなかから医者が輩出している。一方の父方は没落した貧乏機屋《はたや》の一家です。

さらに取材していくと、母方と父方から伝わってくる感触が全然違う。一言でいえば、母方はどこか「貴族的」で冷たく、父方はどこか「庶民的」で温かい。母方は渡辺家とはほとんどつきあいがないようでした。母方の伯父たちは泰子の葬儀にも出ていない。泰子の父親が母方から冷遇されたという事実があったかどうかまではつかめませんでしたが、この夫婦にはどこか冷たい風が吹いていたような気がしてならない。父親の泰子に対する異常なまでの溺愛《できあい》ぶりには、そんな夫婦関係が微妙な形で反映されているのではないか。もっといえば『永遠の仔』と同じようなことがあったのではないか。たしか私はそんな話をしたように記憶しています。この点について、斎藤さんはどう思われますか。

「精神的な意味でいえば近親姦はあったと思います」

非言語のメッセージ

――もう一つわからないのは、彼女の「逆両替え」の心理です。道に落ちているビール瓶を拾って酒屋に行き、五円で換金する、その小銭を百円玉に、百円玉がたまると千円札に、そして千円札がたまると一万円に両替えするという不思議な行為です。

「拒食症の女性たちは、よく『貯金』という言葉を使います。たとえば四〇キロを超えることを絶対に許せない女性は、三九・五キロになると〇・五キロの貯金ができた、というのです。自分をしばるものが、体重しかなくなってしまうわけです。

そういった女性の場合、服装なども一つのことにこだわり、いつも同じスタイルでいる例が非常に多くみられます。それは、目の前に自由な選択肢がみえてしまうと、不安でたまらなくなってしまうため、ある種の様式美・形式美にこだわるのです」

――たしかに彼女も、円山町に立つときは、きまってロングヘアーにベージュ色のコート、肩には革のショルダーバッグというスタイルを一貫してかえていません。

「渡辺さんの場合、それはお金に関してもあてはまるような気がします。つまり、彼女にとってお金とはコインではなく、具象としての一万円札だったのではないでしょうか。

ですから、小銭をお札に換えることに異常なほど執着したんだと思います」

――私は彼女が売春に走るようになったのは、役員入りまで目指した東電で、その目がなくなってしまったことにいやおうなく気づかされたからだと思っています。そのとき、父の死のショックによって発病した拒食症も再発しています。いわばバージョンアップした拒食症が、性的潔癖症を大きく反転させ性的自堕落の道へ追いこんでいく。

「そう考えていいと思います。彼女にはいつも『申しわけない』という感情がこびりついていたと思います。誰に対して申しわけないかといえば、それは尊敬する父親に対してです。『立派な父親に比べてずっとちっぽけな自分は生きていく価値がない、申しわけない』と考えて、自分を辱《はずかし》めるような行動に走る。

このような感情は、親がその子を特別視し、過大な期待をかけたことからくることが多いといえます。つまり勝手にかけられた過大な要求にこたえられないと感じた時点から、自己処罰がはじまるのです。渡辺さんの場合も、『父親が東大なのに、私は東大に行けなかった』からはじまり、『国家公務員試験に落ちた』などの挫折《ざせつ》がいくつか重なり、それが東電入社後も、『親が期待したようになっていない』という自責の念を生んで、自己処罰の方向に向かっていったのではないかと思います」

――これも感覚的なことだけでいうんですが、泰子を溺愛した父親に対し、母親は妹だけを可愛《かわい》がったような気がしているんですが……。

「渡辺さんのような二人姉妹の場合、父親の死後、長女が孤立することがよくあります。尊敬する父親が死ぬと、長女が母親を馬鹿《ばか》にして一時的に家の中を乗っとることがあるのです。そして、それに対して妹が反発して家を出て行ってしまったり、妹と母親とが『母娘カプセル』を形成してしまうこともあります。そうなると、長女は妹に憎まれて『母娘カプセル』に入れないので、家へ帰れない、という状態に陥ってしまう場合があるのです」

——この事件に対する女性の関心は非常に高いですね。とりわけ高学歴のキャリアウーマンといわれている女性の関心が高い。人ごととは思えない、といってくる女性もいます。なぜ、女性たちはこの事件にこれほど強い関心を向けるんでしょうか。

「たしかにこの事件には多くの女性が関心をもっているようですね。私も精神科医として神戸の少年A事件以上に屹立《きつりつ》する事件だと思っています。この種の事件はおそらく十年に一度もないでしょう。それほどこの事件は多くのことをわれわれにメッセージしている。そのメッセージはいまだに言語化されていません。そうだからこそ、多くの女性が彼女のことを知りたがっていると思うんです。

渡辺さんのやったことは、自分を『物』にしてしまうことです。突き放したいい方をすれば、金銭を媒介にして性器の摩擦を行なったんですから。この事件は本質的に非常に危険な要素をはらんでいます。普段みんなが隠していることを、ストレートすぎる形でつきつけたわけですからね。ですから、渡辺さんは、自分たちがふだん心の底のどこかで望んでいてても社会的規制が働いていてできなかったことをやってくれたという意味で、『黒いヒロイン』なんです」

――最後に、昼は東電エリート、夜は売春婦という言葉で彼女を括《くく》り、彼女の二重人格性だけをとらえようとする世間の論調に私は組しません。この事件と彼女の内面をずっと追及していくと、私には、彼女はむしろ「自己同一化」に向かってまっしぐらにつき進み、その結果、「自爆」したという印象の方がずっと強いんです。

「彼女のみならず、現代人はみな多重人格化しています。学校、家庭、会社など、その場その場での役割を演じきることに重点を置いています。コンパートメント・メンタリティ、つまり列車のコンパートメントのような、別々の部分自己を演じながら生きているわけです。従って、かつてＥ・Ｈ・エリクソンがいった『自己同一性』など必要とされず、いまの世の中ではむしろ、そんなものを獲得したら生きにくいとさえいえます。

その中で、彼女はどこでも人格をかえずに一貫性をもって生きたといえるのではないでしょうか。ある意味で古風とさえいえます。例えば、売春をする場所も円山町と決めたら、一度もかえなかったわけですからね。一本気といえば実に一本気です。その一貫性に関しては、私は価値観が多様化し拡散化する一方の世の中や、多重化する人格をよしとする風潮に対して、彼女が敢然と挑戦状を叩《たた》きつけているような感じさえします」

静かな埋葬

斎藤との長い対話を終え、私は少し安らいだ気持ちになった。斎藤の答えがそのまま、渡辺泰子の心の闇《やみ》に光をあてきったとは思わない。斎藤もまた私と同じ思いだろう。しかし、私はこの長い対話のなかで、彼女の誰にもみせなかった心の暗い水面《みなも》のなかに、小さなさざ波が立つのを何度か感じた。それだけで十分だと思った。

泰子の病んだまなざしのなかには、すべての約束ごとをとっぱらった裸の世間が生々しく浮かんでいた。彼女からすれば、安全な所に身を置いて援助交際するケチな女子高生などどちゃんちゃらおかしくてならなかっただろう。堕落するならここまで堕落してごらん。泰子はありとあらゆる病巣《びょうそう》が巣くった円山町のなかで、画然として屹立する「病の怪物」だった。魂を深く病んだ人間にしか、魂を深く病んだ社会は見えない。

私はこれまで円山町の事件現場に、いやになるほど足を運んだ。しかし、もうそこに足を運ぶことはないだろう。四月十四日に、泰子の心の闇など一切忖度《そんたく》しない裁判の判決が出る。その結末がどうあろうと、私はもう現場に行くこともないだろう。そして、泰子のことをあれこれ思い悩むこともうないだろう。

ただ一つの気がかりはひとり残された母親のことだった。妹がすでに家を出たことは大家から聞いていた。何度か行った杉並区永福《えいふく》の自宅を訪ねると、庭は雑草が生い茂るままに放置され、茶色い雨戸はすべて閉められていた。門扉《もんぴ》のすぐそばに大きな棕櫚《しゅろ》の木の植え込みがある立派な邸宅は凍りついたように静まり返っていた。家も庭もくすんだなかで、咲いたばかりの寒梅の小さな花だけが生命を感じさせていた。近所の人の話では、母親は引っ越し先を誰にも告げず最近ひっそりと家を出ていったという。

母親がこの家を売る気になったのは、おそらく娘の裁判が一段落したことに加え、昭和四十五（一九七〇）年に取得した借地権がちょうど三十年経《た》って契約切れとなったためだろう。真面目《まじめ》一筋にコツコツと勤め重役一歩手前で死亡した達雄は、その律儀《りちぎ》で堅実な性格通り、家族に対し最後に借地権という財産を残した。大家によれば、「もうこんな広い家は必要がない」と母親が自分の方から申し出て、売却を決意したという。

この物件を仲介した地元の不動産業者に尋ねると、土地は約八十坪あり、家を壊すことを条件に地上権と賃借権をあわせた借地権を含め一億六千九百万円で売りに出した、ほぼ成約したので、まもなく家は取り壊されることになるだろう、とのことだった。母親のもつ借地権の価格は、路線価格に準ずるので、最低でも総販売価格の半分にはなるだろうという。しかし、バブル期、このあたりの地価は一坪五百万円はしたというから、八十坪では四億、借地権だけでも二億円以上あった。それに比べれば、母親の手許《てもと》に残るのはわずかなものでしかない。

だが、手に入る金が多かろうと少なかろうと、いまとなっては、それがどうだというのか。

死んだ泰子が慶応女子高、慶応大学、東電と過ごし、そして最愛の父を亡《な》くしたこの家は、まもなくとりこわされようとしている。

かつてこの家で、聡明《そうめい》な一家四人が誰からも羨《うらや》ましがられる豊かな生活を送っていた。

それをうたかたの夢だったというのはもうよそう。

渡辺泰子は私自身にもわからない私の内面のなかに、いま静かに埋葬された。

エピローグ

東京の桜があらかた散った平成十二（二〇〇〇）年四月十四日、東電ＯＬ殺人事件の判決が東京地裁第四二五号法廷で行なわれた。

午前十時の開廷とともに腰縄を打たれ手錠をされた被告ゴビンダが二人の衛士にはさまれて入廷した。

「被告人、前へ」

黒っぽいサージ地の背広上下にノーネクタイのワイシャツ姿のゴビンダは、裁判長の声に促されて証言台の正面に立った。

「被告人ゴビンダ・プラサド・マイナリは無罪」

そのとたん、傍聴席から拍手が起こり、報道陣は一斉に外に飛び出した。被告席に戻ったゴビンダは腰が抜けたように全身をだらんとさせ、目と鼻を真っ赤にさせながら、私が差し入れた水色のタオルで何度も涙をぬぐった。肩を小きざみにふるわせ、静かにすすり泣くゴビンダの声は傍聴席の最前列に座った私の耳にもはっきりと届いた。被告席の後側に控えた五人の弁護人たちの目も真っ赤にうるんでいた。

閉廷後、ゴビンダには即刻、入管難民法違反による強制国外退去の手続きがとられた。

そして検察側はこの判決を不服として、ただちに控訴の意志を表明した。

あとがき

本書は平成九（一九九七）年三月八日の深夜、渋谷区円山町の木造モルタルアパートの一室で東電ＯＬの渡辺泰子が何者かによって絞殺《こうさつ》された事件の、発端から判決に至るまでの一部始終を追ったものである。取材をはじめた当時、まだ容疑者が逮捕されていなかったことを思えば、無罪判決が出るまでの三年間をふりかえるとき、うたた荒涼の思いにとらわれる。

私はこの事件を知ったとき、身内から大量のアドレナリンが分泌《ぶんぴつ》されるのをはっきりと感じた。なぜ私はこの事件にこうも「発情」するのか。それがこの事件の取材をはじめた私の内発的衝動だったといっていい。

この三年間、多くの事件が起きた。神戸では少年Ａの事件が起き、和歌山ではヒ素入りカレー事件が起きた。新潟では少女監禁事件が発覚し、埼玉では保険金殺人事件が明るみにでようとしている。私はこれらの事件にそれぞれ「触発」されはしたが、「生理」のレベルまで突き刺さることはなかった。いいかえれば、それらの事件はいつしか「了解」事項となり、私のなかの「整理箱」のなかに納まっていた。

この事件だけは別だった。それはこの事件が冤罪《えんざい》の疑いを濃厚に秘めていたからばかりではない。追えば追うほど事件の謎《なぞ》と殺された渡辺泰子の内面の謎は深まっていった。私にとって殺された渡辺泰子は、謎という水を満々とたたえて決壊寸前にある巨大なダムのような存在だった。それを決壊させずに、謎は謎として読者の前にそのまま運ぶことはできないか。私はそのことに、もっといってしまえば、そのことだけに腐心した。

事実という升のなかに謎を汲《く》みあげる。事実だけで謎の吃水線《きっすいせん》を示しだす。もしそれができたなら、ややもすると事実だけにとらわれて痩《や》せていくノンフィクションの地平は大きく広がる。私にはそんな不遜《ふそん》といってもいい思いもあった。

本書で私がもうひとつ心がけたのは「土地」の物語を描きだすことだった。私がこの仕事を通じて強く感じたことのひとつは、日本の社会がいま大きな土石流に襲われ、人を縛り人を解放してきた「等高線」がずたずたになっているのではないかという思いだった。自分の立つべき「土地」を見失った人びとはかげろうのように浮遊し、「等高線」を欠いた企業と家族はメルトダウンしはじめている。そして、マスメディアが垂れ流す「情報」という名の洪水は、その傾向に一層拍車をかけている。

肥厚した「土地」の地層を掘り返し、窒息した「物語」を生き返らせる。私は事件の謎と渡辺泰子の内面の謎を追いながら、そのことを強く企図した。それが事件の謎と彼女の内面の謎に光をあてることにもつながる。私はほとんど確信をもって「土地」にひそんだ「物語」を掘り起こしていった。

円山町、奥飛騨《おくひだ》、カトマンズ、神田駅前、五反田、富士裾野《すその》、イラム、西川口、小菅《こすげ》、多摩丘陵、与野、幕張、ポカラ、小山、大崎、巣鴨《すがも》、渋谷センター街、西永福《にしえいふく》。

私が三年間かけてまわったこれらの「土地」には、この事件と彼女にまつわる「物語」が影絵のように埋まっていた。各所で怪談めいた暗合に出会うたび、私はさらなる事実発掘の衝動に駆り立てられた。

私は殺害された東電ＯＬとネパール人被告が見た風景を自分の目と足だけでたどりながら、三十回にわたる公判の傍聴に通いつづけた。そして無罪判決が出たいま、この事件が冤罪であることが明らかとなった。私が冤罪だと確信するにいたった推理の道すじを、東電ＯＬの深い内面の闇《やみ》にたどりつくまでの旅に重ねて、読者諸氏が伴走してくれるならば、著者としてこれにすぐる喜びはない。

この事件をノンフィクションでとりあげたいと最初に提案したのは、「新潮45」前編集長の石井昂氏である。石井氏は最初難色を示していた私を粘り強く説得し、とうとう三年間この事件に私を縛りつけてしまった。この事件に副腎皮質《ふくじんひしつ》を強く刺激されたものの、私は殺された東電エリートＯＬがかかえていたであろう内面の深淵《しんえん》を本当に描けるだろうか、と二の足を踏んでいた。それを牛の尻《しり》を叩《たた》くようにして、ネパールの現地取材まで差し向けた強引さと、この事件のもつ文学性と現代性に最初からピンときた鼻のよさに、いまは尊敬と感謝の念を表するばかりである。

スタッフにも恵まれた。「新潮45」編集部の土屋眞哉、大畑峰幸両氏の強力にして繊細なアテンドがなければ、この仕事はおそらく完成しなかった。単行本化にあたっては、木村達哉、岩本光輝両氏の的確なアドバイスをいただいた。あらためて感謝する。

なお本書は、平成九（一九九七）年六月号から平成十一（一九九九）年十一月号まで「新潮45」に十回にわたって断続的に連載された「ドキュメント『堕落論』東電ＯＬ殺人事件」をベースに大幅に加筆したものである。加筆したといったが、いまになって明らかになったことを過去に遡行《そこう》させてさも最初からわかっていたように書くことはしなかった。それはアンフェアなことだという思いがあったせいもあるが、それより、時制をあえて当時そのままとすることで、裁判の進行を同時進行的に体感してもらい、三年の歳月の流れのなかでこの事件を考えてもらいたかったためである。私はなによりも「日付けのある文章」を書くことを心がけた。

第一部から第三部までは雑誌掲載時のルポに必要最低限の加筆をし、論告求刑と最終弁論、そして東電ＯＬの転落の軌跡をあらためて追った第四部については書き下ろしであることを最後に付け加えておく。

被告人ゴビンダ・プラサド・マイナリに無罪判決が下った二〇〇〇年四月十四日

佐野眞一

この作品は平成十二年五月新潮社より刊行された。

東電《とうでん》ＯＬ殺人《さつじん》事件《じけん》

新潮文庫　さ－46－3

平成十五年九月一日発行
平成十五年十月五日三刷

著者　佐《さ》野《の》眞《しん》一《いち》

発行者　佐藤隆信

発行所　株式会社 新潮社

郵便番号　一六二―八七一一
東京都新宿区矢来町七一
電話 編集部(〇三)三二六六―五四四〇
読者係(〇三)三二六六―五一一一
http://www.shinchosha.co.jp

価格はカバーに表示してあります。

乱丁・落丁本は、ご面倒ですが小社読者係宛ご送付ください。送料小社負担にてお取替えいたします。

印刷・大日本印刷株式会社　製本・憲専堂製本株式会社

ISBN4-10-131633-3 C0195